天津市文史研究馆馆员著述系列

岁月回眸

师静淑 著

天津出版传媒集团

天津人民出版社

图书在版编目（CIP）数据

岁月回眸/师静淑著. --天津:天津人民出版社,
2025.5. --（天津市文史研究馆馆员著述系列）.
ISBN 978-7-201-21229-6

Ⅰ. I251

中国国家版本馆 CIP 数据核字第 20259JA805 号

岁月回眸

SUIYUE HUIMOU

出　　　版　天津人民出版社
出 版 人　刘锦泉
地　　　址　天津市和平区西康路 35 号康岳大厦
邮政编码　300051
邮购电话　（022）23332469
电子信箱　reader@tjrmcbs.com

责任编辑　陈　烨
装帧设计　汤　磊

制版印刷　天津新华印务有限公司
经　　　销　新华书店
开　　　本　787 毫米×1092 毫米　1/16
印　　　张　22.75
插　　　页　2
字　　　数　302 千字
版次印次　2025 年 5 月第 1 版　2025 年 5 月第 1 次印刷
定　　　价　98.00 元

天津市文史研究馆馆员著述系列
编委会名单

前　言

　　光阴荏苒，韶华易逝。回首我的人生旅途，虽然经历过战争、水灾、地震等自然或人为的灾害，但总算安然度过。1988 年我从新蕾出版社退休以后，经天津市政协文史资料委员会返聘，以及 1993 年由天津市文史研究馆聘为馆员后，受到文史界老前辈的教导和帮助，使我能有机会从事文史资料的编写工作。

　　然而，人生苦短，弹指一挥间，我已是人到暮年，留下的时间已经不多了。当得知国外有"老人整理"的做法，我甚为赞同，也想趁着自己脑力尚未太衰退之际，在力所能及的条件下，将近二三十年间曾经在报刊上发表过的一些文史资料和编辑过的书刊（也包括一些杂文、散记）整理成册，作为自己习作的结集。主要的心愿是为了纪念那些曾经采访过的各界精英、知名人士，向他们表示敬慕之意，同时对那些热心指导和帮助我写作的老前辈们表示感恩与怀念。

　　又，本册结集中有些没有注明发表情况的，是未曾发表过的稿件，基于当年收集资料时历经辛劳，来之不易，故一并整理在内作为纪念吧！

　　6 年前，我曾将自己写过的一些文稿以它为题，整理后分赠给馆员、亲友们。如今，天津文史研究馆资助馆员出版文集，我因年老

1

体衰，无能力再编写，只好将它再度整理后正式出版。本书付梓之时正适逢我的百岁寿辰（农历五月初一），谨将此文集赠送给馆员、亲友们做生日纪念物吧！

衷心祝愿各位馆员健康长寿！

望多指正。

师静淑

2024 年 10 月 25 日

目 录

第一章 岁月漫记

感恩母校　育我成长①

　　七七事变以后，我家由旧城厢迁至原英租界大理道居住，我正好面临升入中学。早就听说马场道有座私立教会学校——圣功女中（即新华中学的前身）比较著名，该校教师优秀、校风严格。加之学校离我家也近，父母就让我和两位堂姐妹一起考入了圣功女中。我从15岁入学到1945年毕业时20岁，在校学习、生活了6年，这是我从少年步入青年的最宝贵时光，也是获得学识、才能和做人技巧的重要阶段，我在几十年人生道路上如果有一点点成绩的话，都是和母校及老师们的教导分不开的。

1945届班是个特殊的班

　　20世纪40年代，我们班在全校中可谓是一个特殊的班级，全班共四十多位同学，性格开朗活泼、兴趣爱好大多相同，亲如姐妹，

　　①　2009年，天津新华中学（原校名为"圣功女中"）为了庆祝建校95周年，曾编辑《新华中学校史资料汇编》（共2集），由吉林文史出版社出版。我曾列为该文集的编委之一，并作为1945届的老校友，以"感恩母校，育我成长"为题，撰写了一篇回忆在母校学习生活的文稿，刊载于该汇编中。虽然我写稿时已是82岁的高龄老人，但内容是回忆我的中学时代，正当青春年华的黄金时期。

每个人都好像蕴藏无限的活力，能各展所长。在保证完成正课作业的前提下，还开展文学、体育等各项活动。比如：我们办起"蒙泉小报"（壁报），同学们踊跃投稿，自编自写，定期更换，博得同学们的欢迎。我也是积极投稿人之一。后来组织上还调查我们办小报是否有政治背景之事。其实那是在老师的鼓励下，我们这些文学爱好者耕耘的一块自由天地而已。

国难中的演讲比赛

我们班在校学习的六年正是日本军国主义侵占我国华北、奴役人民、鼓吹"大东亚圣战"嚣张之时，在1942年前后，他们进行了五次所谓的"治安强化运动"。伪政府教育局命令各校举行数学、国文比赛。国文是以演讲形式进行。各校必须安排学生按时举行演讲比赛。先是校内各班派代表比赛，选拔优秀者参加全市中学生比赛。记得1945届班有我、郑爱梅等被评选上，然后前往耀华中学礼堂参加全市比赛。班主任决定我去时，我很不愿意去，因为我从来没有在大庭广众下讲过话。但是学生必须服从老师安排，这是纪律，而且讲稿是老师给拟好的，我也就像背课文一样准备。记得第一次上讲台时，我紧张得把文稿差点儿忘了，慢慢静下心来，像背书一样完成任务。出乎意料，竟获得第一名！我认为获奖原因之一，是穿着的特殊。那时女学生一般都穿浅蓝色的长衫，而我们的校服是白衬衫、黑背带裙子、白鞋、白袜子，就是比别的学校学生显得神气些。我的特殊校服及个人的精气神，背稿子当中没有忘词，顺利地念了下来，就能对评分有利许多。我和郑爱梅都获过前三名，而我曾两次获第一名，每次都捧了一座银盾式的奖牌（外套以玻璃罩）留在学校，当时天津的报纸曾经报道过。虽然得了奖，心中却高兴不起来，总认为是很不体面的事。不过给学校也创了一些名声。我听过外校的同学说过："又是圣功女中的师静淑得第一名！"。我想，这仅仅是同学们称赞我的演讲口才还算流利吧，至于讲的内容没人去讨论，没起到宣传的作用。

拒绝学日语

在沦陷时期，教育局规定各学校必须增设日语课。那时，同学们虽然没有直接受到日伪政权的迫害，但对日本军国主义侵略我国、奴役人民（比如太平洋战争爆发以后，日军在各租界设卡口，老百姓出入犹如过鬼门关一样）、迫害老百姓的罪行也是听到、见到的。因而大家有一种本能的反抗，对学习日语从思想上抵触，不爱上日语课，也不尊重日语老师。记得有一天上日语课时，老师正讲着，我听见身后传来"嗞"的一声撕纸声，回头一看，那位女同学正在把课本后面一页撕下来擤鼻涕。周围的同学都暗暗地笑起来，其实老师在讲台上也看到了，她对这个女同学也无可奈何。反正同学们都想：日语能凑合得 60 分就行了。

纪律严格须遵守

圣功女中的校风以严谨享誉社会。学生上课时必须按照学校要求，集中精神听老师讲课，不许私下交谈，不许做任何小动作。可是我们班里就有个别女同学表现散漫，大大咧咧。大家都知道教地理的王畏三是位很严厉的老师，可是有一次，一位女同学在上课时从书包中掏出毛线和竹针，边听课边在书箱底下偷着织毛衣。当王老师看到以后，只见他铁青着脸从讲台上下来，走到那位女同学面前夺过毛线及竹针，一句话不说就把织半截的毛衣连竹针扔进煤火炉中了（那时没有暖气，每天值班生炉子）。火炉一下"轰"地着起来，把大家吓一跳，空气都凝固了，那位女同学也羞红了脸低头不敢吭声。从此，我们班在课堂上始终保持良好的纪律，谁也不敢搞小动作了。

师恩难忘

圣功女中之所以列为天津名校之一，是由于该校多年来拥有甚多的资历深、水平高的优秀教师。6年来，我经历了诸多教我们数学、英语、国文、化学、体育等课程的老师，如王佑民、朱经畲、赵亚瑚、朱芝瑛、邵某某（名字忘了）等。他们不只向我们传授知识，更在德育方面也非常重视，培育我们健康成长。

对我影响较大，受益颇深的是语文老师朱经畲先生。我从小就爱好文学、艺术，业余常读些文学名著，因而在写作文时不困难。朱老师在批阅我的作文时，常用红墨水笔在我的卷子上画了许多圆圈。学校规定，优秀的作文要定期张贴在教室墙上，供同学们观摩、评议。我的作文被贴上墙，对我很是鼓励，更加引起我对文学的爱好和兴趣。朱老师对我的循循善诱和帮助，使我受益匪浅，因而我在报考南开大学时毫不犹豫地报了中国文学系。大学毕业以后，多年来都从事文学、编辑工作，也长时期为报社、电台写通讯报道等宣传稿件，数次获奖。退休后至今，仍不断从事文史研究工作并编写了一些

原天津圣功女中 1945 届部分女生在教学楼前合影
（后排右一朱芝瑛老师。前排左一林惠芝、
右一李宜君，三排左一师静淑）

文史资料著述，1993 年被天津市文史研究馆聘为馆员（终身制）。这与我在中学时代受老师教导奠定的基础是分不开的。

朱经畬先生毕生除了教学，更长期从事昆曲研究，晚年仍为我国昆曲研究撰写不少著述。20 世纪 80 年代，我从外地调回天津工作，曾去朱老师家看望他。见到他已是弯腰的老者了，才知道他在"文革"中遭受摧残，被打断了腰部。我看老师受这样的残害，心中甚为悲愤。朱老师对我们 1945 届这班同学印象还较深，与我长谈了许多当年在校师生学习、生活等情况。谁知那次竟是我和朱老师最后一次见面，几年后就听说他已病逝了。我永远怀念老师对我的教诲之恩。

校外参演话剧红津门

1945 届的女生们有不少活跃的积极分子。尽管在校内受修女们严格管理（比如：女学生的头发长度超过耳朵以下时，修女站在校门口先把学生头发剪到齐耳才让进校门），但是下课以后，我们就像一群从鸟笼中放飞的小鸟们，热情、天真、勇敢，更有共同的爱好，诸如和外校举行体育比赛、唱歌、演戏……

我们在读高中一、二年级时，不知由哪些同学牵头筹备，动员大家在校外演话剧。先是由本班杨爱贞同学动员她叔叔杨袁先生来给我们指导和策划，包括选剧本、定演员、排练、找演出场地。每周有几天下课后就排练，杨袁先生经常穿着一套白色西装，给我们的印象是个很帅气的青年人（后来才知道他出身于天津"八大家"之一的杨家，当时是名流之家的"少爷"）。他多才多艺，不仅仅是我们的导演，还教我们如何化妆、配服装样式等。同学们对这个新事物都很积极、热情。周蕴珍为了饰演男法官，把头发剪成短短的男士头。大家背诵台词时都很用功，互相配合得很和谐。开始试演过《哑妻》《母归》两个独幕剧，都很成功，观众也都是以各校的学生为主。

最红火的一次是以"赈灾"名义演出的《吕四娘》（大概是这个剧名，记不准确了）。这是一出由法国戏剧翻译出来的几幕剧。内容是叙述一个军官和两个女人的恋爱悲剧故事。我们班最漂亮的两位女生李宜君和林惠枝饰两个女主角，我和雷爱荣做配角。军官是男主角，但原计划的演员（外校的男生）临时有事不能演了，那时不知通过谁的介绍，找到我的大哥师其俊，他当时在北京大学读经济系，赶上寒假回家休息。大哥知道我也参加了这次演出，他很着急地问我："离演出只有一个星期了，才来找我顶替，我哪能背得下这么多的剧词呢？"我鼓励他说："大家都是同学，也不是正式演员，你努力一下没问题。"

那时我们正在读高中三年级，快要中学毕业了，可是不像现在高中生早早地为考大学而紧张地备课，我们都在假期中忙于话剧演出的各项准备。杨先生用几天的时间就把舞台布景画出来了，学生们在排练当中还要忙着解决服装问题。因为是一出外国戏剧，还要预备西洋式服装，谁也没有女演员穿的那种长裙子，于是只好去婚礼商店租了两套结婚的白色礼服（不要披纱）。也不知我大哥从哪里借来的军官服，高腰皮靴，腰间还挎着一把小手枪。大哥身材魁伟，化妆以后，很英俊、很帅气的样子。他演出时居然没忘词（后台也有给提词的），演出地点在东马路青年会礼堂，演出很成功，听说还在东马路一带贴过广告。当时的报纸上也报道过。观众认为在日伪政权统治下，能看到外国戏剧，耳目一新，很是难得，所以门票销售得也很好。可是售出的票款是否真正救济灾民，那已不是我们关心的事了。

在当时的政治气候下，在学校严格管理下，修女们居然不知道我们这些女学生在社会上公开演出数次，收到良好的效果，事后知道也无可奈何。而我们班这些女学生们能突出重围，在不影响学业的前提下，瞒着学校去排练和演出，实乃胆大妄为，也是破天荒的行动。这使圣功女中更出名了，李宜君等主要演员也出了名。演出

原天津圣功女中 1945 届女生业余参加话剧演出后留影

（前排左一导演杨袁先生，二排右一为师静淑）

成功，收到实效，我们 1945 届同学们的欢乐不言而喻。几十年以后，仍留下深刻印象。

以上几次演出，当时杨先生都给拍照留念，可惜均已遗失了。有一幅是《吕四娘》的剧照，画面上是我大哥饰演的军官，对面是林惠枝饰演军官的妻子，穿着白色的礼服，正把一瓶毒药示威性地喝下去。我曾将这幅照片保留到"文革"，不幸被烧掉了，但这印象存在脑中永远不会忘记的。

我们 1945 届女同学们的团结友爱、敢闯敢干、勇于突破严格的校规而走向社会舞台的"壮举"，是全班同学终身难忘的。

补记：杨袁先生给我们导演后就再也没有见到他。新中国成立后，才知道他奔向解放区参加"前线剧社"革命组织。天津解放后，他又返回故里，在天津美术家协会工作。他多年从事版画（木刻）艺术，卓有成就。20 世纪 90 年代，我曾与同事韩老师同去拜访过杨袁先生，他已是年过 80 岁的老艺术家了。他也储存了一部分我们当年排戏时的照片，回忆往事，不胜感慨，也为在晚年能再次重逢而高兴。

（2014 年，新华中学一百年校庆时，与《今晚报》副刊联合举办《新华中学百年》征文，曾经将我上述文稿摘录部分内容，标题为："校外参演话剧红津门"，刊于 2014 年 10 月 9 日副刊中）

记我家经历的天津解放

——纪念天津解放 64 周年

1949 年 1 月 15 日，中国北方重要工商业城市天津，经过平津战役，解放军终于将它从国民党手中夺回而获得解放。每逢这个纪念日前后，我总会回忆起我家在战役中经历过一场惊心动魄的"巷战"之情景。

我家原住天津旧城厢内。祖父师祝三由一个城市贫民靠以诚信为本，经过艰苦创业，到 20 世纪 20 年代，已成为拥有 36 个煤炭企业、一千三百余职工的煤业巨商之一。

家大业大。祖父母共生 6 个儿子，各自娶妻，孙辈陆续出生，包括佣人、厨师已形成拥有五十多口人的大家庭。七七事变之后，由旧城几次搬到租界地内租房而住。1940 年左右迁至旧法租界花园路 5 号（解放后我才知道那是吉鸿昌烈士的故居"红楼"）。随着人口的逐渐增多，住房仍显拥挤。祖父决定在兴亚二区 40 号路（原属英租界，现在的新华路）门牌 224 号（现改为 152 号）购置楼房两座。此楼原为一胡姓律师所建，他要回广东原籍，低价售给我家，可惜装修尚未完成时，祖父于 1943 年冬患中风去世。

1944 年，我们全家搬进新居。住房系临街而建，围墙右侧为木质大门，左侧有一扇进出车辆的铁门，狭长的庭院内东西并排两座同样结构的二层楼房（带有地窖子），共约三千平方米（分别简称前楼、后楼），因为人口众多，后来又在后院四五十平方米的空地上加盖了一座不带地窖子的两层楼（简称小院）。

1948年底，平津战役开始以后，家中长辈们赶紧多买些粮食、食品等做储备之用。学校停课，我从大学回到家中居住。随着战火的逼近，国民党守军仍在做垂死挣扎。1949年新年刚过，某日，突然有七八个国民党军官模样的人闯进我家，命令给他们腾房居住。住在前楼的四叔师绣璋（协和医院博士生，天津协联诊疗所主任，后历任天津传染病医院院长，北京广安门医院院长）一家只好搬出去住进四婶的娘家。当年四婶的父亲薛秉琛是东莱银行经理，有家属住房（即现在和平路市科委大楼）。这些军官们蜗居在前楼内不敢外出，每天还要我家厨师去送饭，索要生活用品等。

1月14日夜，解放军对天津发起攻击，炮声隆隆，有人传说中原公司大楼上的尖顶部已经被击中了，眼看解放军就要进军到市内了。我父亲师子光（原美国RCA胜利唱机唱片公司华北总经理）和五叔嘱咐各兄弟、弟媳们缝一条宽布袋缠在腰上，把贵重物品装进去，以防被匪军抢走。我们刚吃完晚饭，那群国民党军官听到炮声惊慌失措地在前楼、后楼乱窜，要各家给他们提供便衣，以便化装后好逃跑。那时正是寒冬，他们蛮横地要了各家的皮袍、棉衣裤、棉鞋、棉帽，连四叔还没来得及做好的西服毛料等都卷了几个大包袱。之后还向我父亲及叔辈们提出："如果'八路'来了，问我们是谁，你们必须说是从外乡来的表亲。"后来孙辈们听了都笑起来说："谁认得你们这些表亲呀！"

15日清晨，父亲和五叔把全家老小都集合在小院的两层楼中，为防意外，谁也不许出门。这时，前楼的国民党军官们坐不住了，他们换上便服后把前院的木门、铁门都打开了，想伺机逃跑。就在这时，一股国民党败兵从金汤桥方向被解放军追击着一直往市内逃跑，见我家大门敞开，一窝蜂似地拥进来，每人扛着冲锋枪，有的脖子还缠着沾有血迹的白毛巾。他们畅行无阻地直冲进后院。父亲、五叔和我大哥挡在前面，质问匪兵们想要干什么？匪兵们嘶喊着：

"老子为你们打'八路'，流血牺牲，你们还不孝敬孝敬我们，把金银首饰都拿出来！"看他们气势汹汹的样子，父亲为了避免家属受到伤害，只好应付他们，让叔婶们拿出些金戒指、金链子等首饰交给他们。我看见有一个匪兵手指上戴着一串串金戒指。不料，站在前面的两个匪兵嫌少，怒吼道："你们舍不得给，老子枪毙了你们。"说着就把枪口直捣在父亲和五叔的胸前。我们在屋里透过玻璃窗都看傻了。眼看要发生流血惨案，忽然又从大铁门外闯进一股残匪，他们呼喊小院里这几个凶神，催促说："快跑，快跑，'八路'在后面追上来了。"这几个匪兵们赶快扛着机枪转身逃跑了。

时隔不久，解放军完成了对天津郊外战场的主攻任务，逐渐打下敌军据点。有一部分指战员循着罗斯福路（今和平路）一直向市区扩展追敌，分别进驻到东莱银行等大建筑中。四叔是我家第一位亲眼看到解放军的人。他一面赶快找到两位排长，告知在我家还有"国军"躲藏着。一面用他岳父的电话马上给我父亲打了个电话，告知解放军快到咱家了。其后他与一位排长领着一队战士跑步前进，很快来到我家。先到前楼搜索，寂静无人，当侦查到这些国民党军官已经躲在地窖子时，就向他们喊话："投降，缴枪不杀！"可是这些残匪们负隅顽抗，不肯出来。于是解放军在院内架起数挺机枪，直向地下室射击。我们全家挤在小楼内，只听到噼噼啪啪的枪声和打碎玻璃声，犹如亲临战场一样，谁也不敢吭声。大约十几分钟以后，枪声停了，原来是躲在地窖子的国民党军，一个个已换好便衣，装成老百姓模样举手爬出来投降。他们把军服和手枪都扔在地窖子的水中了（后来派人都打捞上来了）。

解放军把他们押送到马路对面——原英国球场的围墙下，让他们与其他俘虏一样靠墙边一溜蹲着，到天黑时才押走。

大伯母家的弟弟从木门小方框中看热闹，说："那个坏蛋戴的帽子是我的！"大伯母拉他回屋说："别提帽子，咱全家人没死没受伤的就不错啦！"只有七十多岁的老奶奶不明白外面发生了什么大事，疑惑地问："还没过年，谁这么早就放炮啦！"大家这才舒心地笑起来。

　　父亲和叔叔们把四五十平方米的大客厅腾出来让战士们住下休息，家里人忙着给战士们蒸馒头、熬稀饭，抬出大缸（备战的咸菜、酱豆腐），先吃顿热乎饭。戴着皮帽子一身冬装的战士们刚把全东北解放，又风尘仆仆地入关攻克天津，不顾疲劳地一边唱着"解放区的天是晴朗的天，解放区的人民好喜欢"，一边帮我家扫院子、收拾杂物。在大门口还派有两名战士站岗，在边道上画了一个大白圈，据说怀疑埋有地雷，让行人们绕着走（后来勘察没有地雷就撤了）。

　　在解放天津的战役中，没想到在我家也发生了一场惊心动魄的"巷战"。除了少量物品受些损失以外，最主要的是全家五十多口人没受任何人身伤害，平平安安地和全市人民一起迎接解放后的新天津！

　　这场虚惊的发生，已经是 64 年以前的事，如今我也是 88 岁的耄耋老人了。但是每逢解放天津纪念日之际，我所亲历的这段往事，仍历历在目，难以忘怀。

（此文曾刊登于《天津中老年时报》，

2013 年 1 月 10 日，有删节）

半个世纪的追忆

  1999 年 10 月 1 日是中华人民共和国成立 50 周年。值此举国欢庆的大喜日子里，大凡六七十岁以上的老年人都会自然而然地把国家的辉煌成就和自己的成长联系起来，沉浸在诸多往事的回忆之中。

  1949 年新中国成立时，我刚好 23 岁，从一个风华正茂的青年大学生在人生的道路上跋涉了五十载，如今已是 73 岁的老人了。回顾往事，心潮澎湃。近日，我又一次翻阅保存了几十年的剪报册，其中有 3 篇在报上发表的短文，是我在天津解放 1 周年、40 周年、50 周年三个时期为纪念天津解放而写的。尤其是第一篇《觉悟》，内容是以自己的切身体会叙述一个大学生在解放近一年以来思想转变的过程。这篇文稿是作为纪念天津解放一周年的征文被刊载于 1950 年 1 月间的《天津日报》副刊上的。看到这张已经发黄的报纸，仿佛又把我带回那逝去的年代。我出生在天津的旧城里，祖辈经商，抗战期间由于受到日寇的摧残和掠夺，商业亏累不堪，家道中落。加上家庭传统封建意识浓厚，家长认为女孩子能读到中学就不错了，我的堂姐妹没有一个读大学的。而我立志将来自食其力，要经济独立，有幸于 1946 年考入了南开大学中文系，成为我家第一个女大学生。

  入学以后，我抱着"两耳不闻窗外事，一心死读圣贤书"的态度，只想拿到毕业文凭时能找个好工作就满足了。因此，对政治不感兴趣。当时，我虽对国民党政府统治的现状不满，但对共产党也知之甚少。天津解放前的几次学生运动，我也参加了游行，也曾对独裁者的暴政愤恨，对受伤者表示同情，但自己总想保持不左不右的"超然派"地位。1948 年冬天，华北局势紧张，我仿佛意识到旧统治者已临末路，但对未来也没抱什么希望。

　　1949 年 1 月 15 日，天津解放了。我带着一套完整的旧思想来到了新社会。面对新局面、新景象有些茫然和不习惯，虽然知道要迎接新的开始、新生活，然而又丢不掉旧的包袱，甚至还有些留恋。这种矛盾思想不时在我头脑中搏斗着，使我感到苦恼和不安。2 月学校复课后，我看到一些老师和同学们都进步了，可是还看不惯那种过于激烈的表现，甚至认为是投机，我要慢慢地进步。军管会成立"南下工作团"，我以"革命不分地域"为理由而不愿意参加。

　　为了多学习些新知识，我暑假没有回家，参加了"暑假学园"。我和千余名男女同学一起学习和生活，这是我第一次接触大集体生活，也是学习新知识的开始。我还参加了学校办的工人夜校，教语文课。工人的优秀品质和勤奋学习的精神，深深地教育了我，我开始对工人阶级有所认识，对我思想改造产生了很大影响。秋季开学以后，我就读四年级。班里新增加了一门很重要的政治课：辩证唯物主义与历史唯物主义。经过学习，使我的思想潜移默化，认识到世界上根本没有中间路线。以往自持要做"超然派"是个严重的错误，在分析思想中也发现了自己具有极端个人主义和自由主义，认为只要自己生活舒服就够了，何必去干涉别人呢？现在我懂得了，要先有国家和人民的自由幸福，才能有个人的自由幸福。于是，我参加了歌咏队，办壁报，办膳团……并和同学们一起学习，感觉精神特别愉快。在大家的帮助下，我学到了更多的知识。从此，我否定了思想不能改变的错误认识。从唯物的观点上看，一切物质永远在变，社会环境在变，自己不知不觉也在变。当你觉悟到自己应该进步的时候，你就会进步得快一点，否则就会落后。

　　1949 年 10 月 1 日，我随着学校队伍参加了天津市庆祝中华人民共和国成立大会的庆典，游行的人真多，绵延有十几里路，游行当中走走停停，常被堵塞。上午从学校出发直到下午将近 6 点才解散，游行了十多个小时。我们虽然都感到腿脚又酸又痛，但是看到全市人民欢欣鼓舞，各处张灯结彩、敲锣打鼓，一片喜气洋洋的盛景，也忘记疲劳了。师生们都为能参加新中国第一次盛大游行而感到荣幸和骄傲。我们亲眼看到新中国诞生了，中国人民从此站起来了。

四年级上学期，最令人感到幸运的是来了一位新老师——方纪先生。据系主任介绍，他是来自延安的知名作家。他教我们"现代文学史""苏联文学史"等课程，给我们介绍中外著名作家鲁迅、茅盾、高尔基、契诃夫……分析他们的作品，使学生们大开眼界。我们像是久旱的禾苗被方老师那博学多才的知识浇灌着，犹如万物得到雨露滋润着而充满生机地壮大成长。

方老师也是《天津日报》副刊的主编。1949 年岁末的一天，他告诉我，《天津日报》正在举办纪念天津解放一周年征文活动，并鼓励我投稿参加竞赛。我将自己从天津解放近一年以来，在思想上明显而突出的变化，真诚地打开心扉，以一个大学生自述的笔调，实话实说地表达思想转变的过程。标题为"觉悟"，取"觉今是而昨非"中的"昨非"为笔名。那时，还没有一位同学写稿，我有点怕别人知道，还有些不好意思呢！没想到，这文稿被评为全市第二名！并且获得了当时相当于 15 个折实单位（记不起折合多少钱了）的图书作为奖励。这是我有生以来第一次写稿，获此殊荣，当然甚为高兴。奖励是次要的，最主要的是这篇小文记录了我作为从旧社会过来的一名小知识分子走向新社会以后，思想上人生观的变化，它使我甩掉旧包袱，在年轻的共和国大道上，与祖国一起大踏步前进！

1950 年夏天，我被方老师推荐到原天津市中苏友好协会工作。从此，我作为新中国的一名青年干部，开始了为人民服务的壮丽事业。

1956 年秋天，我随爱人从部队转业到大西北。那时是祖国指向哪里就到哪里去的年代，我们在"打起背包就出发"的歌声中，告别了生活二十多年的天津，随着转业大军无条件地远征到青海高原。

"青海是祖国一个十分可爱的地方"（朱德老总的评语）。我俩为社会主义建设事业，全心全意地在这块土地上洒了汗水，奉献了青春。但是对出生地的天津，我们仍时常地想念和眷恋着，悠悠故乡情，心系天津城。

1979 年，在中央组织部部长胡耀邦的亲自批示下，数千名支援青藏高原多年的干部调回原籍工作。我和爱人终于离开了工作、生活 24 年的高原回到内地，按规定重返天津故里并很快地安排了工作。此时我俩都超过 50 岁了，但在新的岗位上仍能精力充沛地工作。重返故乡，心情当然异常兴奋，我们先是来到海河边，像是报到一样，轻轻地说声：故乡天津，我们回来了。我俩用了几天的时间周游这座古老又焕发青春的城市。那时，天津刚在地震之后的废墟上重建家园。许多地方在改建、新建各式建筑物。一幢幢新楼房拔地而起，又开拓了不少街道，真是旧貌换新颜，有的原来熟悉的地方都辨认不出来了。

回到故乡天津，就是回到了娘家。20 世纪 80 年代初，中央大力拨乱反正之后，社会各项事业正逐步初见成效。我们逐渐和多年不见的亲朋好友联系起来了，包括其他从外地调回天津的老同学、老朋友，大家互道平安，互庆尚健在人间。像我这辈的同龄人，彼此都有个共同的心愿，丢弃那些抱怨、悔恨、消极的情绪，趁着我们都还有一定的能力，要为故乡天津再干些年，奉献自己的力量。

1989 年，我超龄退休后，受聘于天津市政协文史资料委员会做文史资料的征集工作。特殊的机遇，使我有机会采访天津的一些知名人士。他们为我们提供了许多珍贵的、翔实的史料，我还能阅览不少有价值的资料，丰富了我对天津现代史的知识。这一年是新中国成立 40 周年，我又回忆起 40 年前解放天津的战争中，解放军战士们在我家俘虏国民党败兵惊心动魄的情景。为了纪念和感谢那些英勇的人民解放军救了我的全家，歌颂解放天津战役的胜利，我写了一篇题为"黎明前后"短稿，于 1989 年 1 月 13 日在《天津日报》文艺副刊上发表了。这是我为天津解放而写的第二篇纪念文章。

1998年冬，《天津老年时报》为纪念平津战役50周年举办征文，我根据以往采访、汇集的史料，写了一篇《人民不会忘记他们》（发表时，编辑改为《争取伪警察部队归顺》）短文，被选登在该报1999年1月26日第一版上。这是为了纪念五十多年以前，为迎接天津解放，战斗在敌人心脏里的几位地下党员的事迹，他们在隐蔽战线上艰苦卓绝地与敌人展开斗争，有力地配合了人民解放军军事战线的进攻，为天津解放事业做出了重要贡献，他们功垂千秋，人民是不会忘记他们的。这是我为天津解放而写的第三篇纪念文章。

　　以上三篇纪念短文，写作时间前后相差整整半个世纪，它在历史长河中，只不过是一瞬之间，而在我的人生道路上恰好是50年！抚今追昔，使我更深刻地体会到一个人的成长脱离不开时代的变迁。我生长在旧社会，但是在青年时代有幸赶上新旧社会的变迁，天津解放后我才能有机会在和平的环境中继续读完大学。参加了工作，不断地接受思想改造，于我的人生之路是个转折点，和那些旧社会过来的人一样，新中国的成立改变了我的一生。在庆祝中华人民共和国成立50周年之际，我衷心祝愿伟大的祖国更加繁荣昌盛；祝愿我的家乡天津发展得更快更好，更加蒸蒸日上，日新月异地跨进21世纪！

　　　　　（《我与天津五十年》，天津人民出版社出版，1999年9月）

岁月回首　缅怀恩师

今年 10 月间，我作为 1946 届的老校友，刚参加了纪念南开大学复校 70 周年的活动。不久，又接到南大校友总会张书俭老师的通知，要求老校友们写一篇回忆录，12 月底交稿。这是一项难以完成的"答卷"。我已是 91 岁高龄的耄耋老人，无论在思维、记忆、体力都已进入衰竭阶段。往事如烟。回顾自己走过来的大半生，经历过自然的、人为的风风雨雨，随着年龄的增长，那些值得的回忆也像潺潺流水般消逝而去。

根据近日查找出的 20 世纪我在报刊发表过的几篇短文，摘录有关部分，作为对自己青年时期，能幸运地在南开大学读书及对教诲我的恩师们的纪念吧！

我是 1925 年 5 月出生在天津老城厢内一个普通的中等资产家庭中。1945 年 8 月抗日战争结束时，我正好从圣功女中（现为新华中学）高中毕业，考入工商学院中文系（两校都是教会办的）一年级。1946 年秋天，听说南开大学已经从昆明迁回天津，我放弃了在工商学院已交完 20 银元的学费，与几位同学相约报考南开大学，入读中文系一年级。有幸地接受西南联大中文系创办时的彭仲铎、张清常、孟志孙、邢庆兰等著名教授们的教导。

1991 年 6 月，天津市政协文史资料委员会组织天津市各界人士回忆与共产党的交往为主题，以"同心相知，同志相从"为书名，出版一册专辑，以作为向党成立 70 周年的献礼。我那时正在该单位返聘从事编辑工作，也以"难以忘怀的往事"为题写了一篇文章，被选登在该书中，摘录如下：

    人到晚年，总爱回忆过去。有时我对家里人谈起解放前的一些经历和往事，孩子们曾问过我，当初为什么没有到国外或台湾去？这个问题使我不由得追忆起四十多年前从对共产党持观望态度到逐步认识又到决心跟着共产党走的根本性变化。这变化不是一朝一夕，而是一点一滴潜移默化逐步形成的。在对共产党认识的过程中，有些关键性的人和事，对我印象颇深，在思想上造成的影响也大，现摘记几个片段，以作为对中国共产党建党 70 周年的纪念之意。

要做"超然派"

    天津解放前夕，我是南开大学中文系三年级学生。我出身于小资产阶级家庭，由于受到亲朋及周围环境的影响，对政治不感兴趣（实际是落后的表现），标榜自己是"超然派"。因为，国民党政府的昏庸腐败为人所共知，可是共产党是怎样的政党我却一无所知。我曾在同学边稚芬家里（她是天津巨商边洁清的孙女，天津解放前夕去了解放区）无意中发现她枕头下面压着一本《论联合政府》，在封面上我第一次见到毛主席的照片。我遵守她的嘱咐没有对任何人讲过，可是认为她生活在富裕的家庭里何必去研究共产党？至于毛主席这本名著对人民革命事业所产生的影响，我更没有意识到。

    天津解放前的几次学生运动，我也参加了游行，对国民党独裁者的暴行表示愤怒，对受伤者表示痛心。不过，自己总在想："不要卷进漩涡里，还是去读书吧！"那时，我认为大学生的主要任务是学习，总想保持自己不左不右的"超然派"地位，避开当时激烈的政

21

治斗争。因而在国民党统治时期，我对现状感到不满；对共产党能不能领导中国政局，也不抱什么希望。

是走还是留？

天津解放前后，我经历两次"走"和"留"的选择。第一次是1948 年冬天，那时华北局势紧张，平津战役即将打响。我有几位相熟的同学打算南下去上海等地，他们劝我同去。其中一位姓郑的同学还给我一个联络地点，叫我到湖南时找唐生智就可知道他的行踪（天津解放后我才知道唐生智是何许人）。当时我怕到南方举目无亲，父母也不支持，又怕不能继续读书，就拒绝与他们同行。第二次是天津刚解放几天，又有几个同学借着遣送国民党官兵之机会，冒名填上花名册从天津乘船到青岛，然后疏散到南方各地。他们以为共产党执政以后就不会有自由和民主，再三动员我同去。我在意识中感到旧的统治者已到了末路，但是共产党来了以后，也需要有知识的人才呀！我终于没有离开天津，带着观望的态度去迎接新的历史时期。

胜利者和失败者

1949 年 1 月 15 日这一天对天津人民来说是一个伟大的转折，对我的家庭和我个人同样是一个值得纪念的特殊日子。

自 1948 年冬天起，我家的前楼就被国民党军队强行占用，我们全家被挤到后楼，因住不下，两位婶娘迁移到亲戚家去住。1 月 14日夜，解放军即将攻入市内，在我家潜藏的国民党军队硬是向家里人要了不少皮棉衣服，打算化装成老百姓逃出去，并威胁我们说："'八路'来了，就说我们是你们的亲戚！"15 日清晨，一伙手持冲锋枪的国民党败兵闯进我家大院，用枪口对着我父亲、叔父的胸口，强迫要路费，而且不要钞票，要金子。我的婶子大娘被这群强盗们掠走不少金银首饰、手表之类的东西。正当败兵们继续勒索并准备枪杀我们全家人时，我四叔从他岳父家（东莱银行）带着一队解放军跑到我家来解救。败兵们听到解放军的枪声，一溜烟都跑了，我们全家才幸免于难。潜藏在我家地下室的国民党军队还没来得及化装成老百姓，就慑于解放军的威力，一个个举手投降出来了。

这一队解放军暂时在我家住下了。根据探雷器探测，我家大门口可能埋有地雷，他们派两名战士站岗，在地上画了一个大白圈。每次我们出入大门时，战士们都客气地告知我们绕过白圈靠边走。我家一下子热闹起来了，到处充满歌声、笑声。这些戴着皮帽子的解放军虽然满脸硝烟，但个个富有朝气。他们纪律严明，不动我家任何东西，把各屋的床铺叠起来不用，都睡在地板上，枪支整齐地靠墙竖立着，每天把院落各处打扫得干干净净。我父亲让家里人给他们蒸馒头、煮稀饭，把备用的大缸咸菜拿出来。我没看出他们谁是官、谁是兵，官兵一致。与前些天驻扎在我家的国民党军队的抢掠行为等各种丑行相比，有天壤之别，使我眼界为之大开。虽然他们只住几天就开拔走了，但是共产党领导下的中国人民解放军给我留下了良好的印象。

我为喜儿流泪

天津解放不久，学校逐渐恢复了秩序，我从家里又搬到学校住宿。一天晚上，同学邀我去大礼堂观看华北某文工团演出的歌剧《白毛女》。我对从解放区来的文工团没多大兴趣，以为水平不会高的。但是开演以后，我一下被剧情吸引住了。当看到喜儿被地主迫害由人变成"鬼"时，我不由自主地流着泪。我第一次懂得什么是剥削，什么是阶级，为什么要消灭剥削阶级。喜儿悲惨的遭遇以及地主的残暴，在我脑中的印象太深刻了。它令我开始认真地思考中国共产党之所以领导人民进行革命斗争的伟大意义，以及历史的不可阻挡的力量。

23

我认识的第一位共产党员

　　春季开学后，学校由寂静立刻显得热闹起来。新学年最大的变化之一是课程的改变，除了增加一门很重要的政治课——"辩证唯物主义与历史唯物主义"以外，最使大家兴奋的是增加了"中国现代文学史"。有的同学向我预告：讲授这门课程的是从《天津日报》聘请来的方纪同志，他是一位共产党员呢！这话使我非常惊讶。天津解放前我不认识一位党员，解放后也无心打听哪位同学是党员，反正老师中还没有一位是党员。我幼稚地想，共产党员在战场上打仗是可以的，上教室讲课恐怕不行吧。共产党里面也有讲师、教授吗？我抱着好奇心前去听这第一节课。

　　上课了，系主任冯文潜教授将一位个子较高三十来岁的教师领进教室，简单地介绍几句就走了。只见方先生穿着一套灰棉布衣服，上身很长，快盖到腿部了，戴着一副黑框边的眼镜，嘴上叼着一个烟斗。他显得文静尔雅，举止潇洒，一派知识分子的风度。我一边听他讲课一边想：这就是共产党的形象吗？共产党员并不粗鲁啊，他们不是挺有文化的吗？联想到天津解放前听到的国民党那些反动宣传，甚觉可笑。方先生除了给我们讲"中国现代文学史"，还讲"苏联文学史"，讲那些中外著名的作家：托尔斯泰、鲁迅、高尔基、契诃夫、普希金……讲得学生们都不愿意下课了。我们这班同学为数不多，只有六七名，可是为时不久，我发现每逢方先生讲课时，教室里的空位上逐渐多了些旁听生。再后来，有时连窗户外面也站了些学生或教师在听课。渐渐地，我被这位新来的老师所具有的渊博知识吸引住了，我对方先生充满崇敬和钦佩之情。我一直庆幸，能有这样好的机遇，认识的第一位共产党员就是这位好老师。

　　1949 年 12 月，我就读中文系现代文学专业四年级。在我的学习生活中遇到一件意想不到的"大事"。某日，方纪老师告诉我：《天津日报》正在举办"解放一周年征文"活动，他希望我能参加。（那时，他是该报副主编）我从来没给报社写过文稿，也不知该怎么写。老师对我的鼓励，给了我莫大的勇气。我抱着"试试吧"的心理，思考了文稿的内容以后，就顺其自然地写些关于解放前后，作为一个青年学生的思想转变，对共产党领导下新社会的认识，敞开心扉，不加雕琢，直言直语地写了三千多字的文稿。那时，白天上课，宿舍晚上10点以后熄灯，只有走廊上有照明灯。为了不干扰同学休息，我把一个木凳子当书桌搬到走廊上，坐个小板凳，边想边写，在文思还较流畅的状态下，用了两个晚上就写完了《觉悟》一文。为了不想让同学知道此事，我起笔名"昨非"，意即"觉今是而昨非"的一句古话。比喻我在共产党领导下，对新社会的认识及展望未来。

文稿交给方纪老师后，我再也没有过问。没想到，这篇文稿竟被评选上了。据编辑室公布：共收到来稿239篇，我的这篇文稿竟被评为二等奖！记得我去报社领奖时，编辑同志说："你是学生，获奖后不发稿费，而是赠送你相当于15个折实单位（我也不知折合多少钱）的书籍。"于是我领回了如《鲁迅全集》《苏联文学史》等7册价值很高的文学书籍。奖品多少我是不会计较的，但是我第一次写稿就被评上并获奖品，对我真是意外的惊喜和鼓励。

为了记载我有生以来第一次获得的荣誉，我将刊载这篇文稿的剪报一直保存到现在。虽然历经64年之久，报纸早已泛黄了，但作为第一次获得荣誉的纪念吧！剪报转载如后：

觉 悟
——一个大学生的自述

昨 非

墙上的日历已被撕光了，工厂和商店都在忙着结账，学校在忙着期终考试，我趁此除旧迎新的时候，也给自己做一次总结，一以检讨过去，一以警惕未来。

从天津解放到现在恰好整整一年，这一年在我过去生活当中可以算是最不平凡最富有意义的一年，不只生活得充实，在思想意识上也有很显著的改变。这改变给我加添了很大的力量，将我的生命之火燃烧得更炽热起来。

我是一个小资产阶级出身的学生，由于环境的影响，一向对政治是不发生兴趣的（编者按：所谓对政治不发生兴趣，实质上是政治落后的表现）。所以，在国民党统治时期，我对现状感到不满，但对共产党也没有认识，而且并不抱什么希望。解放前的几次学生运动，我也参加了游行，也曾对独裁者的暴政表示愤恨，对受伤者表示痛心，但总是在想："不要卷进漩涡里，真理总会战胜强权的！"总想保持自己不左不右的"超然派"地位。去年冬天，华北的局势紧张时，许多同学在纷纷南下，当时也有同学劝我和他们同去，我坚决地拒绝了，我仿佛在意识中感觉到该是旧统治者步入末路的时候了。然而对于未来新的局面又不抱什么大的希望。我像是一个坐在戏台前的小孩子，充满焦急与好奇心在等待着开幕前的一刹那。

一月十五日的清晨，经过彻夜不停的炮声，天津终于被解放军从恶势力手中解放出来，人们都在如释重负似地说着："天津可解放了！"表面看来，一切依然维持原状，除了被炮火击毁的建筑物的残迹与新开进市内戴皮帽子的解放军以外，看不出有什么奇异之点，然而在人们情绪渐渐安定下来以后，就有些新景象出现了，各处搭起庆祝的彩楼，街头上不时过着秧歌队，被封锁的报纸及壁报又复刊了，一切又都复活了似的。我对这新颖的局面感到有些茫然，有些不习惯；过去的一切好像还停留在昨夜的梦里，今日醒来，朦胧间似乎有些受不住窗外射进来刺目的阳光。于是过去的我和现在的我在心理上发生了矛盾，我知道这是一个新的开始，我要迎接她，要适应她。然而我一时又丢不掉这个旧包袱，对新的想接受，又不熟悉，对旧的想抛掉，又有些留恋。这矛盾的思想在我心里不时地搏斗着，使我感到了苦恼和不安。

学校复课以后，许多先生和同学都进步了，我的意识中虽然也知道应该要进步，然而总觉得这般人进步得太"突然"，近乎"投机分子"，我不喜欢看他们那种过于激烈的样子，要进步就自己去进步好了，何必非要表示出来不可？哪知是自己连要表示出来的勇气都不够呢！

三月，军管会成立了南下工作团，号召革命青年南下，这事在同学间掀起了很大的波动。大家彼此都在问询着，讨论着，决定是否参加南下。当我看见那些热诚的青年踊跃报名时，心中又矛盾起来。我钦佩青年们的热情，但又联想到许多不解的问题来：政府为什么要号召青年人南下？解放军一定能渡江吗？如果在江边有鏖战，这群青年会不会就被改编为军队而死于炮火之下？……这些莫名其妙的念头在我脑中盘绕着，我的怀疑和无勇气，与南工团队伍中洪亮的歌声成了鲜明的对比。同学们在问到我是否要参加南下时，我搪塞地说："不南下，革命是不分地域的！"但是那心中的矛盾又再度使我感到苦恼和不安了。最近一个参加南工团的小表弟在给我的信中，不但报告了他生活的安好，并天真地写着："……我们和敌军作战，就像秋风扫落叶似的，把国民党军队一扫而光……"我笑小表弟在胡乱用文辞，但从他的信中，清楚地透露出他对于新生活的满意，对胜利的信心，同时也感到自己过去的想法是多么好笑。

暑期中，为了多学习些新知识，我加入了暑期学园，在那里有千余名青年男女欢乐地在一起学习，在一起生活。我初次接触到这样大的团体生活，培养了我的集体观念，同时我发觉这些青年男女也都是与我同来自一个出发点，而奔向同一个方向——每个人对新的知识有迫切的要求。不久，我们为了要向工农兵学习，并实际地做些服务的工作，在学校附近的工厂中设立了两个工人夜校。工厂，在以往是我们轻易不肯去的地方，想象着那里一定肮脏、杂乱、潮湿，有工人的粗野与讨厌的机器轧轧声。但是到了工厂以后，与我想象的恰好相反；并不肮脏杂乱，也没有感觉到机器声的讨厌。我觉得在厂方能拿出经费来办夜校、买图书，提高工人教育，在国民党时期，资本家是不肯这样做的，这是解放后的新景象。第一天报名入学的工人占总数百分之七十，他们多是从小失学，如今又有了读书的机会，他们的兴奋与勤勉读书的精神，是难以形容的。我们每天教国文、算术、政治常识，有时也打打球、唱唱歌。上课时他们都聚精会神地听讲，有时发出的问题常常使我惊讶已超出了他们的智力范围，又有时他们那种谦虚和尊敬使我心中有说不出的惭愧！比起这些爱工作、爱学习的工人来，一个旧知识分子真是渺小极了！这纠正了我自高自大的脾气，我感到了所谓"知识分子的悲哀"！

暑期学园结束以后，暑假也快过完了，该要回到学校里去。我本来不愿意让他们知道我要离开夜校，但在我走的前一天，不知怎么被两个女工知道了。她们拉着我的手，要求我继续教下去，其中一个梳辫子的竟滴下眼泪来。我被她们的真诚和自己的歉疚交织着，感动得说不出话来。我答应她们做永远的朋友，并互相通信，最后，还是以万分不舍的心情离开那里。从此我才认识了在工人阶级中有那样纯真的感情，他们的辛苦和勤劳又是这样的可敬。对于工人阶级的认识，使我在思想改造上发生了很大的影响。

开学以后，学校由寂静立刻热闹起来，在课程方面增加了一门很重要的政治课——"辩证唯物主义与历史唯物主义"——经过了几个月的学习，使我一点一滴地改变着。

虽然我进步得还不够快，但我开始走向了新的生活。

因家庭环境关系，我过去一直生活得很平静，没有遭到什么困难，所以养成我的性格是那么易于妥协、保守，没有战斗性。天津解放以后，看见那些进步同学，我还在心中轻轻地说："不管是旧政府也好，新政府也好，反正你们不能这么快改造我，我是站在超然立场上的，等着瞧吧！"于是就"超然"了半年多！直到我开始听政治课和看新书时，才知道自己在思想上犯了多么严重的错误，才知道世界上根本没有中间路线与所谓超然立场，必须要倒向一边，必须要进步，同时在分析思想中，发现了自己的极端个人主义和自由主义作风。过去我常爱发空论，不顾实际情况。对于学校的课外活动很少参加，常取一种漠不关心的态度，觉得只要自己生活舒服就够了，何必要去干涉别人呢？但是现在我懂得了：只有人民自由幸福，才有个人的自由幸福。我加入歌咏队，办壁报、办膳团……关于同学康乐及福利的部分，虽然我尽的力量很小，但是我和大家在一起学习，精神方面感觉特别痛快，尤其在小组讨论中，我们同学感情之间由陌生而变成亲切。同时，在大家的帮助下，我学到了更多的知识，这一切都是我从前做梦也没有想到的。

至于在解决问题方面，我的看法也与从前不同了。第一，关于家庭方面，我是生长在一个大家庭中，一向生活还不错，但是解放后因经商亏累，有时为了经济关系，家庭中便常生纠纷和争吵。过去我常为此事烦恼，认为解放对我家太不利了。不然，岂不很美满吗？但是现在我不这样想了，我知道以往只是以金钱和封建的势力来维护虚伪的生活，如今经济困难了，马上各人露出真面目来。我也知道凡事都有它的对立矛盾性，有过去，也有未来，有没落，也有新生。我心中在想："腐化吧！这封建的堡垒！只有革命的力量才能粉碎了你！"从此我不再恋惜了。

其次，关于阶级斗争方面的问题，过去我常听到对于地主流血斗争的事，我一方面想到贫苦农民翻身的情形，一方面怜悯地主狼狈的情形，这是很矛盾的对照。在我情感上略略感到一些不平静。我承认被剥削被奴役的农民应该翻身，但我又不赞成斗争。后来才认识到：这仍是站在旧统治阶级的立场上来看待农民的。既然承认农民应该翻身，就应该拥护农民的翻身斗争，要不，统治了几千年的地主阶级，会自己滚下去么！

从此，我否定了自己过去认为思想不能改变的念头，在唯物的观点上看来，一切物质永远在变，社会环境在变，自己不自觉地不是也在变了吗？只不过，当你觉悟到自己应该进步的时候，你会进步得快一点，改造得彻底一点；不觉悟的时候，你就进步得慢，甚至不进步，变成落后和反动的！

拉杂写来，好像倾尽了自己心底的话。归结起来不过是一句话：我觉悟了，但这还是刚刚开始。高尔基说："小资产阶级的人情感根源倾向于过去，理智根源倾向于未来。"我知道在旧的包袱没有完全放下之前，这条路还是相当艰苦的。

让旧的快快死去，让新的快快生长吧！我不再留恋过去了。我正以无比的欢欣走在阳光普照的大道上。

一九四九，除夕

《天津日报》1950 年 1 月 15 日（359 期）第 8 版副刊

1949 年 10 月 2 日，中华人民共和国成立后的第 2 天，苏联首先宣布承认新中国，并决定同我国建立外交关系。继北京宣布成立中苏友好协会总会之后，天津也很快成立天津中苏友好协会分会。方纪被任命为该会的总干事。办公地点位于原英租界 39 号路（今和平区重庆道 55 号）。

天津中苏友好协会成立后，急需大量人才，以便更好地开展工作。方纪同志上任后，即着手抓干部建设工作。他首先想到了南开大学即将毕业的大学生们。5 月的某天，他第一个先找我谈话，告知准备安排我到该单位去工作。由于我的毕业论文还没有写完，他让我先去报到，然后每周三天工作，三天回学校，按时交上论文。

当我按地址找到这个单位时，方老师帮我办好报到手续，并简略给我介绍：这是一座适合国际交往的大楼。此楼原为清朝末年太监张祥斋（即"小德张"）于 1922 年建成。辛亥革命后，清室"逊位"，庆亲王载振与其父奕劻迁到天津并于 1925 年购买了这座楼居住，只有载振及少数清朝遗老出入，人们称其为"庆王府"。我简单地参观了一部分，得知这是具有皇宫建筑中有黄绿琉璃瓦装饰的一座中西合璧式大楼。只见大厅内布置富丽堂皇，雕梁画栋及各种摆设非常考究。主楼外还有一"御花园"，内有假山、六角亭、喷水池……幽美宁静、别有洞天。我家过去也曾在旧英租界租房居住过，怎么也没想到竟有如此高档的楼房。我们刚开始参加工作，能有这么高档的办公地方，非常惬意。我报到回学校后，向同学们叙述了将要工作的地点环境，引起了大家的兴趣。他们分别在我上班期间有意识地去看了看这栋高级大楼之后，也要我向方老师转达：这个新单位是否还需要干部？方老师得知后，欣然同意。于是，南开大学中文系、外文系先后有十余名大学生毕业后陆续到中苏友好协会参加工作，为这个机构增添了新生力量。

1950 年夏天，我和几位同学到中苏友好协会参加工作不久，方纪同志告诉我们：市委宣传部部长黄松龄同志要来看看我们。我揣摩着：共产党的高级领导干部是什么样子呢？一定官气十足吧！一定很严肃吧！我心中忐忑不安。

没想到，黄老来到机关的会客室以后，我首先看到的是他衣着朴素、神采奕奕，很有修养的风度，也就放下了心。他满面春风地和我们交谈，先是简略地问了每个人的姓名情况后，然后微笑着但很有分量地说："你们可是国家的宝贵财产啊！"听了这句话，使我精神为之一振，继而深深地印在我脑中。我想，我自己还没有估计有什么价值，而共产党政府却如此重视大学生，这个政党是个有前途的党。俗话说："士为知己者死。"我决心跟着共产党走，立下雄心壮志，争取在社会主义建设事业中做出成绩。

多年过去了，尽管后来我在人生道路上遇到一些曲折，受了些委屈，但已成为历史。回首往事，我一直认为天津解放初期自己没有随同学离开祖国而留下来参加新中国建设，竭尽微力，没有辜负党的培养和教导，我的道路走对了，终生不悔。

我在天津中苏友好协会工作 6 年，在方纪老师直接领导下，努力工作、奉献青春。这期间，认识了解放军（也是志愿军）干部康君，并结为夫妻。1956年，根据中央军委指示，从部队中抽调一批干部支援大西北建设。虽然我们知道在青海高原工作会很艰苦，但是我俩服从分配，于当年9月到达省会西宁，安家立业，为社会主义新时代奉献力量。那些年由于通信设备等的落后，我和方老师疏于联系。"文革"期间，听说他被打成"反革命修正主义分子"，遭受无辜残害，我们只是焦虑，爱莫能助。而我所在的工作单位"造反派"给我贴过大字报，说我是方纪老师的"黑学生"。我暗地失笑，怎么成了"黑学生"？后来这些"莫须有"的罪名也无声无息了。1976年夏天，我回津探亲时，看望过刚"假释"的方老师。那时，他还没有彻底被"解放"。作为一位多才多艺的文学家、艺术家，为天津的文化艺术界的繁荣发展，以及对青年学生的谆谆教导，培育青年等方面都做出过卓越贡献，如今却受到诸多磨难，凡是有良知的人都会为他愤愤不平的。

1976年，"四人帮"垮台，"文革"结束。也是根据中央指示，我和康君在青海工作24年之后，符合内调条件，于1979年12月调回天津工作。当我刚知道这个信息时，就和师母黄人晓同志联系，咨询她回津后到哪里工作？方纪老师知道后更是高兴。他拖着残疾的腿，很快联系有关领导，将我和康君安排到新蕾出版社做编辑工作。那年我已53岁，我尽力边工作边学习，尽快熟悉业务，做出成绩，好弥补损失了10年的光阴。

回到天津，又能与熟悉的老师、同学相会，也有机会去方纪老师家中看望，希望能再多为老师做些力所能及的事或谈心。1988年新年之际，我忽然收到方纪老师寄来的一份贺年卡，那年是龙年。方老师只用左手写了个"龙"字，我便心领神会地了解他对学生的关心和期望，于是写了一篇《老师和龙》文稿寄到《天津日报》副刊，没想到很快被刊登了。转录如下：

老师与龙

我意外地收到了我的老师寄来一张贺年片，它令我惊讶。这只是一张普普通通、贴了 2 分邮票的明信片。

明信片的正面是由师母写的："盛年不重来，一日难再晨。"字体虽然有些歪扭，但看出她对我的殷望。背面老师用左手只写了一个"龙"字，那龙字拐钩，拖了一条长长的尾巴，真像一条欲起步腾飞的蛟龙！

简洁、朴素、深情的贺年片，代替了那些凡俗的新年卡、生日卡之类的花花绿绿画片。

我将老师的贺年片压在玻璃板底下，不时地从那个仿佛游弋于太空的腾龙形象中，引出断断续续的遐想。

那年月，曾把我的老师和另外一位名作家一起打成"变色龙、小爬虫"并闻名于全国。当时，我还在外地工作。当我看到大小报刊都在转载这一消息时，我惊呆了。"什么是变色龙？"辞书上说："比喻在政治上善于变化和伪装的人。"这解释和我心目中崇敬的老师怎能一致呢？

一个蜚声文坛的老作家怎能一夜之间就成为被人唾弃的"变色龙"呢！

"不！我的老师绝不是变色龙！"我只能在心中用大力气呼喊着，愤懑着。

接着，老师经历了多次的批斗并戴上了"反革命修正主义分子"的帽子，被关押了 7 年。

1976 年也是个龙年。7 月盛夏，我回天津探亲，听说老师已能"假释"了，每周六可以回家一趟，我决定去探望他。这时，有好心的同学劝我不要去，以免被"株连"。我说：我和老师没有"黑线"联系，我不怕。

一个闷热的周末下午，我敲开了那扇熟悉的大门，果然见到了想念已久的老师。他紧握着我的手，好像久居穷乡僻壤中忽遇过路客人一样，开始是惊讶、高兴，接着又是沉默，千言万语不知从何说起。我和老师走进他那四壁皆空的会客室里（就为了他说过："我家已四壁皆空！"又换来几场批斗），坐在仅有的一把木椅上，看着老师坐的那张破沙发，扶手地方都露出了草梗，我猛然发现老师好像一下子衰老了二十多岁！

这是我大学时代最崇敬的老师吗？这是当年本市文化界的风云人物吗？他那奕奕的风采呢？他那充沛的工作精力呢？他那侃侃而谈、站在讲坛上震惊四座的口才呢？还有，他那塞满书架的名著书籍、墙上的字画珍品、书桌上的文房四宝都哪里去了？一种空荡荡的失落之感侵袭着我。我和老师好像坐在一条无人驾驶的小船上，苍凉、寂静又辽阔。

沉默了一会儿，我看到窗旁唯一的旧书桌上放有几块用于刻名章的小木块。他解嘲似地笑笑说："如今，也只能做做这些雕虫小技了。"

那次，是我最后一次见到他用右手工作，也是我最后一次听他流利地谈话。

我们谈着，不知不觉天色已晚。师母那时还住在干校，他要等儿子回来才能烧饭。我站起来告辞了。我觉得应该给老师谈些鼓鼓士气的话：

"老师，大家都在悄悄地预测：他们那一伙不出三年就要完了。"

"我等他们20年！"老师停顿了一会儿，坚毅地说。"20年"三字说得很有力。从他的目光中，我看到一股万夫难当的决心。

老师送我到大门口，握着我的手难过地说："我们还能再见面吗？"

"能。老师，我们会再见的，不出3年！"我回答。

没想到，我与老师分手后仅仅三个月的时间，"四人帮"垮台了。

不幸的是，在全国欢庆打倒"四人帮"之夜，直接遭受江青、张春桥、姚文元（老师在不同的场合上抨击过他们）、王洪文迫害的老师，由于过度的兴奋而突患脑血栓，抢救之后，留下了终身的偏瘫之症。

龙年又一次周而复始，整整12年过去了，如今，人们早已忘掉那"变色龙、小爬虫"的诬蔑称号及诬蔑者。而老师身负残疾，拖着病腿，刚毅地、执着地生活过来了。尽管他再也不能直接领导文艺工作，不能创作，不能与人流利交谈……但他的头脑是清楚的，思路是清晰的，他的内心世界犹如一条腾飞的巨龙。十余年来，他用左手写得一手好字。今年，他还准备与老国画家们举办龙年书画展览呢！

望着这张最简单的龙年贺年片，我总想起那些难以忘怀的往事，当然，也由衷地祝愿他龙年里吉祥如意！健康长寿！

老师呀，这不只是一个学生的心愿！

《天津日报》1988年2月18日第3版满庭芳

中华人民共和国成立后，方纪老师除了在南开大学任教一个阶段，后来主要负责天津市的文化艺术领导工作，同期仍然发表不少文学作品。正当他年富力强，准备在艺术上、思想上创作更多更成熟的作品时，"文革"把他打入灾难的深渊。他失去了文学艺术上更高层的文学成果，留给他的仅是残肢和语言的障碍，但是他仍然坚强地活下来了。他的右手瘫痪以后，就坚强地用左手练习书法，其执着的毅力，可敬可佩。

方纪老师晚年在总医院治疗时期，曾经受他教导的学生或同事们（都已是中年人了）经常结伴去看望他。每当大家围着他谈天说地，讲些有趣的新闻，他总是开心地笑着。有一次，我们相约七八位结伴去，都是他的部下，带些他喜欢吃的食品。那天，他特别高兴，主动用左手写了一幅"友谊地久天长"的横幅书法送给我们，有人用照相机拍下了留念。那是方老师给我们留下的最后一幅的墨宝。

　　1998 年 4 月，方老师病逝，至今已有 18 年了，但他对我们多年的培养和教导，特别对我的关心和爱护，让我对恩师永志不忘！

2016 年 12 月 9 日

（《沧桑与华年——南开人的故事》，百花文艺出版社，2018 年）

我为启蒙教育献微力

1979 年我从青海高原调回原籍天津，时年 54 岁，分配到刚成立不久、专门出版少年儿童读物的新蕾出版社低幼读物编辑室，并且分工由我负责编辑婴幼儿启蒙用的"特种书"。在多年的编辑工作中，一直得到来自科协系统的指导、支持和配合。

考察中的启示

我在大学专攻文科，毕业后一直从事文学写作、翻译、通讯报道、专业刊物编辑等工作，从来没涉及儿童这个领域。自己虽然已是两个孩子的妈妈，也没专门研究过学龄前儿童的教育方法，脑子里一片空白。只因想起那刚刚度过的荒诞十年，就想多干些工作来弥补损失！于是，我像小学生一样从头学起。20 世纪 80 年代被称为祖国的第二个春天，国家形势大好，人人努力奋发图强，我也一样满腔热情，决心要把编辑幼教读物这件事做好。我着手这一新领域的工作后，马上对它有了信心，因为我意识到，每个国民要想具有健康的体魄、高度的智慧和素质，必须从婴幼儿养育开始。这项工作是具有深远意义的。

首先是学习，通过借阅国内外已经出版的各类儿童读物，走访京津沪一些著名的幼教专家、知名教授，以及兄弟少年儿童出版社，了解他们的先进经验。在考察中，我了解到这些专家、教授和出版社编辑大多是科普团体的成员，这给了我很大的启示：在今后的工作中，一定要取得科普团体的支持。

科普专家成就婴幼儿丛书

早期教育的重要措施之一是培养婴幼儿从小对音乐的感受力，开发智力，使身心健康成长，促进婴幼儿德、智、体、美全面发展。为此，天津和平保育院搜集国内流传的教材并加以创作，编写了一套婴幼儿早期教育丛书。内容有乐曲、表演、律动、音乐游戏、节奏乐，还有两个月到一岁半的婴幼儿被动操等。此书为全国各地幼教工作者提供了较全面的教材，很受欢迎。为了适应出口贸易需要，又增加一册五线谱版；为了能给婴幼儿操练方便，并配以录音磁带。这是我国第一本配有录音磁带的婴幼儿音乐辅导教材。该书参加过四次国际书展，我在进行该书的技术审定时，就专门邀请来自科普团体的学者和专家。

当时这些审定工作都是义务的，也不署名，是他们在技术上把关成就了这套丛书，使其在 1983 年被国家出版局评为编辑一等奖。

来自科协的理念

在"科学的春天"里，来自科协的科普理念，通过文件、电视、广播广泛在社会各界传播。当时对青少年和婴幼儿的教育提倡：在学中玩，在动手中学，用趣味方式开发智力。为此，我责编了多种玩具书，得到了社会的好评。

《贴图讲故事》是一本 8 开的画册，画有不同的几何图形和拼图故事。按照幼儿的不同年龄，分别在附带的植绒纸上用彩色布块拼贴，看谁拼贴得好看并按图面讲故事。第一次印五万份很快售罄。在参加法兰克福国际书展时，很受一些外国儿童的欢迎。

科普活动展示了我的心声

1988 年，我 63 岁时超龄退休，以壮志未酬的心情离开心爱的幼儿读物编辑工作。短短不足 10 年，我看到所编的读物受到家长和儿童的欢迎，也感欣慰，只觉得自己在启蒙教育这方面做得太微小了。尽管我尽力了，亦无显著成绩可言。同时，我永远感谢所有曾经在工作中热心帮助过我的老师和朋友们，我将永远铭记在心中。

2006 年 5 月 22 日，由天津市科普作家协会主办的天津图书馆"收藏优秀科普作家出版物及原稿书信展示活动"，我被约请将本人编辑的有关科学育儿的出版物做成一幅展牌展出。距离我当年编这类读物已隔二十多年了，但仍然让我感慨万千。希望新一代儿童读物编辑们能继续借助科普团体的优势，编辑出版更多更好的儿童读物。

敬送《南开大学 1950 年毕业年刊》回母校

欣逢南开大学建校 97 周年暨西南联大复校 70 周年之际,承蒙校友总会邀请我参加此次盛会,甚感兴奋。我已准备好一份特殊的纪念品——《国立南开大学 1950 毕业年刊》作为贺礼捐献给母校。

回溯这份年刊的来历,还要从头说起。

1945 年 8 月抗日战争结束后,我从圣功女中(现名新华中学)高中毕业后,考入天津工商学院(天主教教会主办的)中文系一年级。1946 年暑假后升入二年级刚上课一个多月,就听说西南联大回迁,南开大学即将招生并复课。于是,我和几位要好的同学,放弃刚交完的 20 银元学费(那时我父亲已经失业,筹划这笔学费也很不容易的),也没和该校打招呼,一起报考南开大学并分别被文学、经济等系录取。记得正式上课时已临近 11 月了。

从 1946 年至 1950 年夏季毕业时,我就读的 4 年,前后经历了两个不同制度的社会。一、二年级还是国民党统治时期,那时我是属于"对政治漠不关心"类型者,只想好好读书,毕业后有个好工作,能养家糊口而已。但是南开大学自从复校以来,进步的师生们承袭着南开大学的光荣传统,投入争民主、求和平的斗争巨流中。尤其是在中华人民共和国成立前开展的"反饥饿、反内战、反迫害"英勇斗争的表现和行动,也在启示人们:这个旧社会将要崩溃,而必将迎接一个新社会的到来。

1949 年 1 月 15 日天津解放不久，南开大学就复课了。文学院从八里台搬到六里台，经过整顿，有了安定的学习和生活环境，各系还配备了新任的教师，充实了力量。大家开始接受新民主主义教育，培养为人民服务的信念，努力完成学习任务。

1950 年 7 月，我所在的中文系只有 6 位同学作为新中国成立后第二班毕业生（1949 夏第一班只有 2 位毕业生）。鉴于新中国建设开始，由于工作需要，我和几位同学还没走出校门就被文教部门某些单位预约聘任了。我是经方纪老师的介绍，5 月间就开始到原天津中苏友好协会工作了。由于我还没有写完毕业论文，经协商，规定我每周上班、上课各三天。

四年的学习生活，记载了我们人生中最宝贵的青春时光。

学业结束时，我们中文系几位同学举办了一次小型告别会（大家吃顿饺子等简易的聚餐），每人领到一册毕业年刊就各奔前程了。这册年刊是复校以来第一册。内容除了南开大学从建校以来的简史、当前各系简况、各院系老师对毕业同学的谆谆教导和寄予的期望，还有全校教师和毕业生的照片（毕业照都是戴着博士帽、穿博士服的标准像），以及复校后经历的学生运动和新中国成立以后学生们学习生活等照片多幅，是一册难能可贵的南开大学发展的历史资料。据知在我们这一届毕业之后，可能历届再没有出版这类的年刊，弥足珍贵。

我在天津工作 5 年以后，与参加志愿军回国的康君结婚，并按照组织分配与他共同远赴青海高原，为青海建设贡献青春达 24 年。这期间也经历过自然的和人为的灾害，总算坚持了下来。"文革"以后，根据中央有关规定，我们二人调回天

作者在毕业年刊中的个人照

津原籍又工作十余年直到退休。时光荏苒，几十年过去了，虽然经历数次搬家，处理旧书、杂物，但是我始终精心地保护着、珍藏着这册难得的毕业年刊，至今已有 67 年。虽然纸张有些泛黄、破损，但全册完好无缺。每当翻看这册年刊时，回忆起母校创建的历史，本着"允公允能、日新月异"的校训，如今正为步入世界第一流的学府而迈进，同时也不会忘记老师对学子的谆谆教导，为培养学生们成才而付出辛勤的劳动。如今年刊中的老师大多已作古，学友们也去世不少。但他们在历史中留下的业绩是永远不会消逝的，永载史册！

我敬送此册年刊回归母校，衷心表达对母校师生的怀念和敬意，并祝巍巍南开大学精神永放光芒！

［《南开校友通讯》南开校友总会编，2016 年下册（复 49 册）］

牵手到永远

今年 7 月是我和老伴结婚 50 周年纪念。我俩这个既浪漫又不平凡的婚姻和家庭，经过了半个世纪的风雨历程。

1950 年夏天，我作为中华人民共和国成立后第一届大学毕业生参加了工作。之后，在工作中认识了一位青年军官。他是参加过抗美援朝战争的志愿军指战员，那时被称为"最可爱的人"。我想，这就是我要找的"白马王子"吧！经了解，他比我大 3 岁（以下简称"康兄"），不久前已经与家庭包办的妻子离婚，还有两个儿子在农村。我同情他的不幸婚姻。于是，我们由相识、相爱到结婚建立了家庭。

1956 年 8 月，我们结婚刚一个月，康兄告诉我，根据上级指示，他将转业到青海参加大西北建设，并要求我同行。我从来没出过天津，对大西北茫然无知，却有些美丽的幻想。因青海尚未修铁路，我们随同一批转业军人及家属约三千人先是乘坐专列到兰州，再由兰州坐敞篷汽车到高原古城西宁。这个海拔两千多米的城市，只有一片片黄土山峦，地广人稀，气压低，早晚温差大，住房及生活条件都较落后，吃水要自己挑，露天厕所要蹲坑……艰苦条件使我以往的浪漫想法都像泡沫一样消失了。那时，除了在机关办公，每周还必须用一两天去修西宁火车站、公园，上山种树。劳动虽然艰苦，却也锻炼了身体和思想。

青年男女恋爱时，大多亮相自己所长，隐其所短。而结婚后有更多的机会去了解对方，缺点也容易暴露。我俩组织家庭后，日夜厮守，逐步发现我俩共同点都想好好经营这个家庭，但是在性格脾气、兴趣爱好、生活习惯、学习思考等也有差异和不协调之处。如何对待这些矛盾呢？我的信念是夫妻首先要忠诚相待，每个人都能向对方付出真诚之爱，互敬互爱之后才能爱护这个小家并好好地经营它。求大同，存小异，原则问题要坚持，至于生活中的小节，能宽容就谦让过去。几年间我们生育了两个儿子。康兄对孩子们倾注了更多的爱和呵护。他勤俭持家反而比我强，很会精打细算。我生小儿子时正赶上自然灾害，市场上买不到鸡蛋，他感到歉疚，就学邻居的办法，在房后挖地种菜、养鸡，补充副食供应的短缺。虽然我在产假中没吃到鸡蛋，但我觉得他努力做了，也就毫无怨言。

"文化大革命"期间，我因家庭出身不好被诬陷为"特嫌"，被送到省五七农场劳动、审查。这时和康兄要好的同事劝他赶快和我离婚，划清界限，以免牵涉全家。康兄拒绝了，他坚定地说："我可以带她和孩子回老家种地去！"我从农场回家听到此事，感到他能在那坎坷的年月里照顾两个孩子生活不容易，不和我划清界限，说明他是多么深深地爱护这个来之不易的家。

20世纪70年代，康兄前妻的二儿子因不能升高中，我以亲情包容和接纳他从东北来到青海并安排了工作。这孩子勤奋自强，学技术进步很快，几年后由学徒升到技师并入了党，而且与两个弟弟相处亲密。康兄打消了顾虑，家庭也增加了和谐的气氛。

1979年，按中央有关规定，我和康兄告别生活了24年的青海高原调回天津工作。我俩退休后又分别被返聘工作了七八年、到完全在家休闲时已届古稀。20年间，三个儿了分别娶妻生子并调回天津工作，总算落叶归根。而我们已是拥有11口人的家庭了。

家和万事兴。伴随着改革开放，国家日渐兴旺发达，我们这个小家庭也安享幸福成果。我和老伴的身体尚健，曾于几年前两次越洋飞往加拿大小儿子家探亲。据说，环绕地球一圈是4万千米，我们以耄耋之年已绕地球两圈 8 万千米，今生今世也够满足的了。

漫长的 50 年间，夫妻相处总会有争吵、赌气、闹意见、磕磕绊绊的时候。只要多想以往恩爱之情，宽容息怒，后退一步，海阔天空。老年节来临之际，我俩相约：牵手永远直到生命的终点站。

（《天津老年时报·通讯员》，2007 年 2 月 5 日）

古稀之年话养生

过 70 岁以后，我经常遇到这样的情况：好久未见面的老朋友或在某场合下相识的人问起我的岁数时，我如实地回答：已过古稀之年。他们都说：不像，像五六十岁的人呢。还有的人问我："你吃了什么样的营养食品？采取了什么样的养生之道？"

我生于 1925 年 5 月，今年已 74 岁。"人生七十古来稀"，我确实已列入古稀的行列里了。其实，我过去很少考虑"养生之道"方面的问题。1988 年以超龄 8 年从出版部门退休，接着又被天津市政协文史资料委员会返聘，继续工作了 8 年。1996 年，我第二次退休已是 71 岁了。之所以在退休之后还能继续发挥余热，主要是我的身体属于一般健康状态，能坚持最少半天的工作，下班后还要料理家务，参加一些社会活动，还经常受亲朋好友之托，为他们办一些力所能及的事，等等。以前没有想过自己步入老年人的行列后会怎么样，忙忙碌碌地工作了大半辈子，到第二次退休下来，才逐渐考虑如何安排晚年的生活。

每个人的生命只有一次，如何真正掌握自己的命运，达到延年益寿、长命百岁？自古以来，包括秦始皇在内，都在寻求长生不老的秘诀。但是人毕竟不是神，不能永生，只要多注意养生之道，把寿命尽量延长，在自己生存的社会里多做些奉献，多享受些大自然的恩赐，也就知足了。

古人云："知生也者，不以害生，养生之谓也。"（《吕氏春秋·节丧》）意思是说，懂养生之道，才是会生活的人。随着人类心智的发展，如今活到七八十岁不算是"古来稀"了。我对于养生之道没有做过研究，也没有成熟的经验，仅谈谈自己的几点想法。

一、老年人首先应争取做到身心健康

一般来说，健康是指身体强健、生理及心理活动正常、精力充沛，对自然环境和社会环境有良好的适应能力。从医学角度上认识，老年人的心理状态确实对其健康和寿命有明显的影响，如果能在心理上保持青春，则可以使情绪稳定、精神振作，神经与内分泌系统功能正常，从而增强机体免疫与抗病能力，推迟生理上的老化，有益于健康长寿。反之，人未老心先衰，孤僻、忧郁、情绪低落，体力减弱，容易加重原有疾病和增加新的疾病，对健康是十分不利的。"人老切莫心先老。"因此，要不断调节自己生理和心理功能，使之达到平衡的良好状态。

二、不断陶冶性格，加强品德修养

要做到豁达、宽容、幽默、乐观。像冰心老人所说的那样："心里豁达一点，从不跟人计较，也不跟自己过不去"，有坦荡的胸怀，才有乐观豁达。坦坦荡荡的胸怀和良好的情绪是一门超级养生术。比如"文革"中，成千上万的人被打成"反革命"，拨乱反正之后，对大多数受蒙蔽的群众也就不必再纠缠那些是是非非、恩恩怨怨了，还是向前看吧！不要总被烦恼滋扰着，心情也就宽敞多了。"心底无私天地宽。"

三、生命在于运动，动静结合

运动能促进新陈代谢，改善血液循环，有益于健康。我没有坚持晨练，但每天在工作或生活中的活动量也不少。过去常有机会去外地出差、访问、开会、参观等，近七十岁时，旅途中登车上船不怵头，行走方便。我骑自行车已有五十多年的历史，去市内各处坚持骑自行车，既完成了工作任务，又锻炼腿脚，强筋健身，是一项很好的运动。退休以后，承担的家务事多些，但还能胜任。老年人能尽量独立地处理自己的事情，不但增加了生活情趣，也有益于保持身体健康。有人说："老年人长寿在于静止"，我认为经常做些轻量的运动能延缓衰老。只要把劳逸结合安排好就可以了。

四、培养多方面兴趣，丰富生活内容

退休后，自由闲暇时间多了，更有利于多读书看报，既能学习不少新知识，了解国内外新信息，也能使脑力不停地运动，保持大脑和中枢神经的健全发展。趁着腿脚没有大毛病，每年争取去外地旅游几次，游览各地名胜的奇山秀水，了解其人文地理及改革开放后的飞跃发展，令人感情升华，更加热爱我们的祖国。此外，平时也学些烹饪、缝纫、编织的常识，以增加生活乐趣。

五、多参加有益的社会活动，广交朋友

有机会多和亲朋好友相聚，多谈心，避免老年孤独感、失落感，多了解身边以外的各种情况，感受生活在群体的友爱之中，使我们更加热爱生活，热爱生命。心理、精神上的卫生能延缓衰老，有益于健康长寿。

总之，"健康是人生最大的财富"。健康长寿是每一位老年人至

为宝贵的愿望。当然，如果要求人的一生绝对不生病是不可能的。如今，六七十岁以上的老年人大半生历尽坎坷和磨难，身体总会留下不同程度的病根。因此，要达到健康长寿首先要以良好的精神状态作为支柱，克服因年龄增长或某些病根而产生的消沉情绪。要振作精神，经常保持豁达超脱的情怀和善待人生的乐观情绪，不断充实自己的精神生活，使之富有朝气。同时，结合本人身体的特点及周围环境条件，制定一些切实可行的健身之法。现代医学家们一再预言："人人都可以活到百岁。"老年人对可以实现通往期颐之路应抱有积极态度和坚强的信心。

1999 年是国际老年人年，值此全世界老人共同庆贺之际，我期望能更多地向老年朋友学习养生之道，树立长寿新观念，健身又健心。祝愿大家都能健康美满地活过一百岁，争取在 21 世纪来临之际，自豪地加入老寿星的行列中去！

（《当代翰林话养生》，天津文史研究馆编，1999 年 8 月）

唉！这双真牛皮鞋

　　贵报第 996 期《劝君莫惜金缕衣》一文，言简意赅，把老年人的心态分析得既现实又透彻。我和老伴看后，一面称赞文章写得好，一面想起我们家里存放多年的那双真牛皮鞋。

　　1956 年，老伴从部队转业时，组织上调我们奔赴青海高原，支援大西北建设。到了省会西宁市，分配在工业部门工作。1958 年左右，北京举办一次规模甚大的轻工业品展览会，各省市争送优质产品，有的达到出口水平。那时青海的工业落后，但牧区盛产皮毛、皮革。于是，也安排了有关工厂选择上好材料，精工制作了一些轻工业产品送京展览。展览会结束后，展品退回各省市。由于参展的样品不能拿到市面上销售，厂方同意以成本价在机关内部处理。

　　当时，我老伴看中了一双真牛皮的男式半高腰黑色皮鞋，双扣眼系鞋带，不只是鞋面皮质优良，乌黑锃亮，鞋底也是用很好的本色纯牛皮配上，打磨得滑润规矩，做工精细而考究。老伴就按成本价约四十元买下了。那时，老伴才三十多岁，穿上这双高档皮鞋，人都显得高大精神了，挺帅气。不过那时青海建设刚刚起步，就是省会西宁市也只有几条简易的柏油马路，大多是土路，只盼着能有机会去北京开会或参加个喜庆宴会什么的再穿，平时舍不得穿，怕路上黄土弄脏了这双皮鞋，先收起来吧！

　　接着，20 世纪 60 年代下乡搞"四清运动"，规定须住在村里最贫困户的家里，衣服鞋袜越破越能与贫下中农打成一片。从60年代中期开始，"文革"闹腾了10年。老伴虽然被称为"中间派""骑墙派"，但衣着也要朴素，哪敢穿牛皮鞋？

1979年底，我们都五十多岁了，全家调回天津。到了大城市总有机会穿牛皮鞋了吧！虽然也有开会、庆亲朋喜寿的机会，可是老伴还有一双旧的三接头矮腰皮鞋，等穿坏了再穿这双半高腰的牛皮鞋吧！随着年龄的增长，可能脚板也长宽了，穿上皮鞋嫌夹脚，特爱穿布鞋，又软又舒服。又是十几年过去了，他已明白老人的脚也不适合穿皮鞋了。有时从鞋盒中翻出来看看，几十年了，这双牛皮鞋依然保持质量不变。他欣赏抚摸一阵后，无奈地说：留给儿子们穿吧！

90年代，大儿子在工厂任技师，整天在车间里跑来跑去，只能穿大头式工作鞋；二儿子下乡因公负伤，腿有残疾，右手偏瘫，不能穿系带的鞋；小儿子前几年全家移民去加拿大了。老伴在电话中问：在外国能穿好的牛皮鞋吧？托人给你捎去。小儿子笑着说："这里除非政府公职人员上班时西装革履的，市民大人孩子都好穿休闲服，一色穿旅游鞋。老爸，谁让您早先老舍不得穿，过时了。"

21世纪来临了。老伴想把这双鞋留给孙子穿。大孙子已在工厂工作，上班时有劳动鞋，下班后，小青年穿一双好些的旅游鞋就够时尚的了。二孙子还在上小学，10年以后谁知又兴什么时尚的鞋？难说。

我们现在都是近八十岁的老人，从来不逛高档鞋店，不知行情，这双真牛皮鞋总会值六七百元吧！可是它却躺在鞋盒里已快五十年了，而老伴一天没穿它上街。由于当年舍不得穿，如今已成为我家的"收藏品"了。

我们两个大傻瓜

近几年，不断在报纸上看到老年人上当受骗的报道，也给我们敲响了警钟，提供不少经验教训以及防范的方法，自己也常引以为戒，提高警惕。没想到，最近还是被"儿子的同学"骗了一把。

日前，我陪老伴去市一中心医院门诊部，切除面部上的一个瘊子（疣），遵医嘱昨天去换药。因手术费已交清，换药不会再交钱，故去时只带了一百多元。很快换完药，我们走出医院，想通过中环线回家。刚跨到桥旁的便道，一个约四十岁的男子向我们打招呼，亲切地称我们"伯父""伯母"，先是问我老伴做手术之事，然后问我身体有什么不好，

我说就是有些血压高、头晕。他马上叙述他母亲也是血压高，去年险些死了，幸好有位朋友从美国回来，带来一种叫"龙胆紫"（音，没听清楚）的西药，一下子治好了。他正在等那个朋友再送药来。此人表情虽然很亲热，但也曾引起我的怀疑。我问："你怎么称呼？"他说："我是您的儿子唐林的同学，叫杨国庆。"

我和老伴去年夏天去美国探望小儿子一家，今年刚回来不久，仍很想念他们。老伴一听是小儿子同学，颇有亲切感，并说我们去年探望唐林刚回来。那男子说："他是一个人去的吧？"当时我脑海里有个疑问：他怎么说小儿子是一个人去的？老伴说："一家三口都在那里定居了。"那男子赶紧说："对，对……"好像顾不得问我们

儿子情况，急忙招呼一个人说："给我送药的人来了！"

这时，一个三十多岁的女人骑车过来了，她戴个草帽，戴眼镜，穿着稍有些"洋味"。她打开小提包给那男人取药，那男人赶快说："这是我同学的母亲，也给伯母一包吧！"我本心真不想买，他硬塞在我的提包中。我问多少钱一包？他说：200元。我一听更不买了。就拉开钱包的拉链告诉他，我带的钱不够。谁知他装作是"自己人"，从我钱包中掏出100元钱交给那女人说："算了吧！不够的钱记到我妈妈的账上吧！"说时迟那时快，二人骑车猛跑了。我喊他："这药是什么名字，说明书呢？"他回头喊："在药包里面啦！"

当我俩看着那二人的踪影在人群中消失时，就意识到这是两个骗子了。既然看这男人面生，为何还搭理他？主要是他说我儿子的名字很准确，觉得对"儿子的同学"应该客气礼貌一些吧！大儿子下班后听我述说这个人从我钱包中取钱的动作，他说："这些骗子就是欺侮你们老年人，这明明是抢劫的行为，要是我遇到此事，一拳先打倒他！"我把那没打开的药包拿给大儿子看，他捏了捏说："您敢吃吗？这里可能是沙子加香灰！"他还分析：可能是我俩在医院候诊时，谈到有关小儿子的事，被骗子听到，记下小儿子的名字了。

晚上，小儿子正好从美国打来电话。我问他："你有个同学叫杨国庆吗？"小儿子一怔，说没有呀！我把白天被骗经过刚说三分之一，小儿子马上喊起来："你们这两个大傻瓜！为什么不先问他是在哪个城市、哪所学校和我同学？疑问不就露出马脚来了吗？"真是的，我们当时怎么就没想到问呢？小儿子最后千叮万嘱我们：以后再不要相信陌生人卖的东西了，就是有人喊一角钱可以买一斤黄金也别信！"

一百元在几分钟之内就被别人骗走了，还被儿子说我们是两个"大傻瓜"。看来，老年人不仅要注意保健、锻炼身体，还要经常动脑筋、多思考，增加识别真伪的能力，才能避免上当受骗。

补充说明：受骗之后，孙子建议我给报社写篇小稿。我写完后，把稿子和假药一同送到报社，当着记者的面打开那一个小塑料袋，是一些像决明子的中药，我告诉记者，稿子如不能采用，就算了，把那包药也扔了吧！不久，《天津老年时报》居然给登出来了（略有删节）。

又，我们不想写自己真实姓名，故作者署名唐若愚，小儿子改名唐林，把加拿大改成美国，其他都是真实情况。

（《天津老年时报》，2005 年 8 月 5 日第 3 版）

怀念二弟

自从去年看过电视剧《国家的命运》之后，对曾经参加过我国第一颗原子弹试制的我的二弟师其英，更加怀念。

二弟是我三叔的儿子，比我小 3 岁。我俩在人口众多的大家庭中犹如亲姐弟，从小在一起生活、长大。他聪颖好学，20 世纪在南开中学读书时，曾以连续 5 年全班考试第一名的优异成绩被免试保送到南开大学化工系。后因院系调整，1953 年他于天津大学化工系毕业。之后，我曾见过他穿着一件军大衣，只知道他参军了。我们分手后各自奔往工作岗位，没想到竟有三十多年没见过面。只听说他在一个保密单位工作，连我三叔三婶也不知他们的儿子具体做什么工作，更很少回天津的家。

到 20 世纪 90 年代，二弟从核工业部退出后，在北京主编《化工学报》时，我们姐弟才见了面。那时，我退休后被天津市政协文史资料委员会返聘，从事文史资料方面的采访和编辑工作，也才知道这些年二弟一直奋战在原子弹试制这项伟大的工程中。我向二弟约稿数次，他不肯写。我说，不要你写原子弹试制的过程，那是国家机密，只要写出从事这项伟大工程的全体指战员努力艰苦创业的革命精神，留下宝贵的精神财富，以激励后代、继往开来。不久，他终于交给我一篇《我参加了中国第一颗原子弹的试制》文稿。此稿很快刊登在《天津文史资料选辑》（1996 年第 69 辑）上。天津市政协文史委乔维熊主任在第 100 辑的总结工作中将该稿评为内容涉及军事方面颇有代表性的史料之一。

有一次二弟来看我，把核工业部发给他的荣誉证书拿给我看，笑着说："我们参加第一颗原子弹试制工作成功，时隔二十多年以后，才获得这份证书。"当然，他的业绩也有资格享受国务院对专家们的津贴。

二弟为我国原子弹试制工作做出了巨大的贡献，却顾不上自己的小家，他的妻子曾向他提出过离婚，后来带两个儿女前往美国定居。那个年代，因为他从事机密工作而不能获批去美国探亲。2000 年 2 月，他曾经给我打过电话，说已办好批准去美国的护照并将在那里居住一段时间，当时我也正好要在 4 月份去加拿大探亲。我俩约好，回国后姐弟再相会。没料到，他在美国与亲人相聚半年多，于 10 月间因患中风突然去世。消息传来，使我伤痛不已。

近百年来，南开中学、南开大学为祖国培养出成千上万、德才兼备的专家学者，他们为祖国建设大业奉献终身。二弟师其英当可跻身于无数灿烂之星中的一颗明星吧！二弟的奶名就叫"明星"。

简写此稿，以表对二弟的思念之情。

[此篇文稿及师其英撰写的《我参加了中国第一颗原子弹的试制》曾一并刊载于《南开校友通讯》2013 年上册（复 42 册）]

附录

我参加了中国第一颗原子弹的试制

师其英

1964 年 10 月 16 日在西北地区成功地进行了我国第一颗原子弹的爆炸试验，举国欢庆，振奋了全国的人心。那是在我国受到经济封锁，几乎是毫无外援的条件下进行的。接着我国又连续试验成功氢弹、导弹及更先进的宇宙飞行器。这些使我们国家拥有了国际先进的军事技术，大振了国威、军威，增强了国防力量，受到了国内外的瞩目。早在 20 世纪 50 年代初，抗美援朝战争刚刚结束，第一个五年计划开始不久，中央即着手开辟核工业的建设，我就是第一批参加核工业建设的技术人员之一。

我在南开中学读书 6 年，毕业后保送到南开大学化学系。院系调整时，调到天津大学化工系，于 1953 年毕业，被分配到兵器工业部门工作。1956 年夏，我正在外地出差，接到工作单位电报，通知我速回，但原因却只字未提。我赶回单位便得到调我到北京报到的通知。至于做什么工作，只得到极机密的一句话："搞原子能。"我带着一颗赤子热情之心到北京前往核工业部报到，领导嘱咐我等待工作。近两个月，人事部门一直只顾着接待前来报到的人员，无暇顾及我们这些等待工作的同志。

核工业部从 1956 年下半年开始组建试验原子弹的部门。1957 年正在继续从全国各地陆续抽调国内最优秀干部和学生的时刻，反"右"运动开始了。我们这批在原单位最优秀的人才也被政治风浪吹垮了，很多人因在鸣放中的言论而被打成了"右派"。

1957年至1959年的两年多时间内，核工业部和全国一样忙于"运动"，参加了西山种树、十三陵水库的修建，无暇顾及如何发挥全国抽调来的这些人才的作用，当时大家都称这个单位是"活人仓库"。1959年大批苏联专家来华，令人应接不暇。可是有些技术问题他们也不懂，大部分精力却花在星期日的游玩上。当时把陪苏联专家外出游玩作为政治任务，如稍有不满意的表现，真是"吃不了兜着走"。

1959年秋天，我接受了某工程的任务，拿到手里的是一份初步设计任务书，除去设备清单和编号外，仅有厂房布置的方块图，对于该任务的具体内容包括技术参数、反应条件、设备结构（包括材料品种）等一无所知。派到中国的苏方总工程师是一位老太太。我向她请教若干问题，但除去说"这是苏联的秘密"，或者说"你们中国的事情我无法回答"外，别无所答。在我紧逼之下，最后的答复是"只要你们站在我们肩膀上走就行了"，结果还是一无所获。在当时的条件下，若苏联专家有意见反映到有关部门（如专家工作室），中国人不是挨批评，就得受处分。由于该工程的机密程度很高，又顾虑到保密级的需要，就无法再追问下去了，只得等苏联专用设备的到来，以及在苏联专家指导下的安装试车就是了，个人是毫无能力的。1960年6月，我陪苏联专家去西北工地，因为此行预计很长时间，临走前我回家探视父亲。父亲十分亲切地和我作了一次长谈，嘱咐我许多做人的道理，并送我一身旧衣服留作纪念，我离家时又送我上路，谁料此次分手竟成为永别。

我从北京出发，匆忙赶到西北某地和苏联专家一起在现场工作，突然袁成隆副部长从北京赶来告诉我们苏联专家要回去，叫我们利用当时远离北京的条件，尽快尽多地摸清技术问题。可惜为时已迟，我们做了最大努力仍无法顺利进行。苏方不久匆忙离开，我们紧接着赶到北京，想再继续努力一次，无奈情况更加恶化，甚至连交谈也困难了。我们也摸不清到底发生了什么事。工作暂时处于停顿。

1960年7月31日晚上8点钟，冯麟局长传达周恩来总理的指示，要做好欢送苏联专家工作。当时初步了解到苏方回国是全局性的。但仍不清楚中苏两国间发生了什么事。晚上10点钟开完会到家刚想睡觉，突然收到电报"父病危速回"。我正在收拾东西准备去车站，又收到第二封电报，我没有看，心中明白父亲已不在人世了。我回津办完丧事赶回北京后，苏联专家已走了，给我们留下的仍是那张只有方格框框的平面图纸和一册设备清单，工地的厂房框架已建起来了，但是拿什么东西放在那里呢？一切处于茫然。有位从苏联留学回国的技术领导仍沉醉于苏联的设计中，领导大家每天上班就瞪着那张苏联图纸发呆，半年多过去了，中央"自力更生，奋发图强"的方针敲醒了我们，我和厂长、总工程师等不约而同地有了共同语言，我们要亲自动手，再也不能在纸上谈兵了。为了工作方便，我们在北京远郊区某研究所内开始了试验，尤其是核心设备的设计，真是在毫无资料的条件下开始了设计和试制，我们给它起了个名字叫小8#反应器。经过10个月的努力，终于成功了。但是这个成功还是初步的，模拟的。就在我们试验期间，国家已决定全系统工程进入尾声。而我们这道工序将严重影响整个决策的最终完成，如果不成功或未能按计划实现就会"贻误军机"，处于紧急关头，是干等苏联设备，还是自己动手干，严重的抉择摆在我们面前。

经过短时间的研究，我们共同制定了一个方案，即用在北京试验的小设备投入真料，拿出合格产品。1961年10月31日，我向部有关领导汇报了设计方案：暂放弃苏联设计的大厂房，集中力量建设一个比苏方设计要小得多的厂房，利用我国自行设计和试验的设备进行生产，从中拿到第一批合格的产品。不久部党组批准了该方案，召开一系列会议，落实各项工作。

从部党组批准在西北地区建设一个 18 号厂房以后，我所在的设计院领导为适应这种需要，临时组建了一个综合设计体系，集中办公。我担任了该项目总负责人，除去指导设计外，还要进行设备制造的技术交底、分析检查手段的建立，以及各工种之间的协调、各种设计参数的提供，以配合建设单位准备材料和统一规划。尤其困难的是需要国外进口的特殊设备。由于当时和苏联关系恶化，和美国、日本又没有建交，国内又没有生产，只能和欧洲某些小中立国接触。但只要我们提出规格要求时，对方立即就明白是干什么的，多数直接拒绝。我们深感禁运的滋味，不得已又转向国内想办法。我们在设计中还遇到材料问题，原来苏方设计中大量采用镍铬合金不锈钢，而我国当时还不能生产这种合金钢，从国外进口，不但价格很贵，而且国家正处于经济困难时期，即使不惜外汇，我们也不忍心，只有设法找代用材料。经过努力，代用材料取得成功，为国家节省了大量外汇，当时参加这项工作的有几十位同志。那时正值我国"三年灾荒"时期，我们的粮食定量从每月 36 斤减到 26 斤，女同志仅 24 斤，又无副食可吃。在这种情况之下，我们仍然加班加点甚至睡在办公室里。晚上饿了，或以啤酒充饥，或者喝酱油汤充饥，甚至没办法时把食堂外面的大葱全偷吃了。男同志瘦了，女同志胖了（浮肿）。大家的健康状况急剧下降。有时因工作需要到遥远的西北地区出差，大家都有点高兴，希望火车走得越慢、时间越长越好。因为在火车上吃饭不收粮票，可以节约几斤。最苦的是在北京市东郊做试验，参加这项试验工作的人员要起个大早赶到北京站乘郊区列车。冬天又冷又饿，但也有一妙，就是在下火车到实验场的途中有个地方卖枣酱。往往是谁去了，一个人就带好多玻璃瓶子，自己吃够了再装满瓶子带给别人。记得当时有个同志叫张振浩，他每次回来总要给大家带好多瓶枣酱，虽然他自己也是骨瘦如柴，却不顾沉重费力，热心为大家做点好事。就是这样，在生活物质条件极端困难之下，没有人叫苦，还是奋不顾身地忘我工作。大家拧成一股劲，决心要按期交出图纸，因为工地等着我们，部领导等着我

师其英获得的荣誉证书

们。当我们将第一批图按期送到工地，大家流下了幸福的眼泪。

随着图纸运往工地，我们这个试验组也跟着到了工地，远离北京来到遥远的西北地区，生活在戈壁滩上。远望那四季不融的雪山，一望无际的平地除去一丛丛骆驼草以外，别无其他植物生长。天气突变时，大风在 10 级以上，能把比鸡蛋还大的石头砸在脸上。因此，经常是走路时不得不向后退着走，不敢迎面走。这个地区条件非常艰苦，不但吃不饱，连水都不够喝。尤其困难的是除去在食堂吃饭外，周围买不到任何吃的东西，这真是一片荒凉的不毛之地啊！有的女同志丢下家中老小，照常外出来到大西北和男同志一样干，从未强调过困难。有的女同志全身浮肿，有的长期不来例假，自己偷偷哭，却从不向领导诉苦。在这辽阔的沙漠上，夏天到晚上 10 点还有太阳，还能在露天打球不用灯光，在床上看书不用照明。这么长的夜晚我们却常常加班或者开会。晚上往往在 10 点才开碰头会，到 12 点才散会。在那里住久了晚上也就不觉得饿了。冬天到上午 9时天还不亮，气候严寒，最低达到零下 40 摄氏度，还有刮不完的大风。我们的工地就坐落在那一望无际的戈壁滩上。当时我们还没有现在的半导体，连听听广播都没有，文娱活动也开展不起来，报纸也很少见到。大家在精神生活上是很枯燥的。为了给祖国奉献出我们的原子弹试制品，我们在那里生活了几个春秋，顾不上照顾自己的家庭和孩子，一心扑在工作上。而我们的待遇却很低，仅能拿到很少的保健补助品，如奶粉、茶叶。

由于条件艰苦，任务紧张，工作辛劳，有的同志相继患了可恶的白血病和暴发性肝炎而被夺去了生命。如厂方总工程师张大本、赵建军处长等同志都是那时病逝的。条件是如此的艰苦，任务是如此的紧迫，在当时既无资料又无力量的条件下，要为祖国的荣誉而拼搏，大家硬是拼命干，谁也不推脱责任，工作秩序井然。我当时是主要负责人，在我的主持下，十几个工种、几十个人很容易指挥。我们昼夜加班，都能在计划日期内完成任务。在工地现场和施工单位以及生产关系单位，大家相处协作非常顺利，彼此关系融洽。在北京时，当时核工业部上下领导关系也非同一般，甚为相知。我经常直接去找部长，部长也经常找我们研究工作。甚至逢到星期日，部长背着孩子和我们一起排队买东西，说说笑笑，毫无芥蒂。由于我家住在部机关宿舍，春节期间部长等也到我们住处看望，宛如一家人。这个阶段的同志间的人际关系，给我留下深刻的印象。

我除去奔走工地外，还奔波于各设备制造工厂和高等院校的科研单位，当时遇到的新问题是高纯度（核纯9级）的金属检测手段尚未最后解决，谁也提不出分析技术及必要设备仪器，而这又是解决投料后其他技术的关键性问题。部领导从大学里陆续集中了著名教授参加这项工作，提出技术手段，于是实验室的设计又开始了。与此同时，苏联提供图纸留下的厂房设计工作也开始了。我根据小试资料又着手大型设备的设计，在北京围绕着该项设计又有几十人投入进来，这场战斗任务进入紧张阶段。

62

1964年全年我几乎都在西北工地，亲自参加了设备安装、试车、投料直到第一个合格产品拿出来。当产品送上了专车时，大家都情不自禁地落下泪来，但是这个东西能不能响呢，第一个产品，

第一颗原子弹，关键是"第一"。开拓者盼望能够成功，相信能够成功。不久，事实证明我们是成功的开拓者，第一批来到戈壁滩上的先驱者，千万大军都在欢呼胜利时刻到来。

1964 年 10 月 16 日晚，周恩来总理在人民大会堂观看《东方红》大型歌舞史诗后，接见了全体演员，宣布了我国第一颗原子弹试验成功的消息（原子弹爆炸后两个小时），《北京晚报》发行了号外，北京城沸腾了，全国沸腾了，全世界震惊了，这个试验确确实实是我们自力更生的成果，我亲身尝到了苦辣酸甜，用自己的经历证实这是真的。从整体来说，我不过是沧海一粟，千军万马中普普通通的一员，但对我个人来说，却是百分之百的。因为里面包含了我的奉献，毫不惭愧地说，我做出了自己全部奉献。我忘了自己，忘了家庭和妻儿老小，牺牲了孝顺父母的机会，多少年来为工作投入了全部力量。我的妻子耳疾做大手术，我把她送到医院门口，来不及送她进入病房，就乘火车奔往西北去了。他们都没有怨言，知道我在从事着一项光荣而艰巨的任务。和我一起参加这项工作的同志和他们的家属也都同样做出了巨大牺牲，我们应当永远记住这段光辉的历史。

说明：师其英这篇文稿发表以后，读者反映甚佳。《天津文史资料选辑》第 100 辑中，天津市政协文史资料委员会副主任乔维熊认为，在所征集的军事方面史料中，这篇文稿较有代表性，评价较高。

（《天津文史资料选辑》，1996 年第 69 辑）

第二章　高原往事

洗羊池中救子记

盛夏之际，每当我看见那碧绿滚圆的西瓜摆满街头时，就禁不住回想起三十多年前，为了买西瓜险些使儿子丧命的往事。

20 世纪 50 年代后期，我随爱人从天津部队转业到青海省某省级机关工作。在那个人所共知的动乱年代，凡是出身不好的知识分子都要过筛式地审查，一个也逃避不掉。我以"特嫌"被列入审查名单中。不久，被通知将要发配到青海省五七农场，边劳动、边审查。我走了，家里留下一个刚上一年级的小儿子，由我爱人照管着。

1971 年春节刚过，我随同省级六七十名被审查对象（以下简称"对象"），由专案组人员带领乘车从省会西宁出发，经湟水河，过达坂山，又横渡黄河上游，行程四百多里，当天到达了黄南藏族自治州所属的尖扎县附近的青海省五七农场。这里属于半农、半牧业区，濒临黄河上游，地域辽阔，水源充足，日照时间长，农业丰盛。农场种有小麦、青稞、菜籽等农作物，每年收获的粮食、油料产量颇丰，还有一大片果木林，加上蔬菜、瓜果种植的品种也很多，基本上可以供当地自给自足。

省五七农场原为县级农场，现划归省级管理。全场包括三种人：专案组人员，"对象"，当地的雇佣农工。专案组人员只审查案件，"对象"们由农工班长带领在农田里干些轻活，拔草、看水渠等，不派具体定额，量力而行。因其中不少是省级领导干部，有的年事已高，也干不了什么重活，主要农活还是靠农工们去干。这里没有大字报，没有批判会、斗争会，没有火药味，环境安静而和平，一派田园风光，没想到能来这么个世外桃源，就是食堂的炊事班长也是从省委机关食堂调来的，生活安排尚好，颇令人心境为之舒畅。

　　和我同住一个房间的是张大姐，我们一起出工干活，累了就坐在田埂地边聊聊天，想家、想孩子，写一封信往返要半个多月。

　　春去秋来，在农场住了一年多，又逢夏天了。一天，听到一个好消息：专案组有人回西宁，准备把他们自己的孩子带到农场来过暑假，"对象"们的子女也可以来。我赶快给爱人捎去个信。儿子小文刚考试完毕，我爱人正愁不知暑假怎么看管他，就委托农场的运输车司机把他捎到农场来了。

　　孩子第一次从城市来到广阔天地，开了眼界，整天和别的男孩在田间地头疯玩疯跑，抓蜻蜓，摘野花，在小水沟里捡好看的小石头……玩得可高兴呢。他哪里能理解家长们心中的郁闷烦恼呢！

　　高原夏收较内地迟一个多月。7月间，田地里的小麦、青稞一片片陆续黄熟了，夏收即将开始。此时，附近田园的瓜果也在飘香，那黄澄澄的甜杏有小苹果那么大，西瓜、甜瓜也刚成熟。一天中午，儿子悄声告诉我，邻居小刚吃上西瓜了。这里没有集市，老乡挑担的还没有来，只有去瓜地购买。我听说农场西面有当地农民种的瓜地。趁大家都在午睡，我领着儿子从农场后门悄悄出去。高原上辐射的阳光特别强烈，我给他戴上一顶大檐草帽，急匆匆地往西走，刚走了一里多地，远远看见前面有一条长四五米、宽三米左右的狭长的水池子，不知是干什么用的。儿子连蹦带跳往前跑，忽然，一阵风把他的草帽吹到水池中，晃晃荡荡地漂在水面上。他见池子边沿有儿磴台阶，就踏着台阶往前抓草帽，没想到，台阶只有五六磴，下面就是高深莫测的池水了。儿子没抓住草帽，却扑腾一下子淹在水中了。只见他一会儿冒上个头部，一会儿又沉下去了。

　　我被吓呆了，周围没有一个人，喊救人也没用。我飞奔着前去，踩着台阶一级级下，水已没到腿肚子上面，才知下面没有台阶了。

我站在最后一磴不敢再往下踏，两个人都陷下去就没办法了。这时，我眼看儿子离我近一些，弯下腰去抓住他头顶上一小撮短发，他也顺势往上顶，并举起右手向前划，我赶快拉住他的手。顺着水势他一下子浮上来了，踏上最低的一磴台阶，总算把他拉上来了。听说抢救溺水者都是先控水。我把他头朝下，脚朝上，倒着抱住，让他吐水，也没吐多少，然后放倒在草地上，把背心、裤衩、塑料凉鞋都脱下摊在地上晒。他裸身躺在草地上，闭着眼不想说话，刚才要买西瓜那股子兴头也消失了。

衣服晒干以后，他仍是有气无力地走不动，我就背着他往回农场的路上走。只见一个藏族牧民走过来，他用诧异的眼光看着我们。我向他说明儿子掉进那个长池子中了，他听明白我的话，然后用不熟练的汉语告诉我："那里，洗羊的池子，有药。"同时指指眼睛，说："要洗洗的。"果然，儿子说眼睛不好受。我加快了步伐，背他到农场的医务室，医生开了洗眼的药水和一点消炎药，并嘱咐喝些姜糖水，去去凉气。农工们知道我的儿子掉进洗羊池中的事，告诉我：那是牧民们放羊回来时，把羊赶到池中，经过放有杀菌药的池水洗浴消毒后，再圈起来。我才明白这池子筑得狭长，而羊毛含有脂肪，能浮起来，羊沉不下去。那池子有一丈多深，掉下去就不容易救上来。我们听了真有些后怕。

回到房间里，张大姐就冲我发火："你怎么自己带娃去买瓜？要是掉在羊池子里淹死了，你回去怎么向他爸爸交代？"说归说，她还是找些生姜红糖去厨房里给熬些姜糖水。那个"官太太"没吭声，用眼斜视着我，好像说，你是"对象"，还不老老实实在场里待着，跑到外面惹事？我心中也是后悔。当时正在被审查中，我还能活吗？

连续两个夜晚，儿子在睡梦中常常惊醒，模模糊糊地在说呓语。那个突发事件把他吓得不轻。事后我问儿子："你掉进水池里时是怎么想的？"他说："我想和谭明一样，快要淹死了。"谭明是他同学，上个月放学后和几个小同学去公园湖中游泳被淹死了。他还告诉我，前些天他和邻居小同学海明偷着去游泳（家长经常告诫孩子们不要

69

去公园那里游泳，发现后先罚站），并教他学踩水。幸好刚学会，就一踩一踩地挣扎往上蹿，一会儿看见蓝天，一会儿看不见了，一会儿看见妈妈也下水了，就奔向妈妈，终于被妈妈拉上来了。在危急之时，想到刚学会的踩水才未沉下去，他还有点儿得意。

专案组长也知道了，这事也不能"上纲上线"，也就没说什么。我那时正好血压有些高，借口要回西宁看病，就请假把儿子带回家了。爱人听了我们的叙述，连说："以后再也不许去农场了！"孩子后来也没机会去农场了。到了1972年底，专案组撤回西宁，审查工作告一段落，没有查出一个"叛、特、反"。接受审查的干部回各自单位，等待重新分配工作。

10年以后，我的儿子去外地上大学，有时还想起了这件事，信上称我为："生我养我救我的妈妈"。我没想到在青海高原还能下水救人，被救的却是自己的儿子，那时我已46岁，人到中年，而小儿子7岁。

1999年7月1日

回津探亲遇地震

我是土生土长的天津人，从小没出过远门，1956年告别家乡，随我爱人从部队转业前往青海高原工作，支援大西北建设，路途千里迢迢，交通不便。那时从天津到省会西宁还没有直达车，加上我二人工资收入不高，两个孩子还小，所以离家近二十年，只回去过两次。思乡之情，难以详述。而家里人见我久未回乡探亲，把我戏称为"外地人"。

1976年夏天，难得有一次出差去北京的任务。我在办完公务之后，急忙回天津看望老母亲及家里人。7月20日左右，我到天津后就住在母亲家。自"文革"开始，由于母亲的"资本家家属"身份尚未得到解除，她原来的住房被"压缩"后，迁移到和平区保定道树德里的一间8平方米小室居住，室外就是这座楼的后门。母女共住这间小屋子里，正值溽暑天气，单人床上挤不下两个人，我每天都是睡在唯一的一张旧书桌上。晚上睡觉前先把桌上的暖水瓶、茶杯、小闹钟之类杂物摆在地上，第二天起床后再放回原处。

7月27日的夜晚，空气湿度很大，闷热不堪，天井里的地沟往外冒臭气，呛得鼻子难受。大气层好像凝住了一般，一丝丝风也没有，汗水擦了又流，流了又擦。入夜难眠，想到高原上那清凉又惬意的夏天，夜里睡觉还要盖棉被，打算住几天就回去了。

我躺在书桌上不知翻了几个个儿。扇子不停地扇，大约快到夜

71

里 2 点才迷迷糊糊地睡着了。

不多会儿，睡梦中，忽然被一种大震动给震醒了。只听见母亲的小铁床在"咣当、咣当"地响。我在迷蒙中不知怎样跳下书桌的。拉开灯绳，只见母亲的床像摇篮一样左右摆动，老人躺在床上惊恐地喊："啊，啊！怎么的了，怎么的了！"我扶着床边只会喊："娘，娘！"手随着床沿一摇一晃，像是推个大摇篮，想扶母亲也扶不起来。持续大约有 1 分钟，电灯忽地熄灭了，满屋子漆黑。房屋还在微颤。胡同外面有雷鸣闪电声，加上轰隆隆什么物体倒塌声，人们好像一下子陷入恐怖的深渊。周围一片黑，向外跑，拉不开门，水泥地皮鼓起了一块，再使劲只能拉开一半就拉不动了。

这是怎么了？天津怎么了？这世界怎么了？我赶紧在母亲身旁摸出手电筒找点儿亮，好让她穿衣服坐起来。母亲抖得手连袖子也伸不进去了。刚扶起她坐好，楼上两家邻居"咚咚咚"地都往楼下跑，看见我们这间屋有点儿亮光，都挤了进来。一向穿着文雅、衣冠齐整的孙工程师只穿着裤衩和背心，扶着老伴张大姐，还有叶家哥嫂带着女儿，小屋一下子挤得满满当当的。大家七言八语地互相问："怎么了？这是地震吗?"

地震！除了研究地震的专业人员以外，天津人脑中从来没储存过这个名词。三十多年前，1939 年闹了一次大水灾留给人们的记忆也淡漠了。现在，这个凶恶的灾难名称突然在人们思想毫无准备的情况下降临了，大家仍是蒙在鼓里，不知天地间发生了什么大事。

我把临胡同的后门推开窥探，外面淅淅沥沥地下着密雨，远处黢黑一片，什么也看不清，怎么办？往哪儿去呢？这后楼上下共五家住户，有三家陆续试探着出去了。孙工程师临走时把我母亲的手电筒也借去了，我们只好坐在黑屋子里等天亮。又过了一会儿，楼下老邻居张大爷、大娘由儿子陪同着也走了。临走时，也催促我们赶快走，说这座楼不保险。他们和我母亲相邻多年，这次老人们含泪告别，真像是永别了似的。

5 点多，天已渐亮，雨渐停，窗外人声杂，有人走动了。后楼空地只剩我们母女了。可是母亲怎么也不肯出去。我动员了半天，总算同意了。我们穿上最简单的衣服，匆忙间把昨天刚收到爱人汇来的100元路费揣在兜里，提着一个小菜篮，放进一个3磅的小暖水瓶，又把家中仅剩下的一个馒头、一个咸鸭蛋装进去（没冰箱，天热，尽量当天饭食吃完不留，怕馊了）。扶着老母亲就这样离开了家门。

啊！外界是个什么样的景象！满胡同堆着残砖乱瓦，前面一家二楼的墙塌了，厕所的洗手池连水管一起折掉下来，歪在路旁，水管中仍有像小溪一样的潺潺流水，有一条红绸棉被挂在墙边。有一家的窗框以45度斜角歪在窗台外面，晃晃悠悠来回摆动，随时有掉下来的可能。胡同里原来的地面看不见了，都是碎砖破瓦、坑坑洼洼。母亲是解放前的缠足脚，走平地还嫌硌脚，这怎么能走呢？我只好又扶又托，找些大块的砖头或水泥块垫路上，行动艰难地一步步往外挪。好不容易出了胡同走到保定道大街上，天哪！往日整齐的街道一下子改了模样。沿街道旁一排旧楼房东倒西歪，随时就会塌陷。听路人说，胜利路（后改名南京路）宽敞，很多人都逃到那里去了，我们只好先奔胜利路。从河北路拐过去，站在十字路口就看见斜对面上海道那儿的一排临街的楼房，一面墙整个倒了，像是刀切的一样齐，楼上各住户的室内摆设、布局能看得一览无余，好像刚结束一场巷战。

胜利路上像是个闹市。大人嚷嚷，小孩哭闹，有的找地盘，有的招呼熟人，有的坐着，有的蹲着，人声嘈杂。还有人推着轮椅，抬着折叠床，上面坐着白发苍苍的老人，连脸色也特别苍白，据说他们都是多年不出家门、不见阳光的老病号。人们迤逦地集聚在马路中央，生怕两边的楼房倒下来就被砸个稀烂了。

除了偶见几辆自行车以外，路上不时有鸣着警笛的消防车飞驰而过。消防车是救火的，哪能救人？车上没有躺的地方，只好把死伤者放在高高的水箱顶上，摇摇晃晃的。他们大多用床单罩住，看不见脸，只看见有的腿或脚露在床单外面。消防车是往公安医院或是新华医院方向跑，估计有的已经抢救不过来了。

我看大家都在捡砖头，我也捡了四块整砖，两块一摞，我和母亲坐在上面。

这时，头脑清醒些了，明白我们在这场祸从天降的地震中没有遭受罹难，生命算是保住了。惊魂甫定，才觉得肚子有点儿饿。想起刚才路过胡同外的一个小食品店时，大家都在抢购饼干，我还在想：饼干有什么抢头？哪儿不卖饼干！就没买。很快地，饼干卖光了，食品店也关了门。听说附近的商店都关了门，后悔已晚。唯一的一个馒头和鸭蛋留给老母亲吃吧！

大地还在抖动，人们焦虑地把眼光集中在新建不久的 10 层高友谊宾馆高楼。有人说：这楼一震倒，胜利路上的人都会被砸成肉酱，一个也跑不开；有人说：这回可把这座大楼的质量考验考验啦，看经得住震不？我也不停地看着这高楼，心中盘算着，这里不是久留之地。

天又阴了，蒙蒙细雨洒在逃难人的身上。我忽然想起怎么没把雨伞拿出来？母亲不能总被雨淋着呀！于是，我嘱咐她千万别动，我跑回家去取伞。跑到树德里胡同口，有消防人员站岗，不让进去。经我再三解释，我是陪同一位七八十岁的老人避难，天下雨了，没伞怎么办？感冒了更麻烦。经我央求，那人总算答应了。我跑进胡同，胡同内空荡无人，家家大门张开，我家的门也没上锁，都"夜不闭户"了。我快进家门拿出雨伞、小板凳、茶缸，又通过那晃晃悠悠的断窗户，低着头一溜烟跑出去，回到胜利路上。

人们仍在众说纷纭，都在寻找最安全的地方。暂时不吃饭还可以忍忍，可是没有地方上厕所却是最糟糕的问题。我看见河北路口的便道旁，在下水道安的铁箅子上，有几个女同志拉起一小块塑料布挡着，后面就有人蹲着"方便"。我母亲也要"方便"，可她决不会在大街上用那种方式解手的，于是，我只好又冒险跑回树德里，想把便盆取出来。这一次，胡同外两位维持治安的人怎么也不让我进去了，说胡同内 26 号的三层楼一股脑儿坍塌下来，几家住户都被砸死了，尤其住在一楼的，全家埋在下面都无法挖出来。我吓得一愣。我母亲住的是 14 号门，距离才十几个门号，好险哪！我回去告诉了母亲，老人直叹息："26 号一楼住着的是牙科大夫，两口子为人可好呐！只有一个儿子，生活条件也蛮富裕的，人家还有彩电呢！（20 世纪 70 年代，彩电还是新鲜的高档商品）全家都遭难了，唉！"母亲不胜叹息，她当然还不知道各处受难者的惨状。

我和母亲商量：咱们挪动一下吧！首先，我要找到哥嫂一家，他们吉凶未卜，一定也在焦急地找我们。我撑着伞，扶着母亲，挎着提篮、板凳。雨越下越大，母亲的布鞋已被雨水泡湿，步履艰难，走到营口道时，她已走不动了，只好先到附近一家亲戚家避避雨。到了亲戚家，楼房虽未坍塌，全家人也是挤在地下室，几乎没有立足之地了。我哥嫂住在劝业场附近的一个小胡同里，我们朝劝业场的方向前进。走到 9 路公共汽车站旁，见一块空地上也是挤满了人，我找了一块弹丸之地先放下板凳让母亲坐上，告知我要去找哥嫂，千万别离开。到了哥嫂家，他们住的是三楼，楼梯上的门已上了锁。唉！茫茫人海，往哪儿找他们去呢？

已是下午四五点了，肚子真的饿了。路旁有个快餐馆，昨夜已卤好的酱猪杂碎是为了今天配凉盘用的，发生地震后，饭馆停止营业，厨师把两大盘酱猪杂碎端出来卖，一元一包。人们像是鲁滨孙在孤岛上忽然发现了食物似的，一拥而上，我居然也抢购到两包，赶快先把酱肝、酱心挑出来给母亲吃。老人也饿了，就着干馒头吃了一些，而我像三天没吃饭似的，也顾不上没法洗手，抓起酱杂碎一块块往嘴里送，真香啊！

这时，不知什么单位拉来一顶大帐篷，大家七手八脚地支起来。许多人都蜂拥而至，抢着要挤进帐篷内，好像有这么一层薄薄的帆布挡着，生命就有了保障似的。其实，旁边的楼房一倒，还不是照样砸在里面！

"别挤，别挤！"主管人在喊，"先让 70 岁以上的老人和 10 岁以下的孩子们进来！"

我把母亲送进帐篷里，可是人家不许我进去。我只好站在帐篷外，隔着人群不时注意着母亲的情况。靠惠中饭店的大墙外，立着一个一两丈高的大烟囱，有时被余震震得晃晃悠悠，它一晃悠，人们就喊叫，危险威胁着每个人。我正焦急地想找到哥嫂们，面对拥来拥去的人群，犹如大海捞针。忽然，对面走过来一位戴镜的中年妇女，走近了，我看清楚她是我嫂子娘家的二嫂，我平时也随着侄女们称呼她"二舅母"。她家住在我哥嫂家的一楼。霎时，我好像在茫茫的大海抓到了救生圈，赶快拉住二舅母问："我哥嫂呢？"二舅母说，她们一家和我哥嫂家一起从小旧楼里跑出来的。她指着前面的1路公共汽车站方向告诉我："你哥嫂一家都在汽车站的大院里呢！"

我扶着母亲，赶快奔向1路汽车站。嗬！汽车站院内人山人海，这是劝业场地区仅有的一块空地，如果有楼房倒塌，一时还不至于砸到头上。可是，万一渤海大楼倒了，那就哪儿也不保险了。幸好，渤海大楼还是岿然不动地挺立着。

我在乘客候车排队用的铁栏杆处终于找到了哥嫂及三个侄女一家。栏杆的底层地面上，按先来后到次序铺上一张凉席（"占地为王"），就是一家的地盘，算是"一楼"，有人在栏杆上面架上床板再安置人就算"二楼"。哥嫂一家铺了两张凉席，全家五口住下来，大哥没有让铺"二楼"，怕上面的人掉下来砸到下面的人。

没多久，"小楼"已宣告"客满"了。院内停驶的公共汽车已住满了妇女、儿童，还有人带着小孩想挤进去，正在争执着，大哥站在栏杆处东张西望，又不敢走远，显然是在寻找我们母女。他见我们居然找来了，惊喜万状，急忙请老母亲席地而坐。并告诉我们：从清早派女儿们到保定道找我们，守卫的人再三说明，胡同内住户已走空，绝对没有人了。大地还在微震，他又不敢让女儿到处去找，这时总算全家会合平安无事就放心了。他放了心才说出一句笑话："怎么这样巧，让你这千里迢迢来津的外地人也'赶'上地震了。"

安定下来，要解决吃住的问题。侄女的两位男同学来到我们这个"难民营"帮着布置安装一下避难棚——插竹竿，拉绳子，蒙塑料单子。这样，总能避避雨吧！初步收拾停当，我问其中一个小伙子："你们家怎么样啦？"他闪着亮晶晶的大眼说："没事，没事！"收拾停当以后，连水也没喝，急忙又帮别家去了。侄女说："还没事呢，他家房屋整个塌了，除剩下身上这身衣服，什么也没有了，父母都投奔亲友去了。"

在这场突然降临的灾难中，我看到不少天津人就像这些年轻小伙子一样，临危不惧，不被困难所压倒，表现出天津人那种坚毅、热情、豪侠、团结友爱、互相帮助、患难与共、同舟共济的良好作风。这种精神深深地感染着我。

傍晚，附近街道办事处组织粮店的售货员给大家送来几筐馒头，虽然购买时有点儿拥挤，但也彼此照顾，每家都能匀上几个。我们也买了一些，嫂子还弄来点儿咸菜，我们全家吃了第一顿"地震饭"。

紧挨着我们的那家，有一位老太太总是不停地呻吟。地震时，她慌乱得不知向哪里跑，迷迷糊糊从二楼往下跳，摔在窗外的煤堆上，脸、手、腿都是划破伤，还在渗血，送到医院不收，只给擦点儿药水回来了。据说，医院里先收需要紧急抢救的、几乎要断气的伤员，一般的骨折、没有生命危险的都顾不上治疗了，上点儿药或包扎一下就让回去。就这样，医院全体医护人员总动员，24小时不下班也救不过来。这位老太太没有生命危险，只好先在"避难所"里躺着了。母亲也是不停地哼哼，她的脚已泡肿，多么想用热水烫烫脚，可哪里弄热水去？只好先用冷水洗洗了。

入夜，除了两个侄女坐小板凳打盹以外，我们这5口人席地而睡。仰望黝黑的苍穹，听着伤残者的呻吟，又提防着大震的袭来，这一夜谁也没睡好觉。转天一早，有人用半导体收音机收听到中央人民广播电台的新闻，播音员播报着党中央、国务院给唐山、天津、北京等灾区的慰问电，才知道唐山发生了7级以上的大地震，伤亡惨重。这时，我才想起该给爱人拍个电报，告知自己平安无事。然而，一切电讯都中断了，听说只有东站邮局可以拍电报，我正要去，走在大院里就听别人说，拍电报的人从东站邮局排队到海河边成一条长龙，站了几个小时都拍不上，我只好退回来。

大哥让两个小女儿回家取些生活必需品，我也陪她们去。大哥还规定来回不许超过20分钟，他怕我们在楼里停久了，再有余震，遇到险情。好不容易全家人一个未伤，不能出事故了。我和侄女们像在战场上冒着踩地雷似的紧张心情，提心吊胆地分几次赶快回家取回几件生活必需品、少量食品和油炉等。我看到劝业场一带震得不算严重。据说劝业场只是一楼的售货柜台被震倒了，损失不算大。这一带的店铺可是全关了门。昔日繁华、喧嚣的街道一下子变得零落和萧条了。

终于，震情有所减轻了，我多么想去看看我的老师、同学和亲友们，打听他们是否平安？下午，趁着大哥去他的工作单位查看情况，我也溜了出来。当我走到营口道与新华路交界处，有一座红砖楼的楼顶上一大块水泥坨掉在马路中间，如果是白天发生地震，不知要有多少人遇害。在新华路体育场斜对面一座旧楼房的阳台上，有一个小伙子往楼下一个个地扔包袱，下面一个小伙子在接，那阳台裂了个大缝已倾斜，要是大地再一抖动，连阳台带人就要同归于尽。便道上有人在喊他们快下来，别冒险啦！别为这一点儿财产而丧生呀！我只匆忙地看望了一家亲戚，因为他们的女儿也在青海高原工作，我回去好带个讯息。老两口已利用新华体育场的围墙搭了个简易小棚。我只能和他们说大约两分钟的话，不敢久停，又跑回汽车站，没有交通工具，稍远的地方就不敢去了。

整个城市不知死伤多少人，也不知有多少人露宿街头？天津人毫无思想准备地承受着这场灾难，食品短缺。路旁有成堆西瓜泡在污水中，摊贩早已不知去向，却也没有一个人去拿那西瓜。用水极缺，一个公共汽车站的水管哪能供应成百上千的人用水？大家排队用洗脸盆在大粗橡皮管下接水，那水管本是刷洗汽车用的。侄女们打一盆水要排队半个小时，端回来先让奶奶洗，然后依次排个儿，不论是洗脸还是洗脚，常常只用一盆水，最后成了涮锅子汤。

地震后第三天，我和母亲、哥嫂商量，为了减轻他们的负担，自己最好回青海。哥嫂也认为那里安全，保住一个是一个。于是，我又跑到母亲居住的小屋，取回自己的提包。往年我回故里时，哥嫂总是大包小包给我装上不少天津的土特产。这次，嫂子只能给我两个烧饼加一个咸鸡蛋了。我带着惴惴不安的心情，含泪与家人告别，我本想再住些天，待灾情稳定后再走，可是生活供应实在有困难，我也爱莫能助。再见吧！灾难深重的故乡和亲人！

到了北京以后，北京站也是乱哄哄的，四面八方来了不少"难民"，包括北京市民也都想到外地去避难。我看到从唐山刚来北京的母女二人，听那妇女说，地震时，他们一家三口倒是跑出来了，可是她丈夫舍不得家中的箱箱柜柜，又跑回去在破房中扒拉些杂物，被掉下来的房顶砸在里面了。她们母女只好跑到河北省某市投奔亲戚家，从许多旅客口中听到，唐山已是一片瓦砾平地了，死伤人数尚无法统计。

火车的班次全乱了，时间表失效了，不知何时能来火车，来火车就一拥而上。我在车站附近见到只有一个小铺卖烤饼，并且只剩三个，售货员说马上要关门了。买下三个烤饼也不够我长途旅途的口粮（火车要走三天两夜），正好又看到一个卖桃子的小贩，买了二斤桃子，一路上吃烤饼夹桃子吧！打听到晚7时有一趟火车开往兰州，可我在售票窗口挤不进去，买不上票，只好改变主意，买了5分钱一张的站台票就上车了。

车上挤得已无立足之地，我没有车票，当然更没有座位。幸好我靠着一位年轻的妇女座位旁，打听之下，她说她在石家庄下车，我就盯住不动，一直站到夜间12点多，她下了车我才有了座位。在火车过保定时，我忽然想起应该给兰州的妹妹发个电报，让她好接我，在她家休息一下再去西宁。我用小纸条写了妹妹的地址和电文，又附上1元钱（那时电文每个字才3分钱），交给这位女同志，请她在石家庄下车后帮我发个电报。车到兰州后，果然我妹妹、妹夫在车站接我，他们说是收到了我的电报。后来，那位女同志还把剩余的一两角钱用信封给我妹妹寄去，下面都未署名，我多么感谢这位素不相识而又守信用的好心人啊！

火车一路西行，乘车的第二个下午，我的口粮已尽，又不能下车去买食品。正在为难之际，火车停到陕西省兴平县这个站时，一位男同志提着两个大西瓜上车来了，我一下认出他是我们单位的李科长。他是去兴平县给我们单位采购西瓜去的。买好的西瓜已委托汽车队运输到西宁，他自己上了火车。这西瓜给我解决了大问题，一路吃到了兰州。到了兰州站时，补交了全程车费，回到妹妹家。那时，我的腿脚都肿了，塑料凉鞋扣不上扣了，衣服被汗水、雨水沤得发硬了。我在妹妹家像死人一样睡了一整天。休息两天，总算安全返回西宁，爱人怪我在天津地震后为何不给他拍电报？他每天跑火车站，看从灾区来的人架着双拐的就胆战心惊，估计我没被砸死也是残疾人了。现在见我没缺胳膊少腿地回来，也就心满意足了。

3年后，根据中央有关规定精神，对多年支援青海高原的干部可以调回内地一部分，我和爱人符合政策规定，便带着孩子全家回到了故乡天津。刚到天津时，有的地方还搭着临建棚，不过在党和政府的大力扶持下，地震的灾害已逐渐清除，天津人民以顽强的毅力战胜种种困难，天津人是好样的！

20世纪80年代，在南京路和河北路交口，市政府在一片三角地上树立了一座抗震纪念碑。在碑文上我看到：1976年的大地震，有24296人惨遭不幸；有4122万平方米的房屋严重损坏；有数十亿财产毁为瓦砾；上百万人民露宿街头⋯⋯广大党员、干部本着先人后己、大公无私的精神，抢救人民和财产，在排除险情之后，迅速逐步恢复生产，社会秩序也日趋井然和安定。

岁月悠悠，每当我在抗震纪念碑前徜徉漫步时，总会回忆起三十多年前我回天津探亲时亲历的那场毁掉多少生命、家庭、财产的地震大灾难，往事难忘啊！

1976年7月28日，对天津人民来说是个可诅咒的黑日子。

漫忆青海湖湟鱼

近日，中央电视台数次播放"湟鱼洄游季探秘青海湖"的新闻报道，引起我对青海湖湟鱼的点滴回忆。

1956 年秋天，我和爱人康君刚结婚不久，根据华北军区指令，他将从部队转业到青海工作。我们决定服从组织分配，随同两千余名转业军人和家属一同前往青海高原，为支援祖国大西北建设而贡献青春。

1949 年 9 月 26 日，西宁解放。1950 年 1 月 1 日，青海省人民政府正式成立，以西宁为省会。那时省内各项建设、经济、文化等方面都很落后，铁路也没有，火车只通到甘肃兰州，全省只靠汽车运输。我俩被分配在省会西宁的一个省级机关工作，好在还都年轻，决心克服高原气候和生活艰苦等困难，以不辜负党对我们的期望。

西宁市海拔两千多米，是以回族、藏族为主的多民族地区。食品方面，以青稞麦和牛羊肉为主。这使我这个在天津海河边长大的人，常为吃不到鱼虾海鲜而引起"乡愁"。

初到青海，就知道本省有个全国最大的内陆湖——青海湖。湖中有两宝：湟鱼和鸟（青海湖有国家一二级保护动物黑颈鹤、天鹅，这两种珍稀鸟类栖息在岛上，并命名为鸟岛），为鱼鸟共生生态链。这个生态景观全世界独一无二。湟鱼是青海湖独有的鱼类，鲜嫩味美。据专家考察，湟鱼的存在已有几百万年了。它的祖先是黄河鲤鱼，约在 13 万年前，青海湖因地质运动成了闭塞之湖，后来演变成咸水湖，黄河鲤鱼的鳞片也随之逐步退化为现在的无鳞鱼。由于青海湖的水温低，为贫营养水体，湟鱼生长很慢，有"一年才长一两"的说法。

多年以来，青海湖周围人烟稀少，当地的藏族牧民没有吃鱼的习惯，不捕不吃，外地人也很少到这里捕鱼。1958 年以前，湟鱼的原始储存量有三十多万吨。

20 世纪 60 年代，青海也和各地一样，出现自然灾害，主副食供应日渐紧缺。正当人们依靠仅有的副食供应维持困难生活时，忽闻有的单位倡议："到青海湖去捕湟鱼！"立即得到响应。省、市级机关拨出经费，纷纷订制捕鱼用的机械帆船并雇佣捕鱼专业人员，调拨大批车辆及数万人员，形成捕鱼大军，成群结队、浩浩荡荡地开往青海湖畔。他们支起帐篷，安营扎寨，就像开发宝藏一样，夜以继日疯狂地捕捞湟鱼。

据不完全估算：捕鱼工人每天从清晨忙到晚上，一般 40 分钟就能打一网，一网有 4～8 吨鱼，日捕捞量最高达到七八十吨。码头上湟鱼堆积如山，20 多辆卡车转运还周转不开，当时还不具备冷藏能力，大量的湟鱼因没有及时运走而腐烂掉，浪费非常严重。据不完全统计，1960 年至 1963 年"度荒"时期的捕捞量将近 7.3 万吨。

我们工作单位的大卡车每月往返 2－3 次，每次都运来满满一汽车约三四吨的新鲜湟鱼。除了给食堂留一部分以外，其余都供给职工。每当运鱼汽车开到家属院，是全院大人孩子最欢快的时刻。人们纷纷拿出自家的盆、桶等容器在汽车前排队。那时，称鱼不是以斤计量，而是一盆盆地卖，当时每斤售价多少已记不清了，就是满满一盆也不过两三元。虽然当时工资比较低，由于各单位不求赢利，而是给职工谋福利，只要够运输用的汽油费就可以了。四五口的人家买上一大盆鱼，够吃些日子，补充副食供应不足，皆大欢喜。

我们住的是平房，室内没有自来水。各家买了湟鱼以后都到院内公用自来水池旁，边洗边交流做鱼的经验。除了做红烧鱼，我也学会做鱼的几种方法：

1. 晒鱼油：先把鱼肚剖开，把内脏清理出来以后，装在另一个盆内，放在院中暴晒。由于高原的日光很灼热，日照时间长，约两天后即可以从盆中撇出不少鱼油。装瓶后，可以炒菜或烙饼用。鱼内脏可以喂猪、鸡。

2. 做鱼松：把鱼肉用配好的调料腌制一天左右，控干水分，切成小块放在铁锅中加热，边翻炒边挑出鱼刺，慢火约两个小时，即成美味的鱼松。

3. 单炸鱼头：把鱼头稍腌制后，用晒出的鱼油把鱼头炸酥脆，夹大饼吃也是美味之一。

4. 晒鱼干：把湟鱼劈成两片，抹上盐，挂在适当的地方风干以后，可以贮藏备用。

由于以往多年无人在青海湖大量捕捞湟鱼，开始捕捞的都是一尺二寸左右的大鱼。有一次听小儿子说：院内进来一位捕鱼人，他用一副扁担挑着两条大鱼，鱼头靠那人的肩膀，鱼尾拖在地面上，约有一米二左右吧！陆续不停地捕捞，后来就发现湟鱼越来越小，甚至只有七八寸的小鱼了。

"三年困难"时期，青海湖湟鱼为人们提供了丰富的副食营养品，保障了人民健康，功劳甚大。但是大量人为的滥捕，使湟鱼资源迅速下降，到2000年，湟鱼资源量仅剩数千吨，是种群灭绝的最低界限了。

造成湟鱼资源锐减的另一个原因是青海湖生态的恶化。从1958年到1990年，青海湖周边开荒种田、乱砍滥伐使青海湖生态急剧恶化，草场减少、退化，沙丘土地增多。土地植被破坏后，水源涵养能力降低，入湖河流水量大幅减少，湟鱼产卵场地大面积缩减，影响了生存环境。

作为国际重要湿地之一的青海湖，有独一无二的鱼鸟共生生态链，其特有的草原和湖泊生态受到严重破坏后难以恢复。湟鱼灭绝后，鸟儿失去食物源便不再依恋青海湖；没有湟鱼，青海湖水体生态链崩溃，将变成一潭死水。

"文革"以后，根据中央有关内调干部的规定，我们于 1979 年告别工作、生活了 24 年的高原，又调回天津工作。从陆续听到的信息中得知，青海省有关单位于 1982 年即开始封湖育鱼，严禁非法捕捞、销售、加工湟鱼。为了拯救处于生死边缘的湟鱼，人们相继采取人工繁育和增殖放流，修建洄游阶梯等措施，同时加大渔业生态环境监测等工作，十余年来，湟鱼资源已上升到 2.7 万吨，平均个体重量也达到 230 余克。国家计划 10 年内共计投资 15 亿余元，用于青海湖生态建设。使湟鱼种群繁盛不仅仅是为了食用，而是提高洄流产卵、鱼鸟共生等生态价值，为青海的旅游价值增辉，其所产生的社会效益和经济效益远比只供食用大得多。

近期电视台媒体数次介绍和报道青海省有关单位成立的救护湟鱼中心，对湟鱼进行人工增殖，每 136 小时即可孵化出"湟鱼宝"的消息。我作为曾经吃过湟鱼的"食客"，闻之甚为欣喜，并向从事此项工作的志愿者们深深致以敬意，祝你们取得更大成绩，让青海湖的鱼鸟生态链更加强盛起来，为人民造福。加油！

第三章　山河故人

手摇煤球的发明人师祝三

读贵报 9 月 1 日"津沽旧市相"《手摇煤球》一文，使我想起了我的祖父——京津煤业巨商、成兴顺灰煤栈创办人师祝三，因为他是手摇煤球的发明者。

煤窑产的原煤，有煤块，也有煤末。煤块可直接烧，煤末当年都是掺土制成煤饼。

师祝三在豫王府见到府内自制煤饼时，疏松易碎，也不禁烧。在这个现象的启示下，他决心试制煤球。他把掺土的湿煤用手抟成煤球放在炉中燃烧，以不松散、烧后无生心为合格。经多次试验，定出每百斤煤末掺土 18～20 斤则黏度适宜，不散不破，烧完后炉灰疏松易下，不炼膛，不出焦，只是产量不大。后来他又改为筛摇。即先把煤、土合成煤泥，铺平切成小块，放在铁筛子内摇成煤球，又把铁筛子换成柳条筛子，可以不粘煤。但两手端筛子挺费劲，产量少。他又试将花盆反扣过来垫筛子，省力又提高产量。这个发明约在 1911 年，先在成兴顺试制试销，后传到各地，直到后来有了机制煤球才结束这种手工操作。

师祝三从 1901 年去周口店，1904 年在北京经营成兴顺，到发明和推广煤球的使用，先后约十年，其中曾有 3 年未回天津的家。七七事变后，成兴顺遭受日军强取豪夺，营业日渐衰落，1944 年师祝三病故。

（《天津老年时报》，2001 年 9 月 28 日）

胡瀚写匾

从前天津知名的老字号一向很重视牌匾，因为这是一个商号的门面，大多要请著名书法家来写，悬挂在商店门前以招徕顾客。如正兴德茶庄、元隆、敦庆隆绸布店、隆昌海味店及驰名中外的劝业场等的匾额，都是请华世奎题写。另外，请翰林题写的有两位：一位名王垿，山东人，他曾给瑞蚨祥、鸿记、瑞林祥、谦祥益等绸布店，泉祥鸿茶庄等题写过；一位就是天津籍的翰林胡瀚。

胡瀚，光绪年间进士。1900 年八国联军入侵北京，慈禧带着光绪逃难赴西安，胡瀚也跟去了。他随着慈禧出德胜门，到昌平，直达西安。一路上不知被慈禧传唤多少次，问这问那，实际是皇室的一部活字典。

清代有四大书法家：翁方纲、刘石庵、成亲王、铁保。其中刘墉号石庵，书法直追颜真卿。刘去世以后，不少人想学刘而得不到刘的神韵。一百多年过去了，天津出了个胡瀚。胡瀚先是学颜，后又改学刘墉，几可乱真。尤其他的磅礴大字，雍容大方，很有气魄。

誉满京津的煤业老字号成兴顺灰煤栈及其各分栈的匾额就是胡瀚写的。成兴顺灰煤栈的创办人师祝三，白手起家，创业维艰。在 20 世纪初期，他抓住修铁路的机会，承包了提供白灰、砂子、石块等材料的任务。随着铁路的延伸，生意越做越大，在京奉、京绥、京汉、津浦铁路线分别设立了唐山、张家口、石家庄、沧州 4 个煤的供应点。随后，成兴顺采取沿铁路线有道岔的地方铺设铁轨，直接卸煤堆放成煤栈的方法。又在北京的崇文、宣武、广安、西直等7个门设立了分号。后崇文门分号成为总号，负责北京方面的业务。师祝三在北京打下基础后，决定回天津开展业务，在河东兴隆街盖起成兴顺京津总号。

胡潘居官以后住在北京，师祝三通过友人认识了胡潘。凡是成兴顺灰煤栈的匾额只求胡潘来写，而他每次总是拒收润笔费，得推让多次才收下。在这些匾额中，有气魄的是崇文门的"成兴顺煤栈"几个字，好像字在匾额上要跳跃起来，令人叫绝！可贵的是上款写：宣统元年某月，下款是署名"天津胡潘"。他对师祝三说："我写了一辈子字，添上家乡地名，是第一次，也是最后一次。"

如今，历经七十多年经营的成兴顺灰煤栈，天津解放前即遭日伪掠夺，国民党溃退时则被洗劫一空，已濒临倒闭，若干匾额也已无存。据说兴隆街总号原有石料镌刻的"成兴顺"三字，在该号歇业后已被石灰涂平，不知确否。

（根据五叔师源璋来函编写）

师子光与"小蘑菇"

20 世纪 20 年代初期，作为全球最大的唱片工厂之一的美国 RCA 胜利唱机唱片公司，远涉重洋到中国来开发市场，先是在上海、香港打开销路，站稳脚跟以后，就着手向华北发展，并拟在天津筹建华北总公司。美国胜利唱片公司驻华总经理哈尔通先生委托上海总公司经理蒲美钟先生到天津物色人选，经友人介绍得知师子光出身于商贾之家，熟悉经商之道，为人诚恳谦逊、遵守信用，年轻有为且有一定的外语水平，故聘请师子光任华北总公司经理。师子光任职以后，美方经理哈尔通对他寄予莫大的信赖，除了经营唱机、唱片以外，并授权由他兼任业务部主任，主要负责约请演员灌制唱片及宣传、发行等工作。

师子光性格开朗，善于交友。他把经营唱机、唱片的业务大部分交给一位副经理主管，将主要精力投入唱片灌制工作中。从 20 世纪 20 年代至 40 年代中期这十余年的时光，是他一生中可谓风华正茂、事业有成、最辉煌的时期。他在选择和灌制唱片时是非常认真和严格的。首先进行调查研究、摸底排队，经过内行专家的指点，挑选的演员必须是知名度高的一流名角。灌制的剧种和门类也甚多。京剧方面邀请的是诸如青衣梅兰芳、程砚秋、尚小云、荀慧生四大名旦，老生谭富英、马连良，花脸金少山，武生杨小楼等知名度高的老艺术家们。

天津是我国曲艺之乡。自19世纪末以来，一个多世纪之中，曲艺各剧种在天津发展、繁荣，长盛不衰。人们喜欢到剧场、茶园去听曲艺，也喜欢购买灌制的曲艺唱片。师子光除在鼓曲、河南坠子各门类中选择优秀节目及演员灌制唱片以外，相声也是重点门类之一。这种语言艺术历史久远、博大精深，深受广大相声爱好者的欢迎。天津也是相声发源地之一。胜利唱片公司早年曾为老一辈的相声演员，如张寿臣、陶湘茹、焦德海等合说的剧目灌制过唱片。从20世纪30年代起，就为张寿臣之徒、崭露头角的年轻演员常宝堃灌制唱片了，其父常连安也是老一辈相声演员。

常宝堃生于1922年5月5日，初登舞台时才四五岁，1931年拜张寿臣为师，习相声，与赵佩如合作。他那聪明的头脑、灵巧的口齿，模仿事物逼真，尤其年龄稍大以后，对相声艺术不断刻意求新。他为人坦率热情，即使已是声誉颇高的演员也平易近人，从不摆名角的架子。在日本帝国主义法西斯统治下，他用幽默、隐喻的相声语言表达抗议。

为了痛斥日寇对沦陷区实行"强化治安"政策造成的物价不断高涨，展示民不聊生的苦难现状，他编了一段《牙粉袋儿》的曲目，讽刺物价一日三涨：上午用两块大洋能买一袋面粉，到下午只能买到像牙粉袋儿大小的一袋白面了。他勇敢地说出了老百姓的真心话。表演一结束，他就被抓进了日本宪兵队，险些被打死，最后交了罚款才被释放出来。他能以如此大胆而辛辣的相声节目反映出人民刻骨的民族仇恨和英勇抗战精神，实为难能可贵。

师子光也很喜欢听相声，与常连安父子的私交也很好。他除了利用收音机收听相声节目以外，也在闲暇时带我们到小梨园、大观园等剧场看曲艺节目演出。孩子们只是看个热闹、听个热闹，而他却在全神贯注地发现和精选优秀节目。他把挑选的剧目先和常连安父子磋商讨论后，统一认识，互相协作，方才进行灌制。记得常连安、常宝堃合说的《学四省话》《报菜名》《卖估衣》《女招待》等唱片发行后，很是畅销。

演员灌录时，在节目开始前由本公司负责人或演员自己报一下演员姓名、剧目及出品公司的名称，谓之"报头"（即报幕之意）。师子光曾为他喜爱的谭富英、乔清秀、"小蘑菇"几位演员报头，其他的就不多见了。可见师子光对常宝堃的偏爱了。有时灌制工作结束后，师子光回到家中还兴致勃勃、意犹未尽地向家里人叙说在与常氏父子灌制唱片过程中的一些趣闻，感染得全家人也都喜欢听"小蘑菇"的相声了。

新中国成立初期，在轰轰烈烈的抗美援朝运动中，天津市委及天津抗美援朝分会为答谢各民主党派支援抗美援朝而慨然集资捐献飞机的爱国行动，于1951年初在市政府交际处联合举办文艺晚会，市长黄敬同志等领导干部都出席了。晚会上有天津曲艺界名角参加演出。那天我作为工作人员参加服务工作，正好在后台看见常宝堃，我问他："您还记得师子光吗？我是他的女儿。"常宝堃连说"记得，记得"，并问我父亲近况如何，要我转达对老人的问候。这时有人招呼他做好准备，不一会儿他就匆匆上台演出了。这是我第一次也是最后一次和常宝堃谈话。1951年3月，常宝堃基于爱国主义的情怀，主动要求赴朝参加演出。不幸的是，正当他快要完成任务归国之前，遭美机轰炸而光荣牺牲。天津市人民政府授予他"人民艺术家"称号，并追认为革命烈士。全市为他举行了有一万多人参加的葬礼。

（《天津老年时报》，2006年6月12日第7版）

张春华、李世芳并非同机遇空难

　　贵报去年 8 月 14 日发表的王树基《回忆张春华》文章中，谈及 1947 年张春华与四小名旦之首的李世芳同机回北京（不是去青岛）时，飞机不幸失事，包括李世芳等乘客均已罹难，而张春华只受些小伤。阅后，使我联想起我的父亲师子光（原美国 RCA 胜利唱机唱片公司华北总经理，贵报 2006 年 6 月 12 日《师子光与小蘑菇》中有其简介）欲乘此次飞机而幸免于祸之逸事。

　　1946 年 12 月底，师子光去上海联系某项业务之后，准备乘飞机先去北京再返天津。在上海民航售票处购票时，刚好买到 1947 年 1 月 5 日最后一张机票，他身后一位旅客只能买 7 日的。这位旅客与师子光协商说因有急事，能否将 5 日的票与他 7 日的票倒换一下？师子光想，换了 7 日的票，又要在上海多住两天，而且由于他从事唱片灌制工作，与京剧名家梅兰芳先生相交甚熟，当时已知 5 日的班机上有梅兰芳的大弟子李世芳，如果能同乘此次班机在途中也可以交谈一番，但又看那位乘客着急的样子，师子光慨然与他交换了机票。不料，这次班机飞到青岛时撞上山头坠毁，全部乘客遇难。家中知道他是 5 日返津，见报载飞机遇难吓坏了。后来通过电话才知道他的机票换了日期。当时由于我年纪尚小，时隔至今已六十余年，详情记不太清楚。我只记得父亲回津后，他的同行及亲友们曾在登瀛楼饭庄设宴为他压惊。大家对年轻的艺术家李世芳不幸遇难

93

表示哀悼，惋惜不已。我不记得父亲说过失事飞机上有张春华之事。

前不久，我在《梨园轶事》中见到刘嵩崐的一篇文章：《李世芳、张春华空难并非同机》，他认为李世芳、张春华是分乘两班飞机，时间、地点、航班均不相同，并将两次空难事件分述如下：

在"世芳命薄空中罹难"一段中，简述李世芳简历并有"小梅兰芳"美誉后被梅兰芳喜收为徒之经过。之后，简述李世芳应邀赴沪演出后，春节将近，李世芳急于返京，经由名角马富禄处转让了机票一张。离沪前，他还代表梅兰芳老师到上海中山医院看望日前因飞机失事住院治疗的张春华。张因有过空难的亲身遭遇，曾劝李世芳尽量不要乘飞机，谁料两人此次分别竟成永诀。噩耗传来极为痛心。

1947年1月5日（腊月十四）晨，李世芳登机时，师兄弟张战利还为他送行。谁知当飞机航行到青岛上空时，天降大雾，驾驶员辨不出方向，于崂山附近撞上山头。一声巨响，机毁人亡，机上51人无一幸免，全部罹难。

在"春华福大死里逃生"一段中，除有张春华的简历以外，叙述张春华与张云溪二位演员应汉口之邀前往演出。时近新年，张云溪等人乘船赴沪。1946年12月25日，张春华乘坐一架由美国运输机改制的客机飞往上海。晚6时许，飞机抵上海时因通讯设备发生故障，只好在夜雾中盘旋。该机的机舱设备简陋，张春华座位在机尾，当时他不顾乘务员劝告，不愿系上安全带，加上困倦，就懵然入睡。待该飞机燃料耗尽，驾驶员破窗而出，双腿被螺旋桨打断，鼻梁摔碎。这无人驾驶的飞机冲向郊区民房，机身断裂，大火燃起，一个儿童被甩在柴火垛上，侥幸活命。张春华因坐在机尾，又没系安全带，被抛在机尾舱面上，待清醒后，看到周围惨景才知飞机出事了。当时他上身疼痛，两耳轰鸣，右耳被剐伤耷拉下来，左腿踝骨断裂，弄得浑身是血，时年23岁。此次空难除上述三人外，机上44人全部罹难。后来张春华被送往上海中山医院治疗。就在他住院的第三天，李世芳代表梅兰芳夫妇前来看望他并辞行，没想到此次告别竟成永诀。张春华经过半年多积极治疗，又重返舞台。新中国成立不久，他和张云溪等人加入国家剧团，开始新的艺术历程。现今张老先生虽已属高龄，仍在辛勤耕耘传艺。

王树基先生的文章中最后提道："张先生只受些小伤……张先生能保生，我总想这与他有一身敏捷的武功有关。"我认为，飞机一旦出事，机身、人身受损极大，逃生希望很小。去年7月间，报载西伯利亚有一架飞往伊尔库茨克的班机，失事后，其中有一中国年轻人王某坐在后舱，是一乘务员努力打开后舱安全门，让其从滑梯上滑下，结果还摔伤腿部，另有两位中国女乘客在机舱中部不幸被烧死。故即使从失事飞机中万幸逃脱出来的乘客，也大多遍体鳞伤，绝不会仅仅是"小伤"。此意见确否，愿与王树基先生商榷。

（《天津老年时报》，2007年1月19日第7版）

怀念歌唱家李光羲先生

　　时光荏苒，天津著名的男声歌唱家李光羲先生离开热爱他的观众已经一年多了。我和李光羲先生是通过工作相识的，这也是个偶然的机遇。现简述如下。

　　1949 年 10 月 2 日，中华人民共和国成立后的第 2 天，苏联第一个宣布承认新中国。为了宣传两国的友谊，各省市成立中苏友好协会。天津中苏友好协会的总干事方纪同志（时任市委宣传部部长）正在南开大学中文系兼课，鉴于这个新成立的机构急需年轻干部，他很希望同学们能去那工作。当时我读中文系四年级，即将毕业，交完毕业论文就和中文系、外文系同学共 8 位报名去天津中苏友协工作，被录取后，我和赵侃同学被分配在该会的宣传部工作。

　　为了扩大宣传中苏友好，在天津中苏友好协会宣传部黄人晓部长的建议下，成立苏联音乐合唱团，并扩大招生，由我和赵侃负责此项工作。有一次招考团员时，赵侃拿来一份报名单和我商量，报名单上的报考者姓名为"李光羲"，职业是"天津开滦矿务局职工"。赵侃对我说："这位考生的音色很好。"我对音乐是外行，听从赵侃意见，我就在报名单上用红笔画个"√"，表示可以录取了，但未能看到李光羲本人的面貌。苏联音乐合唱团成立以后，每两周举办音乐欣赏会，李光羲作为演员，经常安排他演出节目。这位年轻的歌唱者成为天津第一位男高音歌手，每次他表演结束后，都博得观众的赞赏。人们以热烈的掌声欢迎他"再来一个"！我们也为发现天津第一位美声歌手而欣慰。

1956 年，我和归国的志愿军指战员康而宁同志结婚以后，按照组织上的安排，共同调往青海省，支援大西北建设工作。从此，再没有机会见到李光羲同志。我们在高原工作 25 年以后，1979 年按照政策规定，调回天津工作。某日，我在路上遇到赵侃同学，他告诉我，李光羲还经常参加演出，正好明天有个单位组织一场晚会，也邀请了李光羲，并且送我一张入场券。次日，我在音乐厅剧场正好遇见李光羲，没想到相隔二十多年，李光羲还记得我这位老朋友。老朋友相见，特别高兴。他和我热情地握手以后，就匆忙地从旁门进后台去了。在那次晚会上，我又欣赏到久受观众欢迎的歌剧《茶花女》中的插曲和《祝酒歌》，他风采不减当年。那次以后，我再没有机会听到他的歌声。

去年，得知李光羲病逝以后，非常惋惜这位天津的男高音歌手，永远怀念他。

耄耋老人忆大院

19世纪末期，我祖父师祝三由于家境贫寒，自幼失学，当过学徒，年轻的他立志求生养家。鉴于八国联军炮轰天津后，城厢房屋倒塌甚多，修缮时需用大量白灰。祖父和几位友人合作，筹划贷款，从1901年以后开始在周口店买山，开山取石、挖窑取煤，自采自制，雇用骆驼驮白灰、砂石，自己跑运输，往返周口店、北京、天津，3年未回家，并与几家合伙出资开办了成兴顺灰煤栈。

另外，在清政府修建铁路之时，成兴顺灰煤栈承包了京奉、京绥、京汉、津浦四条铁路的白灰、砂石、洋灰的供应任务，他们以低廉的运费随着铁路的发展而扩展业务。

祖父为人正直忠诚，坚持以"诚信"二字为本，经商力主货真价实，使成兴顺灰煤栈颇有名望，在京津两地商业界跻为殷实的商户之一。他在经济上略有积蓄时，在北门里小宜门口购买四合院房屋一座，并命名为"纯碬堂师宅"。

师宅大院地处老城厢中心，房屋建筑没有像当地官宦豪宅那些雕梁画栋的装饰，也没有石狮子、影壁，只是砖木结构建筑极为普通的老百姓住房。四个小院共有十余间平房，居住有祖父的老母亲（重孙辈称她为"老太太"），祖父母和他们的六个儿子、儿媳妇和孙辈26人（多半是在大院中出生的），是一个四世同堂的大家庭，加上男女佣人、厨师等共四十余人。

祖父治家有方。他的房间内挂有"朱子（柏庐）治家格言"的条幅。他授权由大儿媳（我大伯母）、二儿媳（我母亲）掌管全家事务、生活。他非常重视子女教育，那年代女孩子很少入学，可是他规定男女儿孙们必须入学，并且不许留级。我们孙辈和小叔叔们分别在鼓楼附近的中小学读书，不用家长监管，放学后也没有家庭作业。女孩子们就在大院中跳房子、跳绳，或者由哥哥姐姐们扮成爸妈玩"过家家"，还教我们唱歌、做游戏。全家老小生活在团结互助、和谐友爱的大家庭中，按照当地的民风民俗，过着具有天津特色的太平日子。我是在这个大院中出生并且度过了童年时代，七八十年过去了，如今我已是耄耋老人，但对以往大院中的生活和经历，仍能做些片段的追忆。

一、北院面积较大，住房较多，是全家人聚会的中心。院中央安置有一大盆荷花缸。靠墙边摆有八仙桌子，上面有沏好茶叶的大瓷壶和茶杯。夏天晚饭后，人们都带着蒲扇到北院来乘凉。大人们边喝茶边谈天说地，孩子们围着五叔听他讲鬼故事，听完害怕得不敢去上茅房（北院西北角小院内没有下水道的厕所，每天早晨有"磕灰的"来清理，按月付钱）。

假日时，我父亲在北院中间用一个铁桶，中间放有几种原料（白糖、牛奶等），再放到装满天然冰块的一个大木桶中，说要制作冰激凌，让孩子们轮流搅那个大桶上面的手柄。搅了半天，打开盖一看，不像冰激凌，倒是一桶雪花酪（旧时一种低廉的冷制品），孩子们也高兴地品尝完了。

二、过大年。从隆冬腊月起各家就为过年忙碌着，扫房、换新衣服……按照天津旧式风俗习惯有序进行。祖父事先请好名厨给全家做数桌丰盛的菜肴，除夕夜，欢聚同饮吃年夜饭。然后给儿子家发银元（有袁世凯大头的白洋）若干，家长们再分几个红包转送孩子们（大多数又被家长要回去说留着长大再花）。饭后，小叔叔们放起鞭炮，孙辈们提着灯笼照耀各院，一派欢乐幸福的气氛。正月初一，由长辈带领各家先拜祖先，再按辈分依次拜年，都是跪地叩头，小辈叩得最多。最后，叩累了就马马虎虎、嘻嘻哈哈，数十人集体行大礼，热闹非凡。

初二早晨总会来一位"送吉祥"的大妈，名叫满奶奶。她一进大院的门就喊："开门大吉，吉庆有余！"然后进到大院各屋，坐在炕上又喊："炕上坐一坐，洋钱一大垛！"各屋主人都要送她一个红包，图个吉利，完事走人。

三、丧事、喜事两次大典。20世纪30年代初期某日，我家老太太患肠炎病医治无效，享年84岁寿终。我的太爷是做呢帽的工人，40岁就患中风去世了。那时家贫无钱送葬，我祖父穿孝衣给帽店老板磕了头，才赏给一副薄板棺材下葬。祖父非常孝敬老母亲，现在经济条件好转了，就给母亲大办丧事。先是预定好一副柏木寿材，入殓后，停放大院中，各院搭起天棚，挂满亲友们送的素色绸缎幛子，上面题有悼念的词句，满是肃静悲凉的气氛。每天亲友们络绎不绝地来吊唁时，家属们都要穿着孝服在灵前下跪行礼、陪哭，远看地面上一片白色。我那时年纪小，和哥哥姐姐们站在远处观看，我问三姐："我怎么流不出眼泪呢？"三姐说："你往手指上吐些唾沫，然后往眼上抹！"晚上有许多和尚来念经。院内摆几张桌子，一位老和尚坐在摞成两层的桌子上，一边念经一边往下面扔小馒头（像栗子大小），大哥就领着弟妹们钻桌子底下捡小馒头。也不能吃，就又扔了。

治丧期间，祖父摆上宴席招待宾客。老太太的寿材在大院中停放了一个月，这叫"老喜丧"。出殡时，家属们按辈分大小都坐着马车送行。送葬的队伍仪仗队排得很长，据说前面列队已经到东北角官银号了，灵柩才从北门里大院中抬出。听大伯母说，祖父为办老太太丧事花费不少，很是壮观！

数年以后，祖父为最小的儿子（我的六叔）娶妻成家。按当时传统风俗习惯要八抬大轿迎亲。祖父让家人去店里定制崭新的头顶花轿（别人没坐过的新轿），轿面是用大红软缎绣满龙凤呈祥的图画，连轿顶上也要绣五彩花卉，非常漂亮。

迎娶的头天，花轿摆在较宽阔的北院中，两边陈列金钩、钺斧、朝天凳等仪仗队的摆设。晚上，来了一个乐队，另有十来个身穿红彩衣、头戴彩环的少年表演队，他们手托小彩灯围着花轿不停地边转边唱着喜歌，谓之"童子转轿"。乐队吹唢呐伴奏，高昂的唢呐声和闪闪的红灯光，把整个大院笼罩得灿烂辉煌，一派喜气洋洋，好不热闹。孩子们更是欢天喜地地围着花轿跳呀笑呀，直到深夜。

第二天新娘迎娶到家之后，按风俗习惯规定："三天不下炕，不分大小"。所以，孩子们也学大人那样闹新房，抓起各色杂豆往新娘身上、脸上胡扔，陪房的奶妈给小孩们塞上几块糖才肯退出。

故居北门里，师子光一家，背后是祖父、祖母居住过的正房
（左起：母亲林世敏、小妹静谦、大哥其俊、弟其智，作者静淑、父亲师子光）

四、接待过两位外国客人。20 世纪 30 年代，我父亲师子光被聘为美国 RCA 胜利唱机唱片公司华北总经理。该公司除雇用职工及学徒以外，还聘请了一位德国籍的女秘书，名叫 Miss Lucia，大家称她为"密斯陆"。女秘书大约二十多岁，年幼时即随父母来到天

津，对天津生活习惯很熟悉，除了会讲德语，还会英语及天津话。她的工作是负责英文翻译、打字，以及一切与美国胜利唱片总公司来往的业务信件等涉外事务。

当父亲第一次把 Miss Lucia 约请到我家做客时，全家人对这位碧眼黄发的女郎非常惊讶，但是由于她性格开朗活泼，又能讲掺些外国语味的天津话，大家很快就喜欢上了她。祖母也很喜爱她，每次来我家时，总把最好吃的东西拿给她。Miss Lucia 很喜欢我家淳朴的具有天津地方色彩的大院。假日中，她常来我家，最愿意夏天在搭着天棚的大院里凉爽地和长辈们聊天、打麻将，有时也参加我父亲在饭店举办的宴会，吃有特色的中国餐。有时她也和我母亲互赠送绸缎、衣物等。

太平洋战争爆发后，胜利唱片公司被日本人接收，听说 Miss Lucia 回德国去了。

另一位是美国的贵宾。我父亲在胜利唱片公司任职期间，以敬业精神经营业务，使生意蒸蒸日上，也博得美方总经理哈尔通（Halton）的赞许，增进了友谊。有一次，大概是 1935 年，哈尔通先生从美国来天津，他对我父亲说很想看看具有天津特色的大院并拜访老人。这是我家迎接的第一位外国贵宾，着实忙了一通。祖父在南院客厅内设宴，有伯父、叔叔陪同，事先在登瀛楼大饭庄预定了丰盛菜肴，酒席之间，宾客洽谈甚欢。祖父赠送外国客人一个工艺大陶瓷盘（有几条龙的彩绘），哈尔通送主人从美国带来的一大盒包装精致的奶油巧克力糖。这是我们第一次见到巧克力的模样。孩子们不能走进客厅跟前看看外国客人长什么样，可是那盒巧克力糖被兄弟姐妹们分吃了。

那年代，在小宜门口这片居民区内，从来没有外国人涉足，而师宅大院接待过两批外宾，尤其他们是带着好奇心来参观中国式大院，也算是新鲜事吧！

1937 年七七事变以后，祖父在英法租界分别找到几处租房，全家老小从师宅大院陆续迁出，告别故居再没有回去。21 世纪以后，老城厢旧房陆续拆迁，建起高楼大厦，改天换地，原来旧式民居模样已无任何踪迹了。值得一提的是，这个不起眼的天津普通大院先后飞出三只"金凤凰"，他们是：我四叔师绣章，在北京协和医院毕业后，获美国洛克菲勒博士学位，曾任天津传染病医院院长，后任中国中医研究院附属北京广安门医院院长兼党委副书记；二弟师其英，天津大学毕业后，曾参加我国第一颗原子弹试制工作，任某项目组组长；四弟师其智，山东

故居北门里老宅，师静淑20世纪80年代曾到访（背后是位于南院的客厅，祖父师祝三曾和儿子师子光等人在此设宴招待美国RCA胜利唱机唱片公司总经理哈尔通先生）

医学院毕业后，凭借高超的医术成为著名外科医生、教授。以上三人都因在工作上有特殊成绩和贡献，享受国务院政府特殊津贴待遇。

说明：此文稿曾在《今晚报》"大院征文"的专栏中刊登（2014年4月24日），但内容被删掉约三分之一，并改题目为"老城里'师宅'"，此为原稿全文。

回忆吉鸿昌故居二三事

　　近日 CCTV-12《法律讲堂（文史版）》播出由民国史专家王晓华主讲的系列节目《民国大案》之《吉鸿昌遇刺案》（2024 年 5 月 23 日、24 日 21：50 播出），加之此前 CCTV-4 播出的《绝笔淬火砺剑吉鸿昌》（2021 年 7 月 5 日），令我回忆起家族曾在吉鸿昌故居居住的二三事。

笔者在吉鸿昌故居大门前留影

（约 1943 年夏天）

　　抗日救亡运动先驱吉鸿昌将军（1895 年—1934 年 11 月 24 日，河南扶沟人）的故居——红楼已修缮完工（此故居于 2010 年 10 月按照历史风貌原样进行恢复，整个工程于当年 10 月完工），恢复原貌，甚感欣慰。20 世纪 40 年代，我的家族曾在该楼居住过五年左右。

　　1939 年天津遭受特大水灾后，我家原住在人理道的两层楼房部分被水泡坏，加上家族人口日益增多，显得拥挤。我父亲和五叔秉承我祖父师祝三（煤业商人）之意，在原法租界法国花园（现名中心公园）

附近租了吉寓这套楼房一幢。1940年春天，祖父母携6个儿子、6个儿媳、26个孙子、孙女（我是第4个孙女），还有佣人、厨师等四十多口人搬进去。当年，这幢住房没有"红楼"的称谓。时值日寇已入侵我国，距吉鸿昌因抗日而被国民党杀害6年之后，父辈们如何敢于租到此楼，却从未和我们谈过，小辈们更是浑然不知。长辈已相继作古，也就无从考察了。

20世纪90年代，这座红楼的前檐上挂有"吉鸿昌烈士故居"牌匾，中心公园内竖有吉鸿昌将军横刀立马青铜雕像一座，我才知道这是一座具有革命历史意义的名人故居。我退休以后，曾参阅一些文史资料，也和几位知情人交谈过，仅将对这座红楼的零星追忆简述一二。

吉鸿昌故居

吉鸿昌故居位于今和平区丹东路与花园路交口，门牌5号，始建1917年，由比利时房产商义品公司工程师沙德利设计，砖木结构二层，楼顶为一大平台，其东南角有一间独室，局部三层，一楼以下为地下室，院内还有几间佣人住的平房，总面积1408平方米的院落面积很大，由装有铁栏杆的围墙围起来。院中种植各种花草树木，犹如一座小花园，是孩子们嬉戏的好地方。院中央建有一个八角架的休息亭，上端长满藤萝枝，每逢春天，奶奶就叫家里人采下鲜香藤萝花做成藤萝甜饼分给家人们吃。修缮后，院内已没有这个亭子了。后院还有几棵大杨树，两树之间系有很大的秋千，20世纪90年代的某天，我带着十妹去市政协礼堂参加联欢会，恰好邻座是吉鸿昌之女吉瑞芝女士，她和十妹回忆起少年时都喜欢荡那个大秋千，共忆儿时情趣，很是欣慰。

那时围绕法国花园一圈的欧式楼房，住户大多为知名人士，如庄乐峰、蔡将军等，可是法国工部局只在我家门口设一个巡捕（即警察）岗亭，由我家佣人每天将一个大瓷壶放在墙外台子上，供应他们茶水。

当我祖父下班乘自己的包月人力车进入家门时，巡捕总要立正向祖父举手敬礼，院内的孩子们则乖乖地站在两边，等祖父进屋后再玩。

20世纪30年代，山河破碎，民族危亡……

据资料记载，1932年4月，吉鸿昌与冯玉祥联手组织武装抗日时，他曾廉价变卖家产，凑足6万元买了一批枪械，并委托夫人亲自护送到张家口。80年代，我和母亲闲谈时，她忽然提起我们住在花园路楼房时，每年都要接待几次吉太太（胡红霞）来收房租。曾记得某年夏天她身穿一件白丝绸上有小黑点的旗袍，坐着人力车来，收房租后也不多说什么就走了。由此推断，此红楼在吉鸿昌筹划军饷时没有变卖，作为他和家属的住宅。吉被杀害后，他的夫人一直将此楼房出租以贴补生活费用。

我们迁入吉寓以后，由于三楼只有一间独屋，就安排我的六叔、六婶居住，宽阔的大阳台也是我们姐妹看书、游戏的地方。后见文史资料中记载：吉鸿昌在抗日同盟军瓦解后，曾与方振武联名发表"外抗暴日，内讨国贼"的声明，使蒋介石感到吉是颗危险的炸弹，决心除掉他，于是派特务对吉严密监视。特务们白天化装成小贩在吉寓门口附近察看行人，晚上注意吉寓三楼上有灯光，透过窗帘缝隙，人影隐约可见。我才知道，原来这里曾经是吉鸿昌与同志们进行革命工作的据点。

在形势日趋紧张时，吉为了能继续安全地工作，把地下联络站转移到惠中和国民两个饭店，以减少家中的人来客往，分散特务们的监视力量。

1934年11月9日，吉鸿昌约同任应岐、王化南等，在天津法租界国民饭店45号房间以打麻将牌为名进行工作时，闯进房间内的特务开枪误射了王化南，跳弹伤了吉的臂膀，由法国工部局巡捕将吉送进医院。同时被捕的还有任应岐军长。

原来，1930年9月，吉鸿昌所部被蒋介石改编后，奉命"围剿"鄂豫皖革命根据地，但吉鸿昌将军不愿意执行"中国人打中国人"的命令，被蒋介石解除军权，强令出国考察实业……

回国后，吉鸿昌将军于1932年在北平秘密加入中国共产党，由一名爱国的旧军人转变为真正的共产主义战士。

此后，吉鸿昌将军按照党组织的指示，与冯玉祥、方振武在张家口建立察哈尔民众抗日同盟军，率军英勇收复了塞外重镇多伦（今内蒙古多伦县），这是九一八事变后中国军队首次收复失地……

1934年初，吉鸿昌将军秘密潜回天津，组织成立了"中国人民反法西斯大同盟"，进行抗日民族统一战线工作。为便于联络各方，吉鸿昌将军特意将花园路的红楼进行了改造，将其变为中共党组织的秘密联络站，并缩减家用开支购置设备。在三楼设立秘密印刷所，出版《民族战旗》刊物，积极宣传共产党的抗日主张。

吉鸿昌将军在国民饭店遇刺被捕后，国民党当局进行了消息封锁。吉鸿昌将军的妻子胡红霞四方奔走，百般尝试营救，她按照吉鸿昌将军托人所带的嘱咐，及时公开了国民党企图暗杀抗日将领的卑劣行径。国民党的这一举动在全国引起了很大反响……此时社会声援吉鸿昌将军形成高潮。

但蒋介石不惜斥巨资将吉鸿昌将军从法租界引渡到国民党天津市公安局，关进监狱。吉鸿昌将军在监狱中受尽酷刑，面对国民党反动派的威逼利诱，吉鸿昌将军坚贞不屈。

我在采访著名西医学专家、百岁老医师孙璧儒（1899—2001）时，他在九十多岁高龄时仍能回忆起当年为吉鸿昌将军看枪伤的情况。孙璧儒医生说："11月10日清晨，我在上班前在家里看当日报纸，已报道吉鸿昌和任应岐军长被捕的消息。到医院上班后，由四五个巡捕将吉和任二人带进诊室，令我给他们看伤。我见是枪伤，就明白这是报纸上所载的吉鸿昌将军。吉将军当时身披黑色大衣，左臂肩挎一条白色三角巾兜着伤臂。他先伸出右手和我轻握为礼，也没有坐下，即站在诊室当中让我看伤。我打开绷带，只见其左臂有子弹穿透伤，未伤骨。我当即给他消毒、敷药、绑好绷带，很快就处理好了。料理完毕以后，吉将军又和我握手说：'谢谢大夫'，即转身离去。"

"我在处理伤口完毕以后，才正面注视了一下吉鸿昌将军。他体态魁伟，仪表不凡，手大而肥厚。临别时与我握手较有力，很是得体。与吉将军同时被捕的任应岐军长当时也同来诊室，身体稍矮，也穿黑大衣。他站在吉将军身后，一言未发……"

14天以后，1934年11月24日，吉鸿昌将军与任应岐军长同时被蒋介石下令枪杀于北平炮局子陆军监狱，英勇就义。孙璧儒医生说："我同吉鸿昌将军虽然只见过这短促的一面，但他那高大、正义的形象，留给我很深的印象。"

吉鸿昌将军向敌人索要纸笔给妻子胡红霞的遗书里写有"夫今死矣！是为时代而牺牲"。吉鸿昌将军的就义诗内容为："恨不抗日死，留作今日羞。国破尚如此，我何惜此头。"同时，还说道："追随信仰，无悔忠贞。"

开枪的刽子手之前还没有遇到这么正气凛然的犯人，看着吉鸿昌凛冽的目光，他举枪的手不由晃动起来，枪响后，子弹没有正中额头，而是偏向了吉鸿昌的左眼。

得知丈夫牺牲的噩耗，胡红霞悲痛万分，她前去申领丈夫的遗体，却遭拒绝，不得不将红楼抵押，想尽办法凑齐8万元，终于赎回了丈夫的遗体！胡红霞花钱请人拍照，为了使吉鸿昌的遗容更加整洁，特意要求摄影师傅从右侧拍，尽量不拍到左眼。

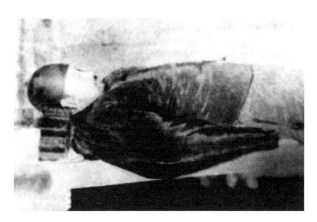

吉鸿昌牺牲后的照片

1949年10月1日，天安门城楼，毛主席身着中山装，精神抖擞地站在话筒前，庄严地向全世界宣告："中华人民共和国中央人民政府今天成立了！"

而这时，在城楼上，有一位女士泪流满面，她听着毛主席激昂的话语，心里不禁思潮澎湃："鸿昌你看到了吗，你为之骄傲的中国人终于从此站了起来。"

这位女士就是胡红霞，革命烈士吉鸿昌的遗孀，曾经认识她的人，看到她出现在天安门城楼上……

光阴荏苒，吉鸿昌将军被国民党杀害已有90年了（1934年11月24日），我们应该铭记历史，建设强大的祖国，以告慰先烈在天之灵！

第四章　文史春秋

说　明

　　1988年3月，我超龄工作8年之后，从新蕾出版社退休。那年我63岁，已步入中老年阶段，但是自由时间较充裕。基于个人的爱好，有时也给报社写些往事回忆、小杂文之类的文稿。

　　我退休后的第三天（3月8日妇女节），即应天津市政协文史资料委员会（以下简称"政协文史委"）之约，作为返聘者，参加文史资料的编著工作。当时，鉴于自己身体健康，加之对文史工作很感兴趣，认为能有机会在文史界老前辈的帮助下边干边学，增长见识。而且每天只工作半天，"退"而"不休"，也是很好的发挥余热的机会。我在政协文史委尽力而为，学习新知识，获益不少，就一直到70岁才停止工作。

　　1993年9月，经老馆员刘续亨先生的推荐，天津文史研究馆聘我为馆员，使我能有更多的机会从事文史资料的学习和编写。如今，我虽已届暮年，回眸往昔，亦无甚业绩可取，只是受益于当年无私帮助我工作的老前辈，使我在从事文史资料工作时得到知识和能力，而这些老前辈都已相继离世，我时常带着感恩的心情怀念他们。

历史的瞬间

——记天津中苏友好协会

20世纪50年代初，新中国刚诞生不久，为了加强中国同苏联政府的友好关系，从中央到各省市陆续成立了中苏友好协会这个特殊性质的机构。当年，我们这些刚走出校门的年轻人，经组织分配，来到天津中苏友好协会。当我们明白了将要从事的工作的特殊意义和重要性时，个个豪情满怀、意气风发，表示要以为祖国奉献青春的精神，各尽所能，努力工作。

随着政治风云的变幻，中苏关系破裂，天津中苏友协和全国一样，于60年代被撤销。尽管仅有短短十余年，我们觉得还是有必要记载下来。为此，我们曾翻查过档案材料，却没有完整的记录，而当时的知情人也大多不在了，只能凭借不完全的片断回忆，集腋成裘地写些散记，难免有遗漏和谬误之处，尚希知情者予以补充和纠正。

引　言

20世纪前半叶，第二次世界大战结束以后，从国际格局来看，世界分为以美帝国主义为首的资本主义社会和以苏联为首的社会主义社会对峙的两大阵营。中华人民共和国成立以后，中国共产党接收的是国民党留下的一穷二白的烂摊子。要建设和巩固新政权，必须要有国际支援。从国土地缘来看，中国和苏联边界线接壤甚长，中苏两国共产党有如兄弟般的历史源远流长，因此争取苏联的支援和帮助，就是大势所趋的必然选择。

可见，毛主席当时提出"向苏联老大哥学习、一边倒"的外交路线是正确的。50 年代以后，苏联向我国提供了多方面支援，尤其派来大批专家传授技术，还援助了数百个项目，如长春汽车制造厂、武汉长江大桥、宝成铁路等重大工程的建设，都有苏联专家的贡献。

所以，向苏联学习、加强中苏友好，是时代的需要，成立中苏友好协会也是历史的必然。

一、筹备和成立的经过

1949 年 10 月 1 日，中华人民共和国成立后的第 2 天，苏联就首先发来贺电，承认新中国并决定与我国建立外交关系。

1949 年 10 月 5 日，是中苏友谊史上值得纪念的日子。上午，两国互相任命了大使，苏联首任驻中国大使为罗申；我国首任驻苏联大使为王稼祥。

早在开国典礼之前一段时间，中苏友好协会总会即开始了筹备工作，5 日下午，在北京宣布正式成立并举行庆祝大会。当天，苏联文化艺术科学工作者代表团还专程赶来参加。

从此，各省市的中苏友好协会相继成立。

（一）筹委会来自人代会

天津中苏友好协会筹备和成立都比较早。1949 年 9 月 7 日，天津举行各界人民代表会议，全体与会代表通过了成立中苏友好协会天津分会的提案，并选举黄火青、黄松龄、李烛尘为召集人，同时还从代表中选出 87 位筹备委员。

9 月 24 日，市政府交际处召开第一次全体筹备委员会议。会上，87 位筹备委员被选为天津中苏友好协会委员，选举天津市市长黄敬为主任委员，黄松龄、黄火青、李烛尘、张国藩为副主任委员。下设秘书长及组织、联络、宣传等三个部门。联络部后来改为服务部。其中：

组织部部长：资耀华

副部长：王仁忱、丘金、何启君、张金锋、潘承孝、罗云

联络部部长：萧采瑜（南开大学生物系主任、教授）

副部长：孟秋江、章文晋、杨寿钧、韩幽桐、刘再生

宣传部部长：张克忠（南开大学工学院院长）

副部长：王亢之、王林、朱宪彝、魏寿昆、吴大任、李霁野、季陶达、张琴南（《进步日报》总编辑）

上述正副部长的人选，除部分政府领导干部，还有文化、教育、科学、医务、工商业等天津各界知名人士，充分体现了党的统一战线政策。

会议要求各部负责人草拟工作计划及细则，并配备秘书、干事。在本会正式成立前，干部先由各机关团体抽调，其薪金由原单位供给，无工作单位者，由本会供给（当时大多是以小米价格折合若干薪金的）。办公地点暂时设在承德道 22 号的天津文联。

（二）庆王府的人们

1. 清末遗老遗少

市政府很快为天津中苏友协（"中苏友好协会天津分会"的简称，下同）选择了市中心一座适合国际交往的大楼，它位于原英租界 39 号路（今和平区重庆道 55 号）。此楼原为清朝末年太监张祥斋（即"小德张"）于 1922 年建成。辛亥革命后，清室"逊位"，人称"振贝子"的庆亲王载振与其父亲奕劻迁到天津居住，于 1925 年购买了这座楼。载振深居简出，不与外人交往，能够出入王府的只有少数清朝遗老，所以，人们就称其为"庆王府"。

庆王府，占地七亩多，原建筑连地窖子共三层，砖木结构，采

用皇宫建筑中的黄绿琉璃瓦装饰屋顶，主体为中西合璧式。载振搬进去以后，又加盖一层，作为"祖先堂"。庆王府有一百二十多间房屋。楼内大厅四周是正式住房，庆亲王全家二十多口人分住一二楼，楼外群房和地窖子由男女仆人及其家属约百十人居住。

庆王府室内布置富丽堂皇，雕梁画栋，非常考究。三层影堂内部还有精美木雕的罩子，称为大罩棚式屋顶，面积有 400 平方米。大厅穹顶正中挂着一对西洋古典玻璃大吊灯。厅堂内摆有紫檀木雕刻的长条案、八仙桌椅、围屏、宝座、宫灯。另有 1 台 2 米高的大座钟，据说打鸣时，远在几百米以外的民园体育场都能听得见。大厅中央有一座小戏台，平时拆散存放在地窖子里，用时再搭起来（此戏台即为天津中苏友协举办各种活动时使用的场地）。载振自从迁入后从未搭用过，每逢生日举办堂会时，就在大厅内铺上地毯。

主楼的房外四周为围廊。靠楼房东面有一"御花园"，内有假山，山上筑有六角亭，山下有小石桥，靠北面是一个西洋古典式的喷水池，有能喷水的仙鹤，三条腿的蟾……幽美宁静，别有洞天。

载振于 1947 年去世，其后人仍住此楼，后改姓金。天津解放不久，市政府清理敌伪财产时，按照赎买政策，付给金姓家属 4 万元，并限令全家人迁出。从此，这座颇有特色的建筑就成为天津市开展中苏友好活动的中心和基地。在筹备期间，机关的正门厅内需要一幅斯大林画像，就由刚调入的美术家田景琪先生完成，悬挂在正门大厅的墙壁上。

2. 三件"第一次"的工作

新中国成立初期，党中央把"向苏联学习、宣传中苏友好"的工作提到了重要的议事日程，因此，天津中苏友协边筹备、边开展了一些工作。从当年档案中不完全的记录看，他们在既无经验又人手不足的情况下，做了三件"第一次"的工作。

116

①以天津市第二图书馆为主办单位，第一次举办介绍苏联建设成就图片展。前来参观的人们络绎不绝，展期 20 天，观众达 3 万余人。

②随着中苏文化交流的开展，一个由苏联科学文化专家组成的苏联代表团于 1949 年 10 月 22 日到达天津，由中苏友协筹委会与当时的军管会、市委、市政府联合举办了天津市各界欢迎苏联代表团大会和欢迎宴会。这是天津第一次接待来自苏联的友好使者。苏联领事馆的工作人员也应邀参加。在津期间，苏联专家还参加了农业、教育、科学、文艺四个座谈会并介绍经验，这使天津各界开展向苏联的学习活动有了良好的开端。

③1949 年 11 月 7 日是俄国十月革命 32 周年，中苏友协筹委会主办了全市各界人士纪念大会，这是天津市人民首次庆祝世界上第一个无产阶级专政国家的节日。

基于工作需要，中苏友协筹委会负责人首次与苏联驻津代理总领事、苏联对外文化协会（简称 BOCK）代表吉多福取得联系，双方商讨了有关合作等问题，吉多福代表苏联对外文化协会向天津中苏友协赠送了杂志、图书等。

从筹委会召开的几次常委会记录看，当时黄敬市长亲自主持友协会议并告知委员们："苏联近期要派六百多位专家来华帮助建设，已到来四百多人，有的还将来到天津。"与会者认为，全国学习苏联先进经验即将掀起高潮，加快成立天津友协已是当务之急。会上推选林子明为副秘书长驻会工作（后称为"总干事"），总工会抽调干部 15－20 人参与工作。

筹委会决定：1949 年 12 月 20 日斯大林大元帅生日那天，同时举行成立大会及斯大林祝寿会。

根据中苏友好协会关于边筹备、边建立中苏友好协会的指示精神，天津中苏友协正式成立前，已建立了 215 个支会，发展会员 7.7 万多人。筹委会通过报社、电台对外宣告："本会已迁到十区重庆道 55 号作为会址并开始办公。我们愿为加强中苏友谊与沟通中苏文化而努力。"

1949 年 11 月 8 日伊始，从各单位调来的干部先后到新址办公。第一批报到的有主任、秘书、干事十余人。据先期来此工作的杨玉昆、李钧夫妇、杨慧（杨玉昆的妹妹）、涂宗涛、张明等同志回忆：庆王府大楼因年久失修，有的摆设已陈旧，落满灰尘，多数房间阴暗无光，挂着蜘蛛网等。只有正房内尚有庆王后人居住着，大多因吸食鸦片，面容憔悴。我们一面通知他们尽快迁出，一面打扫卫生。庆王府的三位佣人见了我们，就按王府的规矩要行跪拜礼，我们忙拦住说："你们仍旧做好自己的本职工作吧！"花匠梁大爷一直工作到八十多岁才告老还家。他精心管理"御花园"的一草一木。第二任总干事、著名作家方纪为梁大爷勤勤恳恳治理花园的行为所感动，以他的事迹为原型创作了散文《园中》。

3. 庆祝成立大会和祝寿会同时举行

筹委会经过三个多月紧锣密鼓地工作，1949 年 12 月 20 日，天津市中苏友好协会在原法租界中心的中国大戏院隆重召开成立大会。筹委会全体委员、各支会代表及贵宾共两千余人出席。会议通过总干事林子明关于筹备情况的报告，天津中苏友好协会会长、市长黄敬宣布天津中苏友好协会正式成立并讲话，他说，成立中苏友协是为了增进中苏两国人民的合作，促进智慧和经验的交流，加强两国在争取世界持久和平中的紧密团结……

著名女作家丁玲代表中苏友好协会总会专程前来祝贺。她刚参加中华文工团访苏归来，在会上畅谈了访苏观感，很是振奋人心。苏联驻津代理总领事吉多福应邀出席大会。他发表了热烈诚挚的讲话，他说："祝你们为实现中苏两国伟大人民幸福生活的崇高事业，顺利进展……"中央人民政府委员、久大盐业公司总经理李烛尘，天津大学教联副主任委员、北洋大学教授张国藩及医学专家朱宪彝等三位天津中苏友好协会副主席先后发言。

大会向毛主席发出致敬电。同时，向中苏友好协会总会发出了天津中苏友好协会正式成立的电报。

大会宣读了天津中苏友好协会正副会长及理事名单。

会长：黄敬

副会长：朱宪彝、李烛尘、周叔弢、黄火青、黄松龄、张
国藩、郭尚义、杨石先、杨成武、罗云、刘秀峰、
资耀华、章文晋、刘再生

此外，大会还原则上通过了天津中苏友好协会章程。

天津各媒体对天津中苏友协的成立及斯大林祝寿会进行了报道，其中对斯大林祝寿活动做了较详细的描述：

　　……大会的另一重要议程是宣读向斯大林大元帅的祝寿电报，然后进行了祝寿活动。在欢快的乐声中，天津中苏友协宣布送给斯大林大元帅的寿礼为：由天津美术学院设计而特制的精美大地毯一件，另有寿桃7盘、寿烛一对，还有代表们献花、锦旗、诵读献寿词等。另外还有小学生代表写给斯大林元帅的信17封，自己制作的小礼物6件等。与会者情绪热烈，会场充满中苏友谊的气氛。

天津中苏友协为了庆祝该协会的成立，晚上举行酒会并进行文艺演出，邀请中外贵宾及各界代表参加。中国的腰鼓、车技等民间表演，著名小提琴家马道允先生的独奏，音乐学院表演的苏联歌曲、哥萨克舞蹈等，受到中外来宾的欢迎。

二、万丈高楼平地起

天津中苏友协成立后，会长黄敬主持召开了第一届理事会，决定了各部门分工和人事安排，其中组织部部长资耀华，秘书陈春萼；宣传部部长张克忠，副部长张琴南，秘书涂宗涛；服务部部长萧采瑜，秘书杨逵成。各部正副部长均为兼职，由秘书负责日常工作。机关首长林子明，办公室主任杨玉昆。

（一）组织工作先行一步

天津中苏友协成立后，建立友协支会和支分会并将发展会员列为首要工作。他们通过向政府机关、工会、青联、妇联、学联及工商同业公会，各工厂等基层单位，各区区委会等，发展会员，建立组织。到 1949 年底发展会员超 1.25 万人。天津中苏友协还按照规定的模式，给每位会员发放印有"中苏友好"字样的会员证和特制徽章。

那时，凡是入会领到会员证的会员，是很受大家羡慕和尊敬的，其本人更觉得光荣。兹摘录《天津老年时报》（2006 年 12 月 25 日）作者赵孟兰的一段回忆：

刚成立的共和国，使我记忆最深的一件事就是成立天津中苏友好协会。那时我刚上小学三年级，老师带我们去礼堂参加天津中苏友好协会成立大会。会上讲话的内容是，苏联是老大哥，我们是小弟弟，要向苏联学习，两国应该世世代代友好下去。我们小学生对老大哥真是崇拜得五体投地。

几天以后，老师发给我们每人一个小红本，是天津中苏友好协会的会员证，还有一枚徽章，上面有"中苏友好"的字样。我们每天戴着这枚可爱的胸章，总舍不得摘下来，可高兴了，好像我们已经长大，能参与国家大事了似的。每天都得意扬扬的，自豪无比。而且入会不收任何费用。

老师还告诉我们，苏联有集体农庄，还有拖拉机、联合收割机，主要发展重工业，我们羡慕极了，盼望着有一天我们的农民也用这些机器，机械化能够尽早在中国实现。

几年以后，随着形势发展，友协成为社会团体，组织部也随之撤销，会员制废止。

（二）掀起学习俄语的热潮

20 世纪 50 年代初，人们认识到要学习苏联，开展中苏科学、文化等方面的交流，必须学好俄语的重要性，纷纷要求尽快学习俄语。

当年，天津友协主持俄语学习的俄文教学部涂宗涛主任至今还记得当时的情景：

天津中苏友协成立后不久，即成立了俄文专科夜校，校址在现今耀华中学内，由服务部管理日常工作，后来服务部撤销。1953年，成立俄文推广部，后更名俄文教学部，涂宗涛任主任，潘启祥任副主任，有专职教师和干部十来人。除俄文专科夜校，还有与天津电台合办的俄文艺工作者广播讲座，另有翻译讲座、工程技术人员俄语学习班等。

俄文专科夜校，经费系自给自足，全靠学员每学期的学费维持。入学前要经过考试，毕业发毕业证书，相当于大专夜校。1954年，市教育局副局长任子庸任校长，每学期由市教育局拨一笔经费资助夜校。从此，每学期学费减半，从而减轻了学员负担。后来，副校长由天津师院教授安寿颐兼任，涂宗涛为专职副校长，潘启祥为教务主任。

俄专夜校分六个学程，学期3年，除专职教师谢紫凌、纪文成、王中梁、吕乃棣外，敖承甫负责编发俄语广播讲座的辅导材料，邹君博负责文印工作。大多数教师均由大学和中学的俄语老师兼任，少数由在津的俄侨担任。

俄专夜校的创办取得了不少成绩：一是培养了一批翻译人才，如俄专夜校学员谢紫凌，曾翻译出版了多部专著，后调入俄专夜校主讲翻译讲座；二是向大学和中学输送了相当数量的俄语教师，如天津大学的靖立青、耀华中学的赵文奇等。

我于1958年调出中苏友协，不久，俄文教学部撤销，俄专夜校的专职人员以潘启祥为首，全部转入新华职工业余大学的外语系，但直到1959年，俄专夜校学员的毕业证书上，我仍是副校长，还由我加盖名章……

三、调配干部和培训俄语人才

（一）注入新血液

天津中苏友协成立后，急需大量人才，以便更好地开展工作。1950年夏，经市委批准，任命《天津日报》副刊部部长，南开大学中文系副教授，抗战时期就已是著名作家的方纪同志为总干事。

方纪同志上任后，即着手抓干部建设工作，先后将南开大学中文系、外文系的十余名大学生调入天津中苏友协，为天津中苏友协增添了新生力量。

（二）学俄语见实效

鉴于工作需要，学习和掌握俄语成为天津中苏友协干部当务之急。为此，方纪总干事决定：每天上午停止办公，干部实行半脱产学习俄语，聘请名为葛依斯的苏俄侨民任教，以口语为主。俄语学习班很正规，按时上下课，葛太太执教比较严格。由于她身材高大，脖颈较长，大家偷偷地叫她"大火鸡"。那时，大家学习非常刻苦，全楼上下、院中传来一片读书声，这是其他单位所没有的现象。经过一年左右的学习，大家已能翻译一些俄文资料，进行简单的会话。他们试译或编译的作品有：《一个苏联的母亲英雄》（天津通俗出版社出版，1952年，师静淑编译）、《爸爸的一周》（刊于《天津日报》，1954年，黄人晓、陈锡浦、师静淑合译）、独幕喜剧《扣子》（《辅导员》杂志，1954年第5期，师静淑、赵侃合译）等。除编译外，还演出了俄文独幕剧。另外，在接待苏联友人时，大家也尽量用俄语，以提高俄语水平。

1953年左右，我国政府决定将苏俄侨民分批遣送苏联、澳大利亚等国家。葛太太她和丈夫去了澳大利亚，天津中苏协为她开了欢送会。

（三）新时代的年轻人

在天津中苏友协的干部中，除几位年纪稍大的，大多数是年轻干部，他们有的家在外地，有的就在市里，可他们都愿意住在庆王府里，一来工作方便，二来节省时间。

总干事方纪为了方便工作，与夫人黄人晓携4个儿子也迁入这座王府"御花园"靠北面的一排平房内（原王府的家塾）。

下班后，年轻人大多喜欢到"御花园"内休闲或谈天说地。有时因为某些问题争论不休，就把方纪同志从家中请出来给大家评判是非。方纪同志俨然家长一样爱护着这些青年，对做得好的充分肯定，对犯了错的，批评也很严厉。一次，两位负责编辑《天津市中苏友好报》的同志，由于粗心大意，校对的文字出了原则性的错误，方纪同志给予了严肃批评。大家以此为鉴，对工作更加谨慎了。

中华人民共和国成立初期，男女干部都穿列宁服、中山服，一律为灰色、蓝色的。有一次，天津中苏友协宣传部部长黄人晓同志带部分年轻女干部参加联谊会，恰遇苏联使馆的夫人们，她们问："为什么新中国妇女都穿清一色的制服，看不见有穿花裙子的呢？会议结束后，黄人晓同志问："你们敢不敢穿花裙子?"年轻女干部们说："敢！我们早就想穿了!"

不久，在1953年国庆节全市大游行中，唯有中苏友协的干部队伍中出现了穿花裙子的女同胞，震惊了不少观礼的市民，沿途不少女孩子投来羡慕的眼光。从此以后，这些年轻干部无论是上班或参加集会活动，都穿上漂亮的花裙子。

四、播种中苏友谊的基地

为配合国家经济的发展，天津中苏友协采取多种形式宣传中苏友好。

（一）大型庆祝会

1950年11月7日晚，天津中苏友协成立后第一次举办庆祝俄国十月革命33周年文艺晚会。会场设在中国大戏院，参加者有天津市各界领导，友协的会长、副会长、理事；有苏联驻津代理总领事吉多夫率使馆人员及苏联专家等外宾约两千人。中央音乐学院的演员们为中外观众演出了精彩的节目。

（二）全民性"中苏友好月"活动

1952年10月至11月，天津市决定在庆祝俄国十月革命35周年之际，由天津中苏友协主办，会同各有关单位在全市开展"中苏友好月"活动，宣传"向苏联学习，加强中苏友谊"。这项活动由天津中苏友协的领导直接领导，抽调部分干部与工会、妇联、青年团、学联以及驻津部队等单位组成"中苏友好月"办公室，地点设在北宁公园内，各区友协支会、支分会也按上级要求开展了以宣传"中苏友好，向苏联老大哥学习，感谢苏联专家的帮助"等为内容的活动，其中有报告会、文艺演出、图片展览、与苏联中小学通信联谊等。

（三）隆重的盛典——鸡尾酒会

20世纪50年代初，中苏友协按照国际惯例，每逢重大节日举办鸡尾酒会，招待国际友人。凡是在天津友协工作过的干部，回忆当年盛况，印象还是很深的。

天津中苏友协举办鸡尾酒会，都是聘请起士林大饭店的师傅。起士林是1901年由德国人阿尔伯特·起士林创办的。以经营德、俄、英、法、意五国西餐大菜为主，是天津最大的西餐店。厨师们手艺高超，选料精细，烹制出五国不同风味的西餐和糕点，很受来宾们欢迎。

鸡尾酒会经常是晚6时半到8时左右进行，8时以后还要举行晚会或舞会。从下午开始，起士林的厨师们就陆续将烹制好的冷餐摆在东西客厅的长桌上，记得摆在中间的是一个大长瓷盘，上面卧着一只约50厘米长烤得香喷喷的小乳猪，四周配以五颜六色的蔬菜和雕刻的花卉，煞是好看。东西两个会客厅的长桌上摆满了各式各样的冷餐拼盘，让没有吃过西餐的年轻人大开眼界。

经常应邀参加天津中苏友协的鸡尾酒会的来宾中，有苏联驻津代理总领事吉多夫及使馆官员、苏联对外文化协会代表唐平克先生及秘书，也有来华帮助我国（天津）建设的苏联专家，以及波兰、罗马尼亚、匈牙利等国的专家和外事人员等。

鸡尾酒会后的文艺演出，受到了来宾的欢迎，著名小提琴家马思聪、新疆著名女舞蹈家康巴尔汗、歌唱家李洪宾……以及苏联音乐合唱团等都曾应邀前来献艺。当时，能举办这样盛大而隆重的鸡尾酒会，在天津市是绝无仅有的。

（四）向农民宣传苏联成就

1953 年 11 月，中苏友好协会总会将苏联对外文化协会北京总会赠送的电影放映机转赠给天津中苏友协一台。天津中苏友协很快就培训了电影放映员，成立了电影队，又抽调三四位宣传干部组成宣传队到天津郊区巡演。

巡演的首站是南郊区（今津南区）白塘口乡，为老乡们放映苏联彩色影片《幸福的生活》。这部影片介绍了苏联集体农庄农民的幸福生活，老乡们看后，非常兴奋，希望将来也能过上和苏联农民一样的幸福生活！

1953—1955 年，宣传队除了利用电影向广大农民宣传和介绍苏联，有时也举办诸如"今日苏联"的图片展，取得了一定的效果。此外，当时全国正在进行粮食统购统销和居民粮食定量工作，宣传队也配合这个中心任务，向农民们进行宣传和讲解。友协的干部通过深入农村，了解了农民生活等方面的情况，在思想认识上也得到了进一步的提高。

五、开展形式多样的宣传活动

为了让广大群众更好地了解和认识苏联的历史与现状，天津友协以宣传苏联的光辉成就和先进经验，"向苏联老大哥学习""苏联的今天，就是我们的明天"为宗旨，开展了多种多样的宣传活动。这其中，该会的宣传部承担了繁重的任务。

根据一些档案资料和从这个部门退休的老同志回忆，宣传部原负责人为涂宗涛，后调到俄文教学部任部长，其职务由该会支部书记黄人晓同志兼任。

宣传部主要做了以下几项工作：

1. 成立资料室。天津友协初建时，由理事毕鸣岐先生（民族企业家、后被任命为天津市副市长）代为捐款210万元（旧币）购置部分图书。当时尚无俄文翻译的图书，有关苏联情况介绍的资料就从中英文材料中选择一些。这个资料室对外开放，不论是中苏友协会员或非会员都能借阅。苏联对外文化协会后来赠送的俄文书籍、报刊都存放在这个资料室。

2. 创办《天津市中苏友好报》。该报创刊于1950年，为4开半月刊。该报既宣传苏联的光辉成就，也报道友协基层的活动情况，很受欢迎。这份报纸每期发行数百份。

3. 举办苏联情况展览。其中规模较大的一次，是由各工厂派人在天津友协的地下室安装机器，进行实际操作，推广苏联生产技术，如球墨铸铁、高速切削等。展期约两个月，参观者络绎不绝。

4. 中苏友好馆。为了宣传苏联取得的光辉成就，天津中苏友协将其友好厅的一部分改建成了中苏友好馆。

1953年11月7日晚，在庆祝俄国十月革命36周年之际，中苏友好馆正式开馆。天津中苏友协领导，天津市文学界、音乐界、美术界的负责人，友协支会，各群众团体负责人应邀出席，苏联对外文化协会代表尼吉寿夫夫妇等前来祝贺。

总干事方纪在开馆仪式上致辞，宣布中苏友好馆正式开馆。尼吉寿夫先生致辞，对天津成立中苏友好馆表示祝贺。接着，由苏联音乐合唱团，军医大学、天津大学、市一中、十六中、女一中、女二中等学校的文艺团体表演了文艺节目。

11月12日，苏联对外文化协会为庆祝中苏友好馆成立，在苏联领事馆举行鸡尾酒会，招待天津中苏友好协会会长黄火青，副会长朱宪彝、吴德、吴砚农、李烛尘、周叔弢、张国藩、杨亦周、杨石先、刘再生、萧新槐及部分理事。中苏友好馆的成立，为进一步加强中苏友谊创造了条件。

中苏友好馆包括以下几个部分：

1）图片展览厅。经常举办介绍苏联的图片展览，如《苏联的和平建设》《今日的斯大林格勒》（彩色）等。

2）俄文图书馆。做好俄文资料供应工作，有计划地翻译介绍苏联先进经验的资料，供该会宣传和有关单位参考。其中还有一个俄文杂志画报阅览室。

3）苏联文学室。以介绍苏联文学作品为主，举办苏联文学史、文学作品座谈会，著名苏联文学家纪念晚会。

4）苏联美术室。除了陈列和介绍苏联美术作品外，还组织美术爱好者临摹学习等。

5）苏联音乐室。以本市文化系统音乐家和音乐教师为骨干，介绍和推广苏联音乐，聘请王莘同志为指导，研究推广和配译苏联歌曲，不定期举办苏联音乐欣赏会，介绍苏联古典和现代的歌曲。

该室下设苏联音乐合唱团。该团于 1950 年 11 月与苏联对外文化协会合办，原名苏联音乐学习班，成员有工人、学生、干部等 120 人。1953 年天津中苏友协接办，更名为苏联音乐合唱团。该团的成立，对宣传和推广苏联乐曲发挥了积极作用。

中苏友好馆开展了许多丰富多彩的活动：

（1）报告会

a. 莫斯科的介绍	中苏友好总会	叶文雄
b. 苏联的图书馆	中苏友好总会	叶文雄
c. 访苏观感	天津中苏友协	方　纪
d. 苏联美术的观感	美术工作者	朱　丹
e. 苏联幼儿教育介绍		
f. 苏联妇女与儿童介绍		许广平
g. 中苏友好同盟互助条约签约 3 周年		
h. 苏联工人的生活		方　纪

i. 苏联文学的基本情况 　　　　　　　　　　　方　纪

j. 中国文学艺术在苏联 　　　　　　　　　　　戈宝权

k. 关于苏联青年品质的报告　苏联使馆秘书　　马凯夫

l. 苏联科学状况和苏联科学家 　　　　　　　　华罗庚

m. 介绍基洛夫工厂　　　苏联对外文协代表　　库达索夫

（2）纪念会

a. 列宁逝世 30 周年

b. 斯大林逝世 1 周年"斯大林的生平学说"

　　　　　　　　　　南开大学副教授　　　滕维藻

c. 米丘林逝世 19 周年

（3）学习苏联技术会议

a. 苏联的先进建筑技术　　天津市建委总工　　阎子亨

b. 学习苏联先进经验座谈会 　　　　　　　　苏联专家

c. 苏联专家对我们的帮助　天津电业局　　　余克稷

d. 学习苏联先进的角膜移植技术　总医院大夫　贺雨时

e. 我是怎样学习苏联先进经验运用在生产上革新的

　　　　　　　　　　天津自行车厂劳模　　阎春红

（4）科学和医学的讲座

a. 介绍"活质学说"　　　军医大学组织系　　王凤振

b. 开办苏联伟大的生理学家"巴甫洛夫学说"讲座。由天津市卫生局、中华医学会天津分会、中国生理学会天津分会和天津中苏友协合办。

c. 学习苏联开展爱国卫生运动

　　　　　　　　　　天津市卫生局副局长　　冯致英

d. 加强传染病的预防工作　天津传染病院院长　师绣璋

（5）文学艺术方面

a. 纪念格林卡、普希金诞生 150、155 周年晚会

b. 李斯基·柯萨可夫音乐欣赏会

c. 纪念诗人马雅柯夫斯基晚会

d. 纪念俄国著名作家契诃夫逝世 50 周年

　　——"契诃夫的创作道路"　　　　　　　　　罗满宁

e. 苏联的舞蹈　　　　　　天津人民剧院舞蹈队　刘万云

f. 苏联诗歌朗诵会。由女七中和天津市人民剧院朗诵，其中还有方纪的两首诗歌：《在沃龙涅夫车站上》《当飞机刚到莫斯科的时候》。

　　g. 休息晚会。大会在周六晚上举行，观摩苏联最新电影。

中苏友好馆的活动给人们留下了深刻印象。那些曾参加过中苏友好馆活动的人们，如今已届耄耋之年，但仍能回忆起当年参加中苏友好馆活动后，怎样认识苏联卫国英雄卓娅，怎样借阅俄国大文豪、大诗人的作品，欣赏苏联古典和现代的文化艺术，提高自己的修养……天津中苏友协的年轻干部，可以说是在听着柴可夫斯基、格林卡的音乐，看着契诃夫、高尔基的作品和苏联电影中度过青春岁月，逐渐成长起来的。他们之中，有的已离开人世，有的依然精神矍铄，他们为宣传中苏友好付出了青春年华，做出了应有的贡献。

六、与苏联友人兄弟般的友谊

由于工作性质的关系，在天津中苏友协工作的干部们有更多机会接触苏联各界友人，并结下了兄弟般的情谊，老同志们回忆起其中的几个片段：

（一）1953—1956 年，苏联驻津领事馆经常于星期六晚上举行小型周末晚会，邀请天津中苏友协中层以上干部参加。大家相互交流，相互沟通，气氛和谐。1956 年，苏联驻津领事馆撤销。

（二）1950 年，苏联一位史学家来天津访问，涂宗涛陪他到南开大学历史系参观。南大历史系总支书记魏宏运接待了他们，并介绍了相关情况。

（三）苏联人民对中国悠久的历史文化也很尊重。比如，将我国名著《西厢记》搬上了舞台和银幕；苏联汉学家将《史记》译成俄文出版；苏联演员学习京剧《三岔口》表演艺术，还曾到天津演出。中苏文化交流源远流长，第一位将普希金的《上尉的女儿》译成中文的就是天津的安寿颐先生，他曾任俄专夜校副校长。

（四）难忘的苏联朋友——唐平克先生。

天津中苏友协成立以后，与苏联对外文化协会联系比较密切，该协会和我们常打交道的是叫唐平克的苏联人。他在天津已有几年了，对中国比较了解，汉语讲得也十分流利。有一年春节旧历正月初二，他忽然来到中苏友好馆说是给大家拜年。当总干事方纪出来接待他时，他立即跪在硬邦邦的大理石地上行叩拜礼，在场的同志们感到意外，也措手不及地跪在地上。在众人的笑声中，他抱起方纪的大儿子方大卫，并按中国传统习俗给了压岁钱。之后还与大家一起燃放了爆竹。

中苏友好馆在举办的各种活动中，唐平克先生经常来参加，并在提供图片、图书、影片上给予了不少帮助。1954 年前后他奉调回国，友协的干部们为他开了欢送会。

结束语

1991 年 12 月 25 日，强大的苏联走完了自己 69 年的生命历程，宣布解体，各加盟共和国纷纷独立，苏维埃社会主义共和国联盟的历史宣告终结。

近年来，中俄战略协作伙伴关系得到了全面迅速发展。中俄新型国家关系以两国根本利益为基础，谋求互信、互利、平等协作，互不干涉内政，相互尊重各自主权和领土完整，两国以永远做"好朋友、好邻居、好伙伴"为目标,"世代友好、永不为敌",成为新型国家关系的典范。

祝愿中俄人民友谊万古长青!

注:本稿在编写当中,曾约请原在天津中苏友好协会工作的涂宗涛、马献廷二位部长对原稿加以核对及补充,谨致谢意。

[《天津文史资料选集》2007 年第 2 期(总第 110 辑),2007 年 12 月出版]

只有共产党　才能救中国

（孙璧儒口述，师静淑整理）

　　我今年已届 93 岁高龄，从事医务工作六十余年。在喜迎中国共产党建党 70 周年之际，回想我从开始认识到了解中国共产党，乃是一个较漫长的时期。早在 1925 年我在法国留学时，首都巴黎有许多党派自由活动，共产国际联盟也常在那里集会。我曾与几位留学生一起参加过三次集会，也亲眼见到周恩来在会上发表演说。在参加第三次集会时，法国当局派军警包围了会场，强行干涉，会议于中途结束。与会人员都被搅散了，我从此再也没有找到与共产党有关系的人。回国后，我曾阅读过曹谷冰著的《苏俄视察记》，得以对世界上第一个由共产党领导的社会主义国家有略微了解，留下较深的印象。

　　我留学回国以后，在天津市赤峰道开设私人诊所应诊多年，后又被聘请在法国天主教医院每天看半天门诊。解放战争期间，国民党政府经常宣传共产党杀人放火，我是不相信的。我给病人看病时，有时听到他们私下谈论着共产党的情况。有一位病人还对我说："孙大夫，我听到延安电台的广播了，人家发表的讲话好极了，唱的歌也好听，我挺喜欢听延安歌曲呢!"听病人这么一说，我对共产党更有了好的印象。我是 1899 年出生的，到天津解放那年我是 49 岁，我亲身经历过军阀混战、日本军国主义的侵略及抗战胜利后国民党挑起的内战，战争太频繁了，老百姓嫌乱，没有个安定的日子。听说解放区那里好，我也盼望共产党快些来，好改变一下局势，让人民能安居乐业。

天津解放前夕，有些名医先后离津外出，有的到国外投靠亲友。我的老同学翁文澜大夫到台湾投奔他的哥哥翁文灏，临行前他动员我也走。我是不想离开天津的，除了我对共产党的一知半解以外，外界的因素对我也有影响。我家有一位年轻的保姆，姓冯，虽然我不知道她在做党的地下工作，但是她在战争临近时经常外出，还常对我宣传：你是当大夫的，没事。暗示我，共产党来了我还是照样行医的。我心里踏实多了。后来我的同学徐维华也来和我商量，问我走不走？他认为：共产党对大夫没有恶感，我们没有钱，去台湾又没有靠山，还是不走为宜。我说："听说共产党是欢迎大夫的，我们不反动，都是凭技术吃饭的。我们不像翁文澜有个好哥哥，咱们到台湾会怎样呢？"于是，我们决定不走而留下了。

天津解放的前几天，保姆小冯告诉我要请几天假，然后匆忙地走了。天津解放以后，她又来我家辞去工作，并告诉我她在南市附近的一个单位做妇女工作。这时，我才知道她是共产党的地下工作者。

20世纪30年代，我与几位北洋医学堂毕业的医生合资办了个北洋药房。那时我以行医为生，加上药房的一些收入，我就有计划地储蓄些结余的钱。有人计算，每月储存150元，20年后可提取5万元。于是我每月都去法租界梨栈那个银行办事处去存款，逐渐地与一位办事员张某（名字忘了）熟悉起来。记得是在1936年前后，有一天我去存款时，他对我说能否替他募捐些钱，支援延安地区的共产党政府？那时我对共产党没有恶感，觉得可以资助。于是我就找北洋药房各位董事，如朱世英大夫等人募捐，共凑了3000元交给了张某。张某表示谢意后说："我可没有收条啊！"我表示信任他，也就不要收条了。过了一年多，我忽然收到从延安辗转寄来的一张收条，上面写着收到3000元，并有共产党政府盖的章。我把收条拿给各位董事们看，告知延安那边捎来了收据。当时正是七七事变快要爆发之时，华北局势很紧张，人们更不敢与共产党联系，大家没怎么看，只是说：还留这个干什么，赶快撕掉了吧！1949年1月15日天津解放的当天，张某就随着解放军进城了，他马上到诊所去看我，还带着一个干部。时隔十几年没见面了，我见他穿着一身军装，很精神的样子。他一眼认出了我，甚为亲热。他在桌上摆的台历纸上写下他的名字，是两个字的（我已忘了那名字），并告诉我，他已改为这个名字了。听说他后来在市财政局（今河北路上）工作，可我再也没有见到他。

解放军进城以后，突出的表现之一是纪律严明。我家住在曲阜道，马路对面是"李善人"家，我从楼上的窗户向外看，见到李家院子里住进不少解放军，他们遵守纪律，秩序井然。其中有一位解放军常来我家借洗衣服的大盆。有一次他问我："你家为什么总关着大门？我们解放区各家都是敞开着门，夜不闭户的。"李家的解放军撤走时，还特意到我家来问；"你们想想，借你们的东西都还了吗？"

天津刚解放不久，我家也由区政府安排给号房子，介绍几位从解放区（河间县）来的妇女干部住在我的楼下。她们从农村来，穿着很朴素，也不在我家吃饭。听她们在谈话中好像说在解放区很难买到肥皂，于是，我就给她们买些肥皂、毛巾，每人一份。但她们怎么说也不要，并称我是开明人士。她们只住几天就走了。临走时，把毛巾、肥皂原封不动地放在桌上，还送给我一个泥塑的装饰品。我高兴地接受了，把它挂在房中好多年，以作为纪念。

这些都是我亲眼所见、所闻，我看见在共产党领导下的新社会新气象，心中非常高兴，甚幸自己没有随少数人离开祖国流亡在外（后来翁文澜的夫人回来了）。因此，我决心拥护新政府，参加社会主义建设，以自己的医术为人民服务。我对共产党领导全国人民建设社会主义充满信心。由于对政府信任，所以每当国家发行公债、国库券时我总是踊跃购买，支援国家建设。退休后，我的工作单位市第六医院对退休了的职工不再办理买公债之事，但是我还是继续买。退休那年我买了 500 元公债，单位不收款。我是和平区的人大代表，我就给市人大写信，也没回信。正好有一位市人大的代表来看我，他帮我把这笔钱直接送到银行里才买的。

现在，有人说共产党内部有腐败现象，我认为那是个别党员的问题，他们把党污染了，不能以他们代表党。回想旧社会，国民党不为老百姓着想，因贫困死了多少人？连我这个私人开业行医的人也没保障。新社会，共产党领导的政府年年办好十件大事，如改善住房条件，消除"三级跳坑"，引滦入津等都是为人民谋福利的。我是一名党外人士，我是相信共产党、拥护社会主义社会的。

（中国文史出版社，1991 年 6 月）

说明：1991 年夏天，我们曾拜访天津市长征医院原院长孙璧儒教授。当时孙院长已届 90 岁高龄，在倾听老院长回忆个人大半生从医的经历时，他也给我们介绍了有关天津市医务界的一些情况：

20 世纪初期，天津中、西医的主力大多聚集在旧法租界繁华的劝业场周围，以绿牌电车道（现名滨江道）为主干线，分布在其东南西北各条街道上挂牌行医。西医早期以"北洋派"最为闻名。20 世纪 40 年代，太平洋战争爆发以后，日军占领北平，将协和医院关闭，医生被迫解散，不少卓有成就的医学博士、专家们纷纷转到天津，有的也在绿牌电车道附近开业，被称为"协和派"。当时，劝业场一带名医云集，人才荟萃。他们的精湛医术、崇高医德，使天津的西医水平大大提高，不仅天津市本地患者，包括外省市、华北地区也有不少患者闻名前来求医问药，极一时之盛。

孙院长为人宽厚大度，热心助人。还没等我们向他提出能否给我们提供一份详细的名单，他就主动提出要把中华人民共和国成立前后在法租界开业的私人医生概况给我们列个名单，我们当然求之不得，甚为高兴。

不久，孙院长通知我们去取，当我们收到这份简表时，甚为惊讶，孙院长已届耄耋之年，能将六七十年前天津中西医务工作者五六十位的姓名、地址、概况一一列出，其记忆力之清晰，令人佩服不已。尽管由于年代相隔太久，个别医生的情况有些差错或遗漏，但毕竟是一份珍贵的资料，通过这份简表，可粗略地描绘出当年劝业场一带名医云集的盛况。如今，能再提供此类资料者，已乏人矣。

此简表搁置十年之久，我们才有机会予以重新整理。惜老院长于 2001 年 2 月 25 日以 102 岁之高龄溘然去世，我们无法再进一步核对或补充，仅供作为参考吧！

——整理者

附录

天津解放前部分医院、医生的片段回忆

孙璧儒

1. 中华人民共和国成立前，凡属行医的，在报纸上登有姓名、住址、应诊时间，是真正的专科大夫。有的专治花柳病的，只会打"606""914"针的，不算正式大夫。

2. 外国人在天津办的医院有：法国天主教医院（在西广开）、意国医院（现今市立第一医院）、德美医院、国际医院（英国人办的，在今沙市道）、传染病医院（英国人办的），这些医院的病人大多是先由私人开业的大夫诊治后，又推荐去上述医院的，各医院只收住院费、药费、护理费。这些医院中没有正式的中国大夫，有的大夫就是工作也没有工资（后面两句可能当时没听清楚，或记录有误，但已无法核对了）。

3. 官办的医院有天津海军学校医院、北洋医院、陆军医院。还有狮子林医院（即现在市立第二医院，后迁到中山路口），河北金家窑大街也有一家医院，院名不详。

4. 海军、陆军两大系统的医学院，使用的教材也不同，陆军医学院是日本教材，海军是英、美的教材。

5. 日军入侵中国以后，天津的医院才开始分科，如胸科、外科

（那时还没有心脏外科）及内科等。

6. 天津沦陷以后，有一天夜间，西医李子涛接到电话，说是约他出诊，他去后才知是日本宪兵队冒名约他去的。从此，就不见面了。过了半年多才放出来，也不知为什么要逮捕他。以后，李大夫对于凡是打电话来约诊的都不去，要有介绍人亲自来接才去，而且不出夜诊。

一、滨江道（原绿牌电车道）两侧，以北面最多

△尚伯华　西医（内科，化验科），中华人民共和国成立后调到天津市立第一医院。

△刘少忧　西医（外科、花柳科）。

赵孝伯　西医（耳鼻喉科），毕业于北大医学院、山东医学院。

董良民　西医（眼科），毕业于北大医学院、山东医学院，曾在德国获博士学位。

刘少青　西医（牙科），在原天祥市场后门。

刘彬如　西医（牙科），在惠中旅馆内。

刘云鹤

李伯衡　西医（外科）。

徐维华　西医（放射科），毕业于北洋海军医学堂（北洋派）。

李子涛　西医（内科）。

张鸿典　西医（牙科）。

施今墨　中医，在北辰饭店内开业。

△赵沛霖　中医，1956年前后调天津市第二中心医院。

俞保康　西医（花柳科）。

△董晓初　中医，开办兆丰诊所，1956年左右调天津市中医医院。

△王季儒　中医，靠山东路口，中华人民共和国成立后调长征医院任主任医师。

△田乃赓　中医，靠山东路口，中华人民共和国成立后调石家庄河北省医院。

二、滨江道基泰大楼内

△朱宪彝　西医（内科），毕业于协和医学院，曾在美国留学，1945年来天津以后，先是在私立立仁医院工作，1951年调到天津医学院任院长。

石怀璞　西医（内科），毕业于北洋海军医学堂（北洋派），从滨江道开业后又到西北角太平街开业（医院名不详）。

陈冠章　西医（内科），毕业于北洋海军医学堂（北洋派），曾在法国留学。

△黎宗尧　西医（内科），毕业于北洋海军医学堂（北洋派），曾在英国留学，中华人民共和国成立后曾在（英美）烟草公司任职，1956年前后调到天津市第二中心医院。

△关颂凯　西医（牙科），毕业于协和医学院，1956年前后调到天津市第二中心医院。

△谷振英　中医，1956年前后调到市级医院（不详）。

三、渤海大楼附近

△朱世英　西医（内科、细菌学专家），毕业于北洋海军医学堂（北洋派）、协和医学院，曾在美国哥伦比亚大学获医学博士学位，1930年左右受聘巴斯德化验所任副所长。该所属北洋医学院，后迁到西开法国医院（即现在的天津市中心妇产科医院）。

△师绣璋　西医（内科），毕业于协和医学院，太平洋战争爆发后，转天津与刘绍武、屈鸿翰三人合组"协联诊疗所"，直到天津解放后停业，调天津市传染病医院任院长，1978年后调中国中医研究院广安门医院任院长。

△刘绍武　西医（内科），毕业于协和医学院，太平洋战争爆发后，转天津与师绣璋、屈鸿翰三人合组"协联诊疗所"，直到天津解放后停业，调天津市第一中心医院任院长。

△屈鸿翰　西医（外科），毕业于协和医学院，太平洋战争爆发后，转天津与师绣璋、刘绍武三人合组"协联诊疗所"，直到天津解放后停业，调天津市第三医院任院长。

四、营口道

△景绍薪　西医（内科），第四期官费留法学生。

五、锦州道（靠近和平路）

徐胜五　西医（内科）。

陈锡爵　西医（内科）。

六、哈尔滨道

蔡宜民　西医（化验），在哈尔滨道东头靠近建设路。

马　伦　西医（内科），在哈尔滨道靠近南京路。

赵少相　中医，在哈尔滨道中段。

朱学勤　西医（牙科），在哈尔滨道中段。

七、辽宁路（劝业场旁）

△项乃羲　西医（内科，放射科），中华人民共和国成立后任天津大学校医。

△梁锡田　西医（内科、放射科），中华人民共和国成立后，调港务局医院。

△冯德华　西医（眼科），中华人民共和国成立后，调港务局医院。

八、赤峰道

△杜泽先　西医（内科），中华人民共和国成立后调南开大学任校医。

△孙璧儒　西医（内科），毕业于北洋军医学堂（北洋派），第三期官费赴法国留学生，回国后留在母校义务任教（因那时海军医学校对华人教师多年欠薪，实属尽义务），又在法国医院任医师，两处各工作半日，中华人民共和国成立后任长征医院院长。

陆观虎　中医（内科）。

陆观豹　中医（内科）。

△从鸿藻　西医（眼科），毕业于北洋海军医学堂（北洋派），中华人民共和国成立后调公安医院半日应诊。

△王韶亭　西医（内科），先在私立立仁医院，中华人民共和国成立后调公安医院、长征医院任内科主任。

王同安　西医（内科、精神病科），毕业于山东齐鲁医学院，曾任马大夫医院院长。

卓景榕　西医（内科），毕业于上海震旦大学。

△赵光弟　西医（五官科），曾在法国医院工作，后调到公安医院。

唐华庭　西医（牙科）。

陈惠民　西医（牙科），中华人民共和国成立后在某联合诊所。

九、河北路

翁文澜　西医（内科），毕业于北洋海军医学堂（北洋派），靠近南京路，后去台湾。

丁叔度　中医，靠近赤峰道。

胡秀章　按摩科，靠近赤峰道。

△彭可悌　西医（化验），曾学于英国，中华人民共和国成立后调滨江医院。

△沈鸿翔　西医（内科），毕业于北洋海军医学堂（北洋派），我国第一期官费留法学生，中华人民共和国成立后调滨江医院。

△孙寿慈　精神病科，私人建立广济医院、中华人民共和国成立后改为天津市立精神病医院。

十、河南路（靠近赤峰道）

王性天　西医（内科），中华人民共和国成立后调到某联合诊所。

钟淑媛（女）　西医（妇产科）。

十一、长春道

于东川　中医，靠和平路口。中华人民共和国成立后调第一中心医院中医科。

注释：

1."北洋派"的来由：1881年（清光绪年间），李鸿章委托在天津的两位法国人欧班及久瓦尼主办医学馆。馆址为天津招商局总办朱其诏捐赠，位于法租界海大道（今大沽路）上，在英国人开办的科学书院（现为十七中学）旁，对面有英国人开办的马大夫医院，与之相连的是北洋海军医院。1893年医学馆改为北洋海军医学堂，后又改名海军医学校。原北洋海军医院归属于海军医学校医院（即附属医院性质）。当时，医学堂是华北地区唯一培养西医的医学校，教师大部由英、法籍医生任教。该校的毕业生被称为医务界的"北洋派"。

2. "协和派"：凡在北平协和医学院毕业的学生，从事医务工作的皆被称为"协和派"。

20世纪40年代初，"协和派"除在天津创立了恩光、天和两医院外，还有一个协联诊疗所（前身为协宁），由师绣章、屈鸿翰、刘绍武、凌兆熊于1942年创办。诊所在今渤海大楼后的兴安路，是一栋三层小楼，设有内科、外科、儿科、皮科、脑系科、性病科，并有手术室、化验室、X光室、理疗室。由于医术高，服务好，收费低，深受群众欢迎。天津解放前夕，在我党地下工作者的联系下，曾协助解放军处理伤病员。解放后，协联诊所解散，大夫、职工全部转入国立医院。

3. 名单中，凡在医生姓名前画△者，皆指中华人民共和国成立后，均放弃私人开办的诊所或医院，而由政府安排到各市医院中工作（可能有遗漏的）。

4. 旧法租界的街道，多年来变动较大，不好查对，故皆按现今街道名称。

他们的风范令我难忘[1]

——记几位文史老人

　　近闻天津市政协文史资料委员会主编的《天津文史资料选辑》（以下简称《选辑》）在 2003 年底要出版到第 100 辑了。我听了真是一阵惊喜。20 世纪 80 年代后期，我曾有幸在天津市政协文史资料委员会（以下简称"政协文史委"）参加过数年征集工作，我刚去的时候《选辑》才出版到 40 辑左右。十几年过去了，在众多文史专业干部和业余撰稿人的勤奋耕耘下，《选辑》茁壮成长，发表了大量高质量、有价值的史料，在社会上得到较高的评价，受到广大读者的欢迎。

　　我在政协文史委参加征集工作的时间不长，但结识了一些可敬的文史老人，听到一些感动人心的史实。我今年已 78 周岁，记忆衰退，手边又没有积存有关资料，仅根据已经发表的篇目，就一些浮光掠影的回忆写些片段吧！

　　1988 年春，我正在原工作单位新蕾出版社办理退休手续。那年我 63 岁，已是超龄退休，本想退休后轻松消闲一下，做个逍遥的自由人。一天，南开大学中文系同班同学郭璞从文史委给我打来电话，

　　[1]　天津市政协文史资料委员会以"纵横话文史　挥笔写春秋"为专题，祝贺和回眸《天津文史资料选集》出版第 100 辑。

说："文史委的二位主任同意约你来这里参加征集工作，赶快来上班吧！"我刚领到退休证第三天，正好是"三八"妇女节这天来到政协文史委报到。见到游德昌、方兆麟二位主任后，被安排在征集组。组内有七八位从各工作岗位上退下来的老先生，有的年近80岁了，我这六十多岁的还算是"少壮派"呢！使我高兴的是征集组内有南开大学经济系老同学徐秀珍大姐，还有曾与我家长辈相识的刘续亨老先生，这让我减少了陌生感。他们经常向我介绍征集工作的方法和经验，游主任还给我一些有关征集文史资料的文件，以及已经征集来的还未整理的原始文稿，让我先熟悉这项新的工作。

记得第一次参加征集的是工商业方面的史料。工商组组长刘续老让我协助他征集的选题是天津寿丰面粉公司和经理孙冰如先生。早年天津居民都知道市场上供应的绿桃牌面粉是寿丰面粉公司的产品，而孙冰如先生的女儿孙会敏是我中学挚友。不过那个时代，同学们都不太过问彼此之间的家庭状况。这次征集寿丰与孙先生的史料，一定能有机会更多地了解他们。于是，我陪同刘老踏上采访之路。我们先是前往河东区贾家沽道孙家几代人居住过的故居，访问了孙家本族人孙明山、管家张树森，他们都是八九十岁的老人了。通过与他们交谈，了解孙家上溯几代人都曾经营面粉业，可以称作"面粉世家"了。

我们还到由孙冰如资助兴办的贾家沽道小学看了看。接着，刘老又带我拜访两位知情人士。

第一位是乔维熊先生。乔老曾担任市工商联主委、民建主委、全国人大数届代表，当时又正担任政协文史委的副主任。更重要的是，1945年抗战胜利以后，乔老从北京来到天津，应孙冰如先生之聘，任寿丰面粉公司福利课主任。他是年轻有为、思路开拓的革新派，经过努力，把一个老式的企业改造成一个名副其实的近代民族企业，在天津及华北成为楷模。

乔老应我们之邀，将寿丰面粉公司几十年的变迁，孙冰如的家世等写了很详细的资料，这些珍贵史料即成为后来我们整理、编写

《回忆孙冰如先生》一稿中最基础的"三亲"原则的依据。

乔老还建议我与孙会敏联系，发动她的兄弟们提供有关他们父亲的素材。当时，孙会敏住在吉林市，我以老同学的身份请求她发动家属来给我们征集稿提供鲜为人知的资料。孙会敏非常感激天津市政协文史委能给她父亲编写正史，让世人对这位爱国的民族资本家有了正确的评价。她不久就将收集到的兄弟们的信函，以及北大著名历史教授侯仁之先生、孙冰如先生的材料陆续给我寄来，这些有价值的素材，基本上都用于后半部叙述孙冰如先生如何掩护党的地下工作者、送二儿子奔赴延安参加革命及对子女教育等方面，充实了内容。孙会敏提到其父去世后只有4000元的存款，被人称为"不爱钱的资本家"！

当我听说孙冰如掩护的那位党的地下工作者刘仁术先生还健在时，我在20世纪90年代前期因事去北京时，从国务院参事室打听到他的住址，以我个人的名义去拜访了他。当时，刘老先生已年近九十岁了，身体较虚弱，坐在轮椅上。我自报家门并说明来意以后，刘老先生一再强调年老许多事已记不清楚了。但是我问及他在天津得到孙冰如的掩护以及托人护送孙冰如二儿子奔赴延安之事，得到他的肯定。考虑到刘老先生的身体状况，不便多打扰，告辞而退。在路上想起他们当年在抗日战争中冒着生命危险干革命，敬佩之心油然而生。

第二位是原天津市委文教部部长、南开大学党委书记、天津市顾问委常委王金鼎教授。王部长在天津文教界声誉很高，我虽早已闻其名，但从未接触过。刘续老带我去王部长家访问时，听说他刚做完手术，正在家休养，我心中有些忐忑不安。没想到当我们说明来意后，他不顾病后体弱，给我们提供了许多关于孙冰如老的资料。为了不影响他休息，我们分几次拜访，陆续记录了他提供的素材。王部长对孙冰如印象很好，认为他是个很开朗、直爽、诚恳的人，不像商人、资本家，倒像个学者。他列举三件事：

1. 1943年，教育家卢木斋之弟卢慎之因做手术急需巨款而欲将家中珍藏古籍卖掉时，孙冰如以 2 万元（伪联币）买下，但仍交卢老先生使用，保护了这批古籍。

2. 1948 年秋天，平津解放之势已成，国民党天津市市长杜建时传达蒋介石命令，要各企业一律南迁。孙冰如这时已接受了地下党组织"一定要把企业保护好"的指示，他对地下党组织负责人王金鼎坚定地表示："我连一个螺丝钉也不搬！"（王部长讲到这段，还用手势模仿当年孙冰如慷慨激昂的样子）最终带领全厂职工迎来了解放。

3. 1948 年天津解放前夕，王金鼎根据党的指示，争取国民党警察不抵抗以减少解放阻力，警察局长以索要 3 万袋面粉的条件答应不对解放军开枪。在紧要关头，孙冰如答应承担这 3 万袋面粉的供给，按当时市价每袋 3 元计，共达 9 万元。在解放的天津战斗中，伪警察果然未向解放军抵抗。解放天津，孙冰如确实功不可没。

我们先后采访了二十多位知情者，他们提供寿丰面粉公司及孙冰如先生的资料，达 4 万余字。我们历经 3 年左右才完成了《回忆孙冰如先生》一稿，不过此稿完成后没能收录到《选辑》中，直到 1999 年，天津市政协文史委编辑出版了《近代天津十大实业家》（此稿以"面粉巨子孙冰如"为题正式发表），对这位爱国的民族实业家终于有了正确的评价。

在《近代天津十大实业家》即将完稿付印前，听责编说，九位实业家的照片都收集齐了，唯有孙冰如先生的照片无法找到，也不知他的后代在何处。我听到后，鉴于孙会敏已于前几年去世，她的子女在马来西亚定居，我按地址联系，幸好孙会敏的女儿从她母亲遗留的相册中翻找出一张她外祖父的照片，及时寄来，使孙冰如先生的照片得以刊出。

在征集组内，我负责科技、文教和医药卫生方面的史料。

自从我和王金鼎部长相识以后，得知他多年来主管天津高教工作，掌握天津文教界大量史料，又是一位热心支持文史工作、和善的好先生，我就"得寸进尺"地要求他多给我们提供"三亲"史料。

王老体弱多病，讲话细声慢语，但一提到天津教育界的历史演变，经历的挫折，他就来了精神，并且主动给我拟了几个选题，如《国立津沽大学的建立》《解放初期天津高等学校的接管与改革拾零》等。因为王部长撰写长篇稿件有困难，我就约请天津工学院院长办公室主任、政协文史委特约撰稿人王家琦同志和我一起聆听王部长口述，然后由王家琦同志整理出来再请王部长审阅修改。为配合上述《拾零》，王家琦同志又编写了《解放初期天津高等学校简况》，两篇文章配合起来就把天津市高等教育界的全貌真实可靠地描绘出来，填补了这段历史的空白，十分珍贵。

王部长还主动代替我们定选题、约稿。他和我说过，天津医学院院长朱宪彝教授提倡在南开大学创办医预科，是为培养高水平的医学科学工作者而服务的，是件新鲜事，意义重大。他直接约请原南开大学副校长吴大任先生撰写了《朱宪教授与南开大学医预科》一稿，我连吴大任先生面也没见到，就收下了这篇文稿（刊于第57辑）。

让王部长花费了很大力气的还是约吴大任先生写的自传稿。开始，我由南开大学校友总会的张书俭同志陪同去访问吴校长。吴大任和夫人陈鸒先生很热情地接待了我，但是谈到写自传，他们婉言拒绝，一是身体不好，二是正在忙于翻译德文的数学著作。一点可商量的余地都没有。我只好又到王部长那里去求援。他们一个是南开大学副校长，一个是南开大学党委书记，二人私交也甚笃。就是这样，王部长去动员也碰个软钉子。这个选题计划搁浅了将近两年。一次，王部长忽然叫我去他家，他告诉我，不知谁给吴先生搞了一套口述史（自传）的录音带，他借来了。但吴先生要求保密，外人要听不能超过3分钟。王部长拿出这套录音带（共3盒），他真的遵守诺言让我听了3分钟。我们都很高兴，这是个良好的开端。不久，王部长居然把录音带的全部文稿拿到手了，可是吴先生还是不同意发表。他和夫人陈鸒来到王部长家中解释不发表的原因，王部长和夫人邵淑惠则到吴先生家动员发表，为了吴先生这篇自传，两对老夫妇竟乘汽车从八里台到马场道互相往返四五趟！最后，吴先生终于同意把这篇自传交给政协文史委。吴先生是数学专家，他治学严谨，对文字也一丝不苟，他对这篇自传几经推敲，曾为几处个别字句或标点符号给我写过三封信要求更正。历经 3 年，吴先生的《我的自述》终于在《选辑》第 63 辑上刊出，编者还加了按语，以示此稿来之不易并向王部长致以衷心谢意。

王部长给《选辑》提供过五六篇史料文稿。听邵淑蕙大姐讲，为治癌症他曾做过六次手术，他以顽强和乐观的精神一次次战胜病魔。记得我去医院给他送新出版的《选辑》时，他刚经历了一次手术，身体非常虚弱，但他还是很高兴地翻着看了看。告别时，他紧紧握着我的手。出了病房门我就流出了眼泪。不久王老就病逝了。这位在革命道路上历经艰险、中华人民共和国成立后为天津文教事业做出卓越成绩的老干部，晚年还支持我们的文史工作，提供了大量珍贵史料，他在人民心中风范长存！

征集稿件有时也要抓住"机遇"。记得 1993 年秋，我和南大校友们在参加校庆集会后，决定去看望鲍觉民教授。他是知名的人文地理学家，是在南开大学执教最长的一位教授。我们到了鲍老家，他首先兴奋地告诉我们一件大喜事：他实现了多年的愿望，终于在今年 75 岁高龄时光荣加入了中国共产党，原来因"国民党少将"头衔被揪斗多次、蒙受不白之冤也已经平反了。大家都为之祝贺，那天鲍先生很兴奋，红光满面。没想到，1994 年 6 月，鲍先生因病溘然长逝。他的得意门生，在南开中学任地理教学的田鹏老师（也是特约撰稿人）给我打来电话告知这个噩耗。我约他赶快写一篇纪念文章，一周后，田鹏把《永怀业师人文地理学家鲍觉民教授》文稿送来了，正好刊在即将排版的《选辑》第 61 辑上，这是全国发表纪念鲍先生最迅速的文章。

在中等教育这个范畴，《选辑》已有一些文章陆续介绍几所著名的中学，可是还没有五所重点中学之一新华中学（前身为圣功女中）的介绍。我就选定了全国人大代表、天津特级教师、原新华中学王福重校长撰写。王福重从 1932 年在圣功小学读书到 1940 年在圣功女中高中毕业留校，历任化学教师到副教导主任、副校长，由小学生到副校长，在母校学习、生活、工作五十多年，可算是撰写"三亲"史料最合适的人了。我向她约稿时，她已年过 60 岁，社会活动仍甚繁忙，经我许以"不限时间，但要扎实的史料"的条件，她才答应下来。她以认真负责的态度又回到母校，查阅了所有能找到的档案材料，又召开了几次知情老教师座谈会，历经 3 年之久，终于完成了《我所知道的天津新华中学》，为天津著名的五所重点中学之一的新华中学留下了较完整的史料。

在科技方面，我一直想约我的二弟师其英写一篇他参加第一颗原子弹试制成功的史料。二弟在南开中学就读时是个品学兼优的学生，连续 5 年考试名列第一名，被保送到南开大学化工系，后因院系调整，在天津大学化工系毕业。20 世纪 50 年代初，党中央着手开辟核工业的建设，从全国各地选调精英大学生。二弟被调到核工业部并担任一个核心实验室的负责人，亲历了我国第一颗原子弹试制成功的全过程。退休以后他住北京，有时来天津，我常和他谈这个选题，他总是笑笑说，都是绝密的资料不能写。我说，你把当时进行研究、试制时，全体技术人员、职工的艰苦奋斗精神写下来，对后人也是个鼓励啊！

在我几次催促之下，他终于写出《我参加了中国第一颗原子弹的试制》这篇"三亲"史料。文稿中有一段谈到 1960 年由于当时中苏关系破裂，苏联专家背信弃义地将有关资料完全带走而只给中国留下厂房四框……二弟曾经对我说："局长传达周总理的指示，要做好欢送苏联专家的工作，我们这些技术员相约，宴会上要使劲用酒灌醉他们，能使他们留下点什么资料。可是我们轮流敬酒，宴会开到快 10 点，那些专家们一个也没醉倒，资料还是没有留下……"

1964 年 10 月 16 日在我国西部戈壁滩上第一次升起了蘑菇云，中国第一颗原子弹爆炸成功。事隔 20 年以后，于 1984 年二弟才收到我国核工业部发给的荣誉证书，第一句是"师其英同志为我国第一颗原子弹爆炸成功做出了贡献……"1992年国务院颁发的证书上写着:"为了表彰您为发展我国工程技术事业做出的突出贡献……发给政府特殊津贴……"

师其英仅是国防工业中千万个科技人员之一,但他们把自己的青春年华献给了祖国的原子能事业。为了祖国的强大,师其英顾不了自己的小家,妻子在产房即将分娩时,他却登车奔向大西北。2000年春天,他第一次去美国探望妻子儿女,由于多年积劳、体弱多病,于2001年4月在美国去世。

在医学方面,天津市是中西名医辈出的城市之一。尤其在1941年太平洋战争爆发以后,日军封闭了北京协和医院,许多卓有成就的名西医移居天津开办私人诊所或联合办起医院,多年来他们在各医科上都有所建树,使天津的西医水平大大向前推进一步。

几年来,我征集医药卫生稿件已发表的有8篇。给我印象最深刻的是医学博士孙璧儒,他诞生于1899年3月,于2001年2月去世,可谓长寿医生了。1993年,我和特约撰稿人王慰曾一同去访问孙老时,他已经接近跨两个世纪的老人了。令我们惊讶的是,如此高龄的老人,思维非常清楚,记忆力特强。他着重向我们介绍自己被官费保送赴法国留学的经过。对已经过去七十多年的经历,老医生叙述起来条理清晰,细节也不忘。每次去访问,孙院长和老伴儿邢文静都是热情地招待我们,有时也叙家常。后来我们知道,孙老有个练脑的"秘方",就是多动脑筋,常想事儿。有一次,我无意中谈起解放前滨江道上有许多私人医生,没想到过了几天,孙老给我一份《天津解放前部分医院、医生的片断回忆》,将在旧法租界开业的私人医生概况罗列一个名单,他能将六七十年前天津中西医五六十位人的姓名、地址、概况一一列出,可粗略地描绘出当年劝业场一带名医云集的盛况,档案馆中也查不到如此完整的资料,真是弥足珍贵。十年后,经过我略作加工整理,在文史委编辑的《近代天津十二大名医》一书中作为附录刊出。

王慰曾同志将孙老青年时期在国外的留学生活经历写成《负笈

求学记》发表在第 61 辑中。我俩与孙老约好，待他过完 102 岁生日后，写一篇《活过三个世纪的老人》。没想到，孙院长在过完 102 岁生日后的第三天（2001 年 2 月 25 日）仙逝，使我们备感遗憾。这位现代医学的先驱，早在 1990 年 92 岁时就立下遗嘱，死后捐献遗体，用于医学研究。其高尚的医德、医风，感人至深，《今晚报》等媒体都做了报道。

征集我国现代肿瘤医学创始人金显宅医生的史料，面临最大的难题是，他坚决不同意写自传或回忆录，甚至表示生前决不允许谁写，也拒绝采访。据说从内蒙古特意来天津专门采访金医生的两位记者，从上午等到下午他也不接见，反而问："谁请你们来的?"硬把记者给蹶回去了。

当我准备访问金医生时，他已经住院，更难以和他交谈了。于是我多方打听和他接近的人。除了登门拜访他的夫人吴佩球外，还找到金医生的侄女任淑同志，她原是天津护士学校校长，已退休。任淑问明我的来意以后，热情支持。几次交谈，任淑介绍了金医生幼年时怎么被人用背篓从汉城背到中国境内的，怎么投奔他的哥哥（即任淑的父亲），直到后来成长为著名肿瘤专家的经过。我又找到金显宅的"四大金刚"（四位大弟子）之一的王德元教授，还有在天津肿瘤医院主编《肿瘤月刊》的过卫钧大姐等。根据各方面提供的素材，终于写出了一份初稿，托任淑同志拿到医院内请金院长过目。没想到，金院长居然同意发表他的传记了，他只在原稿上用红笔修改和订正了几个字句，就通过了。这篇《中国肿瘤医学之父——金显宅》刊登于《天津文史资料选辑》第 56 辑中，署名为王德元等。这是我在征集医药卫生稿件中，唯一没有见过被访者本人的一篇。

耳鼻咽喉头颈外科专家林必锦，从事卫生防疫工作 40 年的屈鸿钧大夫的资料，都是由他们本人撰写稿件，比较顺利。还有一生从事防盲工作的田大文，从事细菌化验工作的朱世英，著名老中医哈荔田等中西医因本人均早已故去，由他们的家属后代撰写，均分别刊登于《选辑》各期。遗憾的是有些有所建树的名医，因史料散佚不全，其学生或后代人无法撰写，如妇产科专家柯应夔（我曾和有关人士商谈十余次，前后有 4 年之久，毫无收获）、外科名医屈鸿钧、内科刘绍武等。尽管多方面想办法，寻找知情人，亦未能如愿，最后只能算是未完成的作业吧！

光阴荏苒，流年似水。我退休后没有做个"自由人"，而是参加了政协文史委的征集工作，直到已届古稀之年才离开了文史委。我觉得这些年过得更有意义。短促的 7 年好像夜空中的流星一闪而过。我征集的文史稿件约为五十篇，而在《选辑》中刊出的不足二十篇。这点滴成果说来微不足道，但对我个人来说，受益匪浅，不仅在晚年还能为社会贡献点儿余热，还尤如自己又进了一次大学校，增加了许多文史知识，开阔了眼界。我是土生土长的天津人，每当看到天津在近代史中出现了这么多英杰，由衷地感到骄傲和自豪。他们的英雄模范事迹，高尚的情操和风范，为祖国的献身精神，我将永远铭记在心中。

我也感谢在做征集工作中所有曾经帮助过我的新老朋友们！

（天津人民出版社，2003 年 12 月）

争取伪警察部队归顺

　　1948 年 11 月，平津两个城市被解放军层层包围形成孤岛，驻防天津的国民党军队一片混乱。在国民党白色恐怖中坚持工作的中共地下党员们正在紧张地做好迎接解放的各项工作，王金鼎就是其中的一位。

　　天津战役发起前夕，王金鼎赶到泊镇向刘仁汇报了天津的情况。刘仁给他布置了四项任务，其中很重要的一项是多争取伪警察，使国民党警察部队放弃抵抗，减少攻城阻力。

　　王金鼎接受任务后，决定通过若干线索和人际关系，把争取伪警察局局长李汉元的工作做好。李汉元曾任国民党军统局上校，并任过重庆中美合作所特务班教务组上校组长。王金鼎经过了解得知军阀孙传芳的参谋长杨建章（又名杨文凯）与李汉元是换帖的盟兄弟（李汉元被特赦后，他写的材料中不承认此事，但据杨的儿子说，他父亲与李汉元非常要好）。于是，王金鼎就通过亲朋关系去到杨文凯家，亮明意图，要求通过杨做李汉元归顺工作。

　　杨文凯从李汉元那里了解到，天津有国民党伪警察一万四千多人、长短枪八千多条；又得知李汉元和伪天津市市长杜建时、警备区司令官陈长捷之间有矛盾。特别是李与警备区副司令官兼第 62 军军长林伟俦裂痕颇深，即正规军与警察之间矛盾重重，有"军压警"现象。

王金鼎分析，伪警察与国民党正规军不一样。警察大多是本地人，拉家带口，有的互有亲属关系，这是天津警察的一个特点。如果这一万四千多名伪警察不抵抗，能维持治安，还有枪支、弹药，若能争取过来，对解放天津是很有利的。于是他要求杨建章给李汉元做工作。据说李汉元开始是很顽固的，后来，他提出几个条件，其中一个条件是：我这一万四千多弟兄没有饭吃，需要给警察筹划3万袋面粉，每个警察发两袋面粉，先让他们有饭吃，我就可以保证不乱开枪。他还要求天津解放后给予宽大待遇，保证本人及家庭成员生命安全。

3万袋面粉！谁能提供这么大数量的面粉？王金鼎没有答应这个条件，但面粉还是要搞的。他思索再三，去找他熟识的一位进步工商企业家——天津寿丰面粉公司经理孙冰如先生。

孙冰如，1923年毕业于北京大学经济系，1946年接替其叔父孙俊卿任寿丰面粉公司经理。他在工商、金融、新闻等各界广交朋友，其中与刘仁术、侯仁之、王金鼎中共地下党员是肝胆相照的知己。

王金鼎虽然比孙冰如小二十来岁，但孙冰如总是很客气地称他为"王先生"。王金鼎从来没有向孙冰如亮过自己的身份，但孙冰如不会不知道他的背景，只是不好挑明而已。这次事关重大，王金鼎不得不向他提出3万袋面粉的要求。

孙冰如答应得很痛快，但实际上的困难不少。那时，各地交通受阻，粮源有限，工厂经常处于半停工状态，而生产出来的面粉还被国民党政府规定"先保军用后民用"。加之物价飞涨，政府对面粉限价，对小麦不限价，使寿丰面粉公司形成贵买贱卖的困难局面，赔累不堪。为此，王金鼎对孙冰如能否完成这项任务，心中没有十分把握。

过了几天，王金鼎到"三五"俱乐部（现解放路、开封道交口）去找孙冰如。这里是当时天津较有名气的李烛尘、周叔弢、资耀华、宋斐卿、朱继圣、孙冰如等十几位大企业家经常聚会的地方。孙冰如见了王金鼎，立即说："你需要的那3万袋面粉，我包了。"当时王金鼎以为是那些大企业家刚开完会，研究一起集资购买的，后来才知道是孙冰如自己包揽下来。在寿丰面粉公司已经处于奄奄一息的状态下，孙冰如自己承担此重任，不知需经历多少辛苦才能筹划出这3万袋面粉。按当时物价，每袋面大洋4～5元，3万袋面粉共价值十几万元！

这批面粉由李烛尘等工商界知名人士出面交给了李汉元。李汉元将3万袋面粉分发给各区警察，警察们个个喜形于色。

炮声隆隆，就在天津解放前夕，李汉元召集天津11个警察分局局长开了个秘密会议，接受共产党提出的条件。果然，1月15日战斗结束，天津全部解放时，各警察分局人员纷纷出来协助解放军维持社会治安，档案没破坏。警察对枪支、弹药进行整理，摆得整整齐齐的，等待解放军军管会接收，没有发生抵抗行动，减少了无谓的牺牲，促进了社会秩序的安定。

王金鼎和孙冰如先生争取伪警察归顺于解放军这项工作，为天津解放立了一大功。

半个世纪过去了，王金鼎、孙冰如已先后离开了人世，但是他们为迎接天津解放事业所立下的功绩应永垂史册，人民是不会忘记他们的。

闻名京津的成兴顺灰煤栈

一

京津两地的老人们都知道有个经营煤业的老字号——成兴顺煤栈。其实，它正式的名字是成兴顺灰煤栈，开创时是以经营白灰、砂石为主。创办者是天津人师祝三。他生于1876年，自幼家境贫寒，16岁在店铺学徒，后因1900年八国联军入侵天津，店铺被焚而失业。经友人董子荣借纹银20两，在马家口开个小杂货铺，雇一名伙计杨沛霖，靠代销一些杂货聊以糊口。后来他见煤炭比较畅销，就从天津一家大煤铺东万胜进货，增加售煤，生意略有起色，但资金、人力、货源都有限，未能发展。

师祝三很善于注意观察市面商业活动。1901年春雨连绵，加上八国联军炮轰之后，城厢房屋倒塌甚多，他想到修房用的白灰需要量必大（当时还没有洋灰），生意一定好。虽知唐山附近出灰，但无门路。后遇友人张笏山介绍认识李杏庄，李听说京西周口店白灰质量好，三人就闯到周口店收购小窑白灰，用骆驼运到丰台，再倒大车运津，果然畅销，但运价高、利润薄。然而，师祝三看出有经营前途，决心下力量干。他在周口店买山，开山取石，挖窑取煤，以煤烧石制成白灰，自采自制，成本降低，生意才见起色，由周口店

157

发展到坨里和门头沟。遂由师、张、李三人正式合伙出资成立了成兴顺灰煤栈。

当时清政府开始修建铁路，师祝三看到修铁路要用大量的白灰、砂子和石块，如能承揽这笔生意，可以大获其利。于是师设法认识了承包工程的意大利工程师马朝利的翻译魏汉丞，通过魏向马朝利介绍成兴顺的经营能力、各种材料的价格、交货日期的保证等。马看到这个中国商人精明能干、态度诚恳，遂同意师与铁路局签订合同，由成兴顺供应白灰、砂石、洋灰（那时周学熙已创建启新洋灰公司，成兴顺包销于京津一带）。随着铁路的延伸，成兴顺的生意越做越大，并针对京奉、京绥、京汉、津浦四条铁路分别设立了唐山、张家口、石家庄、沧州四个供应点。该栈利用低廉运费随铁路的发展而开展业务，成兴顺从铁路上大赚其钱，为今后发展打下了经济基础。后来成兴顺各分号，大多设在铁路沿线有道岔的地方，铺设铁轨，直接卸煤堆放，所以叫作"煤栈"，后来零售的煤铺，也随此称了。

随着铁路的建成，煤可以大量运进城市，成兴顺就在北京的崇文、宣武、广安、西直、安定、朝阳和东便门 7 个门设立了分号，以崇文门分号为成兴顺总号，执行总管理处的职能，并开展北京的业务，由师祝三负责总指挥。

二

为推销开滦煤矿的无烟煤（亦称硬煤），师祝三在北京先从皇宫王府开始。他设法认识了总管太监，向他讲述用硬煤的优点，并建议以炉子代替炭火盆，可免掉常添炭和除灰之劳。经试烧，煤的燃烧时间长、灰尘少、火力强，室内温度果然增高，给太监们也省了事。于是除太后、皇帝住室外，宫廷中都以煤代炭。继而各王公大臣、皇亲贵族、达官显贵府第也都愿意用成兴顺的煤。某亲王临终前曾遗言家人："买药要买同仁堂的，买煤要买成兴顺的。"

销路打开以后，业务蒸蒸日上。这个煤栈除在货源方面抓好开采、采购、运输、堆栈、批发和零售的各个环节之外，还狠抓了以下三点：

1. 质量好。采购人员在产地装车前，认真检验煤的质量，石多质次的，不收不运。货到煤栈要用筛子分等划路。人们说烧成兴顺的煤可以"燎白"，就是说水烧开后，壶底是白色，不致熏黑，说明煤质纯净，无杂质。

2. 斤秤足。每100斤煤要给称上102斤。

3. 服务态度好。处处为用户着想，凡购买千斤以上，送货上门；购买三五百斤甚至百八十斤的，凡不能自运的，也可以送到家门口。为保证质量，减少途中损失，都由本店大车运送、装卸。这样，使成兴顺赢得商业信誉，业务随之发展起来。

采煤选块以后，还有不少煤末，用户都是掺土制成煤饼。但它既不经烧，还要掉下不少煤末，这引起了师祝三的注意。他把掺土的湿煤抟成煤球放在炉中燃烧，以不松散、烧后无生心为合格。经多次试验，定出每百斤煤末掺土18—20斤则黏度适宜，不散不破，烧完后炉灰疏松易下，不炼膛、不出焦。他先把煤、土合成煤泥，铺平切成小块，放在筛子内摇成为煤球。然后又用柳条筛子代替铁筛子，可以不黏煤，但端起来费劲，产量少，他又试将花盆反过来垫筛子，省力又提高产量。这个发明约在1911年，先在成兴顺试制试销，后传到各地。直到后来有了机制煤球才结束这种手工操作。

三

师祝三从1901年去周口店，1904年在北京经营成兴顺，到发明和推广煤球的使用，先后约十年，其中曾有3年未回天津的家。原由杨沛霖经营的天津成兴顺业务平平。师祝三在北京打下基础后，决定回天津开展业务。先在意租界河沿（今海河广场南）买进地皮，作为总存煤栈，又在铁路两旁设几处煤栈便于卸煤，专营批发；在市区及租界，都设有零售门市部。

为了便于管理京津各分号，该栈在河东兴隆街（新货厂附近）盖起近一千平方米的三层楼房，为成兴顺京津总号。总号不做批零业务，是各分号资金供应、调剂的枢纽，接洽大批量销售和开辟煤源。总号成立之日，不少银行、银号要求开户，而成兴顺开户之后又利用资金扩充业务范围，包括有：

1. 承包秦皇岛长城煤矿的煤，试做北煤南运，后因矿不出煤而中断。

2. 承包门头沟中英煤矿的煤，每年可获利十数万元。1932年合同中断后，又包销了门头沟十几家产优质煤的中小煤窑，并以售此种煤为主。

3. 包销河南英商福公司香砟。师祝三得知该公司积存香砟三千余吨，销路不畅，资金紧张，便自己亲去河南看货并签合同全部购进。货运北京后很快脱手，获利万余元。后在北京宣武门成立福中公司，包销专营福公司香砟，可以先发货后付款，有利于成兴顺的经营。

4. 分销开滦煤矿的烟煤。成兴顺年销3万多吨，为天津13家煤栈分销点之首。为专营开滦烟煤，该栈还在新货厂内专设一成兴顺煤号，这样，把货源基本控制在手中，使竞争立于不败之地。

5. 在北京承包美孚煤油。美孚利用宣武门成兴顺场地放置油罐，条件是由成兴顺批发，这项承包合同延续了二十多年。该栈一位经理杨建波发明的以煤油为原料的"去污油"（擦铜器用），获专利权，由成兴顺独家经销。

6. 由总号投资兴办的附属企业还有：烧焦炭、制麻刀，设魁兴油坊、宏兴厚米面庄、福中粮栈、汇源银号等。

成兴顺由创业到兴旺，再到鼎盛时期延续了二十多年。1933年，李杏庄、董子荣两股东因故退股，其他股东按各分号划分归属，自负盈亏。属于合伙部分仍归总号管理，从股份比例与开拓业务能力考虑，各股东仍推师祝三为总经理。

师祝三对外开拓时自己打头阵，用心计创新路；对内善于管理，团结股东和睦共处，又制定严密的店规。他喜欢能开拓业务的人，发现人才就放手使用，使其独当一面。他在掌握经营管理权中，有集中、有分散。总号对各分号的资金，按其业务量负责供应与调拨。对各号的利润，该集中的要及时上缴，使资金运用比较灵活充裕。他规定，凡是兼营批发和零售的分号，要设分管业务和货物的两个经理，互相制约，钱物分明，减少漏洞。

随着业务蓬勃发展，机构和人员越来越多。成兴顺鼎盛时期在京津等地共设 36 个分号和附属企业，职工最多达 1300 人，平均每年获利润十数万元。据 1933 年的记载，当时除历年应分开的财股、人股外，流动和固定的资金有四百多万元，其中存煤达 20 万吨，平均单价以十数元计，这一项就有三百多万元的流动资金。由于师祝三坚持将利润多留少分，规定股东只能分四留六，因此资金日益雄厚。

四

1937 年七七事变后，日军侵占平津。受战争与运输的影响，货源减少，资金闲置。伪联银券出笼之后，日军在华北掠夺物资，物价上涨，货币贬值。当时各股东缺乏预见，只是墨守成规，结果卖出去的货补不进来，存货日渐减少，虽想干些其他行业占住资金，又奈于"生行莫入，熟行莫出"，因循观望，坐失良机。

然而使成兴顺遭受致命之伤是日军的强取豪夺，1939 年天津水灾后，市内存煤很少。日本特务机关偕同伪社会局找到成兴顺，令其独家包销外地运进的一批煤。当时师祝三的五子师源璋入号协助工作，他不愿在同行中落个勾结日人、发国难财的名声，就将约百余户煤商组织联营社共同经销，4 个月内才运来一万多吨煤就中断了。而联营社中有一日商同和洋行，经理为日人川人胜，在分煤时多次向成兴顺借款，后师源璋拒借，川人胜怀恨在心，向日本宪兵队告密，说成兴顺不按公定价售煤（当时各煤店都没有按日伪规定价格卖的）。1940年2月，日本宪兵队将师源璋逮捕，受尽折磨，被罚款70000元伪联银才得释放（相当于两千多两黄金），托人营救也花了不少钱。此后成兴顺只有按市价进货，以官价批发给各煤铺，每吨利润不足一元，而损耗、人工开支、加上货源减少，不但无利反而赔钱。各煤铺零售时，每吨可赚十七八元。成兴顺的存煤大量减少，后来只有一万数千吨，不够鼎盛时期的十分之一。这笔损失，远远超过日伪警宪的罚款和花销。日本投降时市面银根奇紧，物价大跌，成兴顺将门头沟存煤三四千吨全部售出，还清借款，而各分号存货更不多，存款也无几了。这种衰落的局面，一直延续了很久。

国民党政权重新统治平津以后，视平津为俎上肉，不容别人插手，煤的生产不正常，交通运输时通时断，政府接收的大煤矿不再搞包销，成兴顺的主要业务——批发这个环节中断了。只靠门市零售，利润有限，物价飞涨，天津各号存煤量只有一千两百多吨，自有流动资金基本赔光用尽，即便有些业务，也要以高利向银行借款。另外，职工多，开支大，捐税繁重，各股东的家用也都伸手来要。到新中国成立前夕，成兴顺已吃光耗尽，只剩下无人过问的不动产了。1944年，师祝三病故，师源璋力撑局面，1946年搞过北煤南运及其他生意均未成功。成兴顺终至一蹶不振。

中华人民共和国成立以后，党的政策规定对关系到国计民生的行业，如粮、煤等至关重要的物资，尤其是批发部分都要由国营控制。成兴顺的组织机构适于批发，只靠门市零售，无法维持存在，遂陆续呈报歇业，将各号场地、房屋等不动产出售给国家机关、企业，还清银行、钱庄借款，发给职工离职费。暂留的北京宣武门福中公司和廊坊瑞兴厚煤粮栈在1956年也申请公私合营，改变所有制。经营半个世纪的成兴顺灰煤栈，遂宣告清盘。

说明：祖父师祝三对长孙师其俊很是疼爱，他很少与儿子们同桌吃饭，每逢有些好菜，却喜欢招呼长孙与他共同用餐。师其俊与叔辈接近机会较多，故对祖父经营煤业从创办、兴旺发达直到衰落的过程了解也较多。

［此稿刊于《津门老字号》（天津市政协文史资料委员会编，百花文艺出版社，1992 年），为五叔师源璋与大哥师其俊联合编写，本人整理，发表时只署大哥师其俊一人的名字］

他将美音留人间

——记胜利唱片公司经理师子光先生

师子光的出身及家庭

我的父亲师耀璋（1902—1959），字子光，出生于天津旧城厢北门里一个贫民家庭。

师姓家族，上溯自春秋时代的始祖师旷（师旷，在《辞海》

师子光于20世纪40年代初留影

《辞源》，甚至日本字典中皆有介绍，是主管音乐的乐师小官）算起，已经繁衍了两千余年，经过长期沧海桑田之变化，共经历若干传代，已无从考证。

到晚清时代，能查到的一个家族为师子光的祖父师林这一代人。师林是制帽工人，受雇于一个私人开办的帽店，这个帽店开设在东门里总督衙门附近，是因为当时总督李鸿章驻节天津，辖管五省军政，还创办海军。北洋大臣军权极大，各外地道府官员来晋谒者每天不绝。晋谒者带的随从、轿夫等人更多了。他们多在此帽店买帽子，加上师林手艺甚高，对各级帽子加工用料甚为考究，绝不将就，产品备受买主称赞，帽店生意甚为兴隆。可惜好景不长，师林刚工作一年多的时间，于春节前因血压高突然去世，享年46岁。

那时，师子光的父亲师祝三（1876—1943）才16岁，在外学徒刚一年，家中一贫如洗。师祝三身穿白孝衣，跪请帽店东家资助，东家念师林平时之劳绩，付了棺木及埋葬费，还给了一年的工资。师祝三对这件事感念不忘，他在自己事业成功后，花了很长时间，托了很多人打听，才把出资人的独子找到。此人姓邱，既贫困又无工作能力，只好安排他给师家代收房租，每月付给薪金一直到其去世。师祝三缅怀旧义、以德报恩的品质，给后代人做了榜样。

师林去世以后，家中更为贫困了，老祖母曾给孙辈们讲过，八国联军攻天津城时，家中分文没有。她让四儿子到水铺买一壶开水，拿一个竹帘子上的铜片（上面有孔）当作铜钱了（不是故意的），结果让水铺里的卖水人给骂出来了。

师祝三兄弟四人，他为长兄。1900年八国联军入侵后，他因学徒的店铺被焚而失业。由于家境贫寒，自幼失学，年轻的他立志求生养家。师祝三很注意市面的商业活动，鉴于八国联军炮轰天津之后，城厢房屋倒塌甚多，修缮房屋必须用大量白灰。从1901年起，他决定经营白灰、砂石。他向朋友借了钱，与张姓、李姓友人在周口店买山，开山取石，挖窑取煤，自采自制，生意有了起色。师祝三还雇用骆驼驮着白灰、砂石自己跑运输，往返周口店、北京、天津一带，夏天后背被太阳晒得脱了皮，3年不回家。后来由师、张、李三家合伙出资成立了成兴顺灰煤栈。

当时清政府开始修建铁路。师祝三看到修铁路要用大量的白灰、砂子和石块，于是设法认识了承包工程的意大利工程师马朝利的翻译魏汉丞，由魏向马朝利介绍成兴顺的经营能力，各种材料的价格、交货日期的保证等。马看到这个中国商人精明能干、态度诚恳，遂同意由成兴顺供应白灰、砂石、洋灰，并签了合同。随着铁路的延伸，成兴顺的生意越做越大。并针对京奉、京绥、京汉、津浦四条铁路分别设立了唐山、张家口、石家庄、沧州四个供应点。该栈利用低廉运费随铁路的发展而开展业务，成兴顺从铁路上大赚其钱，为今后发展打下了经济基础。

随着铁路的建成，煤可以大量运进城市。多年来，人们取暖靠烧炭，对烧煤还不认识。师祝三就通过太监内线，从皇宫入手，供应硬煤取暖，从宫廷发展到王公大臣，京津宅门大户，再普及到百姓人家。由于他坚持以诚信为本，服务态度好，取得信誉，业务蒸蒸日上。到 20 世纪 30 年代，他在京津一带陆续开设有三十多个分支栈，职工一千三百多人，流动资金和固定资金已有四百多万银元。

可以说，师祝三是师姓家族的中兴之主。从 19 世纪后期起到进入 20 世纪以来，随着中国近代工商业资本主义的发展，不仅由他创建的纯嘏堂师宅逐步形成具有数十人共居的大家族，在天津市商业界也跻身殷实的商户之一。师祝三与友人从合资经营砂石、煤业小本生意，直至成立津京颇有名望的成兴顺灰煤栈而发家致富，并非偶然。主要是他为人正直忠诚，经商力主货真价实，反对以次充好，奉养父母极尽孝道。对三位同胞兄弟或出资经商，或培养求学，做到长兄助弟成家立业应负之责，也树立了师姓家族的家风。

师祝三对子女求学很重视。他有一女六子，大女儿因病早逝。早年先设家塾，然后再送中小学就读，先父师子光在昆仲中排行第二。大伯父和五叔读私塾后襄助其父经商。先父与六叔中学毕业后经商。三叔在医专毕业后执业私人诊所，四叔在北京协和医院毕业时获美国洛克菲勒基金会承认的医学博士学位之后，与协和医院三位医师组成天津协联诊所开业行医。中华人民共和国成立后，四叔任天津传染病医院院长兼党委委员，他在进修中医 3 年后发明的中药制剂——抗白喉合剂，被中央卫生部评为部级科研成果，后被卫生部调任中国中医研究院附属北京广安门医院院长兼党委副书记。

身教胜于言教。师姓家族的后代继承并发扬了长辈当年艰苦创业、勤俭持家、为人忠厚、真诚待人等优良传统家风，并使之延续到下一代。师子光及其弟兄们之成长并在各个不同工作岗位上所做出的贡献及成就，均为受其父辈风范的影响。

师祝三在家中设的私塾除了送去自己六个儿子就读，还招有亲戚们的子弟也来此读书。从启蒙的《百家姓》《千字文》，直到"四书五经"。聘请的教师为回族人，受其影响，师子光与其长兄皆不食猪肉，终生只食牛羊肉及蔬菜。

师子光从小聪颖过人，悟性较高。他在私塾从启蒙就读，学到一些基本的国学知识后，便考入市立第一中学（原名铃铛阁中学），在高中所读的理科已多用英文版本的教科书。记得我曾看过他保存的一本高中数学，就是英文版本的。

师子光在高中读书时，成绩一直优秀，经常名列前茅。他的同窗中一位好友名叫徐国才者，也同样是优秀生。每学期终了，他二人轮换考取第一名。到高三毕业那年，师子光考试名列第一，徐国才为第二名。后来徐先生应师子光之邀，与他共同经营唱片事业。他们有如兄弟之情，亲密无间。徐先生成为师子光工作上的得力助手。

初涉唱机唱片行业

20 世纪 20 年代初期，美国 RCA 胜利唱机唱片公司远涉重洋到中国来开发市场，先是在上海设立分公司，地址在上海北京路 356 号国华大厦银行内，经营唱机、唱片。该公司也是全球最大的唱片工厂之一，故唱片封套上均印有"亚尔西爱胜利公司"的商标字样。

1925 年前后，胜利唱片在上海打开销路，站稳脚跟以后，就着手向华北发展。美国 RCA 胜利唱机唱片公司驻华总经理哈尔通先生授权上海胜利唱片公司经理蒲美钟先生到天津物色人选并筹建华北总公司，蒲先生经人介绍认识了师子光。几次交谈以后，蒲先生认为师子光出身商贾之家，熟悉经商之道。又见他为人诚恳谦逊、遵守信用、年轻有为，且有一定的外语水平，正是胸怀壮志开展事业之际，故达成协议，聘请师子光为华北总公司的经理。先试销胜利公司唱机、唱片（包括唱针），由上海胜利唱片公司提供货源，包括利润分成等项，均一一签署了合同。

师子光被胜利唱片公司任命为华北总经理以后，需要筹办一个商业实体进行业务往来。他初涉商界并无资本，主要靠其父亲师祝三先生的赞助。

师子光从老父亲那里得到多少资金，为此事我曾走访天津一位资深的老金融家，现年已95岁的刘续亨老先生，他曾仼金城银行代理行长，年轻时曾与师祝三有过业务来往。他说："你祖父那时经营煤业正是鼎盛时期，资金雄厚，给你父亲拨一点儿款，真算不了什么。"至于具体是多少资金他也不知道，再无知情人，无法考察了。

师子光不只从老父亲那里得到开办公司的资金，并在天津原特别二区（现为河北区）兴隆街其父亲创建的成兴顺煤栈的办公大楼内开设了美国胜利唱片华北总经理勤益商业公司。更主要的是，他继承了老父亲以诚信为本、开动脑筋、追求先进、顽强拼搏、艰苦经营的作风，使他后来成为在保存祖国文化遗产方面有些成就的实业家。

勤益商业公司成立以后，要有一个经营出售唱机、唱片、唱针的门市部。师子光选址定点在新开业不久的劝业场一楼底商。

天津法租界位于市中心，交通方便，人口密集，一些中小商业在此开设门脸营业，先是有较大型的天祥市场出现，1927年又有泰康商场建成。1928年，由买办高星桥投资150万元在梨栈大街（现和平路，因当年法租界菜市有个锦记货栈，以储运泊镇鸭梨驰名，故称梨栈大街）又建成规模更大的劝业商场（后称"劝业场"），这三座由华人投资的商场三足鼎立，形成天津市最繁华的商业中心。劝业场开业时，场内外装饰华丽、彩灯辉煌，巨商名流出席，一时人山人海，有游客约两万人参观购货，盛况空前。多年以来，凡有外地人来天津，首先要逛逛劝业场，否则就等于白来一趟。

劝业场的一、二楼租给各商户经营的铺户或货摊，四、五、六楼主要是剧场、影院、茶社等游艺场所。一楼多为日用百货、绸缎布匹、针棉制品、搪瓷玻璃器皿、钟表、照相机、金银首饰等。劝业场一楼正门外的铺面分别租给德华馨、金九霞鞋店，拐角是华信百货店，东面有个专售纺织品的三友实业社。师子光就在三友实业社的隔壁租下一个铺面，作为勤益商业公司的门市部，又在二楼租了一间作为办公室。

唱片刚开始在天津出现时，人们对这种文娱新产品竟会发出声音，感到很新奇。师子光曾在商业区看到有苏联侨民（当时称"白俄"）在做唱片生意，游客抱着好奇的心情，付给若干钱就能钻进老板搭的帐篷内聆听一些外国音乐唱片。师子光也采取白俄商人的办法，他在门市部配备了唱机、唱片。门市部后面有一间小屋，顾客可以先进去免费试听（外面听不到声音），然后将喜爱的若干张挑出来购买。人们只要先买上一台唱机（那时是手摇式的），就会陆续购买各剧种的唱片。唱片售价低廉，每张不过几角钱。这种新颖的音响娱乐用品逐步被人们所认识和喜爱，也丰富了人们的文化生活。

美国一位老华侨、南开大学经济系老校友郑铁铮先生从美国华盛顿发来的信函中回忆说："我从小就喜欢听唱片，尤其是胜利公司出品的。20世纪40年代，我在南开大学读书时住校，家在塘沽。每逢周末回家，第一种消遣就是打开留声机，听胜利公司出品的唱片，有京剧、有流行歌曲。其中有一首《教我如何不想他》，我最喜欢听。"

美国胜利唱片公司成立华北总经理处以后，是以勤益商业公司代理该经理处的对外各项业务，勤益商业公司约成立在1928年。师子光任经理，他的好友徐国才任副经理，还有师子光的一位亲戚名叫沈季甫的，系主管财务会计的副经理。沈先生为人老实忠厚、勤勤恳恳，对全公司经济工作做得稳妥可靠，是师子光的得力好内勤，使他能有较多的精力从事唱片的灌制和销售工作。

该公司除雇用职工及学徒四五人以外，还聘请了一位德国籍的女秘书，名叫 Miss Lucia，大家称她为"密斯陆"。当时 Miss Lucia 大约二十几岁，她的父亲可能是八国联军中的德国军官，母亲国籍不详。她出生在天津，对天津生活、风俗习惯很熟悉，除了会讲德语，还会英语以及天津话。她的任务是负责英文翻译、打字，以及一切与美国胜利唱片总公司来往的业务信件等涉外事务。

当父亲第一次把 Miss Lucia 约请到我家做客时，全家人对这位碧眼黄卷发的女郎非常惊讶，但是由于她性格开朗活泼，又能讲掺些外国语味的天津话，大家很快就喜欢上了她。假日中，她常来我家和长辈们谈天、打麻将，有时也参加父亲在饭店举办的宴会，有时和我母亲互送绸缎、衣物等。有一次，母亲带我乘马车到当时的德国租界（靠小刘庄附近）拜访 Miss Lucia，她父母可能不在了，她单身一人，家里养了五只小黑狗。她给我们做德式西餐吃（至于是什么味道的，早忘了）。

太平洋战争爆发以后，胜利唱片公司被日本人接收，听说 Miss Lucia 回德国去了。

灌制和经营唱片的鼎盛时期

七七事变之前这段时期，天津市的经济形势相对略为稳定，促进了商贸的发展。勤益商业公司营业门市部安置在全市繁华中心的劝业场底商，四楼以上有"八大天"之称的游艺场所，附近还有著名的光明电影院，整天游客川流不息。俗话说："创出金字招牌，买卖找上门来。"真是符合了天时、地利、人和的条件。拥挤的顾客给商场的各门脸、摊户增加了销售额，生意甚为兴旺。该公司经营的唱机、唱片很快被顾客接受和购买，利润也颇丰，实为开办以来的鼎盛时期。

170

师子光自从受聘为美国胜利唱片公司华北总经理以后，他善于钻研业务，很快地就把这项新生事物熟悉起来并发挥他的才能智慧。美方经理哈尔通先生对他寄以莫大的信赖，除了经营唱机、唱片以外，并授权由他兼任业务主任，约请演员录制唱片，以及宣传发行等。

师子光性格开朗、为人谦逊，善于交友，在灌制唱片这项工作中，充分发挥了他的聪明和才智。从 20 世纪 20 年代末到 40 年代中期这十余年的时光中，是他一生可谓风华正茂、事业有成、最辉煌的时期。他着手进行唱片灌制，包括各种剧种，大致有以下各门类：

一、京剧。京剧是我国文化艺术的国粹之一。师子光年轻时特别喜欢京剧。他除了与兄弟们去剧场看演出以外，在自己家中也有个小剧组。比如：大伯父喜欢演老旦，父亲喜欢唱几段老生，三叔表演青衣，四叔拉胡琴，五叔唱黑头（花脸），六叔乐器伴奏。不论节假日，只要有空，弟兄们在一间空屋子里（暂叫"客厅"吧）就能凑上几台戏，演唱起来好不热闹！

师于光及其弟兄们酷爱京剧是与当时的时代背景有密切关系的。清朝末年，北京已盛行京剧。当时，慈禧太后、光绪皇帝及许多王公贵族都对京剧特别喜爱。当时一批名角，如谭鑫培、陈德霖、王瑶卿、杨小楼、王长林等，经常被召入皇宫内院演戏。起初，民间艺术以昆曲、京剧两大剧种并列，可是慈禧不爱听昆曲，她懂京剧而且偏爱京剧。她的好恶取舍，甚至在某种程度上影响了两个剧种的兴衰。有专家说，京剧是通过慈禧的爱好而走向鼎盛并流传至今的。

天津作为我国北方重镇，京畿门户，有靠近全国文化中心的便利条件，又处九河下梢，水陆交通发达，随着商贸经济的发展，市场繁荣，在艺术界也出现了各派别的名伶名家。师子光在策划灌制唱片目录时，先调查研究，摸底排队，经过内行专家的指点以后，先邀请全国著名的京剧老艺术家灌制。如：金少山的《秦琼卖马》《田单救主》《黄金台》（共 6 面，每张为两面，以下均按面计），高庆奎的《哭秦庭》（4 面），谭小培、贾福堂的《空城计》《二进宫》，言菊朋的《文昭关》《四郎探母》《战太平》等（共 14 面）。继而约请青年演员谭富英灌制了《洪羊洞》《空城计》《奇冤报》《定军山》

《失街亭》《打渔杀家》，还有与著名青衣梅兰芳合唱的《四郎探母》《打渔杀家》《游龙戏凤》；与青衣程砚秋合唱的《御碑亭》《武家坡》等（约 24 面左右）。还约请马连良灌制了《定军山》《哭刘表》《鸿门宴》《清风亭》《秋胡戏妻》等（约 19 面）。此外，他还将老一辈的老生谭鑫培和孙菊仙等在 20 世纪初录制的老唱片复录再版。

在京剧老生的唱腔中，师子光比较喜欢"谭派"，录制谭富英的唱片较多，他们私交也很好。每逢选辑剧目之前，他总是先反复征求谭小培、谭富英父子的意见，逐项落实才最后敲定。有时谭氏父子为演出等事来天津时，也约师子光到他们居住的惠中饭店（劝业场附近）去聚会、谈天，或者研究下一次灌录的节目。

在青衣方面，剧目也是较多的。如：梅兰芳的名剧《生死恨》《玉堂春》《宇宙锋》《洛神》《西施》《杨贵妃》（又名《太真外传》）、《霸王别姬》等（约 27 面），程砚秋的《沈云英》《骂殿》《荒山泪》《梅妃》《春闺梦》等（约 28 面），尚小云的《游园惊梦》《卓文君》《女起解》《贵妃醉酒》等（8 面），荀慧生的《荀灌娘》《盘丝洞》《铁弓缘》《钗头凤》等（12 面），还有徐碧云、新艳秋、章遏云等青衣演员也灌录了不少唱片。

武生方面，有杨小楼的《连环套》《恶虎村》（共 6 面）。

总之，20 世纪二三十年代在京津一带闻名全国的"四大名旦""四大须生（老生）"均被胜利唱片公司邀请灌录唱片以外，该公司几乎囊括了当时活跃在京剧舞台上所有的名演员。从 1939 年出版的《胜利唱词》中粗略统计，灌录京剧方面的唱片包括小生、彩旦、老旦、大面（花脸）、武生各角色剧目达 440 面之多。

二、曲艺。天津是曲艺之乡，自 19 世纪末以来，一个多世纪之中，曲艺各剧种在天津发展、繁荣，长盛不衰。人们喜欢到剧场、茶园去听曲艺，也喜欢购买曲艺灌制的唱片。仅举数例：

（1）鼓曲

A. 京韵大鼓。有老一辈的刘宝全演的《指日高升》《丑末寅初》《游武庙》，小黑姑娘的《大西厢》等。

1936 年 9 月亚尔西爱胜利公司茌平灌片欢宴各大艺员等于北京饭店留影纪念
（前排左起：杨宝森、谭富英、梅兰芳、杨小楼、谭小培、程砚秋、刘砚芳，
后排左起第二位为师子光，该公司驻华总经理哈尔通）

B. 梅花大鼓。这是清末民初由流行在北京的清口大鼓发展而成的。经过老表演家金万昌与弦师苏启元对唱腔的改革，丰富了伴奏，发挥其婉转悠扬的特色，形成"金（万昌）派"梅花调，很受观众的欢迎。金万昌灌制有《乌龙院》《黛玉归天》（4 面）等唱片。女演员花四宝将"金派"梅花大鼓的曲调、唱腔做了加工整理，又请著名弦师卢成科先生为她伴奏，形成了具有"悲、媚、脆"特点的女声唱法。她生前曾荣膺"梅花皇后"的美名。可惜命运坎坷，26 岁那年就去世了。由于她的人生短暂，只灌录了《杏元和番》《妓女自叹》《鸿雁捎书》《王二姐思夫》《劝黛玉》等共 9 面唱片。

C. 铁片大鼓。以王佩臣演唱较受欢迎，她灌录的有《叉杆吃醋》《小寡妇思夫》《劝嫖交友》等 6 面，都是民间恩怨情爱的内容，其他各种鼓曲约 75 面。王佩臣于 1964 年病逝。

（2）河南坠子。起初是在河南码头上一种"撂地摊"的曲艺节目，引进天津以后，加入曲艺界，也很受欢迎。河南坠子有三大派：①乔清秀；②董桂芝；③程玉兰。三人风格不一样，最有影响的是

173

乔清秀，她的曲调流畅，旋律鲜明，适合演喜剧。师子光对乔清秀的表演很是赞赏，数次与她签约灌录唱片，如当时美方经理哈尔通先生正在中国，也参加了签约仪式。至今乔清秀的孙子乔金明先生还保留了几份当年胜利唱片公司与乔清秀签的合同，上面还有哈尔通与师子光的签字。此合同已历经六十多年，保存至今，殊为珍贵。

乔清秀灌制的唱片主要有：《三堂会审》《王二姐摔镜架》《蓝桥会》《昭君出塞》《宝钗扑蝶》，与乔利元合唱的有：《吕蒙正赶斋》《马前泼水》等；董桂芝灌制的有：《刘备哭灵》《俞伯牙摔琴》；程玉兰的有：《朱买臣休妻》《宝玉探病》等，总计有58面。20世纪30年代末期，师子光准备给乔清秀灌制全本整套的《红楼梦》共11集，为了使音质更好些，还与乔清秀及其家属一同前往上海胜利唱片公司的录音间。可惜乔清秀到上海以后就生病了，没有灌制成，不久病逝，亦为一大憾事。

（3）相声。相声也是我们国家的国粹之一，这种语言艺术历史久远，博大精深，深受广大相声爱好者的欢迎。天津也是相声发源地之一。胜利唱片公司曾灌制过老一辈相声演员的剧目，如张寿臣、陶湘茹合说的《歪讲百家姓》《卖春联》等（6面），焦德海、刘德治合说的《巧对春联》（2面）。自20世纪30年代，张寿臣之徒常宝堃（艺名"小蘑菇"）就开始崭露头角了，其父常连安也是相声演员。常宝堃初登舞台时才四五岁，他那聪明的头脑、灵巧的口齿，模仿事物逼真，尤其稍大以后，对相声艺术的刻意求新，加上他在日本军国主义统治中国的压抑之下，用相声表示的抗议，深受观众的欢迎。师子光也喜欢听相声，与常连安父子的私交也很好，对灌制唱片的剧目也是精心挑选，有常连安、常宝堃合说的《学四省话》《报菜名》《卖估衣》《闹公堂》《女招待》等（约13面）。

演员录音时，在节目开始前应该由本公司负责人或演员自己报一下演员姓名、剧目及出品公司的名称，谓之"报头"（即报幕之意）。师子光曾为他喜爱的谭富英、乔清秀、"小蘑菇"几位演员报头，其他的就不多见了。

中华人民共和国成立初期，在轰轰烈烈的抗美援朝运动中，天津市委及天津抗美援朝分会为答谢各民主党派支援抗美援朝运动，慨然捐献飞机等爱国行动，于1951年初在市交际处联合举办文艺晚会，有天津曲艺界名角参加演出。那天我作为工作人员参加服务工作，正好在后台看见常宝堃，我问他："您还记得师子光吗？我是他的女儿。"常宝堃连说："记得，记得"，并问我父亲近况如何，要我转达对老人的问候。不一会儿他就匆匆上台演出了。这是我第一次也是最后一次和常宝堃谈话。1951年3月，常宝堃基于爱国主义情怀，主动要求赴朝参加慰问演出。不幸的是，正当他快要完成任务归国之前，遭美军飞机轰炸，光荣牺牲。天津市人民政府授予他"人民艺术家"称号及追认为革命烈士。全市举行了有一万人参加的葬礼，表示对常宝堃同志深切的悼念。那些日子，师子光经常慨叹或沉默不语，可见他对常宝堃同志的怀念和惋惜不已。

胜利公司灌制的相声节目有40余面。

（4）评剧。评剧也是通俗易懂、为广大观众喜闻乐见的剧种之一。灌制的唱片有爱莲君的《于公案》，芙蓉花、赵德广合唱的《老妈开唠》，李宝珠的《李香莲卖画》等约108面。

此外，还有山西梆子、莲花落、平津杂曲、河南小曲等约有122面。

三、歌曲、音乐。师子光对音乐、歌曲节目不够熟悉。灌录这类唱片主要依靠上海影剧界、歌舞界的专家内行协助。20世纪三四十年代上海著名的八大影星和六大歌星，几乎都曾被邀请灌制唱片。如王人美的《夜来香》《苏三不要哭》《特别快车》；王人美和严华合唱的《风雨归舟》《你不要说"不"》；被誉为"金嗓子歌后"的周璇，她的剧目大多是电影插曲，如《天涯歌女》和《四季歌》是电影《马路天使》的插曲，是由上海百代公司灌制的，这两首歌曲是她的代表作，也使她从此一举成名，两首歌曲流传半个多世纪至今不衰。胜利公司灌制电影歌曲较少，大多是流行的歌舞曲。这些歌舞曲许多是由我国早期音乐教育家黎锦晖先生作曲，由他创办的明月音乐会伴奏。该公司约请周璇灌制的有：《蔷薇处处开》《凤阳花鼓》《送情郎》《苏武牧羊》等，周璇和严华合唱的有：《桃花江》《扁舟情侣》等。包括还有李丽华等其他歌星们灌制的共有 120 面左右。

我国地域辽阔，各地具有地方色彩的剧种也甚多。《胜利唱词》中所列包括有：川剧、四川琴书、滇剧、苏滩、申曲、宁波滩簧、四明南词、绍兴调、扬州调、杭州调、滑稽、弹词、粤乐、三弦拉戏、广东调、潮州调、厦门调等。截至 1939 年 7 月（该唱词的出版时间），胜利唱机公司出品唱片剧目达到 1600 面（也称片号），出品的张数已无据可查了。

需要说明的是：美国胜利唱片公司在中国从建立到撤销约四十年。设在上海、香港、天津的三个分公司，以上海胜利唱片公司实力最强，资金雄厚，人才济济，拥有不少专业人员，还有较先进的录音设备。从上述介绍灌制的剧目中，上海胜利唱片公司占有较大的比例，而天津则次之。师子光在华北总经理任期内，除了销售唱机、唱片，对于灌制唱片这项工作是兢兢业业、恪尽职守的。虽然无法查出他经手灌制的唱片有多少，但是他在选择和制订剧目时，非常审慎，认真负责。

在旧社会，文艺界的演员要想在社会上站住脚，除了在舞台上获得观众喝彩，还要努力设法在新闻宣传和录制唱片方面争得一席之地，达到"要在报纸上有名儿，话匣子上有声儿（电视剧《大宅门》中的台词）"才行。即除了在报纸上宣传、捧场，还要把自己的节目录在唱片上，才能有名气，出人头地。这是演员们的心愿。可是师子光在选择和制订节目时是非常严格的，他挑选的演员必须是知名度高的一流名角。

由于天津没有录音间，灌制唱片时，师子光要陪同演员根据不同情况分别去北京或上海灌制。在北京西单附近有个广播电台，内有录音间；上海就是在胜利公司的唱片生产工厂内了。所以，每年师子光为了灌制唱片经常往返于平津、津沪等地，亦甚辛劳。那时从天津到上海还没有直达火车，津浦铁路是从天津到浦口，由轮船拖上一节节车厢渡过长江到南京，然后再坐火车到上海。有时候他回天津后和孩子们描述火车上了轮船渡江的情景，大家都惊奇得很，问他："你害怕吗？"他只是笑了笑。可见他那时一心扑在工作上，很少考虑个人安危的。不过，有一次他真是经历了一次险情。

1946年12月，师子光去上海胜利唱片公司谈业务之后，准备乘飞机返津。在上海民航售票处购票时，刚买好到1947年1月5日航班的最后一张机票，后面一位旅客只能买7日的。但他与师子光协商，说因有急事，能否将5日的票与他7日的票倒换一下？师子光想，换了7日的票，又要在上海多住两天，而且他知道5日的班机上有梅兰芳的大弟子李世芳，如果能同乘此次班机在途中也可以交谈一番。但又看那位乘客着急的样子，师子光慨然与他交换了机票。不料，这次班机飞到青岛时撞在山头坠毁，全部乘客遇难。家中知道他是5日返津，见报载飞机遇难吓坏了，后来通过电话才知道他换了日期。师子光返津后，他的亲友设宴庆祝他躲过这场灾难。那时"梅派"传人李世芳也小有名气了，大家对这位年轻的艺术家不幸遇难表示哀悼，惋惜不已。

师子光的敬业精神使得生意蒸蒸日上，也博得了美方总经理哈尔通的赞许，增进了友谊。有一次，大概是1935年，哈尔通从美国来天津，他对师子光说想要去师的家里拜访老人。这是我们家招待的第一位外国客人，着实忙了一通。祖父在客厅内设宴，有伯父、叔叔陪同，事先在登瀛楼大饭庄预订了丰盛菜肴，酒席之间，宾客冾谈甚欢。祖父赠送外国客人一个工艺大陶瓷盘（有龙的彩绘），哈尔通送主人从美国带来的一大盒包装精致的奶油巧克力糖。孩子们不能走近客厅跟前看看外国客人长什么样，可是那盒巧克力糖却被兄弟姐妹分吃了。

177

国难使商业遭厄运

七七事变不久，日军占领了天津，侵略者到处烧杀掠夺，人民处在水深火热之中。但那时日伪政府对各国租界地域还不敢轻举妄动。原设置在兴隆街的成兴顺大楼关闭，迁移到法租界原法国菜市旁的一条小街上，办公室也压缩得只剩下二楼二底的小门脸了。师子光很快在辽宁路大庆里租了一栋二楼二底的小楼房，把胜利唱片公司华北总经理处迁移过来，暂时在这个法国人的保护下维持生意，对外字号改为"勤益商店"。

1939年夏天，天津遭受特大水灾，梨栈一带地势低洼，受到浸泡，商民受到不少损失。水灾过后，劝业场首先整理就绪，率先恢复营业。改名为勤益商店的胜利唱片公司华北总经理处的小楼房也经过一番修饰，继续办理业务。

1941年12月，太平洋战争爆发，日本军国主义向英美各国宣战，并宣布没收敌对国家的一切企业财产。美国胜利唱片公司在上海、天津的分公司也宣告停业关闭，总经理哈尔通先生也悄然回国了。

在等待日本政府接收之前，师子光的思想上也经历了反复的、痛苦的抉择。如果为日方经营的公司继续干下去，岂不落个汉奸的恶名，但是，从生活方面考虑，他要维护自己的家庭。妻子是无职业的家庭妇女，四个儿女正分别在大、中、小学读书，无论如何不能让儿女们辍学。而其父经营的煤业，受战争与运输的影响，货源减少，资金闲置，伪联币出笼以后，物价上涨，货币贬值。日本人还勾结伪社会局对成兴顺敲诈勒索，以"莫须有"的罪名，将五弟师源璋（成兴顺代理经理）两次押送到日本宪兵队，师子光多方托人营救，花了不少钱，后来交上罚款才被释放，共被诈去钱财相当于两千多两黄金。在日军摧残下，成兴顺的元气大伤，经济也变得拮据了。师子光从进入商界就从事唱片工业这一行，他不干这个行业，又能干什么呢？于是，他只好耐心等待日本政府来接收。

大约在 1942 年上半年，日本政府果然派来一个经理，名叫垮谷太郎，他作为胜利唱片公司驻天津及华北地区的总经理，师子光仍为中方经理。师子光不会讲日语，他们都用英语交谈，只谈业务工作，从不涉及政治及军事。垮谷太郎是一位具有一定水平的文化工作者，不过他初来乍到，对胜利公司各项业务不熟悉，表示还是多依靠师子光来掌握业务，包括唱机、唱片的经营销售及唱片的灌制工作。

胜利唱片公司华北总经理师子光（左一）、高聘卿（右一）、时年 20 岁
的京剧名演员张君秋（中）及日方经理垮谷太郎（左二）等人合影
（沦陷期间，胜利唱片公司中方二位经理师子光与高聘卿先生仍在为保
留中华民族之艺术精粹继续灌制京剧、天津民俗音乐等剧目的唱片而
努力。本照片系由高聘卿先生保存多年，于生前交刘鼎勋先生保存）

自从华北沦陷，国难当头，许多具有爱国心的文艺表演家借口退休，如梅兰芳蓄须，程砚秋到农村务农等，均表示不再登舞台了。曲艺界也同样是一派萧条景象。商业区广播的大多是麻醉人们神经的靡靡之音。师子光决定把灌制唱片内容重点放到天津地方民族乐曲这方面来。

在天津，多年传统延续下来了一种风俗习惯，就是凡有结婚嫁娶或丧葬时（也叫红白事），在出行的行列里，要有一队或几队由吹鼓手（婚丧都用响器吹奏，故名吹鼓手）奏的乐曲。他们平时都是当地贫困的青少年市民，有任务了，就被雇佣，穿上彩色绸缎衣服，扛着旗锣伞扇。吹鼓手人数多少不同，用的打击乐器有铜鼓大乐，吹奏乐器以唢呐为主，配以喇叭、锣鼓、钹等。有的人家办喜事时用"鹤龄"音乐。男方在结婚日的前一天，将迎娶新娘的花轿摆在院子中间，雇些十来岁的小孩，带上乐器，围着新房和花轿边唱边转，名叫"童子转轿"，以示吉祥喜庆之意。

师子光曾为胜利唱片公司灌制过的天津地方民乐有：《大乐亚尔洛》（亦名《雁儿落》）、《天津婚礼音乐》等。中华人民共和国成立后，人们的生活习惯有了翻天覆地的改变，新式结婚典礼改为新郎新娘坐汽车，前面有洋鼓、洋号西式乐器伴奏，那民俗式的乐队逐渐消失了。天津婚礼音乐的演奏者后继无人，后来再也没有录制，上述稀有的几张唱片更显得珍贵了。

1943 年左右，为了要在天津筹办一座灌制唱片的录音间，垮谷经理请师子光与他同去日本东京一个最大的电影制片厂参观学习。师子光考虑多年来由于天津没有录音间，常常要陪演员们往返于上海、广州、北平之间，如果天津能建个录音间就方便多了，在唱片的音质及其他方面较有利。因为这是一次纯业务的文化考察活动，不牵涉政治，于是他同意前往东京。这是他毕生仅有的一次出国之行。在东京参观、洽谈之后，还会见了一位当时日本最有名气的女影星（名字忘了），回国时，乘轮船经韩国的釜山，旅程达十余日返回天津。后来，不知是因为资金困难还是地点选址未定，一直到1945 年抗战胜利结束，这个录音间也没有建成。

几件轶事

师子光为了灌制高质量的唱片，接触文艺界的名演员较多，并成为好友，互相往来中，也有不少轶事。不过他很少在家中谈论，只是偶然听到他和母亲谈过些片段，或亲友们提供的，略述一二。

1. 师子光最喜欢听谭富英的演唱，有时自己也跟着唱片学习"谭派"的剧目。他和谭小培、谭富英父子的私交也很好。每逢谭氏父子来津演出或联系灌制唱片之时，他们常住在劝业场附近的惠中饭店，并约师子光前往商量灌录的剧目及有关问题。谭氏父子很喜欢吃起士林餐馆的西餐，谈罢工作，他们就常去起士林聚餐。有一次，谭小培说起一件趣闻。清末年间，谭鑫培（谭小培之父亲）奉命进宫给西太后演戏，表演的哪一出戏忘了，西太后特别高兴，吃饭时赏赐给谭鑫培一盘菜。谭鑫培跪着谢恩后，接过来一看是一盘豆腐。心想太后怎么还吃豆腐这样的平民百姓菜？待端回去一看，一层豆腐下面是满满的一层燕窝！惊呼：这才是宫廷宴呢！

2. 有一次，谭氏父子来津时，把谭富英的小儿子谭元寿也带来了。师子光说，谭小培非常喜爱这个孙子，刚 3 岁。谭氏父子和父亲商谈工作之事，小孩子也听不懂，他一个人就在会客间的地毯上爬来爬去玩玩具。如今，谭元寿老先生还有时在舞台演出，当然不会记得 3 岁时来过天津的情况。如果按照谭老先生现在的年龄，能推算出那年来天津的年份吧！

3. 师子光经常去上海约请当时著名的歌唱演员灌制唱片，如周璇、李丽华等。为"金嗓子"周璇灌制的较多，交往多了，很友好的。20 世纪 40 年代初，周璇和当时同是明月歌舞班的演员严华结婚了。时间不长，婚姻发生了矛盾。有一次，周璇告诉师子光：她去一个理发店理发，正好遇到严华也在那里理发，二人谁也没说话，各自理完发走了。师子光很喜欢这两位青年演员，曾为他们二人进行调解，但他们的婚姻只维持了两年半的时间。事后，听父亲和母亲谈论此事，对他们的分手很惋惜。周璇一生命运坎坷，39 岁时就在上海精神病院去世了。

4. 师子光的大办公桌上有一块大玻璃板，下面摆放着梅兰芳、程砚秋、荀慧生、尚小云"四大名旦"的半身像，上款写着：子光先生惠存，下款由他们各自署名。还有一张是严华和周璇的合影。

当年还没有"追星族"这个名称，不过，父亲放置的这几张著名演员的照片，也说明他对他们的喜爱吧！这些照片在1966年那场动乱中都付之一炬了。

5. 1936年春天，全球闻名的美国喜剧大师卓别林携妻子宝莲·高黛来中国上海访问，由梅兰芳先生主持文艺界欢迎大会。在晚宴会上，为了能与戏剧界的同行相聚，卓别林高兴地用中文说了一句古诗："但使主人能醉客，不知何处是他乡。"一时惊动四座。晚宴后在上海新光大戏院观看马连良等名角演出的《法门寺》。卓别林很喜欢看丑角贾桂的表演。他对梅兰芳先生说："东西方的音乐、歌舞虽然各有其民族风格，但表现的情绪和各种神情，却都是一致的。"演出结束后，他上台与演员们合影数张，其中有一张是和马连良彼此拱手作揖，尤如故友相逢的样子。据我的亲戚李世保先生回忆说，他父亲也是一位经营唱片的企业家，保存过这张照片，他看到我父亲师子光也在合影之中。可惜这张照片也在"文革"中佚失了。

6. 由于天津没有录音间，每次灌制唱片时，师子光都要亲自督导。据天津民间乐队一位领班邹福泰生前向其子邹西园述说去北京参加录音时的情况：大约是在1942年，邹福泰来到了北京广播电台的录音间，因录音时间未到，看到胜利唱片公司好几位外国人，他们先休息吃面包、喝咖啡。而邹福泰带着自己的乐队人员在附近小饭馆吃了饭，按时去录音，在那里能看到许多京剧名角，都是去录音的。

7. 有一次，父亲师子光带着我大哥（那时大哥正在北京大学经济系读书）到录音间去参观，恰遇著名花脸金少山录音，他的嗓子又宽又亮，声震屋瓦，把包公演活了。后来大哥对我们说，金少山养着一只小猴（可能是金丝猴），经常在他的肩膀上趴着。录音时，小猴不吵不闹，录完音，它又趴在金少山的肩膀上被带走了。

8. 有一次，父亲师子光陪着名武生杨小楼在北京灌制唱片时，杨小楼在麦克风前铺一块布垫子，他要跪在布垫子上演唱。那天，杨小楼有点儿感冒咳嗽，每当要咳嗽时就赶紧把身子转向一侧。录音师对音带还要调整、修饰，唱片生产出来后，当然听不到他咳嗽的声音。但为什么他要跪在垫子上录音，当时听者没细问，父亲也没说。

留下了宝贵的财富

日本人接收了美国胜利唱片公司以后，只经营 4 年多，1945 年 8 月抗战胜利后该公司业务随之全面停止。在灌制唱片时仍沿袭用原胜利唱片公司的那个小狗听留声机的商标，但是生产单位改为"满洲蓄音器株式会社"（根据唱片收藏家常兆新先生提供的一张唱片的封套）。据说，日方经理把这个企业带回日本以后又改组，即为现在日本的大企业之一——JVC 公司。

关于美国胜利唱片公司的去向如何，据老华侨郑铁铮先生于 2002 年提供的信息："天津胜利唱片公司的母体美国胜利唱片公司已于数年前转卖给美国通用电器公司，现在大家都译为'奇异电器公司'，不仅名字改了，而且经营的内容也改了。"

辉煌了四十多年的美国 RCA 胜利唱机唱片公司于 20 世纪末退出了历史舞台，但该公司几十年灌制的唱片，与其他几个唱片公司生产的大量优质唱片，给中国唱片史填补了空白，更给中国文化艺术界留下了宝贵的财富。近百年来文化艺术界的名演员、名歌星，他们的事迹和容貌可以通过文字、图片档案查到，可是要想听他们的原音，只有依靠唱片上留下的录音了。唱片留住了岁月之声。多年来，人们的文化生活中离不开唱片这个文娱商品。列举两个唱片经销门市部的广告词句："胜利唱机唱片，风行环球，久已驰名。良以原音逼真，响亮清晰，百听不厌，实家庭娱乐之妙品也……"又："胜利唱片，名角如林，剧目甚多，南腔北调，声调并茂，一出唱罢，大有绕梁三日之感。如京剧、评剧、川剧、粤剧、歌舞、时调小曲，应有尽有，不胜枚举。如购置胜利唱片唱机，随时打开，以供茶余饭后之余兴，不但兴趣弥增，而且有益卫生。敬请各界诸君

惠临，参观试听，竭诚欢迎。"（此二则皆为 20 世纪 30 年代的广告句）

勤益商店职工正在繁忙地将唱片发往全国各地

据原来曾在勤益商业公司工作的职工阎全才先生（当年是十几岁的学徒工，现已七十多岁了）回忆，胜利公司的唱片销售形势一直很好，他和另外几位职工赵书林、胡尚义等担任发货任务，因为勤益商业公司是胜利唱片公司的华北总代理，经常是把整箱整箱的货往外地发送，不只华北五省，还有东北三省。各地订货单源源不断，他们也整天忙碌不停，直到抗战胜利以后，胜利唱片公司改组停业，货源少了，勤益公司不再经营唱机、唱片。师子光为了继续经商，也为了养家糊口，将这个公司转业，改为销售和批发煤油炉等商品，但总不如经营唱片那么火爆。该公司维持到天津解放时也关闭了。天津解放初期，全市开展"三反""五反"，师子光被评为"基本守法户"，后即赋闲在家。

20 世纪 20—40 年代是我国民族唱片业高速发展时期，师子光在这段时期中从事唱片事业近二十余年。他和同时代的唱片经营者们一样，在唱片事业中发挥了自己的力量。通过唱片的灌制，使各时期的优秀文艺工作者不只留下有关文字、图片，更留下了美妙的声音，这是具有历史意义的功绩。从现实意义上讲，通过聆听老艺人、老演员的演唱，特别是近期制作的音配像，不但使我们能见其人又能听其声，备感亲切。而对于从事文史资料研究的工作者，可以增加考证之根据，有助于重温重大历史阶段或事件，可以再现其原声原貌。因此，师子光不是一般的经营者，而是属于文化商人。他参加录制的唱片，选择最精彩的节目、最优秀的演员，灌制的唱片流行地域甚广，在保护和弘扬祖国文化遗产方面做出了一定的贡献。

2003 年上半年，天津电视台《七彩文斓》节目曾为老唱片的收藏家们编录了三次访谈。其中天津文史研究馆馆员林放先生谈到师子光时说："我认为他不仅仅是一位唱片制作者、经销商，更主要是国粹艺术的精选者。他把当时的京剧、曲艺，包括流行歌曲的最好的演唱家和他们的作品都搜集起来而流传给我们到今天。如果让日本人或其他国家什么人来选，是选录不到这么多的好唱片的……所以，可以说他是个成功的实业家。"这可以算是对师子光先生一生最恰当的评价吧！

父亲师子光于 1959 年因病在天津逝世，享年 57 岁。

注：本文稿曾经天津唱片研究会刘鼎勋、常兆新二位唱片收藏家予以修订及补充，师子光半身像、与京剧演员合影及勤益商店工作室三张照片均为上海唱片收藏家邬光业先生提供，特致谢意。

（《天津文史资料选辑》总第 102 辑，2004 年第 2 期）

（附录之一）

关于天津市唱片研究会及部分唱片收藏家之简况

一、概况

自从 19 世纪末，唱片成为商品之后，以美国的"胜利""哥伦比亚"、德国的"蓓开"、法国的"百代"等唱片公司为主，不断地从广东、上海、天津等口岸引进到我国，流行地域甚广，销售量逐年增加，民间拥有多种多样的内容、规格不同的唱片。它丰富了国家文化艺术的内涵，保留了历史资料，提高了人民的高雅艺术生活。

20 世纪 50 年代，天津出现了一批以收藏、研究唱片为己任的爱好者数十人。其中以南开大学中文系的华粹深教授为代表，他还时常对唱片收藏者予以指导并回答某些咨询的问题。"文革"前，天津市唱片研究会的唱片收藏量有数万张，其数量、质量、品种都相当可观，不愧为中华民族文化艺术宝库的重要组成部分。不幸这数以万计的珍贵资料在"文革"中全部被毁，民间收藏的唱片遭到全军覆没，就连政府部门的藏品也受到不同程度的毁损。

二、天津唱片研究会成立之经过

由于"文革"期间灾难性破坏，许多珍贵唱片已绝版或佚失，为了保护和弘扬中华民族文化艺术中不可缺少的这个门类：唱片。天津市部分唱片收藏者决心将这项收藏研究活动重新开展起来。他

们的宗旨是进行挖掘、抢救、收藏并整理中国唱片，使这一民族艺术成果不要在我们这一代人手中消失，并且还根据条件，适当地通过转型工作来完成这项伟大的事业。

改革开放以来，随着文化艺术生活水平不断提高，有关部门及社会各界对唱片的需要量加大，唱片的价值也不断提高。

1986 年，国家开始编纂《中国戏曲音乐集成》巨著，其中天津卷委托天津文化部门负责完成。因工作需要，由天津市艺术研究所刘梓钰牵头，约请唱片收藏家王家胤、李恩璞、刘鼎勋、庞兴昌、张继武、刘景华、栾宗显等七位于 1989 年组成天津唱片研究会，名誉会长为天津知名学者吴同宾先生（天津文史研究馆馆员）。

经过 10 年的努力，1995 年天津卷的编纂工作完成，其中大量所需要的资料为该唱片研究会提供，并且还将旧式唱片转型为盒式录音带，供天津卷编写、谱曲之用。遗憾的是，限于资金等条件的不足，十年间该会一直未能在政府部门正式注册，也影响了工作的开展。按说这个唱片研究会应该归属于天津市艺术研究所领导，但该所不能与其直接对口，也未给予相应的协助。幸好近年来，天津戏剧博物馆因建立中国戏剧音像文库，根据需要，使天津唱片研究会挂靠在该馆所领导的天津文博学会民间收藏专业委员会。从此，唱片研究会才算是有一个初步的归属。

三、天津唱片研究会的成员及藏品状况

天津唱片研究会成立时，有会员 8 位，十余年来已有 3 位相继去世，目前尚有 5 位，每位会员均有不同侧重的藏品，包括唱片、唱机、录音带（CD）。唱片可分为五类：

1. 戏曲类：有京剧、评剧、河北梆子、豫剧、越剧、广东粤剧、皮影戏等全国较大的剧种。

2. 曲艺：有京韵大鼓、单弦、相声、梅花大鼓等重要曲种，也有如荡调、太平歌词、平谷调、莲花落等已失传的曲种。

3. 歌曲：除当代歌曲外，尚有 20 世纪 30 年代周璇、姚莉、白光、吴莺音等人的著名流行歌曲。

4. 音乐：包括民族音乐、外国音乐（交响乐）及少量佛乐（如

187

普陀寺院和尚诵经等）。

5. 文献资料：伟人和名人讲话、诗歌朗诵等语言艺术。

各收藏家当前拥有唱片数量有数千张，较"文革"前拥有量之数万张计，仅为十分之一而已。

四、收藏唱片为社会需要而做的工作

该研究会虽然未能注册，但是不断为社会需要而默默地奉献着。除了上述为《中国戏曲音乐集成》（天津卷）提供资料，以 10 年左右时间完成这项科研项目以外，还参加了以下几部分活动：

1. 举办唱片试听会：在天津市政协的支持下，先后在市文联、政协礼堂、名流茶馆、天津茶文化研究会等处举办了不同形式的唱片欣赏会。

2. 发表文章：先后在《天津日报》《今晚报》《天津工人报》《天津老年时报》等报刊发表了数十篇有关唱片的鉴赏及唱片、唱机的介绍文章，颇获好评，还有人特意收藏这种内容的报纸；在《京剧谈往录》上发表了专题文章。

3. 参加展览：1997 年 11 月，北京举办"纪念国际唱片发行 120 周年、中国唱片发行 90 周年"暨"中国首届世纪回眸唱片博览会"时，天津派出李恩璞、刘鼎勋、庞兴昌等几位唱片收藏家前往参加，他们带去的展品受到大会组委会的表彰，并发给了获奖证书。另外，他们也曾先后在河西区文化馆、北京农业展览馆等处参加了不同类型的唱片展览，评价甚高。

4. 协助电视台拍摄电视片：由于在收藏唱片方面做出了一定的成绩，唱片研究会的知名度在不断地提高。近年来，相继应中央、北京、天津、上海等地电视台之邀约，拍了很多专题片、纪录片，如《黄金 20 点》《天地人》《走向金话筒》《唱片收藏》《七彩文澜》等栏目。特别是 2002 年春节夜晚，由唱片研究会提供资料，协助中央电视台拍摄的《一百年的笑声》，于当晚 10 时在第 10 频道播出

（整个节目共 4 小时）。播出后，观众反响强烈，备受欢迎，后来又重播数次。最近又与中央电视台合作，拍摄《中国相声》，即将在第 7 频道中播出。

5. 协助艺术院校整理唱片资料：近日，天津音乐学院已与唱片研究会商谈，请该研究会协助将该学院图书馆珍藏的大量音乐资料唱片予以整理，并运用科研成果将已淘汰的 LP 唱片转型为现代化的 CD 唱片。此项工作即将着手进行了。

天津唱片研究会在成员少、无资金来源、挖掘老唱片资料条件困难等情况下，大家团结一致、齐心协力，在抢救和保护中华民族文化遗产而默默无闻、克服困难的可贵精神鼓舞下已奋斗了二十年，其中酸甜苦辣，鲜为外人所知。不过，近年来，他们的工作成绩已获得社会上的承认和赞赏，有知名人士已就该会的聘请任顾问，包括有：上海唱片公司总编辑李素茵女士、上海东方电视台编辑柴俊为先生、北京中国唱片总公司经理李鼎祥先生、昆曲名家朱复先生、马兰真先生、天津电视台的王联生先生等。

天津唱片研究会的工作经过成员的努力和创新，有所成就，比以前顺利多了。研究会的业务正在不断扩展，他们希望各界有识之士能多给予大量支持，使我国民族文化宝库中的一个门类——唱片，得以保存并传至后代。

2002 年 5 月

（附录之二）

他们留住历史的岁月

——记天津经营老唱片的"三巨头"

如今，在高科技飞跃发展的时代，每当年轻人进行娱乐活动时，大多是通过 CD、VCD、DVD 等激光唱片、数字传媒来欣赏音乐和戏剧，而对这些音响工具的鼻祖——LP 唱片的印象却比较淡漠甚至很生疏。

其实，追根溯源，唱片在我国的发展已有一百多年的历史了。自从 1877 年美国科学家爱迪生发明了第一台蜡筒式留声机以后，1887 年，德国的埃米尔·贝尔利纳便发明了第一张圆盘压制唱片（一说于 1892 年正式浇注唱片）。几年以后，老唱机、老唱片就传入了中国，并且留声机每一次升级换代都很快地传入中国。自 19 世纪末，唱片作为商品也渐渐被引进了我国。

1908 年，主营唱片、电影的法国话匣电影公司在上海成立了百代唱片公司，这个被认为是世界上最早的唱片公司之一在亚洲开辟新的市场，也孕育着我国唱片业的诞生。

20 世纪初，美国的"胜利"（R·C·A·Victor）、"哥伦比亚"（Columbia），德国的"蓓开"（BEKA）、高亭（ODEON）等几家唱片公司出版了不同版本的唱片，先后在清政府注册发行。这几家唱片公司主要以上海、天津、香港三个口岸为基地，陆续灌制和销售各类唱片。它作为人民生活的新生事物，受到各界人民的欢迎，故流行的地域甚广，销量逐年增加。逐渐地，民间拥有多种多样内容、规模不同的唱片。据不完全统计，从清末到今天，各公司生产和销售的唱片约有 10 亿张。其中，中华人民共和国成立后生产的唱片占较大的比重，它保留了历史资料，丰富了国家文化艺术的内涵，提高了人民的高雅艺术生活。

1949 年中华人民共和国成立以后，政治稳定，生产发展，人民经济生活不断提高。在天津的民间收藏活动大潮中，出现了一批以收藏和研究老唱片为己任的爱好者数十人。其中以南开大学中文系的华粹深教授为代表，他个人收藏颇丰，并且时常对唱片收藏者予以指导并回答某些咨询的问题。"文革"前，天津市唱片收藏量有数万张，其数量、质量、品种都相当可观，不愧为中华民族文化艺术宝库的重要组成部分。不幸这些珍贵资料在"文革"中全部被毁，民间收藏的唱片全军覆没，就连政府部门的藏品也受到不同程度的毁损。

为了保护和弘扬中华民族文化艺术中不可缺少的这个门类：唱片，天津市部分唱片收藏者成立了天津唱片研究会，隶属于天津市文博学会民间收藏专业委员会。他们的宗旨是对中国唱片进行挖掘、抢救、收藏、整理、研究，使这一种民族艺术成果不要在我们这一代人手中消失，并且还根据条件，适当地通过转型工作来完成这项伟大的事业。

天津唱片研究会成立十多年以来，各收藏家当前所拥有老唱片数量有数千张，较"文革"前拥有量以数万张计算的话，仅为十分之一而已。他们所收集的唱片种类可概括为五大类。即：戏曲、曲艺、歌曲、音乐、文献。天津唱片研究会的成员们虽然文化程度参差不齐，收藏的门类也是五花八门，但是他们的目标是集收藏唱片之大成，亦即是兼收并蓄，海纳百川。

多年来，该会本着实事求是的态度，对收集来的唱片认真地解读、辨析、鉴定，对没有亲耳聆听过的、考据不完全的老唱片不妄加断言，以免误导视听，其学风甚为严谨。根据该会副会长李恩璞、刘鼎勋二位老先生在通过多年研究、整理的资料中，也为我们提供了在 20 世纪早期，由各国开办的唱片公司生产经营情况、所聘用的几位经营者的工作情况以及他们所做出的贡献。

作为我国北方重镇的天津，是京畿门户，有靠近全国文化中心的便利，又是九河下梢，水陆交通发达。随着商贸经济的发展，市场繁荣。自清朝以来便是艺人伶工的汇集之地，到民国期间，已近鼎盛，出现了不少艺术界的各派名家、名伶。20世纪初期，各国开办的唱片公司，除了销售他们本国录制的一些音乐唱片，还在天津聘请了几位精明能干、业务熟练的经营者，组织诸多名家灌制了大量多种多样、品种不同的音响唱片。历史的车轮不断前进，那些名伶、名家陆续离世而去，除了当时留有部分文献、图片以外，这大部分的唱片是最直观、最准确地保留下来的珍贵文化艺术遗产。以下介绍三位经营者，兼高级编辑的简况。

第一位：师子光先生，天津人，毕业于天津市立第一中学。他勤奋好学，考试成绩经常名列前茅，熟谙英语，品学兼优，为人精明强干，思想先进，能跟上时代前进的步伐。20世纪30年代，他以尚不到而立之年，经人介绍，受聘于美国胜利唱片公司天津分公司，掌管灌制和经营唱片的生产和销售。他善于钻研业务，很快地就把这项新生事物熟悉起来并发挥他的才能智慧。美方的经理对他寄以莫大的信任，并任命为美国胜利唱片公司华北总经理。师子光性格开朗，为人谦逊，善于交往，加上他自幼对京剧甚为爱好，根据业务需要结交了当时文艺界不少名演员，也兼顾具有天津地方特色的各派艺人，民间演奏者等。他和演员们之间彼此以诚信相待，配合默契，致使开展业务非常顺利。全部录制节目安排及监督皆由他掌管。他先与京剧界红极一时的演员交朋友，然后签订灌制的节目内容。例如：

青衣：四大名旦之一的梅兰芳与老生谭富英的《打渔杀家》；四大名旦之一的程砚秋与老生谭富英的《武家坡》《御碑亭》；老生谭富英的《定军山》《空城计》《奇冤报》；杨小楼的《连环套》《恶虎村》等。

师子光在编选节目时，也非常注重地方民间的特色，做了大量的灌制工作。例如：

曲艺这个大门类中：相声，有著名演员常连安、小蘑菇；铁片大鼓王佩臣；奉天大鼓朱玺珍；莲花落于瑞风；乐亭影李秀、齐怀（二人皆为王华班的名演员，现收藏有 10 张以上）。天津地方民乐：天津婚礼音乐《大乐亚尔洛》等。

20 世纪 30 年代，天津没有灌制唱片的设备，演员们都要前往北京西单的一个广播电台内灌制。在灌制的诸多唱片中，师子光为之报节目（当时叫"报头"）的不多，约有谭富英、常连安、乔清秀等人的唱片。

师子光先生在胜利唱片公司工作十余年间，所灌制的唱片皆为当时著名顶红的文艺界名演员，也是当时文艺界鼎盛时期，使胜利公司业务蒸蒸日上，生产的唱片畅销华北、东北各地，销量甚巨，收益颇丰。从收藏的老唱片中评价，那个时期所灌制的唱片，科技含金量是很高的。1937 年以后，日军侵略华北，胜利唱片公司由日伪接管以后，业务每况愈下，直到停业。师子光先生离开该公司以后，自营唱机和收音机的生意去了。

第二位：傅祥巽先生。早年曾任物克多（胜利）公司经理，20世纪 30 年代后服务于英商百代公司。他在任期中有一项重要的功绩就是通过"通天教主"王瑶卿先生推荐，约请当时著名演员老生管邵华、青衣王玉蓉灌制了全部的京剧《四郎探母》。当时的唱片每一面播放是 3 分钟，正反两面是 6 分钟，而这套全本的京剧唱片共灌录了 16 张，共 32 面，播出时间仅需 100 分钟，使《四郎探母》全剧从头至尾一字不落地完整录制下来。这在当时唱片界也是破天荒的奇迹，而后来者，无论在哪个公司出品也没有录制如此完整的。这套唱片在角色安排上也是名演员荟萃，除管邵华饰杨延辉、王玉蓉饰铁镜公主以外，配角有：李多奎饰佘太君、吴彩霞饰萧太后、朱斌仙、贾松岭饰国舅等都是一流演员，由著名琴师张子宸伴奏。这出名剧《四郎探母》全套出版销售以后，畅销各地，深受京剧爱好者欢迎，百代公司也为此赚了大钱，获益不少，而在唱片史上是值得大书一笔的。

此外，傅先生还为京剧名演员张君秋灌制了《四进士》《甘露寺》《清风亭》《拜寿算粮》《缇萦救父》（丽歌）等唱片。

第三位：高聘卿先生。天津武清县人。他从少年时期就酷爱京剧，曾向许多著名演员学戏，也常登台参加演出活动。20 世纪 30 年代初，上海胜利唱片公司在哈尔滨成立分公司，聘任高先生为副经理，职务以经销唱片为主。后来调至天津宝利唱片公司任业务部长，一两年后又被调到北京，为成立国乐唱片公司做准备工作。这期间他曾到日本学习灌制唱片的音质和音响效果的处理工作。由于他有很强的编辑能力，与当时名演员有沟通的渠道。他认为保利公司在东北，组织力量不强，也约不到好演员，有的灌制出来的唱片在选材、选段、演员等各方面处理得不适合等，他决心有机会要组织名演员、名家来灌制具有特色和流传百世的唱片。

1935 年，正值日伪统治东北时期，高先生认为灌制的唱片不是日本军国主义的产物，也不与政治挂钩，所灌制的内容都是属于中国的民族艺术。他是做生意的商人，在宝利唱片公司的协助下，他带领一批演员及名票东渡到日本东京灌制唱片。这些演员有：评剧演员爱莲君（她的全部优秀作品）、河北梆子演员秦凤云、王金城等，京剧著名票友孟广亨、乐槃荪、张吾翼、顾珏荪等。这是为尚未开业的国乐公司灌制的第一批唱片。所有唱片的音质、音响、选段全部由高先生亲自掌握。接着，应该公司之约，高先生还为自己灌制了二十多张京剧选段。

1937 年日军入侵华北，北京、天津相继沦陷，唱片生意也大受影响。胜利、百代等唱片公司营业已呈凋零状态。而在 1937 年下半年，由日本人任经理的国乐唱片公司在北京正式成立。"国乐"英文为"CORONA"，是日本一种吉祥鸟的名字。日方聘请高先生任文艺部主任，地点在北京景山后街，灌音室在和平门内东拴马桩，即当时的"中央广播协会"。这期间，胜利、百代二公司也曾聘请他去支持工作一段时间。高先生的组织能力很强，他致力于把国乐公司的营业打响以后，陆续约请名演员为该公司灌制唱片。包括有：程砚秋的《锁麟囊》、马连良的《胭脂宝褶》、奚啸伯的《白帝城》、金少山的《打龙袍》、萧长华和马富禄的《八十八扯》，以及荀慧生、余叔岩、裘盛戎、谭富英各位名演员的拿手好戏。此外，还有大量天津的地方曲艺演员们灌制的唱片，如：骆玉笙（小彩舞）、"小蘑菇"、刘宝全、刘文斌（京东大鼓）、翟青山等，都表演了浓厚的天津地方色彩。其中喜彩莲的评剧唱片一再再版。

为了保护民族艺术，高先生还组织灌制了一部昆曲，作为资料保存，出品甚少，现已罕见。

自中华人民共和国成立以后，大多数 LP 唱片逐步以 VCD、DVD 代替，而且开辟了唱片行业的新天地，录制了不少有价值、高水平的音响唱片，事业兴旺发达，与 20 世纪上半叶不能同日而语。前五十年的唱片事业是从初兴—发达—衰落，直到一蹶不振、萧条而自行消灭。但在那个历史阶段，各唱片公司聘请过的师子光、傅祥巽、高聘卿等三位经营佼佼者，网罗了四五十年间我国大部分的京剧、曲艺、地方戏等方面的名演员进行灌制唱片，使他（她）们的艺术成果能够留下了宝贵的遗产并传之后代，流芳百世，保留了民族艺术的精华，为国家、为民族的文化事业做出了卓有成就的贡献。这三位巨头功不可没，值得我们永远怀念和感谢他们。

说明：本篇文稿资料系由收藏家——天津唱片研究会副会长李恩璞、副会长刘鼎勋二位先生提供，由师静淑整理。

2002 年 12 月 11 日

产科病理学开拓者——林崧

一位妇产科大夫在逝世后仅 10 天，国家邮政部门就为他发行了一枚纪念封，这在中国医学界是仅有的一位。他就是现代妇产科病理学领域的开拓者、奠基人——国内外知名的妇产科专家、一级教授林崧。

立志学妇产科

1905 年 9 月 2 日，林崧出生于福建省莆田市仙游县度尾镇后埔乡一个富甲一方的大户中，家境宽裕。他的父亲受西方文化影响，曾留学日本，回国后在仙游等地政府部门工作，1919年，林崧考入福州基督教青年会办的中学。这所教会中学重视外语教学，使他受益匪浅，为以后的深造打下了坚实的外语基础。

林崧在中学时就知道，北京有一所由美国洛克菲勒基金会建立的协和医学院。它拥有一批医学专家，有严格的教学制度，又注意临床经验，医疗设备也

林 崧

是一流的，在亚洲甚至全世界也是很闻名的医科大学。协和医学院录取新生标准很严，每学期每科录取新生不超过 25 名，很难考入。尽管如此，林崧在中学毕业以后还是跃跃欲试。

要进协和医学院必须先在燕京大学读三年医预系或护预系，然后才能升入协和。1923 年，林崧去北京考燕京大学时因患肠胃病，误了考期，只得返回福州上了教会办的福州协和大学，攻读化学系。1924 年，他转学到北京燕京大学以后，同时攻读化学系和医预系。1927 年，他在燕大获得两个系的毕业证书和理科学士学位。同年，终于考取了北京协和医学院医疗系，实现了自己的夙愿。

林崧考入协和医学院学医，选择妇产科作为自己毕生的事业，主要有两方面的影响：一是在中学读书时看到家乡有不少妇女患各种妇女病，不但身心蒙受很大痛苦，甚至因治疗不当而死亡。他的夫人余性樨希望他学医就学妇科，多为妇女解除痛苦。那年代，男学生大多是不愿意学妇产科的，夫人的鼓励促使他立下这个志愿。二是林崧考进协和医学院以后，受到妇产科主任马士敦的影响。马士敦教授，美国人，是协和医学院妇产科的创建者，也是妇产科主任中任职最长的一位。协和建校之前，马士敦曾在福建省永春县一所教会医院当院长。他对从福建来的学生特别有感情。林崧在学校学习时，比较注重做学问，每天只知道念书、做工作，马士敦主任对林崧这个优点很欣赏。在马士敦教授的影响下，林崧选择妇产科作为自己的终身事业。

1932 年，林崧从协和医学院毕业，并以较优异的成绩获得医学博士学位，毕业后就被留在协和医学院妇产科，先后任助教及讲师。

内科、外科、妇产科是协和医学院的三大科，妇产科第一任主任马士敦教授的助手有伊斯门襄教授、迈尔斯（都是美国人）、李士伟。林崧毕业时，两位美国助理教授都回到美国霍普金斯医学院妇产科了，改由戈登·金接替伊斯门。时间不长，戈登·金也走了，由王逸慧做马士敦的助手。1937 年下半年，马士敦卸任回国，伊斯门第二次来中国，担任协和妇产科主任，此时他已是教授了。伊斯门就任后，把他在霍普金斯的同事麦克维请来帮助工作。伊斯门教授在美国妇产科方面是数一数二的人才，所以后来林崧和同学们去美国留学时，只要提起曾在伊斯门领导下工作过，人家都对他们刮目相看，认为他们的底子厚。

伊斯门二次来我国没多久，由于美国霍普金斯医学院产科的老主任去世了，他又被调回去做产科主任，麦克维即接替他做协和妇产科主任。大约在 1939 年，麦克维回国后，由林崧的同事林巧稚任协和医学院妇产科主任。

协和医学院妇产科除了担当繁重的临床医疗和教学工作外，非常重视科研工作。一般的医生，尤其是中、高级医生都有自己研究的课题。例如：马士敦主任研究妇女软骨病，戈登·金研究妊娠中毒与肝功能的关系，林巧稚研究胎儿生理和子宫收缩生理，林崧的课题是妇产科病理学。研究的成果后来大多用于临床之中。

第二任主任伊斯门教授因来协和时间短，又是二进二出，所以当时没有什么特殊的科研。但是他对协和妇产科有两点较大的建树：一是他把美国霍普金斯医学院一套严格的制度搬到协和医学院，健全了妇产科的住院医师制。在他之前，妇产科的住院医师制并不那么严格。二是在科内明确提出了按专题分科分工的做法。如与妇产科有关的病理学、内分泌学、X 光学、不孕症研究等，这正是当时世界上妇产科实行近代化分工的新趋势，伊斯门这两点突出的贡献，把协和妇产科的管理水平大大提高了一步。林崧从年轻起就能有机会在这种环境中经受严格的锻炼，对于他毕生从事妇产科工作以及不断提高医疗、科研的水平，都有重大的影响。

协和医学院及其附属医院有一套训练年轻的临床医生的住院医师制度。制度中规定，青年医师按照规定的日期一定要住在医院里，每日 24 小时对其所分配的病人负全部责任，要及时完成对病史的记录、各种检查及对病情的初步处理。住院医师在主治医师和科主任的指导下进行工作，要保证质量，一丝不苟。只有经过严格的训练、激烈的竞争，才能确保人才辈出。

妇产科住院总医师

本来，协和医学院的学生毕业之后，一般要做二至三年住院医师，然后才能结束"住院"的生活，进入主治医师级。林崧比较特殊，在做完第一年住院医师后，便被提为住院总医师，以后又按常规接任一年。所以，1933—1935年，他连续做了两年住院总医师。

妇产科住院总医师的职责是管全科病人和各级住院医师。当主治医师不在科内时，全科临床上的一切事务，住院总医师都得管，病房里病人有什么事，住院总医师解决不了，才去找主治医师或主任。所以，住院总医师担负的责任重大。林崧担任住院总医师以后，每天晚上7点准时不误地坐在办公桌前的椅子上（这把椅子是马士敦教授送给他的）给主任打电话，汇报全科病人的情况。马士敦教授很赞赏他，说他做事特别认真负责。

协和医院的妇科和产科是合并的。产科病人住在三楼，妇科病人住在二楼。住院医师在这两个病房轮换，每次三个月。但是住院总医师对两个病房都要统管。因此，每天上班以后，林崧楼上楼下跑个不停。医院各项制度之严格是出了名的，按规定，病人的血、尿、粪便三大常规检验要求住院大夫亲自动手做，所以住院总医师的工作头绪特别多，工作也特别累。那时，林崧床头有一部电话，晚上电话铃一响，随手可接，如果有急重病人，就得赶快到病房去，有时为了难产病人的接生，两三夜不睡觉是常有的事；如果能在电话里解决，就不必再起来，通过在电话里处理一下，搁下电话马上就又睡着了，可见当时是多么疲劳。有一次，他为了忙一个重病号，连续三夜没有睡觉，坐在厕所的马桶上休克了，后来被人发现，马上报告科里及家属才被人急救过来。还有一次，林崧患了一种病，一时查不出病因，只是每天体温达到40℃，就是不退烧。正巧协和医院里有一位工友在三个月以前也患了这种病，后来好了。经院内医师诊断，需要从那位工友身上抽出300CC的血给他才行。由于林崧平时与上下级关系相处较融洽，工友说："是给林大夫抽血吗？我同意。"注射这300CC血以后，一个星期左右病就好了，给工友钱也不要，使林崧非常感动，后来他又买了300CC血浆给工友补上。

林崧担任两年住院总医师的生活真是辛苦劳累，但也正是这种严格的训练，使他在以后的几十年中能够自如地应付繁重的临床工作。另外，协和是全国有名的大医院，各地的疑难病症都送到协和来求治，作为住院总医师，使他在处理不少疑难病例中，医术受到锻炼，能力得到提高。

在协和医院妇产科做过住院总医师的，除了林崧担任了两年以外，大多是一年的。其中第一位女性住院总医师林巧稚是著名的妇产科专家，也是妇产科的中国同事中职位最高的一位。林崧和林巧稚大夫有"五同"的巧合，即同姓、同乡（都是福建省人）、同学、同科、同事。在旧中国封建势力十分强大的情况下，她作为一个女子能取得那样的成就，是我国妇产科医学界的楷模。

林崧和林巧稚大夫在协和妇产科共事几年，无论是在临床方面还是科研方面，彼此真诚合作、互补长短，关系相处很好。1942年春，协和医院被迫关闭以后，林巧稚留在北平中央医院工作，林崧来到天津，虽然分手了，但彼此仍然保持着联系。

为妇产科病理学奠基

林崧做完住院总医师以后，就留在妇产科做助教。当时，妇产科的一个分支——妇产科病理学在全世界尚处于刚刚发展的时期。由于林崧在妇产科的临床实践和病理方面刻苦钻研，做出了一些成绩，于是妇产科主任推荐他去德国进修，主要是学习妇产科病理学专业。当时世界上有名的妇产科病理学专家都是德国人。1936年，林崧去了德国三个地方：基尔和莱比锡，导师是罗伯特·施罗德；在柏林时，导师是罗伯特·迈耶。两位罗伯特都是世界著名的学者，也是公认的妇产科病理学的始祖。林崧趁这次出国机会又转道去了英国，在国际知名的妇产科专家詹姆斯·一杨和维克多·伯内所在的英国妇产科进修学院专攻妇产科学。之后，又到加拿大和美国等地参观考察了著名的妇产科医院和研究中心，了解当时妇产科研究发展的最新成就，开阔了眼界，丰富了学识，这些对于林崧后来从事妇产科病理学研究帮助很大，不仅提高了业务水平，也是更新知识的良好机会。

林崧在国外学习一年多，1937年夏天乘船回国，在天津下船后，转道回到阔别多年的老家福建探亲。这时，卢沟桥事变爆发了，他被阻在家乡一个多月，又辗转到香港，打算在香港搭英轮到天津。在香港时，听说马士敦主任已经卸任要回美国去了，并将路经香港作短期逗留。林崧很想再见马主任一面，由于时间没约好，他赶到马士敦在山上的寓所时，马主任已于当天早上乘船走了，错过了机会，没能见成。

林崧返回北平时，还有一段意外的插曲：七七事变后，北平沦陷，但协和因是美国人办的，暂时还没受到什么威胁。刚到天津时，协和派个"日本通"到天津码头接他时，被告知已被日本的谍报机关盯了梢，原来他们错把林崧当成袁世凯家中的什么人了。林回到北平之后，没敢贸然回家，而是住在麦克维教授家里，每天早上和麦大夫一起去协和医院上班，过了一个多月，警报才解除。

林崧从国外进修回来，被协和医学院教授委员会聘为副教授兼任妇产科主治医师，并继续在协和医院妇产科工作。麦克维教授也是从事妇产科病理学的，他来中国之前，刚从欧洲学习完回到美国霍普金斯医院不久，他在德国也是拜著名的妇产科病理学家施罗德和迈耶为师，因此麦克维很看重林崧。从那时起，他俩就一同开展妇产科病理学的工作。这项工作当时不仅在协和是首创，在国内也可以说是首创。

以前，协和医院与其他各国医院一样，没有将妇产科病理学作为独立的学科，有关病理的问题都是放在医院总的病理科中去处理。但是常常出现这样的问题：有的病症，专门做病理的人不好做出最后判断。例如：子宫颈长了东西，一般病理大夫只从片子上看，确定不了是否癌变，但又不敢轻易否定，往往就"宁过而不及"；而妇科临床大夫如果会看病理的话，一边看片子，一边看病人，就比较容易做出正确判断，决定做不做手术。

20 世纪 30 年代左右，国际上开始提倡临床和病理相结合，成为新的潮流。国际上一些比较大的医院里，妇产科病理学都逐渐作为一门独立的分支，从总的病理科中分离出来。林崧和麦克维在协和医院从事妇产科病理学时，没有完全照搬国外的经验，没有建立独立的妇产科病理学室，而是采取了与病理科合作的办法，即有病理标本还是请他们做，除病理科统一的标号外，妇产科病理学还有一个专门的标号。病理报告由林崧和麦克维做出两份来。一份由病理科保存，一份留在妇产科，所以当时凡是有关妇产科的病埋报告都有两份可查。这种做法是既分又不分，既合又不合，两科从不闹矛盾。多年以来，林崧对学生讲课时，还是向他们推荐这种做法，他认为这样做很符合中国的实际。

扎根天津发展妇产科

1941 年 12 月 8 日太平洋战争爆发，侵占北平的日本人占领了协和医学院，把主持院务的美国人遣送回国，还解聘了协和医学院所有的教职员工，迫使在校任教的中国教师、教授丢掉了高尚的职务而失业。他们陆续离开协和医学院，有的去了内地，一部分留在北平另谋出路，协和医学院被迫关闭了。

林崧和内科专家卞万年、肿瘤专家金显宅、泌尿科专家施锡恩、骨科专家方先之等一行二十多人来到天津。

初到天津，人生地疏，在住房、供养七口之家的生活上都有不少困难。幸亏在他来天津之前，协和医院有一位职工知道林崧去天津安家在经济上有些困难，主动借给他 3000 元。到天津以后，一位私人开业的李伯衡大夫也借给他 1000 元，才使他渡过了暂时的难关。起初，林崧自己开业行医，后来与协和医院的同仁卞万年、曾昭德、施锡恩、金显宅、卞学鉴、林必锦等同时到由一位基督教徒陈善理开办的私人诊所——恩光医院去工作，由卞万年任院长。他们除了保持原有的妇产科之外，又新增设了内科、外科、儿科、泌尿科、耳鼻喉科和口腔科。院址在今成都道与河北路交口处的一座小楼内。

不久，恩光医院原创办人陈善理因年事已高而退出，由协和医院转来的这几位专家出资接过来成为一家合股经营的医院。那时，同来天津的协和医院同仁方先之、柯应夔、邓家栋、张纪正等人则组成了天和医院（院址在马场道西头），取"天津的协和医院"的意思。

恩光、天和两医院的创建与扩展，给天津输送来一批达到国际水平的名医。他们的医术高明，各地前来就诊的人很多，逐渐有了名望。这些名医们除了在医院内执业外，还到其他医院兼职。林崧就曾在天津第二私立医院、水阁医院等处担任顾问，还在陆军医科学院兼任妇产科教学工作，也经常到教会办的妇婴医院义务行医。

当年，来到恩光医院的专家们都把医院当作自己的事业，每人出资5000元，作为办院基金，只能投入，不能抽出，也不分红。每月只领各自的诊费来维持生活，而把挂号、住院、药品等各项收入全部作为医院的发展基金。专家们还实行集体治院、分工负责的管理办法，除医疗工作外，还兼行政职务。卞万年兼院长、金显宅兼财务、卞学鉴兼药房、施锡恩兼设备、林崧兼后勤、陈路得兼护理。这样做，既省人力、物力，又利于资金的积累。所以，用开办两三年所积累的钱，医院就又买下一所房子作为住院部（现在成都道曙光电影院旁），原来的地点改为门诊部。

1948年天津解放前夕，有些人由于对共产党不了解，劝林崧带着全家到海外去谋生，甚至帮他把全家离津的船票都买好了，催他早下决断。但是林崧怎么也不愿意离开祖国，虽然他知道国外的医院有的比我国的要先进得多，也有他的老师、学友，但那不是自己的祖国。因此，他对亲友们说："我从事医疗事业是为了救国，不仅仅是为了谋生，而科学救国的理想只有在祖国才能实现。"就在离开船只有两小时的时候，还有人给他打电话，催他和全家立即动身。林崧终于谢绝了亲友的好意，作废了船票，毅然地留了下来，和广大爱国知识分子一起迎来了祖国的新生。

1949 年中华人民共和国成立，为我国科学事业的发展开拓了广阔的前景，也为广大知识分子发挥聪明才智、献身科技事业创造了良好的工作环境和条件。从此，林崧以激动兴奋的心情，更加忘我地工作，愿以全部精力致力于祖国医学科学研究事业。

1952 年，在天津创办水阁医院的著名女妇产科医生丁懋英出走英国。次年，天津市卫生局把水阁医院改建为妇幼保健院，任命林崧为第一任院长，并兼顾恩光医院的医疗工作。在中央卫生部的支持下，林崧在天津市参与并建立了第一个妇幼医疗保健网的工作，把医疗工作和群众工作结合起来，使妇幼保健事业迈出了新步伐。1953 年，天津市卫生局筹建天津市中心妇产科医院时，林崧与柯应夔、杨柯、俞霭峰等被聘到该医院任轮流值班大夫。此外，林崧还担任过市邮电医院、中纺医院、第三医院和解放军 254 医院妇产科顾问。1956 年，天津市工商业公私合营时，林崧与恩光医院其他专家们放弃了私人开业，将恩光医院全部动产与不动产无偿上交给国家，全体医师、职工由国家妥善安排。天津市卫生局根据市委指示精神，将天和、恩光两座私立医院合并到各公立医院。纺织医院、邮电医院也被合并进去。林崧被安排到天津市第一中心医院任妇产科主任，他一直工作了几十年没有离开临床第一线。

林崧和原在恩光医院的妇产科医生充实到市立第一中心医院以后，陆续开展了难度较大的妇科大手术，如子宫全切除、女性外阴广泛切除、各种剖宫产、肿瘤切除、卵巢囊肿切除等。妇产科的临床工作异常繁重而劳累，不管白天黑夜，不论节假日，产妇在 24 小时内随时有生产的可能。一接到通知，林崧就即时准备上手术台为产妇做手术，有时一上手术台就是几小时甚至十多小时，但是为了解除病人痛苦，他不顾自己体弱多病，也要忘我地为患者服务。此外，他还注意年轻医生技术水平的提高，除了完成医疗本职工作，还要抽时间给临床大夫讲课。每 4 个月，作为学员的临床大夫就要轮换一次。他采取一看、二带、三包、四放的做法，把自己的医术无保留地教给年轻医生。比如，病人需要做剖宫产时，有的年轻大夫认为自己已经会做了，不大重视，但是他尽量找病例亲手做示范给他们看，边做边讲，要求他们在手术中要达到稳、准、轻、细。缝合时，手要轻稳，使伤口上的针码细致、均匀，整齐好看、合乎标准，不发生破伤风或感染，减少事故的发生。

林崧还坚持每周查房制度。值班大夫要按规定事先把病历记录、患者的主要 X 光片及有关的病理切片等都要准备好。在查房当中，如果发现有病历写得不合格、化验单不完全等，他就对值班大夫提出严格的批评，毫不客气。因而有的年轻大夫在查房时心情较紧张，怕他挑毛病。但是他们也认为"严师出高徒"，严格的批评对他们有好处，更能促进自己诊断水平的提高，学会鉴别疾病及提出治疗的意见。因此，大家对林大夫不但没有怨言，反而有助于师生之间的团结。

林崧在繁忙的妇产科临床工作中，还经常关注国内外妇产科研究的新动向、新发展、新成果，及时吸收一些先进的医疗技术用于自己的临床实践。对于一些危险性大、难度高的手术，他也敢于探索和实践，努力使天津的妇产科医疗水平保持在国内外的相应水平上。

林崧从医疗实践中体会到：临床工作必须与病理工作相结合，这样既能提高临床的诊治水平，又能促进病理学的发展。我国妇产科病理学在新中国成立前是空白状况，天津也如此。过去，各医院只有大病理科（综合各科的），这个科的大夫大多没有做过临床，随着医学科学的发展，必须走向专科病理，俗称小病理（专科的），妇产科也不例外。林崧在协和医学院学妇产科的同时也学病理学，受到国际病理学名家的亲自指导，为他的职业生涯打下了良好的基础。

从那时起，林崧即与妇产科病理学结下了不解之缘。他从工作的切身体会中，强调妇产科的临床大夫必须懂病理，根据病理切片表现出来的症状、体征，才能有把握做出判断，这是相辅相成的。临床与病理要密切结合，否则，手术前判断不准确，手术后也不好治，影响治疗效果。不懂病理的大夫就做不好临床大夫。

因此，自 20 世纪 50 年代初，林崧就把在天津及全国范围内建立和开展妇产科病理学这项工作作为自己的中心任务与努力方向。开始，他在天津市第一中心医院妇产科和天津市中心妇产科医院分别建立病理室，抽调人员，添置设备，建立一套工作秩序，花费了不少心血和力量。

1953 年，天津中心妇产科医院病理室刚建立时，只有专职人员兰文奎一人，林崧每天晚上要来病理室看病理切片。他的胃部做过手术，有时胃痛，就抱着热水玻璃瓶暖暖胃，坚持看切片，从不间断。该医院妇产科陈有仲大夫也常来和他一起看切片，连续有两三年之久。为了培养这方面的人才，他认为从有临床经验的医生中抽出来从事病理学工作，是很合适的。于是他决定挑选陈有仲大夫到病理室充实力量，他们合作得很好。1956 年以后，由于林崧承担的工作任务多了，就正式调陈有仲大夫为中心妇产科医院病理室主任，有时他还不断地去那里协助她看切片，指导她工作。

倾注心血培养接班人

为了在天津及全国内开展妇产科病理学这项新兴的事业，他除了做好临床工作外，还用相当多的时间与精力进行讲学、办学习班，以传授知识和培养后继人才。

1958 年，根据天津市卫生局指示精神，市中心妇产科医院筹办了几期妇产科医师进修班，每期的学员都要来病理室学习三个月，由林崧主持讲课，陈有仲大夫做辅导。后来又办了一次高级妇产科医师进修班，有包括柯应夔、杨柯、俞霭峰等妇产科专家前来讲课，林崧讲有关妇产科病理学方面的课程，再由陈有仲大夫接着讲，后来她在病理学上也获得了一定的成就。

在讲学方面，林崧从 20 世纪 50 年代起，曾先后在河北医学院、天津医学院、天津第二医学院等学府担任妇产科教授，进行专业的教学工作。"文革"以后，他曾多次应邀到全国各地讲学，远至广西、甘肃、青海、内蒙古等边远地区，足迹遍布大江南北二十几个省区。

20 世纪 80 年代中，林崧已近 80 岁高龄，但他仍拿出精力，专心致力于开办天津市和全国性的妇产科临床医师病理学习班工作。1982 年至 1983 年在天津办了两期；1984 年至 1985 年受卫生部委托，又在天津办了一期全国妇产科临床医师病理学习班，每期 10 个月，学员来自东北、西安等地，每期近 20 人。班上虽然配备了陈有仲大夫为辅导老师，可是他还是尽力担任主讲。在讲课中，他对学员循循善诱，把他自己的经验和体会毫无保留地教给他们。尽管他年事已高，可是一上课就来劲头了，讲话声音也洪亮了，有时上午能坚持连续讲 3 小时的课。他还亲自给学员放幻灯、看切片，总想让学员多学些东西、多受益。讲课的地点原在市一中心医院，有一段时间因修房而搬到天津市医学院第二附属医院。路较远，常常没有车接送，他只好安步当车，来回步行去讲课，学员们很感动，师生相处甚亲近。进修班结束之前，他请学员们到他家话别，大家依依不舍。学员们回到各地以后，仍经常和他联系，研讨一些难症及科研等问题。在林崧家里放置有显微镜等检验仪器，天津市或全国的病理同行们时常找他来看病理切片或请他参加会诊，他总是随来随看，不耽搁病理诊断，也受到同行们的赞誉。这种无私的帮助一直延续到他 90 岁高龄以后。

林崧治学严谨，在培养青年医师方面尽心尽力，诲人不倦。在讲授病理学时，他对学生倾注了全身心血，开始就教给他们如何做好切片，做好标本，更要保护好标本，以便提高病理学的价值，这是研究病理的依据。他个人对标本爱之如命，不允许别人乱拿乱借。

由于多年从事这一工作，他积累了比较丰富的经验，认为熟悉病理切片，对判断病情就有了把握。比如在卵巢肿瘤病理分类上，各家有各家的说法，他自己有独到之见，他把这些专门知识传授给学生们，鼓励他们能有所创新。

林教授为我国妇产科病理学的产生、发展和推广起到了重要作用。经过他培养的学生已是桃李满天下了，我国不少著名妇产科专家、教授都曾经受过他的指点和教诲，加上他们自己的努力，分别在世界各地担任妇产科专家，成为知名学者，并且是当地妇产科临床、科研、教学方面的骨干，广有建树，成绩斐然。比如，在天津的有陈有仲、黄桂荣（可惜死于1976年天津地震灾害中）、潘纪琳、宋时等；江西有傅兴生等。其中，除了陈有仲曾任天津市中心妇产科医院病理室主任，并经常替林崧辅导讲课以外，宋时也曾任市一中心医院妇产科主任。宋时医师年轻有为，勤奋好学，基础理论也扎实，林崧尽力培养她。除了学习业务知识，又鼓励她不断提高外语水平，多阅读国外医学动态资料，并着手练习翻译外文资料，给《国外医学文摘》妇产科分册投稿。有时他用英文写好有关妇产科的论述，由宋时医师翻译后再给该刊物寄去，大多被采用发表了，她从一位作者，进而被聘为这份刊物的编委、副主编（不脱产）。这些年，她又把1956年以后毕业的新手陆续培养出来了。她在病理学方面也做出了一些成绩。1986年，市一中心医院妇产科接生了一例三胞胎，一个是活胎，两个是死胎，这个胎盘中本来是三胎，由于其中一个胎儿把供应另两个胎儿的血管堵塞了，被压成像两张纸一样的死胎。她当时正在学习胎盘，便把死胎做成标本，拍成彩色照片，由林崧写了有关文章一并寄给美国专搞胎盘学的妇产科病理学家勃尼斯基博士。后来，勃尼斯基博士写来回信，非常感谢他们为他提供这份世界上稀有的标本照片资料，在科学交流上林崧做了一件有意义的工作。

和林崧一起工作过的中青年医生谈起林老的为人，都对他非常敬佩。一位周大夫满怀深情地回忆说："我刚分配到市一中心妇产科病理室时，主任（林崧）就为我找了好多书，并指导我怎样读。他一旦有了好书，就立刻拿到科里让大家看。有一次，我需用一本书，无意中跟主任讲了。他立即说：'正好昨天作者送了我一本，你先拿去看'。以后，我去主任家还书，他说，'先放你那，我用时再去你那取。'我们有了疑难问题向他请教，他总是十分认真仔细地回答，从不敷衍，从无保留。"

作为妇产科专家、一级教授，他平易近人，对病人、对学生都是虚怀若谷、以诚相待，他在人们心中是一位可尊敬的长者。

林崧满腔爱国之情、报国之心，倾注在妇产科医学事业中。他以精湛的医术、高尚的医德，挽救了无数产妇的生命。1963年，中央卫生部给林崧发了专家证书，不规定退休年限，永远享受专家荣誉和待遇。

"文革"浩劫凛然挺立

就在林崧正值盛年，事业上大器将成的黄金时代，"文革"开始了，这场灾难给林崧带来的巨大损失是难以估计的。

林崧作为"资产阶级反动学术权威"被"打倒"了，"靠边站"，书自然也写不成了。幸好的是，他平时与群众关系相处较好，对病人不分贫富等级，不计较报酬，本着人道主义精神，只要病人有求于他，他总是尽力诊治；对医疗人员，也是赤诚相待，不摆架子，不以专家而高傲自居，大家都喜欢和他接近，亲密合作。林崧从事妇产科病理学多年，收集并积累了大量的典型病例和资料。其中，积累的病理切片成千上万，过去大多由雷爱德大夫协助他拍下不少病理切片的照片，极为珍贵。"文化大革命"期间，林家财物被洗劫一空，面对预料之中的灾难，林崧没有为之落泪。然而，当他多年辛苦积累的资料手稿、切片、X光片等被"造反派"们当作废纸一样地恣意乱扔乱丢，一生积累的珍稀邮票（有些已经是绝版的）统统被投入火堆中焚烧时，他痛心地落泪了。火舌舔舐着邮票，也烧着林崧的心。

灾难升级了，他全家被扫地出门了。他的妻子被赶出门时，脚下只穿着一双拖鞋。面对这场史无前例的灾难，林崧气愤极了，他拍脑门对妻子说："让他们抄吧！我这里的东西谁也抄不走！"妻子点了点头，她为丈夫难过，可又感到宽慰："林崧没有绝望，他还想着工作！"不久，他就被调离妇产科工作岗位，去干扫地、倒垃圾的体力活儿。林崧对家里人说："天塌下来，也不用着急。"这种遭到重大挫折仍能泰然自若的精神，表现了林崧豁达、开阔的胸怀。也正是这种风度，使他挺过了那腥风血雨的日子，并且尽最大可能继续从事妇产科病理学习研究工作。他坚信爱国无罪、知识无罪，总有一天，颠倒过去的一切会重新颠倒过来。

愿为千万妇女造福

改革开放后的 1981 年 3 月，林崧利用工作间隙，与夫人同去香港探亲。那时，他的一个儿子、一个女儿均在香港。到香港以后，当地的亲友们都劝他俩留在香港或移居美国，认为以他个人的名望，在学术和事业上会有更大的发展。可是他始终没有答应。三个月的假期很快过去了，还有一些老朋友、老同学需要拜访。为此，他又申请延长留港三个月。这时，天津医务界某些人竟谣传说：林崧不会回来了，林崧要到美国去定居了……

林崧从香港回来以后，有人问他：你为什么放着优裕的生活条件和工作环境不去，而要回到天津来？他回答说："在国外，无论我走到哪里，人们都知道我是中国人。我就是把外国建设成天堂，那里也不会承认是我的功劳，人们充其量认为我不过是个好的帮工，如果中国没有建设好，人们就会认为我也有一份没有尽到的责任，所以，与其到别的国家当帮工，不如和祖国人民在一起共忧患、共奋斗、共欢乐。"

林崧放弃了亲友诚邀赴国外发展的机会，他拥护中国共产党，积极参加社会主义建设，他不断地以自己的才能和智慧，更加热情地投入妇产科这项为千万妇女造福的医疗事业中去。根据林崧教授多年从事妇产科临床、教学及病理学方面的科研工作所获得的业绩，他曾被选任中华医学会妇产科分会理事，天津妇产科学会主任委员，《中华妇产科杂志》编委，《国外医学文摘》妇产科分册编委。他出席过历届妇产科学年会，发表过有关妇产科临床实践病理研究的论文，其中特别是有关妇女恶性肿瘤和卵巢肿瘤的分类，受到国内外妇产科病理学研究部门的重视和关注。

过去，全国妇产科学会中只有肿瘤小组，他曾向学会呼吁：鉴于妇产科病理学也是一门相当重要的部门，建议再成立一个"病理小组"，后来这个倡议得以实现了。

在林崧从事妇产科工作六十多年中，经他亲手接生的孩子数不清有多少，总有一两万个了吧！有的已是两代人了，晚年时，他走在街上，常常遇到这样的陌生人问他："林教授，您还记得吗？我就是您接生的。"林崧已经无法记住他迎接过上万名婴儿的降临，他唯一能记住的是每一位产妇脸上那疲惫又欣慰的笑容，迎接新生命的工作给他带来无限的乐趣。

经过林崧治疗的各种病症的妇女也是无数的。1934年，张学良将军的夫人于凤至在协和医院住院，就是林崧协助美国伊斯门襄教授为她做的手术，于凤至十分感激他们，她曾送给林崧一只银表和一个银杯作为纪念，可惜"文革"中被抄走，从此不知下落。

就在林崧已是80多岁的耄耋老人时，仍不断有病人从各地寻访他来求医问药。有一次，林崧因发高烧住了一个多月的医院，刚出院，身体还很虚弱时，就接待了几位素不相识的不速之客。

他们来自山西农村，老农的儿媳妇当年27岁，结婚五六年了，子宫不断出血，月经失调，一直不能怀孕。许多大医院都去过了，医生的结论是一致的：必须摘掉子宫。这个结论对于求孙心切的老人来说实在是太残酷了。绝望之中，他们打听到了林崧教授的住处，前来求助。

林崧二话没说，请当时任妇产科主任、他的大儿子林永熙赶快为患者联系住院。凡是婚后没有生育过子女的患者，林崧都主张观察一段，尽量保留子宫。这次，他同样亲自为病人看片子，提出治疗方案，指导临床。不久，病人出院了，再不久，病人家属从山西来信说，那个妇女怀孕了，并千恩万谢地说林教授是他们全家的大恩人。

20世纪90年代初，邓颖超同志来天津视察，在会见政协委员时对林崧说："你为中国妇女服务，是继林巧稚教授之后最好的妇科医生，我感激你，全国妇女感激你！"

林崧以自己多年从事妇产科的宝贵经验，对许多严重危害妇女和儿童的疾病进行过大量的研究并取得了卓越成就。他是国内妇产科的先驱者和领路人之一。半个多世纪以来，他为我国的妇幼保健、妇科疾病的研究和临床方面所做出的成绩，医学界给予了他很高的评价。在林崧教授80岁寿辰的时候，天津市一中心医院妇产科的同仁以及他的学生们集资赠送一座林崧本人的半身塑像，以留作纪念。林崧收到这件具有极高价值、富有深刻意义的宝贵礼物以后，很受感动。他当即表示：愿为他所热爱的妇产科和病理学事业奋斗终身，多做成绩以报答祖国和人民。

古稀之年著书立说

"文革"以后，林崧教授已是古稀之年，临床做得少了，但病理工作却始终没有停止。他决心在他有生之年，一定要把有关妇产科病理学论著编写出来。从20世纪70年代中期，他不顾自己年老体衰，着手把五十多年从事妇产科临床实践及病理学研究的丰富经验总结出来。过去丢失的资料、文稿、标本、切片得重新积累和查找，他常常为查找某些资料和弄清病案而半夜起床，有时忘记了星期日和假日的休息。他除了参加《病理产科学》《中国实用肿瘤学》等教科书的编著工作外，集中精力撰写《妇产科病理学》这本书。经过6年的艰苦努力，终于完稿。1982年，当林巧稚大夫闻知他正在写这本书时，十分高兴，欣然为该书写了序言。她在序言中写道："作为妇产科学和病理科的一门专业学科，妇产科病理学随之兴起。当前我国一些医院在这方面已经开展了工作，但还不够普遍，亟待推广。……可以期望，本书的出版对我国妇产科的研究、临床和病理的结合，对妇产科及病理科医生的学习，将起到重要的促进作用和参考价值。"这是她留给林崧的最后的也是最珍贵的纪念。

《妇产科病理学》共分 10 章、86 节、80 万字，还附有病历、照片 800 余幅。按外阴、阴道、宫颈、宫内膜、宫体、胎盘、卵巢、输卵管等解剖系统的疾病分类，对各器官的异常、病理情况，包括先天性畸形、炎症、肿瘤及其他疾病等进行了系统全面地论述。书中既有充足的理论根据，又有病理学的例证，而且突出了临床与病理形态学的联系，也把诊断和治疗密切结合起来。较之国外同类专著如〔美〕Foxetal：《Patno Logy for Gynaecologiste》及〔美〕Dougherey：《Snrglical Pathology of Gynaecologyic disease》等，要更实际些。当时在亚洲范围内，只有林崧教授一人出版过妇产科病理学方面的著作。此外，本书既有他个人的心得和体会，又引用了国内外最新资料和文献近两百篇，融经验和文献于一体，为有志于妇产科病理学研究者提供了大量的参考资料。专家们对此书给予较高的评价，认为：书中突出了临床与病理学的新理论、新经验、新进展，是一部学术水平很高的专业书，同时也是一部难得的临床与病理综合性高、实用性强的高级参考书。

这本作为我国妇产科病理学第一部较完整的临床与病理相结合的专业论著，它的出版为我国病理学填补了一项空白。

遗憾的是，这本书稿完成之后，还没有来得及早早出版，林崧却被卷进了一场恼人的诉讼纠纷。原来，天津市第一中心医院为保留老年知识分子的财富，帮助林崧实现多年来的著书夙愿，从 1976 年起，就曾组织有关医师、技师协助林崧完成《妇产科病理学》的著述。当书稿已完成并准备交给天津科技出版社出版时，林崧才偕夫人于 1981 年 3 月赴香港探亲。一位协助林崧工作过的医务人员以为林崧再不会回天津了，便在该书的署名上发难，他擅自在书稿封面上将林崧编著改为他本人与林崧并列为这部著作的编著者，而且他的名字还放在林崧的前面。林崧回天津后就发现了，遂提出异议，该医务人员不服，向法院提起诉讼。几经波折，法院调查了数百人。后来，天津高院作出了公正的判决：《妇产科病理学》的著作权属于林崧。

林崧收到法院的判决书以后，感慨万千地说："这是我有生以来第一次打'官司'，我的'官司'得到了公正的判决，说明了我国的民主与法治日趋健全，我打这场'官司'既不图名也不为利，为的是维护医学道德。"

由于这场著作权官司历时3年，使此书推迟了出版时间，可以告慰的是此书虽然几经波折，距开始著作已历时10年之久，终于由天津科技出版社于1986年出版了，初版5600册，每册售价30多元，很快售缺。林将所得的3000余元稿费，1000余元给予协助他撰写工作的同志们，其他的2000余元全部用于购买此书共100册，送给有关单位、基层医生和图书室。当他收到一些边远地区的医生写来求购此书的信件后，便亲自为这些医生无偿寄书，遇到有人出差时，就托人给外地的医生带去，那位医生收到书时，既惊奇又感动。该书出版后，在国内外引起强烈反响，并连续获得了四个大奖。1987年7月17日，该书荣获第一届中国图书荣誉奖和1986年度北方十省市优秀科技图书一等奖；1988年10月，荣获第四届全国优秀科技图书一等奖；1991年1月，荣获天津市1986－1989年度优秀科技图书特等奖，评委会给林崧颁发了奖状和奖金。

《妇产科病理学》自1986年出版以来，至今已经有十余年了，在一段时间内代表了我国妇产科病理发展的先进水平，作者在书中提出的一些独到见解，在这十余年的发展中得到国外学术界的认同与印证。该书不仅有助于广大病理工作者提高妇产科病理的理论水平，帮助病理大夫解决临床外科检查中遇到的实际问题，也为妇产科临床大夫学习病理提供了捷径，这是林崧教授给后人留下的一笔巨大的精神财富。

治家教子后继有人

林崧有个美满和睦的家庭。他与同乡一位姑娘余性樨经亲戚撮合，于1926年结婚。余性樨在中学毕业以后没有继续升学，一生也没有正式参加过工作，但她在治理家务、教育子女方面，花费了毕生的精力。他们对子女教育是严慈相结合，让孩子们从小就具有良好的品德和生活习惯，懂文明礼貌，勤俭节约。由于他的夫人操持家务精心，把家庭秩序安排得井井有条，也给林崧减去不少后顾之忧，使他不用过多地为家务事和教育子女而分心，这对于他专心致志地搞医疗和科研事业，都有莫大的帮助。

在林老的带动和陶冶下，他的子女也在国内外医学界有所成就，全家三代人中就有七人从事医务工作，其中：长子林永熙曾任天津市一中心医院妇产科主任，长媳程俊芝曾任天津中心妇产科医院院长，二子林永平在天津医学情报站担任医学摄影，四子林永杰在香港伊丽莎白医院任外科医生，现侨居在加拿大，孙女林婉君在天津中心妇产科医院任妇科主任等。

荣获金奖的集邮家

林崧的贡献与成就是多方面的。他曾历任全国政协第五、六、七届委员，天津市政协第一至七届委员，天津市第九、十届人大常委会委员。

林崧作为著名的医学家，他一生中最大的业余爱好就是集邮。在中华全国集邮联合会第一次代表大会上，林崧当选常务理事会理事。天津集邮协会成立后，他任副会长及常务理事会理事。他是一位有着六十多年邮龄的集邮专家，从1936年就开始集邮，收集范围包括清代、民国、解放区及新中国各个时期的邮票，收藏颇丰。由于他顽强的毅力和无比的热情，使得一些珍罕的解放区邮票得以保

215

存。从 1984 年开始，他代表中国陆续参加过西班牙、意大利、保加利亚等几次国际性的集邮展览。之后，他的华北解放区和华东解放区邮集多次参加了国家、国际和世界邮展，分别获得了国际性的大金奖、金奖、镀金奖。其中华北解放区邮集在 1999 年中国世界邮展上荣获金奖，为国家和天津市争得了荣誉。1989 年他还举办过个人邮展。

林崧教授于 1999 年 12 月 6 日 22 时 51 分因病医治无效在天津逝世，享年 95 岁。

林崧教授一生为人正直，高风亮节，生性淡泊，不计较个人得失，与世无争。他对同志、对病人、对集邮朋友都是以诚相待、平易近人，从不以医学专家和集邮前辈而自居，赢得了众人的尊敬与爱戴。他以严谨的治学态度，毕生为妇产科病理学的献身精神及所建立的功勋，永远成为我国医学界的楷模。

为了悼念林崧教授，在他去世 10 天之后，天津市集邮协会、天津市集邮公司特发行纪念封一枚，以资纪念这位 20 世纪杰出的妇产科专家、妇产科病理学的奠基人，以及集邮老专家。

参考资料：

1. 林崧：《从事妇产科病理学的六十个春秋》（《天津文史资料选辑》第 62 辑，张树藩、于素芝整理）。

2. 清圆：《妇产科奠基人林崧》（《津沽名医列传》，百花文艺出版社出版）。

资料提供者：

1. 林永熙：林崧之长子，天津市一中心医院原妇产科主任。

2. 周奕琳：现任天津市第一中心医院病理室主任。

（《近代天津十二大名医》，天津市政协文史资料委员会编，天津人民出版社，2002 年 8 月）

无私奉献耳鼻喉科的"硬骨头"——林必锦

　　林必锦教授是我国著名的耳鼻咽喉头颈外科专家。他医术精湛，科研成就硕果累累，他以自己高深的医术解除了无数耳鼻喉患者的疾苦，并为之奉献了一生的精力。可是让人难以想到，这样一位名望颇高的医学界老前辈、老专家，他的求学之路却布满荆棘，道路非常坎坷。

　　林老的亲朋好友都称他是"硬骨头林必锦"。

林必锦

以"硬骨头"精神在磨难中求学

　　1911年农历十一月十二日，林必锦出生于福建省永泰县嵩口镇一个世代书香、但已没落的大家庭中，他的父母都以种菜为生，家境贫寒，劳苦终日不得一饱。7岁那年，父亲送他进了一所私塾读书。可是他每天早晨要先帮着家里挑担卖菜，卖完菜才能进学堂里去念书。林必锦兄弟姐妹共6人，他9岁那年父亲不幸病逝，紧接着三个哥哥也一个接一个地夭折了。可怜的姐姐不得已给人家做了

217

童养媳。一个八口之家，短短几年的时间，只剩下母亲、必锦和小弟弟。母子三人相依为命，尝尽人间辛酸苦痛，更遭族亲欺凌，逼迫他母亲改嫁，以侵占祖辈留下的一点点遗产。这种遭遇在他那幼小的心灵中产生了一个强烈的心愿：发奋读书上进，出人头地，日后能为母亲扬眉吐气。

1919年秋天，林必锦的家乡遭到匪劫，私塾的先生们都跑到邻近的土堡里避难。林必锦一家和乡民一起也纷纷逃到基督教堂避难。于是，他就在教会办的小学校读书了。林必锦学习很刻苦，成绩总是名列前茅，很受牧师校长器重。上高小时，有一天校长告诉他："学校准备保送你到县城的教会学校去读书。"林必锦听后高兴之余又想到家里没有钱供他去县里上学呀！回家后，林必锦将这件事告诉给母亲，没想到母亲很开明，说要克服一切困难，支持他去求学。

于是，他从农村转到县城的格致学校学习。这是一所教会办的学校，校长是美国人，当校长知道林必锦的经济状况后，本不打算接收，但看到他的学习成绩全优，就破格收留了。虽然可以免交学费，但条件是每天放学后要到校长家做工。林必锦答应了，那年他才12岁。

林必锦每天按时到校长家做工。他自己先在食堂吃完饭再去伺候校长全家吃饭。每天三顿饭，校长全家围着餐桌坐好了，他就把一道道菜端上来，看着人家吃完了，再一趟趟把碗碟端回去，然后赶紧跑到学校去上课。课余时间，他不能和同学们一起欢笑打球，他要去校长家打工，夜晚别人入睡后，他还要读书学习。

林必锦上中学时，虽然家里很穷，经济上不能与那些纨绔子弟们相比，但他在学生中的威信是很高的。他不仅学习好，还是学校青年会会长和"勉力会"会长，有着惊人的组织力和号召力。1925年，全国学生青年会分区开会，林必锦代表本校到上海开会。那时他对会议内容虽不理解，但是第一次从乡间来到繁华的大城市，开了眼界，长了不少见识，使他读书上进的意志更加坚强，决心努力学科学，将来当个什么"家"。

4 年过去了，林必锦顺利地完成了初中学业，各科成绩都在 90 分以上。毕业考试以后，全优学生的大红榜上只有一名学生，就是林必锦。

初中毕业典礼以后，林多锦却在为没有经济能力读高中而发愁。这时，那位美国校长找到他，对他说，"林必锦，我很欣赏你的聪明，你是有才华的学生，我准备送你到神学院学习，一切费用由我们全包，这个神学院各方面都是一流的，将来成为我们的一名传教士，你看怎么样？"从小学到中学，林必锦都是在教会学校读书，由于成绩优良，外国校长一直想把他培养成一个传教士。林必锦向来不信上帝，他亲眼看到自己母亲那样的虔诚，上帝也没有拯救他们这个苦难的小家。林必锦以"不！我要学科学，学真本领"而毫不犹疑地拒绝了，校长以"如果不去神学院，那么以后读高中的一切费用就不负责了"来要挟他不成，就失望地走了。

林必锦背着简单的行李回到家中，他为失学痛苦了好多天。母亲最了解他的心思，偷偷地卖掉家里仅有的一点儿田地，东借西凑了几十元，鼓励他继续读书。于是，林必锦背着竹篓又一次告别母亲，离开家乡到福州去读高中了。

来到福州的格致中学，因为学习成绩优秀，林必锦被予以免去学费，但吃饭仍是难题。到第二学期时，学校发给他贷助金，并且在一位好心的教务长的举荐下，林必锦每天下课后到学校图书馆当管理员。晚上，再做家庭教师，为那些小学、初中的学生补习功课，所获报酬可以补助伙食费及生活杂用。夜晚回到学校以后，还要把自己这一天学的功课复习一遍。他每天都要比同龄人少睡三分之一的觉。

1928 年，学校遭遇火灾。这时林必锦已读到高中二年级了，他只好转入英华高中越级插入三年级毕业班学习，当年夏天就毕业了。尽管这样，他的学习成绩还是名列前茅。

林必锦在高中读书时，从高中一年级就分文科与理科，他选学了理科。高中毕业后，他也想投考外地高等院校，只因经济困难，连出门报考的路费也没有，所以就近报考福建协和大学，并求人写介绍信要求在校半工半读。考试完了以后，暑期在家，白天他帮助母亲干活，晚上开始自学，争分夺秒地攻读。他知道自己的实力，他相信自己能考上大学。

因为村里没有邮递员，他让学校把通知书寄到永泰县教堂他的一个叔叔那里。他一直焦急地等待着通知书的到来，眼看快到开学的日期了，还是杳无音信。有人劝他留在家中种地，或到县城教书，但都没有动摇他读书的愿望。他筹划先去南洋打几年苦工，挣钱回来再读书。母亲理解儿子的决心，没有阻拦，目送他离开家乡并为他祈祷。林必锦当天走进永泰县的教堂，去向叔叔告别。这位当牧师的叔叔见到他以后，才想起曾代他收到过一封信，以为是无关紧要的信就放在一边了。林必锦接过来一看，不由得惊呆了。这正是他望眼欲穿的学校寄来的录取通知书呀！寄来已经有一个多月了。信中允许他半工半读。林必锦真是喜出望外，取消了南洋之行，直奔福建协和大学。这是他迈出人生的重大一步，他没想到这坎坷的学习路程后面更加艰难。

带着一身泥土气的林必锦风尘仆仆地赶到福建协和大学报到。当他站在教务长斯科特面前时，这位美国人上下打量他半天才说："你就是林必锦？"其实教务长早已从中学校长那里了解了林必锦的情况，就让他报了到，并帮助他找到了半工半读的工作。

那时福建协和大学离城里有 30 里路，该校没有邮政代办所，林必锦作为代办所的邮递员，不仅为本校师生邮信，还负责周围村庄信件的投递。林必锦半日读书，半日负责邮政代办所工作。由于工作时间与上理化课时间冲突，所以除数学课外，所有自然学科课程都无法选修。下午也没时间做实验。他的意向已决定从事科学工作，而今偏偏不能选读此类课程，内心非常痛苦，精神烦乱不安。林必锦虽然又一次得到了学习深造的机会，可是真难呀！他在一篇作文中曾写道："在这贵族式的社会里，哪有我受教育的机会呢？我的求学生活是尝不到甜蜜的滋味的……"一年结束后，教务长发现林必锦确实是一位人才，学校决定在第二年不再叫他去邮政代办所工作，可以全部时间上课，并选定物理课为主课。

1929 年，林必锦在学校里收到他弟弟的来信。信中告知他，初中已毕业并考入了福州英华中学，但因经济困难无法入学。他知道英华中学是福州最好的中学，全福州只收了两名考生，其中就有他弟弟，实在难得。弟弟求助于他，他也没有钱，心里非常矛盾。他请求教会给予帮助，可是教会的人回答："你不要管弟弟，你弟弟受革命影响，对学校措施不满，参与学潮，把县中学闹得都停办了。洋人对他不满，让他半工半读自己找个'饭碗'算了。"协和大学的洋人教务长还给林必锦写信说，你自己有权利受教育，不要为你弟弟做那样的牺牲。并警告他：若不听劝告，以后你上学需要经济援助时，就不再为你想办法了。林必锦和教会闹翻了，他拒绝了教务长的劝告，宁愿自己牺牲学业，也要成全弟弟升学英华。倔强的林必锦决定休学到英华中学任教，这样，弟弟也就能到英华上学了。

一年来，林必锦奋力地工作，他在英华中学教书一年，业余时间又担任校内补习班工作，挣钱供弟弟读书。当收入可供弟弟两年之费用，遂于 1930 年又回到协和大学续学。教务长面对这样一个倔强的年轻人，终于同意恢复了他的学籍。他仍选物理为主课。

林必锦重返协和大学以后，其经济方面由一位洋教授为之筹划，条件是课余之际为他做秘书工作。这位教授是担任宗教课的，当林必锦读一年级时，有一次校内工人做礼拜，请林必锦讲演，这位教授听了以后对他非常欣赏，会后曾约他在校园附近风景区长谈，意思想培养他往宗教学方面发展。可是林必锦对宗教始终不感兴趣，这位教授所开的宗教课，他从来也没有选读过。为这位教授做秘书工作，只是为了解决自己经济困难增加收入而已。

福建协和大学是个综合大学，规模虽不算大，但教学工作认真踏实，人才辈出。林必锦在该校选学物理为主课，第二学年时，教物理课的教授为一位英国人，他不管学生程度高低，总是讲量子学说，不问学生能否接受。加上林必锦对物理学总感到未学得入门，

221

也未激起他的兴趣。为此，他决心改学医学，要为改变祖国"东亚病夫"的蔑称而尽自己微薄的力量，以此为自己一生追求的目标。新学期注册时，教务长（中国人）对林必锦说，学医年限长，并问他经济有无把握？他说，经济一点儿把握也没有，但是他还是要改主课。于是到第三学年就改修医预科为主课。

在其后两年的大学生活中，尽管宗教教育系的教授对他帮助很大，总想能把他培养成一个合格的传教士，但他一直没选修过教授的课程，他完全靠自己的劳动挣钱维持自己和弟弟的生活。林必锦就是这样的硬骨头性格：他认准的道路，拼命也要走到底。

福建协和大学是北京协和医学院在全国挑选设有医学预科的十几所大学之一。医预科规定有必修课程，学生学完这些课方可报考北京协和医学院。林必锦改学医预科虽然在经济上无把握，但决意要学，并作为自己一生的志愿。他刻苦读书学习的行为感动了医预科主任（兼化学系主任），这位教授亲自向北京协和医学院交涉，给林必锦申请助学金，协和医学院破格批给林必锦每年350块大洋的助学金。从此，他更专心读书，课余不参加任何活动，更不去参加宗教活动。

进入全国医学最高学府

北京协和医学院具有世界一流教育水平，是全国医学界最有声望的学校。当时人们都说：一个有北京协和医学院学位的医生，肯定能在这一行中出人头地。只要看看这个学校毕业的知名大夫遍布全国，就会知道这样说是有根据的。

1933年，林必锦从福建协和大学毕业以后，获理学学士学位，又以优异的成绩于同年考入北京协和医学院。那年秋天，林必锦身穿蓝布大褂、脚蹬黑布鞋、背着竹篓来到北京协和医学院报到时，门房对这位年轻人上下打量，反复细致盘问后才放他进入学校大门。他在校一切费用都依靠学校贷款与助学金。有了助学金，林必锦的学习条件好多了，住房也是单间，他可以安心攻读医学了。他每天上午上课，下午做实验，做人体解剖……

没过两年，林必锦的弟弟林必宜又考上了清华大学。弟弟经常来他这里，有时还带几个同学到他宿舍高谈阔论。他爱弟弟，所以每当弟弟和同学谈话时，为了不影响他们，他就主动让开，自己找个地方读书去了。他们兄弟俩虽然一样聪明好学，但走的却是两条道路，一位是专心攻读医学，一位是全身心地投入革命事业。他俩争论过多次，但思想一直没有统一。

七七事变后，国民党对北京各大学控制更严了，弟弟的会议经常在哥哥的宿舍里开，因为这所学校是外国人办的，专心读书的多，不问政治的多，所以国民党政府对这所大学的控制较松。

在一个大雪天的傍晚，林必宜踏着积雪急匆匆地来找哥哥，兄弟俩在房间里谈了许久许久，从来不认输的林必锦终于被弟弟说服了。

第二天，一辆美国人开的小汽车顺利地开进火车站。汽车里坐着的正是身穿协和医学院校服的林必锦和他的弟弟。在国民党封锁极严的情况下，只有这样才能出北京城。林必锦把弟弟顺利地送往革命的根据地——延安。后来在弟弟的回信中，他才知道原来弟弟早已是中共地下党员。

经过4年寒窗苦读，勤奋好学的林必锦终于在北京协和医学院毕业并获得医学博士学位。同年7月，他被留在校医院工作，任外科医师、协和医学院助教。不久，他与一位贤惠、聪明、漂亮的女大学生黄端彬结婚，开始了他们的新生活。

林必锦作为一个生长在农村的赤贫孩子，获得教育机遇，继而进入高等学府，并获得博士学位，原来他早在青年时代就以鲁迅的一段话作为座右铭写在日记里。"鲁迅先生讲得好，希望是本无所谓有，无所谓无的。这正如地上的路，其实地上本没有路，走的人多了，也便成了路。我要向环境、命运和一切宣战，我要奋斗，成功的时候要奋斗，失败的时候更要努力奋斗，牢记：失意是得意的征兆，失败是成功的母亲。"

林必锦就是以硬骨头的精神从小学、中学再到大学，虽经历之路极为曲折和坎坷，却以惊人的毅力克服种种困难和压力，勇于拼搏，终于成功。他自己的体会是："一个人只要立下志愿，确定了方向，勤学苦练，奋发自强，向困难和命运宣战，总会达到目的的。"

林必锦的业余爱好之一就是爬山运动，逢山必登，登山必达顶。有一次他因事外出路过泰安，坚持要住下，第二天清晨就来到泰山脚下开始登山。他不畏艰苦地登，过了"十八盘""回马岭"，经过几个小时的攀登，终于到了日观峰，实现了"会当凌绝顶"的愿望。林必锦还登过五台山、峨眉山、黄山、庐山……他常说："登山能锻炼人的意志，越是在高山峻岭、悬崖峭壁面前，我越要登上去，战胜它。"

纵观林必锦奋发求学、从事医学工作的顽强精神和他的爱好极为相似。他就是这种类型的性格："只要是他认准的道路，拼命也要走到底。"真是"逢山必登，登山必达顶"的硬骨头精神啊。

从事耳鼻咽头颈专业

两年以后，协和医院将林必锦从外科调到耳鼻喉科工作。他每天在医院做完临床工作以后，晚间就在实验室进行颅骨解剖实习，除鼻及鼻窦外，特别注意颞骨解剖、乳窦标志、中耳三个听骨排列位置、三个半规管、耳蜗及前庭互相关系、面神经走形等，绘出图形，保留标本。林必锦每晚解剖到 11 点才回家。在珍珠港事件后，日军侵占协和，他将这些标本都带了出来，一直放在身边保留着，作为临床参考之用，为病人做手术时起了很大作用。林必锦认为其后自己研读文献，开展新手术，如半规开窗、面神经减压及喉切除发声重建等，都是在协和医院外科、耳鼻喉科等专业几年训练的基础上，继续学习研究而完成的。协和医院在临床工作方面有几项严格的制度和工作方法，一直作为日后工作的借鉴。包括：

1. 病房巡诊

住院医生对住院病人全天 24 小时负责，随叫随到，一天一般巡视两次，主治医师巡视病人每天至少一次。各专业组查房和全科查房，各每周一次。查房由教授或讲师主持，实习医生报告病历，住院医生讲述治疗经过，主治医生概括补充后，大家讨论。重点病例则作重点讨论，有的病例事先需搜集资料，提出讨论提纲，将图表挂在墙上，细致描述，阐明理论。这对掌握病理，丰富临床工作经验，大有裨益。

2. 疗效统计会

该院外科疗效统计会是统计各病种、各种治疗效果及并发症的会议，每月开一次，全科人员参加，出现并发症的，由手术主持人说明原因，接受批评建议。对某些差错严肃批评，不讲情面，有时争论十分激烈。出现医疗事故的责任者，如任期已满，就不再聘任，纪律严明。

3. 住院医师学术座谈会

住院医生和实习医生，除临床工作外，还注意学习技术。每周一次学术座谈会，由住院总医师分给每个人一个题目，根据各自接触的病种，找文献了解病因机转及治疗原则，写综述，作专题报告。这对提高医疗质量，培养青年医生，很有好处。林必锦对这种学术座谈会印象极深，离开协和后，他仍遵循这种方法，继续学习研究。他到天津工作以后，天津早年没有医学图书馆，他就托朋友到协和医学院图书馆代借书刊，摘录笔记，两周归还，以此为开展诊断治疗和手术提供参考。这种理论联系实际的学习方法，对每位医师医术的提高很有帮助。1941 年 12 月 8 日，珍珠港事件后日军占领北京协和医院，次年 1 月 31 日，协和医院关闭，全部职工被迫离去。2 月间，林必锦与林剑朋医师到阜城门外中央医院（即今北京医科大学人民医院），找该院院长宋元凯联系转院工作，林剑朋到妇产科工作，林必锦受命筹办耳鼻喉科，开设门诊，收受住院病人，做手术等，护理部门由天主教修女负责。不久，协和医院放射科谢志光教授，由林必锦介绍也来此工作。他们开始在中央医院工作时，除了医院提供午餐外，没有谈到报酬。

以后，钟惠澜教授率协和医院一部分医护人员接办中央医院，扩展业务。钟教授任院长兼内科主任，谢志光教授主持放射科，林巧稚教授主持妇产科，外科、耳鼻喉科合并，司徒展医师负责外科，林必锦负责耳鼻喉科。两科住院医师轮流值班。当时共同工作的还有曾宪九、冯传汉、吴阶平等医师。大家团结共事，非常和谐，如同在协和时期一样。

耳鼻喉科每天上午查病房及手术，下午门诊，夜间还有急诊，病种多种多样，比较常见的有食道和气管异物。有一例耳源性颅内并发症，患者有耳流脓病史，当时检查鼓膜未见穿孔，诊断有不同意见，但外耳道后上壁肿突下陷，遂决定手术，术中有大量脓溢出，结果顺利。此例表明，检查要细致，才能做出正确诊断，处理得当，才有好效果。还有一例耳源性侧窦周围炎，手术后发烧不退，查房时一位实习医生认为可能是斑疹伤寒，经过血清检查及内科会诊，证实他的诊断正确。因此，林必锦对青年医生的意见更加重视。

从1942年2月至1943年12月，林必锦在中央医院创办耳鼻喉科并任主任，该科从无到有，从小到大，处理病种广泛，工作顺利，颇孚众望，他总是顺利地完成各项工作任务。

林必锦自从被迫离开协和医院，曾希望不久打败日寇，协和复校，他就可以重返工作，再求深造。但是他在中央医院为薪金制职工，日军侵华时期，货币贬值，物价波动，民不聊生。他那微薄的收入难以维持一家的生计，家庭负担重，度日困难，不得已辞职来到天津。

1944年，林必锦来到天津以后，被聘到聚集协和医院知名医生较多的恩光医院工作。此外，也定时在由外国人开办的马大夫医院会诊，是为了能够为更多的病人服务。同时，他仍不忘读书上进，借阅各种医学书刊，钻研新技术。

许身耳鼻喉医学

中华人民共和国成立后，正是林必锦风华正茂，医术达到高峰的时代。他的行医收入完全可以使自己的小家庭生活得更好，完全可以沉浸在幸福的生活之中。可是林必锦想的不是金钱，因为他从小立志就是以医学拯救人类的生命。

因此，天津马大夫医院由国家接管后，改名为人民医院，林必锦继续在这里工作，并将主要精力倾注于这所医院。1953年，天津市人民政府人事局聘林必锦为人民医院耳鼻喉科主任，天津医学院聘请他任教授。

新中国刚成立，一切都要从零开始。那时，医院的医疗设备也是极其简陋的，没有基本的检查设施，条件极端艰苦。在医生少、病人多的情况下，这个科只有三位医生，病床却从6张增加到30张，工作十分紧张：上午7点到11点做手术，11点到下午4点看门诊，夜间还有急诊。他们还要传授进修的医生，每周安排一个晚间，有其他医院医生来人民医院进修业务。当时，林必锦的工作相当辛苦，他一天的工作时间是早7时直到晚11时，安排得满满的。日复一日，月复一月，尽管妻子每天都做好饭菜等着他，但林医生常常不能按时吃饭，结果患了比较严重的胃病。

有一次，晚上11时过了，林必锦才面色苍白、疲惫不堪地回家，妻子劝他要注意身体：人是肉长的，不是铁打的……林必锦笑笑对妻子说："事业总是伴随着辛勤的劳动，艰苦的探索。法国小说家莫泊桑不是说过：'一个人以学术许身，便再没有权利同普通人一样生活'。"妻子深深地理解了丈夫：他之所以刻苦地学习，顽强地拼搏，不正是为了这些患者吗！

那天晚上林医生只吃了一小碗汤面，还要自学一会儿德语，很晚才睡觉。第二天早晨，他又出现在手术台前。

20世纪50年代初期，林医生对耳鼻喉患者开展的手术日益广

227

泛，他还大胆地使用了当时的新医术，如食道化学烧伤（一般是吞服火碱或硫酸所致），就用橄榄探引线扩张治疗；再有就是用内耳开窗术治疗耳硬化症。这种手术于 20 世纪 30 年代在美国就已盛行，我国开展较晚，还是由林必锦在 50 年代开始施行，效果良好。

有一次，一个患耳硬化症的病人来到医院，痛苦地恳求医生为他解除病苦。林医生诊断后，认为病人需要做内耳开窗手术。可是简陋的医院，根本不具备做这种手术的条件。

"硬骨头林必锦"这个绰号真是名不虚传，他硬是收下了这位病人。当时他虽然对耳鼻喉疾病已具有较高超的医术，但是没有手术机械怎么办？林必锦也犯难了。"没有条件也要想办法干"，这是林必锦一贯的主张。于是他改造机械。没有电钻，他找来一台破旧的牙科钻；没有放大镜，就用镜片代替；没有测听器，就用音叉做检查……林医生克服重重困难，大胆摸索，终于成功地完成了内耳开窗手术，解除了患者多年的痛苦。患者只是重复着一句话："谢谢大夫，谢谢大夫。"

1956 年，天津的医院进行调整，成立了市第一中心医院，卫生局调林必锦到该院任耳鼻喉科主任。1957 年，该科迁马场道，设 8 间手术室，80 多张病床。当时上面曾打算要林必锦筹建一所耳鼻喉专科医院。他认为耳鼻喉科在第一中心这样的综合医院里，各科会诊较方便，耳鼻喉科医生去其他科会诊，也可以学到各种知识，丰富经验，借此可培养全面的医生，遂没有筹建。

市第一中心医院耳鼻喉科的病人不仅为天津一地的患者，还有全国各地，特别是河北省、东北各地的患者前来投医，手术开展更为广泛。在林必锦主持下，当时该科进行了许多全国领先的手术，包括有：

1. 上颌骨截除治疗上颌窦癌，为解决术后瘢痕挛缩引起面颊塌陷畸形，影响咀嚼，安置义齿腭托。这种手术在我国为首创。

2. 以喉切除与颈淋巴清扫同期进行治疗喉癌。此术较单纯喉切除的优点是，可以防止癌瘤的淋巴转移扩散。此术也是该科在全国首创。当年一喉癌患者来自东北农村，1957 年经该科进行此术，20年后追踪查访，他仍健在。

3. 1977 年开展了"喉全切除，气管食道吻合，应用硅胶管发声重建术"。喉切除为治疗喉癌的主要方法，但因术后患者不能发声，为致残性手术。该科从 20 世纪 50 年代开始以黏膜管连接食管，70年代又进行气管、食管吻合术发言重建，应用硅橡胶管插入黏膜管，对管腔起支柱作用，只需用手指掩盖气管套管口，就能说话自如，发言成功率达 70%。这种手术在 1981 年天津科委、卫生局召开的鉴定会上，经全国各地耳鼻喉科专家评为达到国家水平，1982 年被评为天津市优秀科技二等奖。

4. 特别值得介绍的是由林必锦医生开创的颞骨切除术，治疗中耳乳突癌。这种病几十年来都采用乳突根治术及放射治疗，效果不够理想。

1965 年的一天，林医生在门诊看病时发现一个罕见的病例，确诊为中耳乳突癌，必须做颞骨切除术。这是他从医以来没有做过的手术。有人劝他："这种手术风险太大，你是名医，若手术不成功，有损你的名望和声誉。"但是林必锦决心自己亲自做这个难度极大的手术。

林必锦用极大的精力先投入到手术的设计上，确定了最佳的方案，然后又到天津医学院解剖教研室做尸体解剖试验，每一个步骤都详细地记录下来，手术试验成功了。他还将试验结果给同事们看，让大家提意见。

颞骨是头颅两侧靠近耳朵的部分，做颞骨切除术离大脑太近，不能有丝毫的差错，手术如果失败，病人会有生命危险。为了慎重，林必锦还请来了他的好友、著名脑系科专家赵以成大夫协助手术。

手术开始以后，只见林医生在手术台前用最快、最准确的动作忙碌着，只有医生与护士相互交换手术器械的动作和刀、剪相碰的声音。时间在一秒秒地流逝，林医生头上浸出了汗水，湿透了帽子、衬衣……

手术从早晨做到下午，共用了 7 个小时，终于成功了，大家同时松了一口气。当助手们要为病人缝合伤口时，林医生没有同意，因为颞骨切除后，常常会造成永久性面瘫，他还要解决病人的面瘫问题。接着，他又熟练地做了面神经和副神经吻合术。整整 8 个小时，手术终于宣告成功，这个合并手术也是国际文献上没有见过的。7 个月以后，患者来复诊，他的面瘫也基本治愈了。

此外，在林必锦亲自主持下，该科进行的颅面联合切除术治疗筛窦癌瘤、下咽癌颈段食管癌切除、胃咽吻合等手术，在全国也都属于领先地位。

把医术送到群众中去

林必锦不仅医术高明，更注重医德。他积极响应党提出的"走出医院大门，为缺医少药的农村服务"的号召，身为著名专家多次带头下厂下乡。他先后参加过抗美援朝的救护工作，还参加了海河医疗队、郊区医疗队、内蒙古医疗队等。他经常披星戴月出诊，为当地农民治病。

有一次下乡期间，晚上天空正下着小雪，一位年轻的小伙子向林医生来求救，他老婆生小孩有危险啦。林必锦是耳鼻喉医生，但是在没有妇产科医生的情况下，他怎能回绝而造成产妇死亡呢？本着人道主义精神，紧急抢救病人要紧。他毅然跟那位年轻人赶了七十多里路，顾不上休息，就迅速戴上消毒手套，在土炕上铺上消毒单，为胎盘滞留长达十多个小时的产妇挽回了垂危的生命。

患者得救了，濒死的生命转危为安，产妇安详地躺在炕上。她的丈夫激动得热泪直流，紧紧地握住林必锦的手说："感谢党派来的好医生，是您救了我们全家呀！"

在内蒙古医疗队期间，一次外出几十里给农民看病，马惊了，前蹄腾空，把不会骑马的林医生摔下来，造成两根肋骨骨折，但他依然坚持工作。1976 年天津地震期间，他曾半个多月不回家，吃住在医院抢救伤病人员。此外，林必锦还曾被国务院委派至南也门等第三世界国家，为这些国家的总统和高级官员进行治疗，博得各国好评，并受到周总理的赞许。

建研究所、著书育人

林必锦教授从事耳鼻喉专业技术工作的五十余年间，分别在国内外期刊发表论文两百多篇，曾参与《百科肿瘤》《中华医学百科全书》《耳鼻喉科肿瘤》等书的编写工作。林必锦教授作为第一中心医院耳鼻喉科及天津市耳鼻喉科的创始人，数十年来培养造就了大批耳鼻喉科专业人才，发展了耳鼻喉科专业队伍。他从1957年开始培养进修生，1972年正式开办耳鼻喉科进修班，他毫不保留地把自己几十年的临床经验传授给年轻一代。据不完全统计，培养进修人员两百余人，遍布全国29个省、自治区、直辖市，可谓"桃李满天下"，为我国和天津市耳鼻喉科医师队伍不断壮大做出了杰出的贡献。

天津市第一中心医院于1978年5月经市卫生局同意，成立了耳鼻喉科研究室，在临床与科研方面取得了一定成绩。耳鼻喉专科病理室也于1981年启用，担负耳鼻喉科临床病检工作，并且率先在天津开展了全喉石蜡大切片病理检查。几年来，业务不断扩大，取得许多成绩。耳科实验室胡广艾医师发明的电子前庭获国家发明专利，并获发明银牌奖；头颈外科研究室能进行各种疑难手术；嗓音研究室也增添了先进仪器设备。总之，该院的耳鼻喉科研究室，人员、设备、成果等都具备了相当的基础。1989年，天津市卫生局批准第一中心医院建立耳鼻喉科研究所，林必锦任所长、名誉所长。这个研究所的建立，使该院的耳鼻咽喉头颈科在科学研究方面促进了我国医学科学的发展，其中林老付出的心血功不可没，人民会永远纪念他的。

党和人民永远怀念他

林必锦教授热爱自己从事的耳鼻咽喉头颈外科专业，毕生勤奋，无私奉献，在医学科研工作中处处领先带头探索和实践。当他已届80岁高龄，已是一位耄耋老人了，仍没有考虑退出工作岗位去享受安逸的生活，而是每天上午8时仍准时上班，还持手术刀参加一些手术工作……

有人问林老："您的工作劲头为何这么大？"他会笑着说："自从1953年加入中国共产党起，我就把自己紧紧地与党的事业与发展医学事业连在一起了。"他热爱党、热爱社会主义，他坚决拥护党的路线、方针、政策，一心一意跟党走。1964年起，他自动放弃专家的工资补贴。由于林必锦教授在我国耳鼻咽喉头颈外科方面的卓越建树和杰出奉献，国家和人民也给予他崇高的荣誉。他历任九三学社天津市委员、天津市人大代表、天津市人民委员会委员、河北省人大代表、天津市政协第六届至第八届委员、中华医学会天津分会副会长、中华医学会耳鼻喉学会常务委员、天津市第一中心医院党委委员、天津耳鼻喉科分会副主任委员、生物医学工程天津分会理事。1958年，他被评为市级劳模，曾先后6次被评为优秀共产党员，被选为局级一等先进工作者。1989年9月，他被天津市科学技术委员会授予优秀科技工作者称号。1992年获伯乐奖。为首批获得国务院政府特殊津贴的专家。

林必锦教授因患气管淀粉样变性症，于1996年6月30日12时37分逝世，享年85岁。

大津市第一中心医院在为林必锦教授召开的追悼会上，对他光辉的一生作了极高的评价：

"林必锦教授为人谦虚谨慎、虚怀若谷、从不居功自傲。对待工作严肃认真，一丝不苟；对技术精益求精，不断进取，勇于创新，活到老学到老；对病人如亲人，从不收受礼品和额外报酬；对待学生；对待下级医师严格要求，严谨治学，循循善诱；对待同志热情真挚，坚持真理敢讲真话。多年来他亲自指导科室的科研、教学和临床工作，直到八十高龄仍坚持工作在医疗和科研第一线。他只求奉献，不思索取，以'春蚕到死丝方尽'的无私奉献精神为祖国的四化大业，为我国和天津市的耳鼻咽喉头颈科专业贡献了自己的毕生精力。他不愧为一名优秀的共产党员，他以自己光辉的一生为后人树立了楷模。"

参考资料：

1. 林必锦：《从医半世纪的回顾》（《天津文史资料选辑》第56辑）。

2. 琚宝荣：《登山必达顶》（《津沽名医列传》》，百花文艺出版社）。

提供资料者：

1. 林孝玉：林必锦教授的大女儿，现任天津儿童保健所主任医师。

2. 马元煦：现任天津市第一中心医院耳鼻科副主任医师。

（《近代天津十二大名医》天津市政协文史资料委员会编，天津人民出版社，2002年8月）

中国肿瘤医学之父——金显宅

从朝鲜来到中国

1903 年，朝鲜被日本帝国主义吞并，1904 年，金显宅出生在朝鲜汉城。他一到人间就是个可悲的亡国奴。

金显宅的父亲名叫金泰相，母亲名叫车泰恩，家境不富裕，只有几间简陋的住房。金泰相在类似中国私塾的学校教过书，曾在釜山一个道（相当于我国的县）做过小官。日本吞并朝鲜后，他回到汉城，与弟金泰和（金显宅之叔）经营一个药材铺，有时也做批发生意。金泰相是基督徒，做过长老会执事、长老，金显宅 6 岁入教会小学读书。当时，日本侵略者规定，学校上课一律采用日文。金显宅年虽幼小，但对这种亡国的惨痛忍受不了。金泰相有爱国心，他们在家照样说朝鲜话，他还教子女们学朝鲜文和汉字。

金显宅上学很用功，成绩很好。由于日本统治者不许学生学朝鲜文，激起朝鲜人民的极大愤慨。学校高班的同学让金显宅帮助他们散发抗日爱国传单，他勇敢地接过传单，干得非常起劲。父亲知道后说他做得对，教育他从幼年立志，要爱祖国。1916 年，金显宅的大哥金显国在汉城医学专科学校毕业以后当了大夫，嫂子闵孝淑做护理工作，他们经友人协助，到中国的张家口清河桥下开了一所小医院。金显宅父亲用儿子从张家口寄来的钱陆续买了些土地，后来成了汉城有名的地主。

1917年，金显宅考入教会办的培才高等普通中学。读了两年半，赶上1919年第一次世界大战结束，朝鲜要求独立，金显宅参加了游行示威，日本统治者出动骑兵镇压，学校也停了课。金显宅的父亲对他说："你在朝鲜待不下去了，到中国去找出路吧！"6月间，金显宅在一位做药材买卖的老人帮助下，混过了鸭绿江日军设岗的关卡，到安东（今丹东）只住一夜，就直奔张家口。那年他才15岁。

大哥大嫂原准备送金显宅去苏联念书。因为那时流亡在外的朝鲜青年都向往世界上第一个无产阶级专政的国家。由于要陪他去的人不幸遇害，去苏联的打算落空了。大哥叫他学英语，准备考中国的学校。当年张家口赐儿山下住有一位叫赫尔斯特的美国妇女（金显宅1937年去美国时还见到了她），金显宅就跟她学英语。1920年，他的英语有了一定基础，大哥送他去上海考学。他想学造船，想朝鲜独立后回国造船，因病误了交通大学附中的考期，才改为报考沪江大学附中。金显宅在这所学校学习得很好，成绩一直是优等。1923年毕业后，被保送直接升入沪江大学。该大学没有工科，金就上了医预科。学校是教会办的，校规很严，他每天只知用心读书，课余也参加体育活动。每学年学费50～60元，伙食费每月6元，金显宅很简朴，经常穿着一袭长袍。由于他各门课都学得很好，每年都得奖学金，为校方所重视。当时，上海有个朝鲜独立党在活动，并成立了"朝鲜临时政府"，总统是李承晚，金显宅大哥的朋友金奎植是教育部部长。他们叫金显宅参加独立党领导下的"兴士团"。这些朝鲜青年定期聚会，相互鼓励学好干好本行，一旦朝鲜独立，好回国效力。金显宅更坚定了抗日救国的决心，为了抗日救国必须学到真本领。

1926年，金显宅以优异成绩考入北京协和医学院。因为他是沪江大学第一批考上协和的，沪江校方决定每年给他100元的奖学金，直到毕业，以资鼓励。金显宅到协和医学院又以优异成绩考取了奖学金，每年也是 100 元，这一来，等于免费上学了。大哥也常资助他，使他顺利地读完了大学课程，于 1931 年在北京协和医学院毕业，由美国纽约州立医科大学授予医学博士学位（当时协和医学院不是独立的学校，是美国纽约州立医科大学的分校）。金显宅毕业后做了 3 年外科住院医师之后，按规定应去做外科住院总医师他未去，金显宅就直接晋升为外科主任医师了。

1933 年，协和医学院创办肿瘤科。外科主任劳克斯问金显宅愿意不愿意去肿瘤科。开始，他不大愿意。劳克斯说："学校选你去不是随便决定的，这是对你的优待。"金显宅才欣然应允。从此，他为建立中国第一个肿瘤科而兢兢业业地工作。

也就是在 1933 年，金显宅和燕京大学家政系高材生吴佩球结婚了。他们的结合也是经过一番周折的。吴出身名门望族，在 20 世纪 30 年代，金只是个小大夫，又是流亡的朝鲜人，吴家不会接受这样"不体面"的女婿。可是，吴佩球坚持不让步，最后和家里闹僵了，以致他们的婚礼上，一个吴家的人也没有。婚后，吴把头发挽起了小髻，到协和医院社会部工作，以示独立，不求娘家。这在金、吴五十多年的共同生活中，可以说是一段佳话。金显宅在事业上的成就，与吴佩球的全力支持是分不开的。从 1937 年至 1941 年，金显宅在协和医学院和医院先后任外科、肿瘤科助教和讲师，外科副教授，肿瘤科主任等。

协和医学院为培养人才，每年有计划地派遣一些已有 3～5 年工作经验的优秀青年医师、教师和护士到欧美各国进修深造，费用由学院负担，一般为期 1—2 年，期满返校继续工作。金显宅曾于 1937 年 7 月至 1939 年 10 月由协和医学院选派出国留学，但对他留学的时间没有限制。他从 1937 年至 1938 年远渡重洋去美国纽约曼哈顿区纪念医院，进修肿瘤学（包括病理、放疗和肿瘤外科），1938 年至 1939 年在美国芝加哥肿瘤研究所继续进修。这两处都是全美有名的肿瘤研究中心。1939 年 3 月至 10 月他又去英、法、比、德、丹麦、瑞典、瑞士、意大利等 8 个国家的肿瘤中心进行考察，有时边考察边讲学。他的才华与本领给各国同行留下深刻的印象。美国的研究机构曾以优厚的待遇聘请他留下工作。但是，金显宅为了生身的祖国朝鲜和养育他的第二祖国中国，他谢绝了美国的邀请，回到了北平。

不做第二次亡国奴

1939年10月，金显宅回到北平时，抗日战争已进入全面相持阶段。他刚赴美不久，1937年冬，他父亲患肝病，母亲中风，二位老人相继去世。金显宅曾于20年代加入过中国国籍（1950年以后根据《中华人民共和国归化人法》，他又重新办理了加入中国籍的手续）。父母均不在了，他也不想再回朝鲜了。他记得大哥常教育自己说："一个人干什么事业，就要努力干得出人头地。"他回到协和医院继续工作，后被院方提升为副教授，分配他一栋小楼房居住，月工资为300美元。有了这样优越的条件，他白天努力工作，晚上还要去做动物实验、写论文等。尽管当时日寇已侵占了中国，他却认为协和医院是个超然的天地，打算潜心搞自己的肿瘤专业，一辈子不离开协和，以期有所成就。

不料，1941年12月，太平洋战争爆发，日本对美国宣战。1942年2月，协和医院被日寇强行占领并封锁，医院只好关闭了，全体教职员工都被解雇。金显宅对日本帝国主义本来就有旧恨，想不到来中国后又要第二次做亡国奴，心中气愤至极。他不但丢掉了较高的职务而失业，生活也成了问题。当时，教授、专家们为了生计都各谋出路。有的去抗战大后方，有的回自己的故乡，有的到天津来开业，或经当地士绅募集资金办起了小型医院。金显宅是应协和老同学卞万年、方先之等教授的邀请，于1942年来到天津恩光医院挂牌行医的。这个医院原来是一位姓张的资本家（基督教徒）经营的，在这里行医的大夫们只收门诊费和手术费。后来，医生们认为不合理，就由卞万年、卞学鉴、林景奎、王志宜、关颂凯、方先之、金

237

显宅 7 位教授凑了 2 万余元将这个医院盘接过来。因为医院还要增添设备，资金不足，就有几位天津的资本家参加进来成立了董事会，由朱继圣（仁立毛纺厂经理）任董事长。医院的财产由董事会管理，医生们的收入还是靠门诊费和手术费。金显宅在恩光医院任外科、瘤科主任。

1945 年 3 月初，有个叫金春琪的朝鲜商人找到金显宅说："日本侵略军有的已经撤到秦皇岛，他们缺军医，想征用你当军医……"金显宅没有搭理。过了几天，又有个姓金的病人，是个资本家，他也来告诉金显宅说，听说日军要征用金当军医。这下子金显宅可吓坏了，回家和吴佩球商量，说什么也不能给日本人当军医，要想法跑开才行。当时，金显宅的孩子有个同学，家长姓刘，住在民园体育场附近，给金显宅介绍了他的姐夫张某。张某自称在徐州有个面粉厂，能和内地（指重庆国民党政府）做买卖，表示可以帮助他去内地。吴佩球还专门为此事去北平见到张某，他介绍情况说，可以带他们到徐州附近一个叫界首的地方，过了界首，就是所谓的"自由区"了。他还让他们把钱交给他，到内地后找他的店铺再取钱。于是，金显宅和妻子收拾好东西，每人只提了一个皮包，领着两个孩子，不敢让任何人知道，只告诉家中佣人说是去上海办事。他们把价值四五万伪联银币的黄金交给了张某，就悄悄地跟他去徐州。在徐州住了半个月，张某说，河南一带正在打仗，去不了，他让金显宅一家人回去。他们又回到天津。张某和介绍人刘某都找不见了，钱也被他们骗去了，后来一直不知这两个人的下落。由于日本帝国主义侵略中国，使金显宅的全家受到了颠沛流离的痛苦。几个月以后，日本帝国主义终于宣布无条件投降。

二次赴美深造

238

金显宅第一次去美国留学时，有一位医学教授柯特乐（Cutler）是他的导师。柯特乐很器重他，留学期结束时就要求金显宅留在美国和他一起工作。那时金显宅想，尽管这位教授本人对我很好，但总感觉美国人对黄种人（亚洲人）是看不起的，我不能给美国人干一辈子，不如回中国以后努力干上一番事业。因此，他拒绝了。日本投降后，柯特乐托人打听他的情况，辗转打听到他在天津。遂托人给驻天津的美国领事写信，请代为寻找，并要求找到以后，设法帮助他到美国来。有一次，金显宅因去当时称为国际俱乐部（现名天津干部俱乐部）的地方参加舞会，遇到了这位领事，领事当时就把柯特乐的信给金显宅看，问他是否同意去美国？他表示同意，美国领事就替他办出国手续，费用只有三百多美元。

美国领事还给他联系了乘坐美国军用飞机去夏威夷。金显宅又自筹了八百多美元，于 1945 年 11 月由天津直达夏威夷，后又乘船到了旧金山，再去芝加哥，在美国芝加哥大学比林氏附属医院肿瘤外科和芝加哥肿瘤研究所做研究生，每年有 3600 美元的奖学金。1947 年春节他才从美国回到天津，继续在恩光医院工作。

愿和祖国同命运

天津解放前夕，由于受国民党反动宣传的影响，不少知识界人士纷纷离开天津到国外安身。也有人提醒金：由于他是个富有的知名医生，共产党来了以后会成为被斗争的对象。那时，金显宅如果动身去美国是不成问题的。本来他在美国留学和第二次做研究生时，柯特乐教授及肿瘤研究所等单位就一直挽留他，美国的患者也都愿意找他看病。他在国外完全可以大展一技之长。

1948 年秋季，金显宅让妻子吴佩球去南京政府办理出国护照，办了两个月没办好就回津了，后由其岳母代为办好，先把护照办到香港。他们先是雇了一家外商的包装公司的人，将家中一切物件打好了包装，一些医学书刊也陆续寄到香港。可是，金显宅仔细考虑，他想：共产党与国民党打仗是两党之争，与我们无关，我只要搞好自己的专业就行了。共产党快要来了，他们也是人，也短不了生病。

我的职业是医生，是给人治病的，他们有病也会找我来治，我要尽自己的天职。同时，他还想到第一次去美国，那里的种族歧视简直叫人受不了。尤其是朝鲜人、越南人在美国人眼里更是下等人，还不如做个自由的中国人，中国总是养育自己的第二祖国。大人吴佩球也支持他的想法。于是，他决定不走了。他们把包装家具的木板等都卖掉，当然，他们蒙受了较大的经济损失。

1949年1月15日，天津解放了。清晨，街上硝烟弥漫，一队队解放军开进市内。金显宅从家门出来，跟在解放军队伍的后面，步行来到恩光医院。那时，天津各大医院都住有解放军伤病员，金显宅一到医院就参加抢救伤病员，重新开始了他的医务工作。

中华人民共和国成立初期，金显宅对共产党的政策还不太了解，抱有怀疑和观望的态度。后来，他看到人民解放军纪律严明，生产很快恢复，物价稳定，人民生活安定，他逐渐认识到，共产党政策和人民政府是为人民服务的。于是，他安下心来，决心和祖国一同前进。

由于金显宅在协和医学院直至出国留学，都是接受美式教育，影响很深。1950年抗美援朝开始时，金显宅参加一次座谈会，领导可能认为他是朝鲜人，应该积极表示拥护抗美援朝。可是金显宅却发言说："我怕中国打不过美国。"争论之间，他一气就退出会场了。后来，他认为这种想法不对，应看到全国人民的力量。他又主动到黄敬市长那里要求参加抗美援朝医疗队。经批准，他作为外科顾问随第三医疗队（队长：施锡恩、副队长：曾昭德）前往安置伤病员的黑龙江重镇洮南县。他下火车以后，先不问医疗队如何安置自己的住宿、吃饭等问题，第一件事就是先去病房看望伤病员，及时解决治疗问题。他认真负责的态度使伤病员深受感动，随行的队员们也对他优良的医疗作风深为钦佩。

金显宅通过参加这项活动，受到不少教育。当他看到经过抗美援朝的胜利，中国在世界人民心目中提高了地位，就从心眼里为此而自豪。通过实践和学习，对中国共产党逐步有了正确的认识，并认识到只有社会主义才能救中国的道理。他想：自己作为一个有朴素爱国心、不愿意受奴役的青年，从朝鲜来到中国，中国成为我的第二祖国，我既爱这个国家，又为她经受侵略而感到屈辱。过去我发奋读书，拼命干工作，就是想为她争气。如今，中华人民共和国诞生了，为我们这些知识分子能发挥自己所长创造了光明的前景，我下决心要更加倍地努力工作。

在全国医务界中，金显宅是第一个学习肿瘤学专业的。基于他爱祖国、爱专业的思想，他积极地参加了社会主义建设，并努力创出了显著的成绩。

弃"私"从"公"

天津解放后，金显宅从事肿瘤治疗的医务工作和教学工作是甚为繁忙的。自从1949年11月起，天津中纺医院聘请金显宅为肿瘤科顾问医师，每月车马费200元（但他从未领取过）。1952年开始任天津中纺医院（此时已更名为华北纺织管理局第一医院）外科主任，每周去两次，每月车马费也有200元（但他还是未领取过）。

1951年10月，根据中共天津市委指示精神，天津市卫生局接管了原马大夫医院，更名为天津市人民医院，并委派方先之教授和金显宅教授到人民医院分别主持骨科和肿瘤科工作。1952年11月，该院建立瘤科，由金显宅兼任瘤科主任，每周去两次。他还兼任天津市总医院外科顾问（每周参加一次会诊）、天津市第四医院（后改名第二中心医院）外科顾问（因万福恩医师忙于市卫生局工作，故将外科顾问职务交给金显宅），并被北京日坛医院聘请做顾问及参与该院筹建工作。此外，他还任河北医学院（地址在天津市）外科教授，定期讲课。但那时他主要还是在恩光医院从事私人开业。

1956年，在工商业公私合营时期，中共天津市委与市卫生局研究并指出，争取让协和医学院来津的专家们放弃私人开业到公立医院来任职。恩光医院是由8位专家从无到有一手创建的，由于门诊部、住院部相继建立，都是一流的水平，添置了一流的设备，声誉日隆，收入颇丰。而这些专家除了收入自己应得的手术费以外，其盈余都投入医院作为发展基金。到国家接收时，银行尚存有累积资金十几万元，每位专家医生可拿约九千元。可是，他们一分钱也没要。而原来参加基金会的几位资本家，把基金连利息都抽回去了。因此，在国家接收时，政府决定给这些专家以优厚的待遇，每月工资为600元。于是金显宅和其他医务专家一样，弃"私"从"公"，关闭了恩光医院，停止了一切顾问职务，连天津市第一中心医院（即原中纺医院）外科主任职务也辞退了，在天津市人民医院肿瘤科全天工作。

随着我国社会主义建设的不断发展，天津市人民医院的医疗业务也在不断地发展和扩大。该院肿瘤科是白手起家的，先是投入巨额经费逐步添置了两台深部X线治疗机（命名为1号、2号机），后来又购进3号机。这是私人开业医生没力量办到的。金教授从实践中体会到，党和国家在支持他的工作。他表示：只有在社会主义制度下，才有条件发展肿瘤科学事业。他慨然把自己多年积存的100毫克镭献给医院，从此他更加满怀信心地投入肿瘤医学工作。

甘当铺路石　培养新一代

癌症是危害人类健康的严重疾病，世界上很多国家都在开展研究工作，以期攻克癌瘤。1951年10月，天津建立人民医院以后，成立了肿瘤科，并由金显宅主持工作，当时只有20张病床，既无设备又无人才。金教授想，要开展我国的肿瘤医学事业，关键在于人才。为此，他把培训肿瘤专业骨干作为首要工作来抓，自办培训班。培训的方法有以下几种：

1. 课堂讲授

金显宅除了亲自动手指导临床工作外，总是利用晚上时间给有志于肿瘤学科的医师授课。参加听课的学员有：张天泽、金家瑞、李树玲、戴葆如、欧阳乾、王德元、张同玢、刘世杰、郑宝珍等。

此外，旁听的医师也不少。

金显宅每周给这个培训班讲两次课，都是晚上 7—9 点。讲课内容包括：放射物理学基础、放射生物学基础、肿瘤学总论（包括病因学、治疗学等）和肿瘤各论（如头颈肿瘤、呼吸系统肿瘤、消化系统肿瘤等）。他讲课前总是收集多方面的材料，做充分的准备，讲课时理论密切联系临床实际，学员们在他身教言教的影响下，也都孜孜不倦地学习。名师出高徒，培训班学员的学习成绩和业务水平提高很快。

由于金显宅汉语基础较差，在讲课中有时要用英语表达其内容。讲课之后，由学员将其内容整理出笔记，陆续印成《肿瘤学讲义》，共 5 个分册，为第 1 版。迄今，该书已出版到第 5 版，每版内容皆有所增新（此书系内部讲义，由医院自印，未公开发行）。

从 1954 年开始，天津人民医院接受中央卫生部委托，在天津开办全国性的高级肿瘤医师进修班，参加者都是主治医师以上的医务人员。每年 1 期，每期时长 2 个月，由金显宅亲自主持进修班的工作。他对全年讲课内容予以安排，主要课程由他自己讲授，就是使用上述的《肿瘤学讲义》作为课本，教导学员学习和掌握肿瘤病理、肿瘤放射治疗和肿瘤临床三方面的知识。自 1960 年以后，又增加了肿瘤化疗的教学内容。

2. 门诊会诊和查病房结合教学

在采取听课学习理论的基础上，进行肿瘤外科的临床实际教学。金显宅带领学员定时参加门诊的教学会诊，结合具体病人进行讲解。讲解的内容有诊断的要点，有治疗的各种方法，有国外最新的成就……每周定时查房，除了解病人的诊治是否合适外，还集中系统讲自己的经验及一些最新文献资料的论点等。

3. 注重病理学诊断

金显宅在美国纽约曼哈顿区纪念医院（后更名为 Sloan Katening 癌瘤中心），曾在著名病理学家尤文教授（James Ewing）的教导下，学习肿瘤病理一年。尤文对于肿瘤病理有独特成就。金显宅回国后，在协和医院工作时就自己亲自做肿瘤病人的病理诊断。到天津工作以后，仍由他自己掌握。他在天津人民医院开展肿瘤科工作时，不只是自己看病理切片、下诊断，同时也带领下级医师看切片。他白天给学员讲课，晚上就带他们一起看切片，并做出诊断。金显宅为人谦逊，他对自己做的病理报告持谨慎态度，每次都将做好的病理切片再送天津医学院病理教研室核对，由该室王德延主任再审核一次。这些都对下级医师在学习病理诊断方面大有裨益。

4．手术示教

在培训过程中，金显宅亲自做示教手术并指导学员做手术。同时，在技术操作上，他也总是亲自动手教。比如，刚刚开展针吸组织做活体检查时，他亲自挑选注射器和针头，亲自示范做，使得每位医师都能掌握这项技术，能对病人较容易地获得诊断。再如，给子宫颈癌病人做宫腔和阴道镭疗时，金显宅也亲自设计宫腔镭管和阴道镭架，并亲自安放镭源进行治疗。在放射治疗方面，天津人民医院有 3 台深部 X 线治疗机，在对患者进行治疗前，他带领大家先学会开机器，如何测定 X 线输出量，绘出 X 线吸收曲线，直到给病人设计照射野，摆好病人体位，计划每次照射量和照射总量等，他都亲自示范，具体地教会下级医师如何给病人做放射治疗。

总之，学员们要具备学会病理、外科和放疗（20 世纪 60 年代以后又增加化疗一项）三位一体的肿瘤观点。

5．指导写论文

学员结业之前，每人都要写出科研论文，由金显宅亲自指导和批改。

学员们反映，通过这几种学习，能全面掌握对病人的诊断（包括病理诊断）和治疗。更可贵的是，金显宅为学员们提供了自己多年积累的经验。因此，学员感到收获很大。

金显宅为进修班倾注了大量的心血，也喜获硕果。

自进修班开办以来，三十多年间，已办了 21 届（只是 1966 年以后一度中断了 7 年），毕业学员累计有四百多名，学员遍布全国各地。在他的精心教导和培养下，多数学员现在已成为全国各省、市、自治区肿瘤研究所、肿瘤医院和肿瘤科的骨干力量，有些是那些单位的开创人，有些已成为全国的知名学者和专家。比如，第 1 班的李振权，曾任广州中山医院附属肿瘤医院院长；张泰伦（已故）为浙江省杭州市肿瘤医院的创办人；刘谦为吉林省长春市肿瘤医院的创办人；郑宝珍建立了天津市第二中心医院的肿瘤科；第 2 班的张明和现为湖北省肿瘤医院院长、肿瘤研究所所长；第 3 班的沙允文为江苏省肿瘤防治研究所外科主任；第 4 班的于震现为江西省肿瘤医院外科主任，张力现为北京第四医院副院长和崇文区肿瘤防治办公室主任。北京日坛医院自 1958 年创立即送来 4 位医师，培训后现分别任副院长或外科、肿瘤科主任医师。

多年一直跟随金显宅的几位下一级医师，技术成长很快，有五位被誉为金显宅的"五虎上将"，即王德延、张天泽、李树玲、金家瑞、王德元。他们作为金教授的早期学生，后来成为业务支柱和骨干。目前这几位医师皆已年逾花甲，在国内已成为知名的医师了。其中，像新中国成立初期的青年医生王德元，系从北京大学医学院毕业后，到天津中纺医院外科工作的。起初，他和金显宅见面不多，有肿瘤病人需要会诊时才能见到金显宅。抗美援朝时，他和金显宅都被编入第三医疗队。他们日夜相处，王德元医生谦虚好学，潜心向金教授学习。金教授也愿意培养年轻人，随时解答医疗技术中的各类问题并作具体指导。金显宅还擅长病理学，对病人能做出科学的诊断，王德元医生认为这是很好的观摩机会，边看边学。金显宅在恩光医院开业时，几位名医互相协作，有时做手术时缺少麻醉师，金显宅就约王德元医生去担任。王德元医生也乐于借此机会在手术台旁实地观看和学习。后来，金显宅在天津市总医院对肿瘤病人进行会诊时，王德元医生也经常参加。

1956 年，金显宅正式转入天津市人民医院以后，医院领导知道王德元是金显宅的学生，与天津市第一中心医院（前身为华北纺织管理局第一医院，更前者即中纺医院）商调，于 1956 年 3 月将王德元调到人民医院工作。王德元医生作为金显宅的助手和学生，一直跟随他工作几十年，不但成为金显宅的"五虎上将"之一，全国知名的肿瘤医师，而且也在数届全国肿瘤进修班授课，继续培养第二代、第三代肿瘤医师人才，使之后继有人。

由金显宅创办的进修班经过多年的辛勤耕耘，扩大了肿瘤专业队伍，为我国的肿瘤医学事业做出了突出贡献，也使原来以肿瘤外科为重点的天津人民医院发展为全国有名的天津肿瘤医院了。

1981年初，由天津市人民医院主持在天津召开了全国肿瘤医师进修班第一届学术交流会，学员来自全国各地，会上医学专家进行了学术交流。会议结束前的晚会上，全体进修医师对金院长表达了深深的尊敬和感激之情，这种诚挚的感情，使他激动难忘。事后，《健康报》的记者在报道这次盛会的消息中说："……人才辈出，桃李满园，金显宅等为培训肿瘤防治研究人才做出贡献。"这就是金显宅在肿瘤医学这块园地里数十年默默耕耘，不断开拓创新所获得的累累硕果，也使他自己感到最大欣慰。

精湛的医术

金显宅在协和医学院毕业后，本来是外科医师，后来专攻肿瘤科，对肿瘤外科治疗发挥了他的特长，是我国少有的技术精湛的肿瘤外科专家。他擅长的肿瘤外科手术的特点是：快、准、细、稳，快而不乱，井井有条。由于做手术是在解剖面上进行，所以手术精细、清楚，出血极少。

金显宅的手术基本上是美国流派。他头脑反应敏捷，手疾眼快，做起手术来，大刀阔斧，雷厉风行，但在精细处，又犹如绣花。他的长处之一是操作正规而严谨，对病人的病灶区组织结构先弄清楚，解剖层次分明，尽量使病人出血量少。他既胆大又心细，肿瘤观点强，手术进度快而有条不紊。该快时快，该细时细，胸有成竹，快时不显忙乱，不做无效动作，合乎要求。一看就是个行家，是名副其实的具有外科天赋的名医。不少外科专家看过他做的手术，无不赞叹称绝。

由于金显宅到过世界各大癌瘤中心学习或考察过，了解各国肿瘤外科手术的水平，有助于他能熟练地掌握一些癌瘤的根治性手术。除了头部肿瘤病以外，他擅长人体各部的肿瘤手术。例如，舌癌根治术、上颌窦根治术、咽喉根治术、甲状腺根治术、颈部淋巴根治性清除术、颌面口腔癌与颈部淋巴腺联合根治术、胃贲门癌及大肠、结直肠癌根治术、子宫颈癌根治术、盆腔内容清除术等，都努力使之达到世界第一流水平。其中，他在国内首先推广的切除乳腺癌的疗效，在世界上处于领先地位。国外有些专家来医院参观时，称赞他的手术精细，犹如中国妇女的绣花呢！1962年在莫斯科召开的国际抗癌学术会议上，金显宅宣讲论文《乳腺癌根治术与扩大根治术的疗效比较》时，有的国家的肿瘤专家曾对他的手术疗效如此高超产生怀疑。当时，一位波兰肿瘤学者站起来证明：他在中国亲眼看过金显宅的手术，是令人信服的。引发全场热烈鼓掌。

医德高尚，关怀患者，培养中青年医师

金显宅在日常业务中总是一贯坚持按时查房、会诊，从不因其他事受干扰。对于来门诊部会诊的病人，他仔细检查，详细记录。在住院部查房时，听下级大夫报告病人情况后，自己再亲自检查病人。凡是患者来信咨询问病，如家住本市的，就约定时间来医院，由他亲自检查；如系外地患者，他就给当地有关医师写介绍信，提出自己的意见，请他们给患者检查，就地治疗，这就大大方便了病人。至于患者远途来津直接找金教授看病的，他总是热诚接待，精心治疗。

过去，金显宅私人开业时，他对病人收取诊费、手术费，从不计较。经济收入多的，包括达官显贵们，自愿多付以示感谢者，也不拒绝；但对家境贫寒，无力支付医药费或手术费者，金显宅就慨

然少收或免收。

患者对金教授印象最深刻、感触最深的是，无论病人处于多么晚期的病情，他先做思想工作，使之增强战胜疾病的信心，然后认真思考，提出积极的方案和建议去治疗。他的下属医师们也深受感动，大家常说："没有金大夫不能治的病，不管病到了多么晚期，……他总是千方百计耐心想办法进行治疗……"病人痊愈后，也常常对别人说："我是金大夫治好的！"民间传颂天津有个"瘤子金"，就是对金大夫的爱称。

数十个春秋，人们数不清金教授挽救了多少癌瘤患者的生命。他高尚的医德，深受广大群众的爱戴和尊敬，也使下级医师受到教育和启示。

金教授对他的助手医师很注意从各方面培养。为了提高下属医师技术水平，他在查房时会结合病人具体情况作讲解。查房后还要集中、系统地讲解自己的经验及一些最新文献资料的论点，提出并建立了每周一次的全院门诊集体会诊制度，亲自参加。医务人员在医疗处理上有不当之处，他从不马虎，当面提出意见并进行帮助，妥善处理。

此外，他还为医师们开办了英语口语班。为了教会年轻医师如何写好科学论文，指导他们读医学资料，规定每星期召开一次读书会，事先由每人选一册杂志，阅读后，就有关内容在会上谈读书心得，这有助于下属医师业务能力的提高。他关心助手们的健康，教他们如何注意营养，注意加强体育锻炼（王德元医师在他的影响下，至今已年近古稀，仍坚持每天早 5－6 时练习游泳，四季不停）。更重要的是如何做人，做个称职的医务工作者。

金显宅一向爱护下属医师，对他们关怀备至。逢到提级、评职称时，他总是亲自向有关部门介绍下属医师的长处，按其业务水平评上相应职称，使大家在评议之后，都感到心平气和，而金显宅自己的工资却从中华人民共和国成立以后一直没有提高过，但他从不计较个人待遇。

科研和著作

肿瘤医学在世界医学领域中属于新兴科学，必须经常不断地了解国内外新动态、新成果才能有所进步。金显宅能成为一位学识渊博的学者，是他毕生好学的结果。他从青年时代在协和医学院学习肿瘤这个专业之后，在从事临床医疗的同时，仍不断阅读肿瘤医学文献，从不间断。为了使科研工作不断取得进展，金显宅经常在星期日上午来到医院撰写文稿或挤时间到图书馆去认真查找有关资料。他博览群书，刻苦钻研业务，凡是新来的有关肿瘤医学杂志、图书，他都要过目并写摘要。由于他精通英语，并能阅读日语、法语、俄语资料，这些便利条件使得他能较早地阅读国外资料，基本上能全面掌握国内外肿瘤学科的动态和肿瘤医学研究的信息。

将近六十年间，金显宅将研究心得先后用中文、英文发表了百余篇论文和一些专著，刊登于国内外医学杂志上或由出版社出版。有的著述，如《颌骨肿瘤的有关临床病理和治疗》，国外文献曾多次引用。

金教授以坚强的毅力和严谨的治学态度，不断取得重大科研成果，震惊了中外肿瘤医学科学界。

早在1937年，他就在研究工作中发现了"嗜伊红细胞增生性淋巴肉芽肿"新病，于当年首先在协和医学院教授会议上和中华医学会四届大会上做了报告（Pnoceedings of the 4th Conference，CMA，p329，1937）。1957年，此报告再度发表于《中华外科杂志》（5：877，1957）。

20世纪40年代，受太平洋战争的影响，在国外文献资料被封锁的情况下，他创研出了"舌癌根活性联合切除术"，并将这项手术的细节，于1941年初在北平协和医学院的学术报告会上做了宣读，1948年又在中华医学会北平分会年会上做了报告。战争结束后，当他再度看到国外文献资料时，才得知国外医学界在那个时期同样也在研究上述类似的手术（他的这项研究论文曾刊登于《中华外科杂志》6：1081，1958）。

历年来，金显宅陆续发表的论文，展现了他在肿瘤医学上的成就，硕果累累。1959 年，他在《天津医药杂志》（1：355，1959）发表的论文中，首先描述了"腮腺下颌内侧部的肿瘤"。在国内由他首先推广了头颈部肿瘤联合根治术、胃贲门瘤胸腹联合根治术，乳腺癌扩大根治术以及晚期子宫颈癌的盆腔内容清除术等，并发表过有关论文。其中他撰写的《乳腺癌根治术与扩大根治术的疗效比较》这篇论文，在 1962 年莫斯科召开的国际抗癌学术会上获得好评。

金显宅撰写的专著，除了《肿瘤学讲义》之外，还有：

《肿瘤临床手册》（人民卫生出版社出版，1974 年 4 月）

《实用肿瘤学》（人民卫生出版社出版，1978 年 3 月）

《医学百科全书》肿瘤分卷中的部分条目

《热带病学》中的"大肠癌和乳腺癌"（人民卫生出版社出版）

近几年，他已年逾 80 岁高龄，还主编了《乳腺癌的研究》一书，也已经出版了。

从 20 世纪 50 年代起，金显宅在医学杂志上所发表的科研论文，都是经他撰写后，先向他的助手们宣读，请大家提意见，参与修改。同时，他也教给大家怎样写论文，甚至讲到文中的表格和图片应如何处理，还耐心地手把手教，既认真又细致，一丝不苟。每次讨论前，秘书总是按正式稿缮写，可是常常反复讨论和修改四五次，使得缮写的同志都赶不上。待全稿找不出一点儿差错他才送到期刊发表。发表时，他把参与讨论的同志都署上了名，甚至有时把年轻医师的名字署在他的名字的前面。以下面 3 篇为例：

（1）《根治性乳房切除合并内乳淋巴结链整块切除术 25 例初步报告》

著者：金显宅、张天泽、金家瑞、李树玲、王德元，刊于《中华外科杂志》5（6）：443，1957 年

（2）《血管瘤的外科治疗，特别着重讨论口腔和其他邻近位的血

管瘤》

著者：李树玲、金显宅、张天泽、金家瑞、王德元，刊于《中华外科杂志》5（10）：811，1957 年

（3）《嗜伊红细胞增生性淋巴肉芽肿的进一步观察》

著者：金显宅、张天泽、李树玲、金家瑞、王德元，刊于《中华外科杂志》5（11）：877，1957 年

他的稿件投寄后，编辑经常是一字不改地予以发表。金显宅早年出国留学时，在国外专门参加"如何写好科学论文"的学习班，用英文练习写论文。金显宅以严谨的治学态度，把这套方法教会给学生们，以期培养更多的人才。在金显宅的带动下，他的学生们也都有不少的论著，而学生们也都庆幸有这样的专家做导师。

1963 年，金显宅着手创办了中国第一份肿瘤学杂志——《天津医药杂志肿瘤学附刊》（现改名为《中国肿瘤临床》），并任主编。1979 年，他又担任《中华肿瘤杂志》的主编。这两种刊物的稿件他都要亲自过目修改，工作量是很大的。他白天要去医院工作，时间不够用，就利用晚上及星期日业余时间去修改稿件或撰写有关材料。

他自己写作或修改稿件时，坚持和强调实事求是的精神，注意其科学性和准确性，从不夸张。每次修改稿件时，除了对内容严格精选外，就是对文字中的表格、数字、文献、标点符号等都进行细致地推敲与核对，从不敷衍了事。由于他身兼这两本杂志的主编，如果发现有一稿两投的现象，也从不会让它马虎过去。

早些年金显宅的普通话基础较差，为了弥补这方面的不足，他努力学讲普通话，决心赶上去，使之能适应工作的需要。在审阅中文稿件时，除了从内容方面审阅外，对于文字的处理也颇费心机。稿件修改后，还常常请其他医师再审阅。经过几年的学习和锻炼，他后来修改中文稿件基本上能应付自如了。他曾以自己亲身体会向下级医师介绍说："我们一定要认真对待审阅稿件工作，不能马虎，不能敷衍了事，要在认真实践中锻炼。只有通过实践，才可以从中学习，提高自己写论文、修改稿件的能力。"

金显宅除了担任上述两种杂志的主编以外，还担任了《医学百科全书》肿瘤分卷副主编，《肿瘤防治研究》编委会委员，《天津医药》副主任编委等。

金显宅在肿瘤学上的成就，使他在国际上的声望日益增高，些国家的学术界也常邀请他参加学术会议。他曾在国外参加过三次国际学术活动，即1937年在美国芝加哥参加了第4届国际放射学学术会议；1962年作为我国医学代表团成员，出席在莫斯科召开的第8届国际抗癌学术会议；1979年赴美，在纽约参加了全美第3届乳腺癌学术讨论会。

1979年以来，由于贯彻了党的十一届三中全会精神，政治上的稳定和改革开放政策的实施，使科研工作获得了更大的发展。金显宅在主持肿瘤科研工作中，尽力多争取在国际学术交流和协作工作中取得成效。这十年中，天津市肿瘤研究所和天津市人民医院曾先后派出近三十人出国考察学习。1984年，由金显宅主持在天津召开了第一届国际乳腺癌会议。为了推动我国的肿瘤防治工作，在他的倡议下，成立了中国抗癌协会，他被选为名誉主席。

国际肿瘤医学界也给予金显宅以崇高的荣誉。1984年，美国肿瘤外科学会授予他荣誉会员的称号；1988年，美国临床肿瘤学会吸收他为正式会员。

不知老之将至

金显宅事业心极强，在年近八旬之际，仍坚持每天来医院上8小时的班。一般的医师还没有达到他那样的年纪时，早就不上全日班了。他上班后总是亲自负责放疗和化疗两个病房的工作。每周两次查房、两次门诊会诊。此外，还负责医院的重点乳腺科工作，每月亲自轮流查乳腺癌3个病区，亲自领导和安排实验肿瘤工作，有时也参与实际操作，甚至在自己生病或休假时也坚持做好已安排好的各项工作。

认真严肃、迅速准确、实事求是，是金教授一贯的工作作风，深受医学界专家、学者和广大医务人员的称赞。在完成本职工作的同时，他还主动承担并积极参与许多社会工作。为了普及医学科学知识，为边远地区培养人才，他曾于1983年8月19日至9月10日参加九三学社天津分社组织的"智力支边医学讲学团"，赴宁夏、甘肃、新疆等边远地区讲学。

当他出差到外地开会或参加国际会议时，他习惯于开会的当晚就做好当日会议总结。会议结束回津后立即上班，从不休息，也不因为要写会议总结而影响上班。金显宅每年去北戴河休养时，总是抓紧时间看资料、写材料，别人见了，劝他在北戴河好好休息，他却微笑地说："我在这里看书、写材料就是休息啊！"

总之，正如大家所常讲的："像老院长、老所长这么大年纪，如此坚持工作，太少有了。"金显宅可以称得起是一位"不知老之将至"的老专家。1980年和1982年，金显宅两次获得天津市卫生局先进工作者的称号和奖励。

金显宅在我国肿瘤医学界和科技界中，功绩大，威望高，人民信任，故担任的职务亦甚多。中华人民共和国成立以来担任的职务有：兼任天津医学院外科教授（1950年至今），天津市纺织管理局医院外科主任（1950—1956年）及天津市人民医院顾问医师（1952年—1956年）。

1956年6月，金显宅放弃私人开业，到公立医院工作以后，至今任天津市人民医院瘤科主任，放射科、化疗科主任，同时兼任天津市第二中心医院外科、瘤科顾问医师。1958年至1960年，北京日坛医院也聘请他做顾问医师。1973年，任天津市肿瘤研究室主任，1977年，任天津市肿瘤研究所副所长和实验肿瘤研究室主任，直到1980年任所长、天津人民医院（1986年改名为天津市肿瘤医院）院长。

此外，他还担任了中华人民共和国卫生部医学科学委员会委员（1981年）、中华医学会肿瘤学会副主任委员（1985年11月改任名誉顾问），中华医学会天津分会肿瘤学会主任委员（至 1985 年）等职。

金显宅从任院长、所长以来，除了日常医疗、科研业务工作外，也很关心院、所其他工作。在党政联席会上，他认真对待党委提出的讨论事项，发表自己的看法。不论是医院的基建工程，医疗设备，医疗、科研工作的协作，国外学术交流、协作等方面，他都亲自过问，亲自找有关领导，联系有关协作单位，促进工作的顺利开展。他的工作特点是认真，讲求效率，从不拖拉，事业心很强，一些细小的事情，他也亲自处理。在政治学习方面，他也很努力，认真学习报纸及有关参考文件，并能做到宣传，贯彻执行党的各项方针政策。

金显宅的志向和眼光远大。为了加强和发展肿瘤医学的临床工作与科研工作，早在 20 世纪 70 年代他就向中央和天津市有关领导提出改扩建天津市人民医院及筹建肿瘤研究所的建议。1977 年，国务院即已批给 900 万元作为基建费，由于医院地址的选择等原因，拖了一些时间，到 1983 年才开始建成。经历四年多的时间，终于建成一座现代化的、具有先进设备的天津市肿瘤医院。为了筹建这座医院，他不辞辛苦，多处奔波联系，呕心沥血，费尽心力，在中央和天津市政府的支持下，终于在 1987 年建成，完成了他一生的夙愿。1987 年，天津市人民医院全部迁到新址，正式定名为天津市肿瘤医院，天津市人民医院乃成历史名称。

距第一次学术交流会之后的 8 年，即 1989 年 10 月，全国肿瘤医师进修班第二届学术论文交流会又在天津召开。此时，被誉为"中国肿瘤医学之父"的金教授正因病住院，但他抱病坚持出席了会议，听取学员们宣读论文和汇报新成果。来自全国各地近三百名肿瘤专家分别对肿瘤的基础理论、早期诊断和普查，头颈肿瘤、乳腺癌、胸腹、盆腔、泌尿癌防治以及化疗等方面进行了广泛交流和讨论。金教授的"五虎上将"之一、天津市肿瘤医院主任医师李树玲报告了"不进行血管重建的颈动脉肿瘤切除术"，其理论根据是创造了一套不进行血管移植的单纯颈动脉瘤切除方法，曾先后为 15 例颈动脉肿瘤患者行切除手术，均获成功，为肿瘤动脉手术开辟了新途径。会上有 40 篇论文谈了我国采用早发现、早诊断、早治疗的方法，在防治乳腺癌工作中取得的成绩及我国首创大剂量化学治疗恶性极大的绒毛膜上皮癌，降低了死亡率等成果。

当金教授看到经过自己和同仁们数十年培植的结果，已桃李盈门，硕果累累，他欣慰不已。

鉴于金显宅对我国肿瘤事业毕生的巨大贡献，在这次会议结束时，进修班学员们倡议给金教授铸铜像，以资永久纪念。会上一致通过，并交筹备组进行此项工作。

金显宅毕生耿直正派，为人豁达，心胸坦荡。"文革"中他被批斗，被命令打扫厕所。但他对执行这些规定的人不记私仇。他认为是极"左"路线造成的。一位医生在"文革"中曾对他有过激行为，但在"文革"后，研究这位医生是否能出国考察时，金显宅不咎既往，根据那位医生的学历和业务水平，仍极力推荐，批准其出国。他这样做，在群众中的威望更加高了。

党的十一届三中全会以后，金显宅恢复工作和科研活动。他衷心拥护中国共产党的方针政策，政治上积极要求进步，于 1985 年 5 月 23 日光荣地加入了中国共产党。

他苦心钻研业务，业余爱好也很广泛。从年轻时他就爱好体育活动，曾是协和的篮球校队队员。自从 1956 年到天津人民医院以后，他就规定医师们每周要打两次羽毛球，由他带队去打。两年后改打乒乓球。他还坚持打网球，直到 1989 年初，因病中辍。

金显宅教授从事医疗、科研、教学工作几十年来，为我国的肿瘤医学事业做出了重要贡献。他不幸于 1990 年 9 月 4 日 22 时 50 分在津病逝，终年 86 岁。时任全国政协主席李先念送了花圈，中共中央政治局常委李瑞环发来唁电并送花圈，九三学社中央副主席吴阶平专程来津参加了金显宅的追悼会。

　　说明：此文稿（除后补的结尾部分）经过整理后，曾委托任淑同志送呈金显宅院长审阅（当时金院长已因病住院），他只改正几个错字，即同意发稿。文稿资料提供者：王德元等肿瘤学科医师、金显宅教授夫人吴佩球、侄女任淑等。

　　　　（《天津文史资料选辑》第 56 辑，天津人民出版社，1992 年 7 月）

朱世英教授和巴斯德化验所

20 世纪上半叶，天津法租界内有一处专门接受各种医学化验并颇有权威性的单位，名为"巴斯德化验所"。人们回忆起这个化验所时，就会联想到长时间主持这个所工作并卓有成就的朱世英教授。

鉴于该化验所于中华人民共和国成立前即已撤销并转，朱世英教授早于 1953 年去世，而参加过该所工作的几位老检验人员有的故去，有的因年迈记忆不清，有些可供参考的资料在"文革"中亦已佚失，故仅从几位知情的老医学专家们追忆的片段材料整理如后，作为窥豹一斑而已。

——作者

巴斯德（Pasteur，1822—1895）是法国著名的化学家、细菌学家。19 世纪末，法国殖民者以他的名义在上海、天津设巴斯德化验所。天津的巴斯德化验所建在北洋海军医学堂内。

早在 1881 年，即清光绪年间，由李鸿章委托在天津的两位法国人欧班及久瓦尼主办医学馆。馆址为天津招商局总办朱其诏捐赠，位于法租界海大道（今大沽路）上，在英国人开办的新学书院（现为第十七中学）旁。对面有英国人开办的马大夫医院，与之相连的是北洋海军医院。1893 年医学馆改名为北洋海军医学堂，后又改名北洋海军医学校，原北洋海军医院归属于海军医学校医院（即附属医院性质）。当时，医学堂是华北地区唯一培养西医的医学校，教师大部分由英、法籍医生充任。该校的毕业生被称为医务界的"北洋派"。

1917年以后，法国当局在北洋海军医学校的后院建立一座化验室，名为巴斯德化验所，不属于北洋海军医学校管理，派法籍眼科医生卢梭望（Loussun）负责，讲课一律用英文，招收中国学生。

巴斯德化验所因地处法租界，又由法国人创办，名义上是法租界公议局领导下的一个单位（注：法租界的最高行政管理机构是董事会，董事会下设两个执行机构：公议局与工部局），具体由法租界工部局管辖，历届所长都是由法国医生担任。1942年曾派来法国医生拉达斯（Ladas）任所长。这个拉达斯是个不学无术的人，他整天抽鸦片烟，吃喝玩乐，把化验所的业务完全交给副所长朱世英大夫。

朱世英，字铁臣，天津人，出身茶商家庭。青年时代曾就读于南开中学、新学书院，1914年毕业于北洋海军医学堂。曾在南京、烟台当过海军军医官。1922年曾赴美国哥伦比亚大学医学院攻读病理细菌学，获医学博士学位，成为我国第一批细菌学家之一。他在美国进修期间曾深得美国著名细菌学专家津泽（Zinsser）的指教。1924年，朱世英大夫学习期满回国，在北京中央医院工作，后任河北医科大学教授。1930年左右回天津，受聘于巴斯德化验所，任副所长，主持细菌研究工作。

朱世英大夫作为天津市早年"北洋派"的名医之一，他不仅熟谙内科，是著名的内科专家，也是著名的临床细菌学专家。朱世英大夫为人正直、医术医德兼优。他在私人开业时，经常济贫，见到病人无力支付诊费、医药费时，总是免收诊费并赠送药品，深得患者的感激和称赞。由于朱世英大夫在细菌专业方面知识渊博，造诣颇深，拉达斯所长就把巴斯德化验所交给朱世英去经营。天津巴斯德化验所虽为法国人建立，实际上是中国专家朱世英大夫兢兢业业发展起来的。

巴斯德化验所从开办到结束的二十多年间，化验的水平很高，有一定的权威性，因而在医务界（后来也做些包括部分商品出口的检验工作）信誉颇高。其原因有以下几方面：

一、这个化验所在朱世英大夫的主持下，设备逐渐完善，业务不断发展而成为当时天津较现代、具有一定规模、独立经营的化验所。该所既具有齐全的设备，也有先进的检验手段，可进行临床血、尿、便三大常规的化验。生化检验如血糖定性、定量、脑脊髓液检验，以及伤寒、白喉等细菌学检验及培养等。

此外，该所还承担血清方面的检验。例如旧社会花柳病泛滥，检查梅毒性病的瓦氏曼反应（Wassermann reaction test）、康氏沉淀反应（Kahn test）等，只有巴斯德化验所能进行检查。

二、当时天津的医院甚少，化验设备也很简陋，法租界内私人开业医生多为法国留学生，都不具备化验设备，全市由私人兴办的化验室更寥寥无几。鉴于巴斯德化验所手段先进，有特色，不但私人开业医生专门介绍患者到这个指定的化验所来做各项检查，就连一些市立、私立的医院也常介绍患者来这里做某些特殊检验项目。

三、化验人员对工作认真负责，工作作风严谨，一丝不苟。他们对各项化验不厌其烦，力求达到准确无误。例如，做患者的尿常规化验，本来只包括蛋白、糖和镜检三项。但如果发现患者的尿的颜色特别黄，化验人员即主动另化验"三胆"，看看是否有肝炎的症状。又如对大便的常规化验中，要找出是否有虫卵，如果做第 1 张片子找不到，就再做第 2 张、第 3 张，直到确实找不到虫卵才拿出化验报告。再如，从患者的痰中查找结核病菌（T. B）也是很不容易的。在第 1 张片子中查不到，就再给第 2 张片子染色再查。做梅毒试验时，如果检验的结果已可疑，也不立即拿出报告，而用病人抽血后剩余的血清再做检验，若血清不够时，宁可找患者再进行抽血，也不怕麻烦。如此认真负责，真正起到辅助大夫诊断和治疗的作用，获得大夫及患者的信任。

四、巴斯德化验所不是个营利单位，如同现在的事业单位一样，经营中自给自足，规定的化验收费合理而较低。全所的收入只能维持日常的开支和员工的较低工资，一点儿结余也没有。

另外，该所在开展业务工作中，还有一部分是属于慈善事业。根据患者的病情及本人经济情况，规定少收费或免费。如给狂犬病患者注射的狂犬疫苗就是免费的。

旧社会，租界地内，有钱的人家养狗成风，每年被疯狗咬伤导致患狂犬病者不乏其人。有鉴于此，该所自制狂犬病防治疫苗，专门为被狂犬咬伤的患者注射。制作方法是：取狂犬毒液若干注射到兔子体内，半个月左右把兔子杀死，抽出其脊髓，加水研成浆状，再加盐水，稀释成液体，制成注射剂。注射的方法是：先把配制时间长一些的疫苗（约配制 15 天，毒性小些）给患者注射；然后再用新配制的（毒性大的）给患者注射。陆续按期注射 16 次，约 3 个月左右即可免于患狂犬病症。此项工作开展以后，天津市不知有多少被狂犬咬伤的患者幸免于因患狂犬病导致发疯或死亡。这项工作在当时也堪称了不起之举。

另外，该所还做"自身疫苗"，即用患者自己身体内的脓或血做成疫苗。狂犬疫苗和自身疫苗只有巴斯德化验所能够制造。这项工作为许多传染病、内科疾患和狂犬病患者解决了化验和治疗上的困难。巴斯德化验所确实为天津市卫生事业做出了一定的贡献。

巴斯德化验所建所多年以来，该所只有固定工作人员三四名。其中，郑维和先生也是天津市检验学科工作方面的先驱人员之一。郑维和先生是天津法汉中学毕业生，擅长法语，能和法籍所长、医生用法语交谈所内各项事务，他承担了主要的化验、配试剂、做疫苗等工作，是朱世英大夫的得力助手。郑维和先生于 1955 年去世。

巴斯德化验所还是培养临床检验人才的学校。该所不定期地接纳一些进修人员，包括化验技师和医生。1947 年抗日战争胜利不久，河北医学院由保定迁津后，朱世英大夫再次被聘任教细菌学。学校规定各班级医学生先后分期分批去巴斯德化验所实习检验操作。现在在河北医学院任内科教授的曹鸿绪大夫于 1948—1949 年也曾在该所进修实习检验专业。河北医学院第一班学生曾每周去该所实习检验工作。朱教授为人秉直爽朗，待学生亲切，但教学严谨，笃人之深，令学生不能忘怀。由于朱教授的言传身教和孜孜教诲，为见习学生的临床检验基础知识打下坚实的基础。

1938年，巴斯德化验所不幸被一个狂犬病患者强行潜入，将该所设备尽行捣毁殆尽。此后，巴斯德化验所在天主教医院重新建立（现在的天津市中心妇产科医院院址处）。天津解放后不久，天主教医院由天津市卫生局接管，改名天津市中心妇产科医院，巴斯德化验所停办，设备合并移交中心妇产科医院化验室。朱世英大夫调任天津卫生试验所所长，并任河北医学院教授。

朱世英教授由于好客豪饮，不幸染上慢性肝炎疾病，虽经天津医学院附属医院悉心治疗，终因肝硬化又伴腹水于1953年不治去世。至此，朱世英教授与巴斯德化验所俱去矣。然而，朱世英教授一生的高尚品德，其呕心沥血开创的巴斯德化验所多年的成就和功绩将在广大的患者及其学生、助手们的心中永存。

补白：20世纪40年代，朱世英教授主持天津巴斯德化验所时，师锦璋、师绣璋兄弟二人也在天津开设私人诊疗所，他们成为西医的同行，彼此相识相交甚为亲切。朱世英的大女儿朱元芬也在巴斯德化验所工作。经友人介绍，朱元芬与师子光的大儿子师其俊于1943年4月结为夫妇（即我的大哥、大嫂）。两个家庭成为姻亲，亲情甚笃，故将有关朱世英教授的业绩也转载在本册中，以示对他的尊敬和钦佩。

（作者署笔名：林清泉，《天津文史资料选辑》，天津市政协文史资料委员会编，1994年第2期。）

誉满华北的桃牌面粉

老天津卫的居民都知道天津的桃牌机制面粉质量好，尤其是绿桃牌最好。它色白有劲，用它包饺子煮熟后晶莹透亮，能透过面皮见到馅的颜色，皮薄而不掉底；用它蒸馒头、烤面包更是筋道有嚼头。生产这种面粉的工厂就是天津民族工业代表之一——天津寿丰面粉公司。

20世纪初期，天津资本家陆续兴办了寿星、福星、大丰、裕和、民丰、嘉瑞、庆丰等面粉厂。寿丰面粉厂是由几家面粉厂经过十数年的改组、合并而发展起来的，其中有：

1. 1915年由曾任长芦盐运使的朱清斋投资20万元创办寿星面粉公司（厂址在旧意租界海河边，现天津广场附近），为天津第一家机制面粉厂，也是华北首家制粉企业。开办时有磨粉机15台、清粉机6台、圆筛4台、平筛5台、兰开夏锅炉等，均为进口设备，生产桃牌商标的面粉，日产量达3000袋。后来朱因资金缺乏，受日商挟制气愤而死。继由另一位盐运使李宾四等集资金收回日股自办，改名为寿丰面粉股份有限公司，并任经理，聘请佟德夫和朱漪斋分任主任。1921年扩建粉厂，并成立机修车间，逐步从修配试机件到制造整部机器，成为天津制造面粉机器的开始。1923年以后由于生产失利、资金匮乏，于1925年春季停业。由经营面粉的行家孙俊卿、佟德夫、杨西园3人集合三津磨房公会和安徽督军倪嗣冲之子

倪幼丹的投资，加上债权人金城银行以该公司厂房机器作价投资共
60万元，接兑了寿丰面粉公司，改名为三津寿丰面粉公司。该公司
在孙、杨等人主持下，励精图治，经营得法，营业额不断增加，年
年有盈利。

2. 由倪幼丹投资20万元接替原裕兴面粉公司而成立的大丰面
粉公司，比三津寿丰公司规模还大，但因用人不当，年年亏损。倪
邀请三津寿丰经理兼大丰粉厂经理，改组经营，股本为70万元，改
名为三津永年面粉公司，与三津寿丰成为兄弟厂，董事长及总经理
等均原任不动。改组后第二年即获得盈余，但三津寿丰方面股东对
兼管有意见，加之分别经营，资金分散不利管理，1933年三津永年
与三津寿丰合并。

3. 位于天津梁家嘴还有一个民丰天记面粉公司，由于资金周转
拮据，经营亏累，于1933年由三津寿丰公司和几个米面铺集资收买
了该公司。

为了便于经营管理，董事会将上述三公司改组为天津寿丰面粉
股份有限公司。以原来三津寿丰公司为第一厂（总厂），三津永年公
司为第二厂，民丰公司为第三厂。总经理处设在一厂，共有资本170
万元，磨粉机66部，日产能力可达18000袋，比天津其他4户生产
总和17000袋还多1000袋。至此，寿丰已成为华北地区资金最多、
规模最大、产量最高、实力最雄厚的面粉企业了。寿丰三个厂合并
经营以后，产量年年上升，至1936年，由于原料充足、开工正常，
生产能力达到最高峰，年产量为408万袋。

寿丰虽然是华北最大的面粉厂，产品质量享誉华北地区，但在
旧社会无法发挥自己的优势为社会服务。1936年，该公司采购了新
小麦十几万包，约值170万元，七七事变爆发后损失殆尽，这对寿
丰是个致命的打击，已临业不抵债。因欠中国银行数百万元，只好
将寿丰三个厂的机器、房产全部抵押于中国银行。幸赖中国银行大
力支援，不催借款又停利息，另借流动资金，加上经理人多方筹款，
订购澳洲小麦磨面，至1939年由于水灾面粉涨价，寿丰获得很大利

润，除还债外尚有盈余，才又恢复起来。

沦陷期间，日军成立华北麦粉制造协会，严格控制小麦的收购及面粉生产。1939年，日军除将嘉瑞面粉厂买去以外，又阴谋对寿丰插手。当时的副经理孙冰如等既不愿这个魔爪伸进来，又不能断然拒绝，只好找各种理由拖延，使其未能达到目的。

由于当时物价不断上涨，经理部为了维持企业的生存，不得不设置后账，除了买生产所需要的物资外，也买些当时市场上的投机商品，如棉纱、棉布、黄金、颜料、股票等，以免遭受伪币贬值的损失，这才侥幸地把企业保存下来。

抗战胜利后，因国民党发动内战，交通隔绝，小麦供应不足，各厂长期处于半停工状态。到1948年，国民党又征购面粉作为应变物资后，各厂又无法补进小麦，只好挣扎图存。3月间，美国经济合作总署将部分美援小麦运津，各同业公会按各厂生产能力分配加工，暂时恢复生产，就靠这点儿"施舍"维持到天津解放前夕。

那时，寿丰三厂仓库存有国民党交警总队大量军用物资，军官们监守自盗，为了销赃灭迹，于1948年5月21日夜间故意纵火，厂房、机器全部焚毁。寿丰遭此挫折，元气大伤，只好靠一厂、二厂维持生产。

在寿丰发展的历史中，经历了几个动荡不定的时期，在其他面粉厂先后被淘汰、面粉市场被洋面和申粉占领的情况下，它能站住脚而且还有所发展，是由于该厂在经营管理和人才培养方面有独到之处。

1. 精简管理机构

为了统一管理，将寿丰二厂、三厂定为纯生产单位，不对外，所有财会、供销、总务各科均在总厂内。到1946年，总公司共有职员44人，工人440人，寿丰的总经理和经理都是董事，没有东伙之间的矛盾与隔阂，均能以身作则带头遵守规章制度。

各业务课室集中办公，可以互相监督、及时商量，避免推诿和拖拉，提高工作效率。各课人员职责分明，赏罚分明，加以待遇优厚，使个人利益与企业利益相结合，业务日益发展。

2. 积极培养人才

寿丰的总经理孙俊卿等人从早年在原寿星面粉厂时就注意培养技术人员，使之能掌握现代化面粉技术。1921年时，该厂曾聘请美国工程师韩培利任寿星厂兼大丰厂的制粉技师，两厂共给薪俸每月500两白银，寿丰还供给楼房一所居住。如此高的薪俸在当时是少有的，而一个私营企业以重金聘请外籍专家更是罕见的。韩培利除指导生产技术外，还办有技术人员学习班，系统地教授理化基础知识及制粉工艺。此外，还请过一些德国、美国专家到厂做报告，讲授制粉技术或领导学员实际操作机器，了解其构造、性能，提高技术水平。

寿丰厂还采取"派出去"的办法，曾资助孙明德去德国留学，归国后任寿丰三厂技术厂长，中华人民共和国成立后任中央粮食部技师；查良镕被资送美国留学，归国后任寿丰化验室研究技师和二厂制粉技师。他曾撰写《制粉工艺学浅说》一书，为我国第一部培养制粉技术人员的教材。多年来，经寿丰培养的技术人员转到华北、西北、东北各地面粉厂工作，充实了各地面粉工业的技术力量。

3. 坚持科学化验，严把质量关

天津解放前，寿丰的桃牌面粉能在市场上始终享有很高声誉，保持广泛而稳定的销路，是由于坚持质量第一，注重科学化验，按照科学方法进行生产而取得的成绩。

寿丰公司接收了寿星的化验室后，又对其加以扩充和改善，各种小麦、面粉的检验设备仪器应有尽有。化验室技师每天要对小麦进行化验，制定入机的搭配比例，还经常做面粉筋力和发起性试验，同时也对国内外的洋粉、申粉做比较，以指导生产，改进制粉工艺。

寿丰对本厂面粉的质量要求非常严格。鉴于南方小麦淀粉组织疏松，粉质黏而伸缩性小，故使用北麦。该厂规定绿桃牌为一等粉，如化验不符合规定标准，即回机降为"红桃"二等粉，三等为"蓝桃"，四等用无商标的白袋装售，买主一目了然，不用怀疑。桃牌商标虽几易厂主，但从未更换面粉等级和牌号相符。

该厂还注意国内外市场行情，订有美国的《制粉杂志》和日本的《麦粉实业报知新闻》等作为研究业务的参考，这在当时落后保守的中国面粉工业中也是难能可贵的。

寿丰的总经理、经理、主任、营业员和生产技术人员经常分别到各代销店及饭庄、包子蒸食铺等处，亲自调查寿丰面粉的质量，品尝比较，征求意见，取得第一手资料，指导生产，以资改进。

4. 保证原料供应，稳定销路

保证小麦的充足供应，是有利生产的先决条件。该公司每年都根据小麦的上市量及行情变化，不失时机地派有丰富经验的采购人员前往河北、山东一带采购，保证及时顺利完成。

寿丰吸收原寿星厂有产无销的失败教训，重视销售一环。开始营业时即将三津磨坊会员吸收为股东，各米面铺都挂寿丰面粉公司代销处的牌子，每袋代销费5分。由于双方利益紧密结合，所以各米面铺都积极推销，为寿丰的发展提供了可靠的保证。

1949年1月，天津解放后的第三天，寿丰即开工，积极为市民提供春节用面粉，让市民都能吃上饺子。解放初，全市面粉库存极少，又无进口粉来源，寿丰经理部积极经营企业，职工们也提高了生产积极性，在工作上有不少改进。由于领导、技术人员与工人"三结合"，于1952年创造了"前进出粉法"，每日增产六七百袋。两个厂子仅两个月就增产38835袋，逐步满足人民的需要。

正当寿丰的生产逐步增产之际，因该厂机器大多为三十多年前的旧机器，1952年5月24日一厂由于磨研发火，粉尘爆炸而发生火灾，将粉麦楼机房全部焚毁，造成巨大损失。

火灾后，在政府大力支援下，该厂重新购置了上海的机器设备，于1954年1月与甘肃省粮食厅实行公私合营建成新兰面粉厂。同年4月，仅余的二厂也进行了公私合营，从此，寿丰公司纳入国营经济，生产得到空前发展，生产效率有很大的提高。天津解放前，寿丰二厂日产量为6000袋，合营后，1965年日产量达30000袋。原材料消耗也降了很多，充分体现了社会主义制度的优越性。

至1971年，厂房建筑因机器常年震动而出现裂缝，属于危楼，停止生产，将机器支援外地面粉厂。至此，寿丰业务全部结束，改为粮油机械实验厂。

（作者署笔名：林清泉，刊于《津门老字号》，天津市政协文史资料委员会编，百花文艺出版社，1992年8月）

"坠子皇后"乔清秀

　　天津是我国著名的曲艺之乡。近百年来，不只曲种繁多，而且艺术表演家辈出。其中，乔派河南坠子犹如百花园中一枝奇葩，深受听众欢迎。

一、渊源及路调

　　河南坠子根生土长河南省，大约在一百七八十年前诞生于开封，至清代光绪年间遍及豫东、豫北，而且迅速发展成为新兴的、极为流行的一种曲艺形式。追溯这个曲种的创始渊源及沿革，鉴于早年绝少文字记载，大多依靠老艺人口头传说，其提供的线索不够全面，只能依据少量资料来简述这个曲种的形成历程。河南坠子来源可分为三个方面。

　　一、道情。这是河南省东南部的一种地方小戏种，系吸收了秧歌、花鼓的曲调而兴起的。它最初的乐器是以两把坠胡为主，坠胡中间有腰码，音色似二胡。演出的剧目有一百多个，一直在农村的庙会或集镇上演出，很少在戏院里营业演出。道

"坠子皇后"乔清秀

情班以演唱为主，其曲调醇厚、朴实，唱词通俗易懂，深受群众喜爱。20世纪二三十年代，在河南各地曾有二十多个班子，直到安徽界内，是为鼎盛时期。到20世纪40年代，由于灾荒等原因，班子大多解散，有的改行唱坠子去了。

二、一种说唱形成的三弦书。它主要使用三弦伴奏。演出时，一人弹拨三弦接腔伴奏，一人手执钹子（即小铜钹）击节演唱，又叫"钹子书"。还有一种腿缚木板自弹自唱的，就称"腿板书"。

一百多年以前，开封有位说三弦书的青年艺人乔振元，曾将小鼓三弦去掉一根弦改为手拉，改变了三弦书"弦不随腔"的伴奏特点，变成唱一句、拉一句的"托腔坠子"。这一变化大受欢迎。而后又有唱道情的艺人，因演唱时无丝弦伴奏，一人打竹板演唱，疲劳而单调，于是便把乔振元改制的新乐器吸收过来，并加以改进。三弦书和道情，一个改制了乐器并改变了伴奏特点，一个从无伴奏到有伴奏，在唱腔和表演上都很自然地起了变化，逐步成为一种新的说唱形式。大家根据这种乐器的特点，起名"坠子"，又因产生于河南，便叫河南坠子。

三、莺歌柳。据曾经学过莺歌柳的濮阳县老艺人程秀升回忆，开始是他师傅用小镲和八角鼓击节演唱，师兄弹小鼓三弦伴奏。演唱中不仅伴奏者要接腔助势，并且还要与演唱者互相交流，说二话（即插科打诨）。莺歌柳有越调、平调之分。20世纪初，河南坠子已传入豫北，由于它表演形式新鲜，受人欢迎，程秀升就开始吸收坠子的唱腔，他让伴奏者程书安弹着三弦押后，实际已是莺歌柳逐步转向河南坠子的产物。到1920年左右，莺歌柳即已失传了。

由此可见，河南坠子是道情、三弦书、莺歌柳的综合发展。由于地区、语音的差别和各地吸收、丰富的不同，逐渐形成中路、东路和北路三种路调，各有特色。

中路坠子（也叫西路和上路）多系三弦书艺人改唱坠子后吸收河南梆子、越调、二夹弦等剧种的唱腔而形成。

东路坠子（也叫下路）多系道情艺人改唱坠子后吸收琴书而形

成，以柔美细腻、善于抒情为特色。

北路坠子：在中路、东路的基础上，吸收了大鼓的曲调而形成。其唱腔多用小碎口和花腔，旋律性较强，形成俊俏、妩媚而又健壮的艺术特色，称为"小口"或"巧口"（也有人称为"乔口"）。北路坠子著名演员乔清秀和乔利元，由于独出心裁、大胆创造，善于吸收和丰富，形成了优美而独特的乔派坠子。乔派坠子不仅是北路坠子的一个主要艺术流派，而且也是河南坠子最有威望、最有声誉的一个艺术流派。

新的唱腔和音乐结构的出现，是河南坠子形成的标志，其时间约在1900年。河南坠子在形成过程中，以新鲜活泼的特点吸引了不少三弦书和山东大鼓艺人参加到改革创新的行列中来，使河南坠子增加了大量曲目，丰富了演唱技巧，促使这一新兴曲种日益成熟，并迅速流传到邻近的山东、安徽。民国初年传入北京，20世纪20年代传入天津、上海、沈阳，30年代传入兰州、西安，40年代传入武汉、重庆、香港等地，成为中国流行最广的曲艺形式之一。

河南坠子兴起以后，演唱者均为男演员，至民国初年才有女艺人加入演唱队伍。1913年，河南坠子出现了第一个女演员张三妞，随后又出现了乔清秀、程玉兰、董桂枝三位名家。女演员的出现，促使河南坠子扩展了唱腔的音域，改革和丰富了唱腔的旋律，伴奏技巧也有所提高。1930年以后，河南坠子进入兴盛时期，在天津形成了乔、程、董三大唱腔流派。乔派以节奏流畅、吐字清脆、唱腔悠扬婉转见长，称为"小口"或"巧口""乔口"；程派以曲调朴实明朗、唱腔圆润见长，称为"大口"；董派以板眼规整、唱腔含蓄深沉见长，称为"老口"。三派中以乔派为首。

20世纪30年代以后，唱河南坠子成为女演员的专业了，男演员被挤到农村乡镇演唱，女艺人们则走出河南进入周边省城及天津、东北地区，成为民国时期神州大地很有影响的曲种之一。其中，创建乔派坠子的人是先为师徒后为夫妻，并被誉为"坠子大王"与"坠子皇后"的乔利元和乔清秀。

二、乔派坠子创始者传奇身世

创建乔派坠子的乔利元，原名乔春秋，生于清光绪二十四年（1898）农历七月初六日，河南省（原属河北省）南乐县乔崇町村人，小时候曾读过几天私塾，后因家贫便辍学为人赶车扛活。其东家是个戏迷，但凡周边村镇有戏或说书场，也不拘十里八里，便要乔春秋赶上二马轿车拉他去看。耳濡目染，乔春秋便也喜欢上了戏曲。东家看他聪明伶俐，便为之购买了二胡、三弦，自己发戏瘾时便哼上一段，让乔春秋伴奏。需对唱时，便逼着乔春秋也唱几口。一来二去，乔春秋也成了戏迷，不仅会唱两口山东大鼓（即梨花大鼓），还会弹弦子，甚至比东家有过之而无不及。

乔春秋 17 岁那年秋天，他的生活之路发生了一次大的转变。那天，他在临着大路的一块地里割高粱，发了戏瘾，自以为无人，便边干活边唱将起来。一曲方毕，有人喝彩，伸头向外一看，见一壮年人站在路边，经问，方知是在冀鲁豫三省交界处大名鼎鼎的山东梨花大鼓名家程长会。程先生夸其嗓音好，节奏感强，谓其演唱稍经点拨便可登场。乔春秋吭吭哧哧，说早就想投身梨园，只是苦无良机。程长会闻言大喜，便说："若不嫌老朽迂腐，我愿教你。"乔春秋知其乃曲艺界八牌十四门中第一大门的长辈，便欣然拜师。程长会按艺人辈分行规，为之取名乔利元。

经过 3 年的努力学习，乔利元的山东梨花大鼓已唱响冀鲁豫三省交界处。满师后，又报效了师父 3 年，方才自己立班授徒继续行艺。

后来河南坠子兴起，他就改唱起河南坠子，属北路调的唱法，唱口也挺特别，嗓子跟庙里的大钟声差不多，又带有山东大鼓的味道，走村串街赶庙会，听的人挺多。他的坠子书在河北邯郸、邢台、山东聊城、济南及河南安阳等地很有影响，也挺有人缘，大家还给他起了个不俗不雅的绰号："大叫钟"。可是他的坠子腔中，却带着

271

浓郁的山东梨花大鼓味儿。他为了有个立足之地，又拜在清河县声望极高的老艺人潘春聚门下为徒，经过潘老师的口传心授，他学会说许多中长篇书目的段子。乔清秀从事舞台生涯就是从跟他学说书开始的。

提起乔清秀，她的身世令人酸楚。她本姓袁，名金秀，清宣统二年（1910）农历七月初四日出生于河南省内黄县店集村。父袁相巽，人送绰号"白瓶儿"（言其脸白）；母袁张氏，河南省南乐县元集村人。由于当时帝国主义侵略日甚一日，清王朝的腐败愈来愈严重，于是，一度曾被禁止的鸦片烟毒又开始泛滥，不仅城市中有吸食者，即便农村也有染此恶疾的。袁相巽就因吸食鸦片，致使全家凄苦不堪。

那是1915年秋，袁金秀刚刚6岁，其妹双玉3岁之时，袁相巽为了弄到一笔钱财吸毒，竟暗地里将已怀孕的妻子和两个女儿一块卖给了人贩子。幸亏有烟馆的伙计恨其天良丧尽，先人贩子一步到其家通知其妻。金秀娘大惊，连夜带女儿回娘家躲避。不久，袁相巽找来，金秀的姥姥便对他说："你也不用将她娘儿仨卖给人贩子，我给你3串钱，权当卖给我了！"袁相巽接钱回家继续吸毒，不久便死在村头的小庙里。这年，金秀娘又生了三女儿秀娇，一时生活更加困苦。为了活命，金秀的二姨抱走了双玉，金秀娘带着出生不久的秀娇改了嫁，金秀一个人留在姥姥的身边。袁相巽一家，就这样死的死，散的散，剩下她们娘儿四个还分到三处。金秀自幼体弱多病，长到七八岁还是瘦叽叽的，偏遇上姥姥是个怪脾气暴性子的人，稍不顺心不是打就是骂，这使缺少父母疼爱的金秀更感到人世间的寒冷。但她并没有终日以泪洗面，而是缄口寡言，尽力干活。后来，在不影响给姥姥干活的情况下，到附近一家学堂里念书，也学过唱歌。由于她心灵性慧又肯用功，所以，常常受到老师们的赞扬。金秀的童年是这样度过的。

1923年秋末冬初，乔利元等艺人在河北省大名县万堤村说书，金秀姥姥听他唱起书来不仅有声有色，而且腔调与众不同，想到金

272

秀平时很爱听说书唱戏的，就问金秀愿不愿意去学说书？金秀那年14岁，说愿意学。于是姥姥领着金秀到说书场问乔利元："叫外孙女跟你学说书好不好？"乔利元看金秀个儿虽不高，身子又瘦弱，但模样好，又聪明，就说"试试嗓子吧"。听到金秀的嗓子又甜又亮，乔利元当即同意收为艺徒，并取艺名为乔清秀。

三、小荷露出尖尖角

乔清秀入师之时，河南坠子正由南向北流传开来，并已形成"豫东""豫西"两个流派。乔利元听了坠子，感到清新别致，舒缓相间，有张有弛，有说有白，尤其适合人数较少的班子开中长篇大书。他和乔清秀商议，让她学唱河南坠子。唱好了，继续学习；唱砸了，再改梨花。反正是个小孩儿，谅也没人挑刺儿。

起初，清秀随利元习唱，利元对清秀讲："你学我只能学个根本，打个基础，要唱好，必须得你自己闯出一条新路来。"常言说师傅领进门，修行靠个人，聪明人不用多讲，一点即破。自此，乔清秀在乔利元唱腔的基础上，耳濡目染，善于吸取，精心创造，终于根据她自身的条件，哼出了一个新腔。乔利元热情地给她以鼓励和支持。

1924年冬天，乔利元带着乔清秀及说书班子人员从大名县前往邢台。在路上，乔清秀用心地试唱刚学会的三个唱段。到了邢台便在小河子外边段老治的茶社里上演。14岁的女孩子掂起简板初次登台，先唱一段《韩湘子渡林英》。她那甜润的嗓音，清新的腔调，欢快的情感，一下子就把听众们征服了，掌声如潮。乔清秀大受鼓舞，又唱了第二小段儿和第三小段儿。三个小段儿唱完了，听众还是不让下台。乔利元无奈，只得出来向大伙儿打躬作揖，说孩子小，刚学会这三个小段儿，别的实在不会唱了。听众中有人说："那就再唱一遍吧，俺们听得挺带劲儿。"乔清秀听罢，重新登场，将三个小段儿重唱了一遍。这下轰动了邢台城，都知道来了个会唱河南坠子的

273

乔清秀与家人合影（摄于 20 世纪 30 年代）

小姑娘。乔清秀刚入曲艺界头一年，就一炮打响，来了个"出头红"。这对乔清秀和乔利元都是个极大的鼓舞。

乔清秀演唱河南坠子的成功，促进了乔利元改唱河南坠子的决心。他们分析了河南坠子的优缺点，对优点发扬光大，对不足之处加以改进。譬如：当时豫东调坠子声调高亢有余，舒缓唱法与道白稍有不足；豫西调坠子受曲剧影响较大，唱腔起伏跌宕不大，节奏感稍慢，听众易分散注意力，等等。他们又将姊妹艺术中的可借鉴处融入自己的唱腔中，逐渐形成了与豫东、豫西两个流派迥然不同的新派北路坠子，有人将之称为"乔派坠子"。

四、由师徒转为志同道合的夫妻

1926 年秋，乔清秀的姥姥突然要乔清秀脱离乔利元回大名县。乔清秀想起当年在姥姥家受的苦难，投奔师傅之后，授艺之恩，没齿不忘。乔清秀表示宁愿随乔利元唱一辈子书，也不愿再回到姥姥家。乔利元便带着乔清秀回到自己家乡南乐县，并和乔清秀的亲娘、亲姨商量，她们都同意给姥姥些钱完事。

虽然乔利元大乔清秀 12 岁，可是他俩在曲艺事业上的共同追求与生活上的相互照顾，由师徒进一步结为志同道合的患难夫妻。

乔利元与乔清秀结婚后不久，乔利元又收了一个男艺徒王清顺。他们重整行囊，由南乐县出发，奔临清、东昌，进济南等地演出。乔清秀由唱小段儿开始，跟乔利元学唱中、长篇书《刘统勋私访》《段包卿投亲》《白绫扇》等。乔清秀记性特别好，一日能背书八百句，开始她和乔利元唱对口，没过多久，她便一人撂单了。在临清演出时，乔利元从河南濮阳县请来了琴师康元林。在给别人伴奏时，可能被说成是"二荏子"弦手，但自他和乔清秀合作之后，二人互为增补，相得益彰。他们的演唱伴奏不仅是水乳交融，简直就是浑然一体了。康元林的伴奏，无论是走过门、托唱腔，或是助声情、造气势，都成了乔派坠子艺术的一个重要组成部分。有一次，乔清秀去张家口演出，恰值康有事不能随行，临时换了弦手，结果乔清秀"栽"了，一个月的合同两天便完。回津后，乔清秀说："今后除康元林之外，谁的弦也不用。"由此可见康元林对乔派坠子之贡献。乔清秀有了新腔，有了书，还有了配合默契的琴师，就较前大进一步，唱到哪里，哪里挽留，走到哪里，哪里欢迎。但她仍不满足，1928 年又从清河县请来原来乔利元的老师、梨花大鼓名家潘春聚，拜他为师，并认潘老师为义父，情同父女。学了他的《杨家将》《二打天门》《呼延庆征西》《五虎平南传》等部书，决心更上一层楼，向更高的艺术境界攀登。潘师爷从此随乔清秀一起流动卖艺多年。

五、"盖河南"名不虚传

乔清秀是一个特别聪明伶俐的人，她向乔利元学习一阵子就想把乔利元的基本唱法打破。她对乔利元说："你唱的男腔，我不能按你那个腔调唱，不好听。我是女腔，要自己发挥。"她学会了段子以后就自己创作腔调，唱法日渐提高。开始时，她这个唱法在坠子界

乔清秀当年使用过的书鼓

内有同行们不能接受，说你这个坠子都成为新派的东西啦。可是在河北省石家庄演唱时，就有一些文化名流人士给乔清秀送匾，上写"盖河南"。这个牌匾一挂出去可惹祸了，唱坠子的演员都来打架了。他们说："你把河南都给'盖'了，我们吃谁去？"乔清秀说："这也不是我们自己吹捧自己，咱也别说我盖不盖河南，你们服我也好，不服我也好，咱们就各拉场子变相地打擂台吧！"

当时在石家庄有好几处演鼓书的园子，经过协商，以谁能叫座为准。于是从许昌、洛阳来了好多唱老式传统坠子的，有的老资格、老前辈不服气地说："你一个不到 20 岁的小妮子，你就敢说'盖河南'，这还了得吗？"当时各方在石家庄就摆上擂台了。结果没唱到十天半个月就见了分晓。这些唱老式河南坠子的演员服了，说："你接着挂你的'盖河南'吧！"然后乔利元、乔清秀又给这些艺人买了车票送回家，仍恭恭敬敬尊称他们为老师。

1929 年，在天津鸟市开设玉茗春茶楼名叫吴玉林的老板，由于聘请的演员只唱梨花大鼓，生意不景气。他来到石家庄，听说有唱河南坠子的，唱得怎么好、怎么火。他在乔氏夫妻演唱的园子内偷听了 3 天，直说："嚯，这行！如果到天津演出，卖座绝不成问题。"于是就和乔家签了合同，一签就是 4 年。相当于乔清秀来到天津后，按合同就给玉茗春茶楼拴住了。结果乔清秀在玉茗春茶楼演唱了 4 年，有《五虎平南传》《杨家将》《薛家将》等节目，一炮打响，站住脚了。为迎合天津观众欣赏口味，特意加唱小段如《风仪亭》《摔镜架》等，茶楼天天客满。

这时，在法租界泰康商场内有个专演曲艺节目的小梨园（原名歌舞楼），是天津第一流演曲艺的茶园，到这里听唱的多是文人墨客，以及官僚、资本家等有钱的富户人家。演员自然是数得上的名角儿，各类座位的票价也卖得贵些。在小梨园长期唱压轴戏的是鼓界大王刘宝全，他听说天津卫来了一个唱河南坠子的小闺女唱得很好，是个名角儿，开始还不相信，后来见听客全往玉茗春茶楼跑，他就亲自到玉茗春，也不吭声（怕别人认出他），找个座位坐下，听乔清秀唱。听罢，称赞说："小闺女还唱得真好，这么能叫座！"后来经人介绍，彼此熟了，刘宝全对乔清秀说："你别在这儿唱了，只是说书，一天说好几个钟头，挺累的，跟我上小梨园吧！"乔清秀说："我要是上小梨园去，人家园子掌柜的不同意呀！"经协商，乔清秀先是去小梨园赶一场，回来再接着在玉茗春说大书、唱小段。又过些日子，和玉茗春的合同到期了，乔清秀终于进了小梨园。刘宝全唱压轴戏，乔清秀虽然唱"倒二"，但是在园子门口的五彩霓虹管灯上，左首是刘宝全，右首是乔清秀，二人并挂头牌，而且和刘宝全拿同样的包银。虽然乔清秀不唱压轴戏攒底，但是只要海报一贴出有她演出，总是客满。乔清秀以其甜润的嗓音，旋律悠扬的"俏口"唱法（又称"乔口"），加上她那清新、活泼的风格，在天津唱红了，一举成名，并被人们封为"坠子皇后"。就这样，逐渐从"盖河南"又获得"坠子大王""坠子皇后"的美誉。

六、创新乔派独树一帜

乔利元、乔清秀在天津玉茗春期间是日夜演出两场。乔清秀的中长篇二者兼有，吸引了听唱和听书两部分听众。她在开正书之前还会加一两个小段。有一次开场唱《三堂会审》，掌声雷动，场子何止"开花"，简直是"炸场"。

天津听众过去对各种曲艺节目统称"什样杂耍"，早些时候，河南坠子被认为是外地的乡村曲调，登不了高雅之堂，都是在"撂地摊"上表演。乔利元和乔清秀来到天津以后，听了别的演员演唱曲调，感到如果还用河南中州那个方言，人家说"侉"，要在天津卫这个码头长期待下去，就得改变。乔清秀立意从唱腔、道白以至服装上开始改革。

　　根据大城市听众的爱好乐趣和欣赏水平，结合天津卫的风俗人情，乔清秀别具一格地大胆创新，在自己的坠子腔调里风趣地糅进一些半说半唱的"垛句"。比如在《蓝桥会》中，乔清秀唱道："天津卫的大虾米把腰一弯"；又如在《改良拴娃娃》中半说半唱道："娘家住在小神庙后，婆家住在北大关……"这些天津卫人熟知的老地名，一经从河南坠子唱段里唱出来，令听众感到新颖、风趣，又特别有亲切感。只要乔清秀轻松自如地在台上抖起了小包袱，满园子听众叫好，掌声如雷震耳，就连杂耍艺人同行也是挑大拇指赞叹不已。这其中当然也与潘春聚、弦师康元林的功劳分不开。

　　乔清秀由于年幼时在贫穷的家中受了不少苦，有一种反抗、不服输的个性，特别倔强，决心要拿出降住人的东西以出人头地。早些时候，河南坠子有三大派别，除了乔清秀，还有童桂芝、程玉兰。可是唯有乔清秀的嗓子清脆，比一般唱坠子的高两个音，字眼也真，腔调也华丽，谁也比不了、学不了，没有人能唱出她那个音调。比如，她在北京的吉祥大戏院演出时，上千观众坐满了座位，她以一个板儿、一把坠胡，能把唱腔送到每个观众的耳朵眼儿里，连最后一排的观众都能听得清楚（那时不用麦克风），很不容易的。

　　乔清秀还有一个特点，就是取人之长。不演出时在家里就是研究演唱的艺术。本子中哪些词句不好，就自己创作、修改，家里人称她是"改革家"。要是去听戏，总有些心得，把别人的艺术精华带回家来。比如，听完马连良的京戏以后，就把好的腔调学会再糅到坠子里面。又有一次，她听了歌星周璇唱的《孟姜女哭长城》插曲，就把其中的腔调融入她自己唱的《梁山伯与祝英台》的唱腔之中。这么一唱，听众特别欢迎。她根据自己嗓子特点，可以随心所欲进行再创作。她除了演出以外，从来不去各处游逛，自己在家里时就哼哼曲调。她演唱时，节奏流畅，吐字俏丽，行腔自如、明快。她的腔调很多，大腔、小腔、中腔、弯弯腔，不像别人唱坠子，上下一个调。

乔清秀在天津曲艺界虽然有了一定的声望，可是她对自己的艺术仍然要求极为严格和认真。她每天演出以后，总不断找出些不足之处。如果一个唱段，或是一腔一字，一个鼓点，一个过门，一抬手一投足，原设计的在某处要出效果，而演出时没出来，下场后不吃不喝不休息，她也要和琴师一起找原因，然后对着穿衣镜重新排练，直到再上场演出有了效果方肯罢休。她从小身体虚弱，演出前，常在后台一张小床上躺着养神，看上去少气无力、病恹恹的，可一旦化了妆、上了台就判若两人，精气神都来了。只见她，身穿白色旗袍（有时穿青的、灰的），上绣展翅欲飞的红凤凰，脚穿丝光袜子黑色高跟皮鞋（她小时候被姥姥缠过足，后来经刘宝全劝说才放足的），头上梳一条大辫儿。出台几步，对观众弯身一躬，辫子由身后而搭至身前，然后一甩辫子一昂头，二目闪烁，鼓箭一亮，生气勃勃，气度非凡，未曾开唱，便赢得一个满堂好。难怪大家都说她是台下一条虫，台上一条龙。乔清秀为使乔派坠子得以日臻完美，劳累成疾。在天津10年中，她只到北宁公园玩过一次，还是乔利元特意动员她去的，乔清秀对艺术的执着和不懈追求是她成功的根本原因。

七、胜利公司包灌录，声誉留人间

自19世纪末，外商将唱机、唱片传入中国以后，受到人们的欢迎，20世纪前半叶，一般中等家庭都备有唱机、唱片作为文娱生活用品之一。在全国几个大城市中，纷纷成立唱机唱片公司，并多方面挖掘各剧种优秀节目和演员灌制唱片，成千上万张唱片销往全国各地。从1908年中国唱片工业起步开始，到1949年中华人民共和国成立，旧时出版的各种牌号的粗纹唱片约8000种，总发行量约为几百万张。良莠参差的内容基本上反映了以往各个时期的文艺状况（见《中国唱片业史话（上篇）》），丰富了人们的文娱生活，更重要的是保留了优秀表演艺术家们的杰作，留住了历史的声音，在保存祖国文化艺术遗产上立了大功勋。

279

乔清秀在天津唱红了，几家较大的唱片公司就先后约请乔清秀灌制唱片。1933年左右，乔清秀先是应上海昆仑唱片公司之约，灌过《独占花魁》《小寡妇上坟》《改良拴娃娃》3张唱片。

1934年至1937年，美国RCA（原译"亚尔西爱"）胜利唱机唱片公司委托其华北总经理师子光先生数次邀请乔清秀灌录唱片。由于天津没有灌录唱片的设备，师经理就带着乔利元、乔清秀去上海胜利唱片公司灌录。

乔清秀、乔月楼母女唱段选集

师子光经理也很喜爱乔清秀的唱腔艺术，他在为演员灌录唱片时，不是每张都为之"报幕"（当时内行话叫"报头"）的，只有像"四大名旦"、著名老生或曲艺界名演员等才给报幕，而他给乔清秀灌的唱片大多数报了幕，多数唱片的片心上除了标明演员姓名、曲目，还特别印上"盖河南"三个字。可见，他对乔清秀的艺术是评价较高的。

乔清秀、乔利元随同师经理去上海胜利唱片公司灌录了两三次。1934年，当乔清秀第一次灌完以后，乔利元突发奇想，来天津七八年了，从没在台上露过脸。观众光知道他是乔清秀的启蒙老师，可没人听过他唱的坠子到底咋样。在事先跟谁也没商量的情况下，乔利元突然向师经理说："你们灌得那么好，叫我也灌一盘吧！"师经理说："给你灌不行，一是付给你的费用多少没法谈；二是你灌不好，损失一张唱片要花费很多钱呢！"乔利元则要求说："给我灌一张吧，我不要钱，我白灌还不行吗？大不了这次乔清秀灌的几张唱片，俺们算白搭，还不中？"师经理没办法，就同意给他灌了一段《洛阳桥》、一段《白猿偷桃》，还有一段《李存孝夺篙》。录完回天津后，从师经理那边听到反映说销售量还不错，买的人真不少。之后，乔清秀和乔利元又在胜利唱片公司灌制了二人对口坠子，一张是《吕蒙正赶斋》，另一张是《马前泼水》，没想到在全国卖得更好、更火。

师经理和乔清秀合作时，是代表美国胜利唱片公司与乔清秀谈判签订合同的。当他们双方在上海胜利唱片公司谈判时，美国胜利唱片公司驻华总经理哈尔通先生也正好来到上海，有的合同就由哈尔通直接签字。合同内容除开列需要灌录的节目以外，规定只能由胜利唱片公司包下灌录，不能再到其他公司灌录。从1934年到1937年三年多，乔清秀灌录的唱片不少，包括《韩湘子三渡林英》《因果报》《昭君出塞》《蓝桥会》《凤仪亭》《吕蒙正赶斋》《宝钗扑蝶》《王二姐思夫》《关王庙》《三堂会审》《双锁山》等三十余张唱片。从《宝钗扑蝶》这首曲子，可以看出乔清秀对河南坠子的吐音很重视。她认为河南坠子的吐字和音调河南味太浓。到上海、南京演出时，南方人能听懂吗？于是她就学习普通话，使河南坠子用"中州音、京口调"来唱。她很聪慧，本来《宝钗扑蝶》这首曲调外人不知其详，她从来没有在舞台上演唱过。在从天津去上海灌录唱片时，她在火车上把词背下来，再把它用"京口调"演唱出来。这张《宝钗扑蝶》唱片灌录出来以后，销售很好，成为热门货。有的经销商说，这张《宝钗扑蝶》比梅兰芳的唱片卖得还好。师经理通过和乔清秀几次灌录唱片的合作，与乔家关系很密切。

乔清秀灌录的节目受到胜利唱片公司的欢迎，给乔清秀的报酬也很高。在商谈《宝钗扑蝶》这张唱片的报酬时，乔清秀向胜利唱片公司提出，不但付给唱片灌录费，还要提成费。即每售出一张，得提一角钱。这在当时胜利唱片公司所灌制的戏曲、歌曲、曲艺等唱片，另加享有提成费酬劳条件，乔清秀是为数不多的一位。胜利唱片公司答应了这个条件，并承诺说："只要胜利公司存在一天，就有你这一份钱。"双方在合同上签了字。乔清秀把合同交给了女儿乔月楼，并嘱咐好好保存，这些有乔清秀和哈尔通先生亲笔签字的防伪签约合同，历尽沧桑，一直保存到现在。"文革"期间，乔月楼、乔河清夫妇用牛皮蜡纸，一层一层卷裹藏在床底煤球堆里。现仍健在的乔月楼向来访者说："七十多年了，看见这些灌录唱片合同，俺就好像见到母亲乔清秀，这就是乔（清秀）派河南坠子的艺术见证啊！"她还请摄影家刘和先生将保存的这几份珍贵文物拍照，以备将来送往档案部门珍藏。

乔清秀录制的唱片很快发行全国，乔派坠子也随之传遍长城内外、大江南北，效仿者愈来愈多，影响也愈来愈大。坠子唱腔原本只有东路、西路两路调，自此，乔派坠子便以它那独特鲜明的艺术风格与东路调、西路调鼎足而立，成为坠子的北路调。不仅有专攻乔派坠子的演员，即使原来唱东路、西路坠子的演员，也在自己的唱腔中嵌进一段乔派坠子以招徕听众。乔派坠子不仅极大地丰富了坠子的唱腔艺术，还大大提高并扩大了坠子的声誉及影响力，不少人认识河南坠子便是从乔派坠子开始的。乔派坠子是河南坠子的一个艺术高峰，时至今日也还没有人逾越它。

乔清秀虽然在 1943 年不幸去世，但是她灌录的唱片销售仍很好。中华人民共和国成立后，中央音乐学院有位名叫丁当的教授，不但唱得好，坠胡也好，他是跟乔清秀的琴师康元林学坠胡的。他和乔月楼认识以后，先是让乔月楼唱一段《宝玉探病》，丁当教授和康元林、乔月楼一起，对其唱段中的"寒韵"（大哭腔）精琢细刻，唱来典雅、悲切，韵音缠绵，并给录了音。至今这段《宝玉探病》乔派经典唱段，为许多坠子演员效法习唱。丁当教授对乔月楼说："你应该继承你母亲这个腔调，发扬乔派吧！"丁当教授还带着康元林师傅、乔月楼一同到中央有关部门汇报发扬乔派的问题，引起了文化部门领导的关注。此外，丁当教授还准备搞一场坠胡独奏形式的专场演出，请乔月楼伴唱《宝玉探病》。不幸的是，在筹备之中，丁当教授突发疾病，英年早逝。

天津解放初期，美国 RCA 胜利唱机唱片公司撤走，上海胜利唱片公司接手，决定凡是上海胜利公司翻版乔利元和乔清秀的唱片，还延续这个合同，予以付酬。根据卖出唱片多少张，然后按片数提成汇来。乔月楼儿子乔金明记得第一次汇来七八百元，这在当时是不小的数字了。后来又汇过三百多元、二百多元，直到 1958 年毛主席的"百花齐放、百家争鸣"方针发表以后，有些政策改变，就不付这个唱片的版酬了。

据天津市沈阳道古物市场内卖老唱片的店主说，一张乔利元的《李存孝夺篙》要卖到四百多元一张，比乔清秀的翻版唱片还值钱，因为老唱片越少越成了绝版，备受收藏人的青睐。

八、乔清秀帮助刘宝全解除困境

大约 1937 年，乔清秀第二次到上海，在胜利公司灌唱片以后，受邀请逗留在南京夫子庙的鸣凤茶社演唱几天。乔清秀在南京演唱时，刘宝全正在上海四马路的大中华饭店跳舞厅里演唱。可是签约后，演出不到一个月，经常只卖半场座。本来包银就不多，又发生刘宝全的儿子把仅有的包银偷着提前支取走了，生活非常困难，回不了天津啦。刘宝全就去南京找到乔清秀，恳求她帮忙救场一起在上海演出。乔清秀当时有些为难，不愿意去，因为她知道上海有两位最有权势的人，即蒋介石的拜把兄弟——黄金荣和杜月笙，外地艺人到了上海必须先去拜见他们，不然在上海这个码头是站不住脚的。况且刘宝全正是在他们的地盘唱，谁敢得罪青洪帮？可是眼见刘宝全陷在大中华饭店的危难之中，乔清秀为了帮助刘宝全解除困境、早些脱身，就仗义地答应和他同去上海。当然，也只好硬着头皮去拜见这两个"地头蛇"。据说也给黄、杜二人各自唱了堂会。

黄、杜二人又听说乔清秀这次来上海是为解救刘宝全而仗义演出，甚为高兴，没有难为她，还特地派手下人到苏州赶制了不少条绣有"坠子皇后"字样的绸缎幛子和桌帘子，送给乔清秀增添光彩。

乔清秀到上海后和刘宝全同台演出10天，海报一贴出去，跳舞厅又是场场客满。乔清秀的演出费分文不要，替刘宝全还清了跳舞厅的亏空，解决了刘宝全的困难之后，合同也满期了，他们又一同回了天津。刘宝全感激地说："我谁也不服，我服乔清秀你，你真行，在哪儿演唱都是客满。你们两口子是这个（伸大拇指），够仗义！"

1937年，乔清秀在南京、上海演出时，都带着女儿乔月楼。据乔月楼回忆，她从小没离开乔清秀身影半步，在家里悉心照顾她衣食住行，甚至晚上还要给乔清秀用温水洗那已骨折的缠足脚。上园子演出时，她就怀里抱着个小暖瓶，一刻也不松手，伺候乔清秀饮场。乔清秀和鼓王刘宝全一样，从来不喝后台烧的水，主要是怕有歹人下药，格外小心。那时乔月楼在后台听母亲演唱，跟着学，有时掀开一点儿门帘，看看前几排的观众。在上海唱堂会时，她看到过蒋介石、宋美龄、黄金荣、杜月笙等当时的大人物。因为他们都坐在最前排，看得很清楚。乔月楼至今还清楚地记得，母亲还专门给蒋介石演唱过一场堂会，那天也带她同去。蒋介石住的地方是在一个又深又大的花园内。她们被人领着从小后门进院，还规定不许抬头乱瞧。乔清秀那天晚上唱的是《韩湘子上寿》，蒋夫人宋美龄对乔清秀的演唱评价很高，还送她一套精美的茶具。

九、饱受摧残清白做人

1937年7月，日本帝国主义发动了七七事变。华北等地沦陷后，市场萧条，文化娱乐更是衰败不景气。戏院、茶园的演员们为了生活而演出，还要受地痞恶霸的欺侮。那时乔清秀从住处到小梨园赶场，一路上多次被警匪拦截，需花钱买通。

在旧社会，艺人的地位十分低下，尤其是一些年轻漂亮的女艺人，更容易受人欺侮。在天津卫，就说恶霸袁文会，一年光"寿日"就办三四次，演员要给他唱堂会，还要给他送钱。袁文会早就垂涎乔清秀的美貌。一次，以其母做寿为名，让乔清秀去唱堂会。

所谓"堂会"，即有权有势者在红白喜事时，让艺人到家中酒席宴上演唱献艺的一种形式，实际上往往是一种陷阱。事主们有时以酬谢为名，将年轻漂亮的女艺人灌醉，乘机进行玷污。乔清秀去时，乔利元、潘春聚、康元林等随同前往。乔清秀一曲既毕，满堂喝彩。袁文会嬉皮笑脸地说："'坠子皇后'果然名不虚传。来来来，坐下陪大爷小饮三杯，定有重赏。"乔利元恭敬地解释说："袁大爷府上有事，我们自当凑个热闹。只是我们家清秀身体不好，不能饮酒，请原谅。"袁文会把眼一瞪，便想发作。乔清秀忙说："袁大爷，小女子入师之时，师傅便立过规矩，不得陪酒陪宿，不得自轻自贱。一年三节（端午节、中秋节、春节）的礼钱，喜庆寿诞的份子钱，我们从未短过您的。今天这个大喜日子，也请大爷莫坏了俺老乔家的规矩。"袁文会听后，只得将手一挥，扫兴地说："不识抬举，去吧，去吧。"乔家师徒等人如逢大赦，匆匆离去。袁文会尚且碰了一鼻子灰，其他人也望而却步，不敢再打乔清秀的主意。但是，这些地痞流氓军警宪特之流敲诈钱财之事却接连不断，有一处打点不周，便会闹场、砸园、扣车、撕票，让艺人安不下场，说不成书。

乔清秀她们在这种环境下，一直坚持堂堂正正做人，她们坚持"认认真真卖艺，清清白白做人"和"卖艺不卖身"的准则，从不屈服，从不让步。特别是乔清秀，生来无媚骨，更对鄙视艺人的人深恶痛绝。1927年，乔清秀18岁在东昌府演出时，某军阀的一个团长办堂会，要乔清秀点烟倒茶，乔清秀理直气壮地说："俺这是庄稼玩意儿，既不会递烟也不会倒茶，只会说书。让唱就唱，不叫唱，俺就走。"就这样离开了这个团长的家。又一次，某一军阀队伍里的连长到茶棚里听书，他把一个瓜子皮向乔清秀的头上投去，一个，乔清秀忍了，二个三个，让啦，到第四个，乔清秀冲他便骂。这家伙想闹事，被后台的演职员和前场的听众给镇住了。在济南演出时，恰值军阀韩复榘给他父亲做寿办堂会，把乔清秀请去，乔清秀一条辫子分成俩，穿黑褂罩，两头发梢上都扎着白头绳，被韩训斥一顿，不叫乔清秀唱，其实正合乔清秀心意。类似这等事举不胜举。当然，有时也为此事花钱生气，甚至挨打挨骂，但乔清秀从未低过头。她在艺术上精益求精，演出上严肃认真，为人清白耿直，这些直到如今还为不少曲艺界的前辈们所津津乐道。

乔清秀和乔利元到天津后，在去河南老家时收养了乔月楼，还在去上海演出路过南京时，从人贩子手中又买来乔玺楼和乔凤楼收养。这三个女孩既是他们的养女，又是他们的徒弟。乔家夫妇对她们视若亲生，教导她们"认认真真学艺，清清白白做人""卖艺不卖身"。三个徒弟遵从师命，学艺认真刻苦。在乔清秀的安排和辅导下，她们在艺术上都有长足的进步。月楼、玺楼唱的坠子是地道乔派，尤其玺楼，很快便有了"小清秀"之称。凤楼的京韵大鼓宗刘（宝全）派，唱得也很好。当乔清秀身体欠佳时，她们小姐妹便挑起了养家糊口的重担。抗日战争爆发后，国难当头，平津很快沦入敌手，市面上一片混乱。为了维持生活，琴师康元林只好领着三个小女孩儿在街上"撂地摊"演出，收几枚铜板，艰难度日。

乔清秀在北海楼东升茶社演出两年多，后来便在大观楼、小梨园、庆云、天宫等处作间断性演出。在此期间，曾与著名京韵大鼓演员小彩舞（骆玉笙）同台演出。由于生活艰难和常年演出的劳累，乔清秀自从应邀去济南演出后，身体每况愈下。更由于她从小受苦，体质衰弱，原就患有肝病，每天只靠白水泡馒头度日，从1937年以后，一年也唱不了两三个月。

十、奉天之行又遭厄运

1939年冬，沈阳公益茶社的老板王德成专程至天津诚邀乔家夫妇等人到沈阳演出，乔利元以乔清秀有病婉言拒绝。王老板说沈阳有一位祖传中医名叫安善人，治疗肝病百治百愈，甚有奇效，乔利元想这不是一举两得吗？于是向小梨园茶社借了500元大洋，还邀请著名梅花大鼓演员花五宝、李月楼、胡碧霞等名家，带着琴师康元林、老师潘春聚、师兄索立福、任永泰及三个女徒弟等一同前往。当时的奉天已被日本侵略者占领，火车每到一关口时，旅客常被日本宪兵赶下火车检查，为了安全，乔利元特意让乔清秀坐二等车厢，避免检查。

到了奉天以后，一行人被安顿在交通旅馆，花五宝和乔家人同住在沈阳县沈阳胡同的天园旅馆。由于乔清秀不能演出，乔利元只好带着乔月楼、乔玺楼和乔凤楼、任永泰等，到公益茶社演出。乔利元安置好这一边，才着手为乔清秀请医治病。奉天这位绰号叫"安善人"的安善义，确能治此病，乔利元登门拜求，甚得安先生同情，于是，便用心为乔清秀调治。安先生除用穴位疗法外，还以饮服煮茶叶为辅助，经半载医治，乔清秀的病情好转，饭也能吃了，茶也敢喝了，身子逐渐恢复，精神逐日积极。为感谢安先生，乔清秀拜他为干爹。与此同时，乔文波（小名河清，乔利元原配所生之大儿子）送他的姥姥（即乔清秀之母）来到奉天，多年未见的母女更是悲喜交集，使乔清秀大为宽解，至年终身体基本痊愈了。乔清秀母亲过罢年就要回老家，为给母亲筹集一笔丰厚的川资，也为答谢治愈疾病的安先生和奉天的同仁，以及公益茶社的盛情相邀，乔清秀决定于1940年的新春在公益茶社演出。

海报贴出，坠子喜爱者奔走相告。演出大约是正月初五开始上演，当时相声演员顾海泉和张庆森正在茶社公益演出，于是连同其他形式，如奉天大鼓等，一同与乔清秀合演。演出未曾开始，便座无虚席。第二天，突接伪满奉天宪兵队请柬，要乔清秀和其女前去陪酒，乔清秀不予理睬；二场演过的翌日，又请，仍不理。大伙都为乔清秀和乔利元捏一把汗，其实这类事对乔清秀和乔利元已不是头一遭了。

乔清秀对奉天的情况知之甚少，后来才知道这里的"官方"对艺人更为鄙视，女艺人被视为妓女，叫吃饭就得去吃饭，叫陪酒就得陪酒，不然，想方设法使你就范。乔清秀原想病治好了，演出几场酬谢大家，把母亲送走就赶快离开此地，而那些汉奸、特务、翻译狗腿子们常到园子里捣乱，敲诈艺人钱财，专找女艺人便宜，无恶不作。乔清秀当时实际上仍在恢复期不能演出，全靠三个女儿演唱维持生计。先是乔月楼和乔玺楼两姐妹在公益茶社唱对口坠子。一天，她们刚回到后台休息，这些狗特务就上后台去说要请这姐俩吃饭。她们说："我们只知道唱，不陪吃饭。"日本宪兵队一个叫金四的人说："那你不陪大爷？"她们说："我们做不了主，我们得回家，跟我父亲商量去，不能跟你走。"回家和父亲一说，父亲说："明天这两个王八蛋他不是请你俩吗？咱一块去。"

第二天，乔利元就对金四说："你不是请这两个孩子吃饭吗？我跟着你们去，我请客！金四爷，你单独请这俩孩子不能去。要陪客吃饭，我们不用来到奉天，在天津就陪客吃饭了。"乔利元说我们要爱护名誉，在天津这么多年，不是靠闺女来挣钱。这个金四看中了乔玺楼长得漂亮，想弄走，乔利元夫妇不干。这一下就得罪他们了，大园子唱不了。有一次姐妹俩在一个园子演唱，待姐妹俩演唱完毕用一个小笸箩敛钱时，汉奸开始捣乱了，他们不让观众给，谁给就打谁。她们演唱没人给钱不是白唱了吗？那金四和宪兵队的狗腿子穿着大皮靴，跷着腿，拦着姐妹俩不让过。乔月楼回家告诉母亲，乔清秀说不上大园子唱去了，上小园子唱，或者"撂地摊"吧！于是她们在郊区找个小园子唱。有时姐几个也到奉天（沈阳）电台唱，有乔利元和潘师爷跟着护着，他们好像安静了些日子，小姐妹一天下来钱也不少挣，比上园子还挣得多。每天临出门时，母亲就叮嘱说："乔月楼，你是大的，机灵点儿，多长个心眼！要是再碰见金四这帮兔崽子，啥也不要，赶紧往家跑！惹不起，俺们还躲不起吗？"

然而厄运还是躲不过去。乔清秀一次演出结束刚回到旅馆还没来得及换衣服，日本宪兵队的小队长平井带着一大卡车日本兵，个个穿着大皮鞋，背着枪，汽车上还拴着一条比小孩还高的大狼狗汪汪乱叫，来到旅馆。他还带着一个汉奸叫李广陵的，以"私通八路、探听满洲国的消息"罪名，将乔利元、乔清秀夫妇带到宪兵队，把乔利元关在楼上，把乔清秀关在楼下。乔清秀清楚地听到楼上传来日军的吼叫声、鞭打声和丈夫的惨叫声。当天日军就把乔利元残忍地活活打死了。第二天，家人惊慌，朋友们奔走，经多方营救，他们放乔清秀出来。乔清秀请求跟丈夫一块儿出来，说："我们一块进来的，当然一块走。"宪兵队的人骗她说："你先走，明天再放他！"

第二天，宪兵队里一位做饭的大师傅，是乔利元的河南老乡，偷偷地跑到旅馆给乔家人送信儿来了，说："乔利元叫日本宪兵给打死了，尸体给拉到乱葬岗子啦。你们赶快跑，不跑也把你们整死。"家里人听后吓得也不敢告诉乔清秀，说了她也活不了啦。到第三天，宪兵队又派人问乔清秀："乔利元从宪兵队里跑了，跑到哪里去了？限你三天之内找到人给宪兵队送去，如果找不到人，就把你再抓到宪兵队去。"乔清秀说："乔利元能跑去哪儿？你们不是说过几天就放出来吗？我出来时他还没有出来呢！你们要是把乔利元弄死了，金四、李广陵，我跟你们没个完！"

乔清秀见人就打听，花钱求人把乔利元办出来。乔清秀一直认为乔利元还活着，苦等了两年。可是东北也不好"混"了，弦师康元林和潘师爷也说："咱们只在这儿待着也不是个事，赶紧回天津吧！"这个劝那个劝的，乔清秀才点了头。所有人于1942年底都化装成逃难要饭的，在离奉天不远的小站上了火车，全都返回天津了。

十一、演出还债再"盖北京"

回到天津以后，全家就先住在天晴茶楼安身，天津的报纸也登了乔清秀没死还活着的消息。广大曲艺观众都喜出望外，盼望乔清秀能早点儿再登台演出。乔清秀由于家中遭此横祸，郁闷成疾，身体、精神都遭到极大损伤。她和乔利元当初演出挣点儿钱也没积存下来，因为凡是亲友有困难的，他们都帮助。可是现在要生活、要治病已经没有什么钱了，她只能带病演出。截至 1943 年初，她在小梨园共演出 10 场，因去奉天之前，借用该园的包银 500 元现大洋，为偿还旧债只好演出。另外，北京专演京剧的吉祥大戏院、三庆大戏院也破格请她演出河南坠子数场。天津曲艺界的名角不少，可还未听说过有谁敢到北京吉祥、三庆这么大的戏院去演出，况且唱压轴戏"攒底"。乔清秀就有这么大的胆量，而且场场客满，盛况空前。难怪北京唱京剧花脸的名角金少山先生宴请乔清秀时说："你乔清秀的坠子'盖河南'名不虚传。要我说，你把唱京戏的吉祥大戏院的观众都灌满了堂，你还应该叫'盖北京'！"可见乔清秀的才艺和声誉是很高的，在北京观众心目中也是很有影响力的。

乔清秀无时不在思念丈夫，为了使乔家后继有人，从东北回到天津，她做主给乔河清、乔月楼二人办了婚事。从此，乔月楼正式成为乔清秀的儿媳。

十二、师经理尽力相助　绝唱未能灌录

乔清秀回到天津后，胜利唱片公司的师子光经理知道了，马上找到乔清秀谈灌录唱片之事。早先乔清秀和师经理曾经计划过要将她的重点剧目《红楼梦》中的十二钗，共 12 段全部灌录下来，还不包括已有的《宝玉探病》和《黛玉悲秋》，另外还有整段的《小拜年》《孙夫人怨兄》共 14 集。其中《小拜年》是连说带唱，表演幽默风趣，耐人寻味，回味无穷，也是正宗乔派唱段中亮底牌的拿手唱段之一，平时很少唱，因为很吃功夫。一次，军阀曹锟家中办喜寿出堂会，点的就是这段《小拜年》。听潘师爷说，曹锟给的赏钱，足能够买上百袋的洋白面。乔月楼可惜可叹地说："这《小拜年》我只学会了半段，母亲就去世了，要想整理得像模像样，是那么回事，恐怕就难上加难了！"这《小拜年》特别经典，充分代表乔清秀独特的河南坠子风格，别的演员还不会唱。本来唱片一面是 3 分钟，正反两面 6 分钟，《小拜年》唱起来要半个小时，需要录 5 张唱片之

多，就是"四大名旦"也没有把哪部戏录全段的。经过师经理和上海胜利唱片公司研究后，破格同意录制。

在灌录费方面，师经理答应给予最优惠的片酬，基本上按乔清秀所提的数目，要多少给多少。除了片酬以外，师经理看乔清秀和家人住的房屋太简陋（当时住在鸟市侯家后四和轩6号院，是贫困人家住的地方），破格答应她，除全部片酬外，可以由公司出资给她在北京买一套四合院的住宅。这个优惠条件是胜利唱片公司从来没有的先例，也可见胜利唱片公司及师经理对乔清秀演唱艺术的充分肯定。当然，该公司也是看好这14集唱片，认为灌录成功以后，在全国定会畅销无疑。然而不幸的是，此时乔清秀已经病入膏肓，靠打止痛针维持生命，无法医治了。当时天津没有灌录设备，需要到上海去灌录（以往几次都是师经理带领他们全家去上海灌录的）。上海去不成了，再商量去北京，乔清秀也说不行，不能动身了，师经理就和上海方面谈妥，把上海灌录的整个机器设备运往天津。没等运到，乔清秀就含恨病逝了，最终未能将乔派最精彩的节目之一录成，未能留下她那甜美清脆的声音，实为乔派河南坠子莫大的损失和遗憾。

十三、一代名伶　含恨去世

乔清秀从奉天回天津以后，仍始终在打听丈夫的消息，盼望能救得回来。她心情压抑，几乎精神失常，更患上了积久不治的痼疾——癌症。她的肚子胀得很大，是"气臌"，家中没有多余的钱，全家生活陷入困境。她再也不能登台演出了，她儿子乔河清想让她吸点儿鸦片烟顶顶也不行，她已经卧床不起，奄奄一息了。只有月楼和玺楼两个女儿在外面"撂地摊"演出，家里能卖的东西都卖净、卖光了，也没钱送她去医院，只能请中、西医到家来看看，吃药、打针都不管用了。她只觉得胸内像火烧膛一样，隆冬腊月她一天吃三块西瓜，吃完了还能维持一会儿。在她病危时，还在问儿女们：

"你爸爸怎么还没出来？"家里人只好告诉她实话："爸爸几年前就死了，你别惦记他了。"乔清秀再也没说话。

1943年农历正月十三日，乔清秀在家中躺在床上斜卧着，身子靠在被格子（放被褥的木柜）旁边，似睡非睡的样子，桌上的留声机还在旋转着播放她和乔利元共同录制的唱片。下午四时许，乔派河南坠子的一代名伶乔清秀，仅仅活到33岁，就这样含恨去世了。

乔清秀去世时，身边只有儿子乔河清守着。家人帮着穿好衣服，两个女儿刚从外面演出回来，未能最后见到母亲的活面，伤心恸哭不已。乔月楼和丈夫商量，母亲生前有这么大的名声，死后就是借钱也要给她出个大殡呀！于是凑钱给她婆婆买了一具一千多元的楠木棺材，雇了乐队和车子，吹吹打打隆重地出了殡。得知乔清秀的死讯，天津、北京曲艺界不少同行、友人前来吊唁。乔清秀死后的坟埋在城西头。1969年国家用地，将那片坟地迁到了程林庄公墓。等家属听到消息赶到那里，才知道她的尸骨已被火化了。

乔清秀去世以后，家境非常困难。家中只有乔月楼、乔河清夫妇和妹妹乔凤楼三人。1944年，乔月楼生了一个男孩，起名乔金明。乔月楼照顾小孩，不能外出，只有乔凤楼一人去演出。后来乔凤楼结婚了，乔月楼只好抱着才8个月的儿子去外面演出。每天挣8角钱，就吃8角的饭，挣5角钱就吃5角的饭，生活甚为艰难。丈夫乔河清在官银号一带（旧城东北角）卖过香烟，又在东货场仓库给日本洋行干搬运工，经常挨日本兵的打，受尽了脚行恶霸的欺负。

十四、正宗乔派　后继有人

乔月楼9岁到乔家时，乔清秀正在天津北马路的玉茗春演唱，她们就住在后台。受母亲日久天长的熏陶，乔月楼哼哼唧唧地也开始学唱，母亲就慢慢地、一点点地教她。在旧社会，乔月楼和同龄的艺人一样，没有机会上学，是不识字的文盲。完全凭借自己头脑清楚、记忆力强，经过乔清秀的口传心授，乔月楼居然能把每个唱段的唱词和曲谱全部背诵下来。乔月楼从母亲那里共学会四十多段曲目，至今不忘。她都八十多岁的年纪了，乔派坠子许多失传的唱段和词句张嘴就唱，倒背如流，也不打"嗨儿"。2004 年，天津广播电台《曲艺大观》梁文逸、童强二位编导要到乔月楼家采访做节目，老人听说后兴致勃勃地又唱京戏，又唱梨花、西河大鼓和本功的坠子，唱罢一段又一段。为了验证老艺术家的功底和记忆力，一段上百句的《韩湘子渡林英》唱词，乔月楼手持简板唱得跟炒豆子一样，不气喘，字字清楚，铿锵有力，整段一气呵成，令二位编导赞叹不已。为抢救乔派坠子唱段，电台邀请乔月楼和她徒弟文爱云、弦师曹宜训，录制了老人二十多个唱段，以留作艺术资料。乔月楼在录音室，一上午一口气能唱五六段，精神那样好，气力又那样足，可见乔派功底扎实深厚。大家一致称赞说：这乔老太太，真棒！

晚年的乔月楼为传播乔派艺术做了大量的工作，这使她又重新焕发了青春。

1980 年改革开放以后，河南省文化局戏曲研究所的张凌怡几次来天津，了解乔利元、乔清秀的后人，他们费了很大的周折才找到。后来河南省戏曲工作室又来访了几次，在天津又找到了部分老唱片，回到河南以后编辑成《乔清秀坠子唱腔集》，于 1982 年 8 月出版，影响很大。1983 年，河南省文化局在郑州举办河南坠子进修班，专程派人来天津请乔月楼去讲学。乔月楼讲乔利元、乔清秀如何创出乔派坠子的历史，很多人都说：这才是乔派的正根，还有后代呢。

随着国家文化事业的繁荣发展，乔派坠子也受到了进一步的重视，乔月楼多次参加表演、教学等活动。她参加了天津市老曲艺家艺术团，开始正式收徒，到各地演出，发挥余热。1984 年，乔月楼分别参加过中央广播电台《505 空中大舞台》、天津广播电台《曲艺大观》《曲艺星空》、天津电视台《艺文评话》《七彩文澜》等节目的演出。此外，乔月楼还参加了河南省 7 集电视连续剧《坠子皇后乔清秀》的拍摄工作，并在其中担任资料顾问和唱腔艺术指导。这是我国第一次为曲艺界著名演员拍摄的电视剧。

2002 年，天津市中华民族文化促进会出版了《乔清秀、乔月楼河南坠子》光盘。2005 年，李瑞环主持召开中国京剧、曲艺音配像工程庆功大会，天津选派了乔月楼、花五宝等艺术家代表曲艺界出席了这个庆祝大会。会后，李瑞环还向有关部门提出"必须整理乔派坠子"的意见。

纯真的艺术成果，也必然要代代相传。乔月楼是唯一乔派正宗的第二代传人，她从 9 岁起跟乔清秀学唱坠子，深得其艺术真传，12 岁时正式登台在小梨园演出。乔月楼嗓音圆润嘹亮，乔派唱腔韵味醇厚，台风严谨稳重，她在继承乔派坠子原有特色风貌的基础上，结合时代文化要求，有所创新发展。

如今，这位耄耋老人最大的心愿是承担起传承乔派坠子的重任，使其后继有人。文爱云从 1975 年开始学河南坠子，考入天津市曲艺团以后，演唱的河南坠子颇有几分乔派的韵味。1995 年得到乔月楼的指导和传授并曾合作演出，获得好评，又曾为乔清秀的优秀节目音配像。2003 年 11 月 29 日，文爱云在天津举行拜师典礼，正式成为乔派创始人乔利元、乔清秀的再传弟子。2006 年 11 月 29 日，北京市曲艺家协会、北京曲艺团、北京文艺广播娱乐频道和中国曲艺网等单位，专为庆贺乔月楼 85 岁寿辰在北京广德楼联合举办了一次专场演出，乔月楼和爱徒文爱云演唱对口坠子《蓝桥会》。

2007 年 9 月 11 日，乔月楼 86 岁寿诞时，又收了第二位徒弟。她表示，要为弘扬乔派艺术继续做出不懈努力。

（《近代天津十一大曲艺家》，天津市政协文史资料委员会编，天津人民出版社，2014 年 1 月）

曲艺坛中不老松

近阅天津《城市快报》（2007 年 8 月 5 日）记者对津门曲艺名家乔月楼专访的报道，想起了我在退休十几年以后，由于偶然的机会，竟能和老艺术家、乔派坠子正宗传人乔月楼相识、相亲、建立友谊，还有一段传奇式的佳话。我们相交时间不长，却一见如故。因而，我也想将近几年通过对乔月楼多次的访谈和参看有关资料，了解到乔氏家族辛勤创建乔派河南坠子的史实，以老年人的笔触，写给关心和爱好曲艺的各界人们。

有缘来相会

俗话说："有缘千里来相会，无缘对面不相识。"我一直是从事儿童文学读物的编辑工作，和曲艺界本无来往，怎么会认识乔月楼呢？还要从头说起。

2002 年左右，也是偶然机会，我认识天津老唱片研究会的李恩璞、刘鼎勋、常兆新等几位收藏家。他们知道 20 世纪二三十年代在天津经营唱片公司的老一辈经理们都已不在人世，其后代也不知去向。当他们发现我是师子光先生（曾任美国 RCA 胜利唱机唱片公司华北总经理）的女儿时，大家很快地熟稔起来。

2002 年冬季，天津电视台《七彩文斓》以收藏老唱片为主题，

295

邀请几位收藏家录制了一期节目。播放后,观众反映很好。在续录第二期时,我以"师经理的女儿"身份,作为嘉宾之一被邀请参加。我仅就我父亲当年从事唱机唱片的经营工作做了简短的发言。没想到播放的第二天,就有一位观众自称是河南坠子乔清秀的后代,母亲叫乔月楼尚健在,他是孙辈,叫乔金明,到电视台找导演王多多,述说他祖母乔清秀当年曾由师经理主持,与美国胜利唱片公司(以下简称胜利公司)相约灌录过唱片的情况,以及至今还保留了与该公司签订合同的原件等。导演才知道乔清秀的后代还在天津,于是决定再录制第三期节目。被邀请参加的嘉宾中,有三位老人:河南坠子的乔月楼(80岁)、梅花大鼓的花五宝(79岁)两位表演艺术家和我(77岁)。我也借此机会得以和她们初次相识。节目顺利地录完以后,没来得及彼此交谈就分手了。

第三期节目播放以后,正值"非典"时期。之后,我又去加拿大探亲,一直未能和乔月楼母子相见。两年以后,乔金明找我商谈如何保存他祖母与胜利公司所签合同的历史资料问题。我父亲任胜利公司经理时,我正读小学,对父亲的经营及和演员们灌制唱片情况,所知甚少,又听乔金明述说他母亲小时候陪着乔清秀去上海灌录唱片时曾经几次见过"师经理"。当得知乔月楼老人身体健康尚佳,头脑清楚,除了偶尔参加一些社会活动和演出外,正在家中安度晚年,我怀着崇敬的心情去拜访这位老艺术家。

2006年初春,我按照和乔金明约好的地址、时间,第一次前往探望。乔月楼和丈夫乔文波(旧时名乔河清)住在天津市老城厢商业地区大胡同附近的利民里内一座建筑较旧的小楼里。进了利民里,只要一打听"乔奶奶"(居民都这么称呼她)住在哪座楼,大家都熟悉地指点给我。

这是一座年久失修的居民楼,楼梯狭窄,周围堆积杂物,只有一条小道通向房内。刚进入门内,心中不免一怔,这是拥挤又阴暗的两间小房,没有像样的摆设,没有安装暖气,两间屋子共用一个煤火炉,取暖带做饭。这样一位老艺术家,居住条件如此之差,与那些年轻歌星们的豪宅相比，使人心里产生不公平之感。

当我向乔月楼说明来意，她也早知道我是师经理的女儿，这年她 84 岁，我 81 岁，我俩犹如亲姐妹般一见如故，亲切地攀谈起来。初次相见，才知乔月楼自幼家贫未能上学读书，至今仍是文盲，难得的是她头脑清楚，记忆力特强，不但所有四十多段传承下来的河南坠子能一字不差地把音调、词句准确无误地背诵下来，对多年往事也记忆犹新。乔月楼的老伴儿和儿子乔金明也同样亲切而热情地接待了我，还不时地给乔月楼的述说往事补充内容。考虑老年人不宜过于劳累，我们相约：每次访谈都要控制时间，不宜过长。就这样，有时我自己，有时约唱片收藏家常兆新先生、摄影家刘和先生（拍有关资料），连同我的退休儿子（录音和整理记录），不到两年的时间内，我们到乔月楼家访问四五次。尤其乔金明先生给我们提供了不少书刊资料，使我们能深入地了解河南坠子是如何成为我国十大曲种之一的历史，乔派坠子创始人乔利元、乔清秀的坎坷人生，以及乔月楼为传承正宗乔派坠子的坚强意志和所做的努力，让我们产生衷心的敬佩和景仰。现仅就我所知，按乔月楼口述方式写下这篇综合的访问记。

志同道合　共创正宗乔派

先从乔利元创始乔派河南坠子的经过说起。要说这个河南坠子的兴起距离现在也有一百七八十年了。河南坠子的曲调是流行于本地的道情戏、莺歌柳与三弦书合流产生的，这三种曲调后来就形成河南坠子的曲调。河南坠子在河南及安徽、山东传唱着，当时主要流行于农村，如村里的农田、地头、庙会等，乡土气特别浓。河南坠子演唱者均为男性，民国初年才有女艺人参加演唱。河南坠子有三大路调，是以地区划分的。一种是东路，大部分为许昌一带；一种是西路，主要为郑州、开封、洛阳一带；北路指河南与河北交界这一块。当时没有形成派别。

旧社会的艺人都有一段苦难的辛酸史。乔派河南坠子的创始人乔利元，出生于河南省南乐县乔崇町村，从小家贫，给村里一个姓杨的财主家扛活。这个财主特别爱唱山东大鼓（也叫梨花大鼓），没事时，赶马车时也哼哼着唱，在夏天或秋天收庄稼时，在场院里没事就瞎唱，你哼他唱的，慢慢乔利元也会唱了。乔利元到十七八岁时就不干农活了，跑到河北省大名县拜在一位名叫程长会的艺人名下学唱山东梨花大鼓。乔利元的嗓门粗犷，河南乡土韵味特别足，唱起这山东梨花大鼓也挺有名。后来，早期的河南坠子逐步转入河北、河南交界处形成北路，乔利元就不唱山东梨花大鼓而改唱河南坠子了。他为了有个立足之地，又拜在清河县声望极高的老艺人潘春聚门下为徒。经过潘老师的口传心授，他学会说许多中长篇书目的段子。后来，成为乔清秀的老师时，让她从事舞台生涯就是从说书开始的。

1923 年，有人给乔利元介绍一位河南的小妮子，原名袁金秀，河南内黄人。其父名袁相巽，因吸毒而死，母亲将金秀送到姥姥家，二女儿送人，带着三女儿改嫁。金秀在姥姥家体弱多病，还要帮姥姥干活，经常挨打受骂。好在在小学堂里读过书，也学过唱歌。

1924 年，金秀 14 岁时，某日，姥姥见街上有个说书的年轻人，便想叫金秀跟他学说书。那个说书的试听金秀的嗓子又甜又亮，就收为艺徒。这师傅名叫乔利元，比金秀大 12 岁，他给金秀起艺名为乔清秀。从此，乔清秀就跟随乔利元学习唱河南坠子。

乔清秀十六七岁时由乔利元带着初次从河南到邢台，刚演出几场，就受到听众的欢迎，这使他们受到很大的鼓舞。这师徒二人在曲艺事业上的共同追求和生活上的互相照顾，使他们二人在情感上越来越接近。三年多以后，约在 1926 年，乔清秀的姥姥突然找到他们，要求乔清秀回到大名县。乔清秀想起曾在姥姥家受到的那些苦，宁愿说一辈子书也不愿意回去。乔利元把乔清秀带回自己家乡南乐县，并和乔清秀的亲娘、亲姨商量，给姥姥一些钱，将其打发走了。乔利元和乔清秀就由师徒结婚成了一对志同道合的患难夫妻。

乔清秀是一个特别聪明伶俐的人。她向乔利元学习一阵子后就想把乔利元的基本唱法打破。她对乔利元说："你唱的男腔，我不能按你那个腔调唱，不好听。我是女腔，要自己发挥。"她学会了段子以后就自己创作腔调，唱法日渐提高。开始时，她这种唱法不被坠子界内某些同行接受，说这种坠子都成为新派的东西啦。可是在河北省石家庄演唱时，有一些文化名流人士给乔清秀送来匾，上写"盖河南"。这个牌匾一挂出去可惹祸了，唱坠子的演员都来打架来了。他们说："你把河南都给'盖'了，我们吃谁去？"乔清秀说："这也不是我们自己吹捧自己。咱也别说我盖不盖河南，你们服我也好，不服我也好，咱们就各拉场子变相地打擂台吧！"

当时在石家庄有好几处演鼓书的园子，经过协商，以谁能叫座为准。于是从许昌、洛阳来了好多唱老传统坠子的，他们摆老资格、充前辈，不服气地说："你一个不到二十岁的小妮子，你就敢说'盖河南'，这还了得吗？"当时各方在石家庄就摆上擂台了。结果没唱到十天半个月就见分晓了。这些唱老式河南坠子的演员服了，说："你接着挂你的'盖河南'吧！"然后乔利元、乔清秀又给这些艺人买了车票送回家，仍恭恭敬敬尊称他们为老师。

1929 年，在天津鸟市开设玉茗春茶楼一位名叫吴玉林的老板，由于聘请的演员只会唱梨花大鼓，生意不景气，便出来寻摸新门路。他来到石家庄，听说有唱河南坠子的，唱得很好、很火。他在乔氏夫妻演唱的园子内偷听了三天，直说："嚯，这行，如果到天津演出，卖座绝不成问题。"于是就和乔家签了合同，一签就是 4 年。等乔清秀来到天津后，按合同就给玉茗春茶楼拴住了。结果乔清秀在玉茗春茶楼演唱了 4 年（1929—1933）（后来又在东来轩、法租界泰康商场的小梨园演唱过），一炮打响，站住脚了。于是，继"盖河南"之后，又获得"坠子大王""坠子皇后"的美誉。

天津听众过去对各种曲艺节目统称"十样杂耍"。早些时候，河南坠子被认为是外地的乡村曲调，上不了高雅之堂，都是在"撂地摊"上表演。乔利元和乔清秀来到天津以后，听了别的演员演唱曲

299

调，感到如果还用河南中州方言，人家会说"侉"，在天津卫这个码头没法待下去。乔清秀立意从唱腔、道白以至在服装上开始改革。

乔清秀由于年幼时受了不少苦，有一种反抗、不服输的个性，特别倔强，认为只有拿出降住人的东西才能出人头地。早些时候，河南坠子有三大派别，除了乔清秀，还有董桂芝、程玉兰等。可是，唯有乔清秀的嗓子清脆，比一般唱坠子的高两个音，字眼也真，腔调也华丽，谁也比不了、学不了，没有人能唱出她那个音调。比如，她在北京吉祥大戏院演出时，上千观众坐满了座位，她以一个檀板儿，一个坠胡，能把唱腔送到每个观众的耳朵眼儿里，连最后一排的观众都能听得清楚（不用麦克风），真不容易啊。

乔清秀还有一个过人的优点，就是取人之长，不演出时就在家里研究演唱艺术。有时认为唱词的本子中某些词句不好，就自己创作、改正，家里人称她是"改革家"。要是去听戏，总有些心得，把别人的艺术精华带回家来。比如，听完马连良的京戏以后，就把好的腔调学会再揉到坠子里面。又有一次，她听了歌星周璇唱的《孟姜女哭长城》插曲，就根据其中的腔调融进自己唱的《梁山泊与祝英台》的唱腔之中。这么一唱，听众特别欢迎。她根据自己嗓子特点，可以随心所欲进行再创作。她除了演出以外，从来不去各处游逛，自己在家里时就哼哼曲调，认为这句好，就揉到唱段里。她演唱时，节奏流畅，吐字俏丽，最难能可贵的是"行腔自如、明快，不单纯是模仿，还要有所发挥"。她的腔调很多：大腔、小腔、中腔、弯弯腔，不像别人唱坠子，上下一个调。比如她唱《玉堂春》时，今天唱这个调，明天又改了。有人认为乔派很好学，其实没有得到真传，没有真材实料是学不会的。

先做养女　再当儿媳

再说说乔月楼是怎么进到乔家的。

乔利元和乔清秀结婚后，生个女儿叫小巧，甚是疼爱。小巧三四岁时，乔利元刚有些收入，就回趟河南老家，给去世的老母亲办三周年祭奠。这时小女儿得了风寒，乔清秀听别人指点，就到娘娘宫求娘娘给点儿"香灰"，结果吃坏了，不久就病死了。乔清秀伤心极了，就辍演了，一连好多天没演出。乔利元回来以后，就安慰乔清秀说："你总这样不行呀！我回老家去给你领一个小孩做伴儿，也连带伺候你。"

乔利元的老家离乔月楼家只有半里地。乔利元再一次回老家，看见乔月楼的父亲傅德胜。傅德胜的妻子很早就去世了，他又一条腿有残疾，还带着一个女儿，名叫傅艾子。乔利元对傅德胜说："你看这个小妮子（河南话，即小闺女），跟着你多受罪，吃不上，喝不上，跟我去天津吧！"傅德胜说："小妮子我是拖带不了，可是你把我女儿带走，剩下我一个人怎么办？等于把我的孩子卖给你了，我一辈子见不着她了。你家里不是有个大儿子吗？（乔利元前妻的儿子叫乔河清，那时他10岁，傅艾子9岁）。如果给你大儿子做亲，定娃亲，我到时候去天津还能见面呀！"于是，乔利元请了文书，帮助写了字据，给傅德胜150块现大洋，叫他好好安家，说自己会待她像亲闺女一样，放心吧！就这样把小妮子带到天津来了，改艺名叫乔月楼。

乔清秀知道乔月楼来自河南老家贫苦家庭，也是从小没有受过母爱，很可怜，就分外疼爱她。月楼小时候淘气犯点儿小错误，乔清秀给她讲明道理，从来也不对她发火，更没打骂过。乔月楼开始是作为乔清秀的养女，后来和乔河清结婚以后，又名正言顺地成为乔家的儿媳妇了。

乔月楼自从9岁进到乔家以后，先是作为乔清秀的女儿、徒弟，无论乔清秀在家排练或是在舞台演出，小姑娘都是跟着学。那时，乔清秀在天津北马路北海楼内一家名叫东升茶社的茶园里演出。她来天津，第一次看到养母演出，很是开了眼界。平时她吃饱饭没事就跟母亲去北海楼的后台转着玩，跟母亲学一个个段子，掌握腔调。可是乔清秀对女儿说："你别学我的唱法，你发的音和我不一样，我的嗓音谁也学不了。你的嗓子宽厚，根据你的条件，把乔派这个腔调继承下来，掌握住了再随便发扬，并且吸收其他曲艺的艺术长处就更好了。"

坠子皇后　誉满大江南北

1929 年春，乔清秀 20 岁从石家庄刚来天津时，开头是在玉茗春茶楼日夜两场演出"坠子大书"，如《五虎平南传》《杨家将》《薛家将》等，这些长篇一说就是十天半个月的。为迎合天津观众欣赏口味，特意加唱小段，如《凤仪亭》《摔镜架》等，茶楼天天客满。

这时，在法租界泰康商场内有个专演曲艺节目的小梨园（原名"歌舞楼"），是天津第一流的茶园，到这里听唱的多是文人墨客，以及官僚、资本家等有钱的富户人家。演员自然是数得上的名角儿，各类座位的票价也卖得贵些。在小梨园长期唱压轴戏的是鼓界大王刘宝全。他听说天津卫来了一个唱河南坠子的小闺女唱得很好，是个名角儿，开始还不相信，后来见听客都往玉茗春茶楼跑，他就亲自到玉茗春，也不吭声（怕别人认出他），找个座位坐下，听乔清秀唱。听罢，称赞说："小闺女还唱得真好，这么能叫座！"后来经人介绍，彼此熟了，刘宝全对乔清秀说："你别在这儿唱了，只是说书，一天说好几个钟头，挺累的，跟我上小梨园吧！"乔清秀说："我要是上小梨园去，人家园子掌柜的不同意呀！"经过协商，乔清秀先是去小梨园赶一场，回来再接着在玉茗春说大书、唱小段。又过些日子，和玉茗春的合同到期了，乔清秀终于进了小梨园。刘宝全唱压轴戏，乔清秀虽然唱倒二，但是园子门口的五彩霓虹管灯上，左首是刘宝全，右首是乔清秀，二人并挂头牌，而且和刘宝全拿同样的包银。虽然乔清秀不唱压轴戏攒底，但是只要海报一贴出有她演出，总是客满。乔清秀以其甜润的嗓音，旋律悠扬的"俏口"唱法（又称"乔口"），加上她那清新、活泼的风格，在天津唱红了，一举成名，并被人们封为"坠子皇后"。

大约 1937 年，乔清秀第二次到上海，在胜利公司灌完唱片以后，受邀请逗留在南京夫子庙的鸣凤茶社演唱几天。乔清秀在南京演出时，刘宝全正在上海四马路的大中华饭店跳舞厅里演唱。可是签约后，演出不到一个月，经常只卖半场座。本来包银就不多，结果刘宝全的儿子又把仅有的包银偷着提前支取走了，生活非常困难，回不了天津啦。刘宝全就去南京找到乔清秀，恳求她帮忙救场，一起在上海演出。乔清秀当时有些为难很不愿意去，因为她知道上海有两位最有权势的人，即蒋介石的拜把兄弟——黄金荣和杜月笙，外地艺人到了上海必须先去拜见他们，不然在上海这个码头是站不住脚的。况且刘宝全正是在他们的地盘唱，谁敢得罪青洪帮？可是眼见刘宝全陷在大中华饭店的危难之际，乔清秀为了帮助刘宝全解除困境，早些脱身，就仗义地答应和他同去上海。当然，也只好硬着头皮去拜见这两个"地头蛇"。据说也给黄、杜二人各自唱了堂会，以应付他们。黄、杜二人听说乔清秀这次来上海是为解救刘宝全而仗义演出，甚为高兴，没有难为她，还特地派手下人到苏州赶制了不少条绣有"坠子皇后"字样的绸缎幛子和桌帘子，送给乔清秀增添光彩。

乔清秀到上海后和刘宝全同台演出十天，海报一贴出去，跳舞厅又是场场客满。演出费乔清秀分文不要，替刘宝全还清了跳舞厅的亏空，解救了刘宝全的困难之后，合同也满期了，他们又一同回到天津。刘宝全感激地说："我谁也不服，我服乔清秀你，你真行，在哪儿演唱都是客满。你们两口子是这个（伸大拇指），够仗义！"

1937 年，乔清秀在南京夫子庙演唱期间，还专门给蒋介石演唱过一场堂会。乔清秀在南京、上海演出时，都带着女儿乔月楼。据乔月楼回忆，她从小没离开乔清秀身影半步，在家里细心照顾她的衣食住行，上园子演出时，就怀里抱着个小茶壶，一刻也不松手，伺候乔清秀饮场。乔清秀和鼓王刘宝全一样，从来不喝后台烧的水，主要是怕有歹人下药，格外小心。那时她在后台听母亲演唱，跟着学，有时掀开一点儿门帘，看看前几排的观众。在这几次堂会中，她看到过蒋介石、宋美龄、黄金荣、杜月笙等当时的大人物。因为他们都坐在最前排，看得很清楚。乔月楼至今还清楚地记得，母亲去蒋介石公馆演唱那天也带她同去。蒋介石住的地方在一个又深又大的花园内。她们被人领着从小后门进院内，还规定不许抬头乱瞧。乔清秀那天晚上唱的是《韩湘子上寿》，蒋夫人宋美龄对乔清秀的演唱评价很高，还送她一套精美的茶具。乔清秀对这套茶具甚是珍爱，摆在家里，谁也不准碰它摸它。记得乔清秀病逝装殓时，棺材里什么也没放，就把这套茶壶茶碗放在里边陪她去了。

灌录唱片　保留合同

自19世纪末外商将唱机、唱片传入中国以后，很快受到人们欢迎，20世纪前半叶，一般中等家庭都备有唱机、唱片作为文娱生活用品之一。在上海、香港等城市中，人们相继成立唱机唱片公司，并多方面挖掘各剧种优秀节目和演员灌制唱片，成千上万张唱片销售到全国各地〔从1908年中国唱片工业起步开始，到1949年中华人民共和国成立，旧时出版的各种牌号的粗纹唱片约8000种，总发行量约为几百万张。良莠参差的内容基本上反映了以往各个时期的文艺状况（见《中国唱片业史话（上篇）》〕，丰富了民众的文娱生活，更重要的是保留了优秀表演艺术家们的杰作、留住了历史的声音，为保存祖国文化艺术遗产立下了巨大的功勋。

在我们几次对乔月楼的访问中，每逢谈到乔清秀与胜利公司进行灌制唱片的经过时，老人家精神抖擞，详细介绍。因为在20世纪30年代，乔清秀几次前往上海与胜利公司谈判、签合同、录制等过程，她都跟随同去并且亲眼看到、亲耳听到，可谓是唯一的见证人了。她知道我父亲就是师子光经理，更加详细地将所能回忆起来的实况介绍给我。而我对父亲当年的工作所知甚少，只记得他多次前往上海而不知具体工作内容。我每次都是怀着好奇也带着对老父亲的思念，聆听乔月楼叙述我从来不知道的往事，对乔月楼油然升起无限的感激之情。因为我父亲已于 1959 年去世，如果健在，已有 105 岁了。如今我也是耄耋老人了，在当今世界上，唯有乔月楼是亲眼见过我父亲并能真实叙述出有关我父亲往事的人了。想不到我在晚年能结识乔月楼老艺术家，真是可贵的缘分啊！乔月楼的记忆力很好，甚至有些细节她记忆犹新，能一一道来。除了乔清秀曾录过的唱片目录是经过查找有关资料所得之外，乔月楼提供的可贵资料实在令我感动不已。

乔清秀的正宗乔派河南坠子在天津唱红以后，逐渐享誉大江南北，几家较大的唱片公司就先后向乔清秀约请灌制唱片。1933 年左右，乔清秀先应上海昆仑公司之约，灌过《独占花魁》《小寡妇上坟》《改良栓娃娃》三张唱片。后来，美国 RCA 胜利唱机唱片公司驻华北总经理师子光先生在天津也数次与乔清秀洽谈灌制唱片之事。由于天津没有灌唱片的设备，师经理就带着乔利元、乔清秀夫妇和他们的女儿乔月楼一同去上海胜利公司灌录。师子光经理也很喜爱乔清秀的唱腔艺术，他在为演员灌录唱片时，不是每张都为之"报幕"（当时内行话叫"报头"）的，只有像"四大名旦"、著名小生或曲艺界名演员等才给报幕，而他给乔清秀灌的唱片大多数报了幕，多数唱片的片心上除了标明演员姓名、曲目外，还特别印上"盖河南"三个字。可见他对乔清秀的艺术评价是较高的。

乔清秀、乔利元随同师经理去上海胜利公司灌录了三次。1934年，当乔清秀第一次灌完以后，乔利元突发奇想，来天津七八年了，从没在台上露过脸。观众光知道他是乔清秀的启蒙老师，可没听过他唱的坠子到底咋样。事前他谁也没商量，就连乔清秀和弦师康元林也不知道。乔利元突然向师经理说："你们灌得那么好，也给我灌一盘吧！"师经理说："给你灌不行，一是付给你的费用多少没法谈；二是你灌不好，损失一张唱片要花费很多钱呢！"乔利元就迫切要求说："给我灌一张吧，我不要钱，我白灌还不行吗？大不了这次乔清秀灌的几张唱片，俺们算白搭，还不中？"师经理没办法，就同意给他灌了一段《洛阳桥》，一段《白猿偷桃》，还有一段《李存孝夺篙》。录完回天津后不久，师经理得到市场反馈，销售量还不错，买的人真不少。师经理在公司是主事的，问应该给多少钱？后来又补上这笔灌录的报酬。之后，乔清秀和乔利元又在胜利公司灌制了二人对口坠子，一张是《吕蒙正赶斋》，另一张是《马前泼水》，没想到在全国卖得更好、更火。据天津市沈阳道古物市场内卖老唱片的店主说，乔利元的《李存孝夺篙》卖价很高，比乔清秀的翻版唱片还值钱，因为老唱片越来越少成了绝版，备受收藏者的青睐。

师经理和乔清秀谈判签订合同时，美国胜利唱片公司驻华总经理哈尔通先生也正好来到上海，故有的合同由哈尔通先生直接签字。合同内容除开列需要灌录的节目以外，规定只能由胜利公司包下灌录，不能再到其他公司灌录。从 1934 年至 1937 年三年多，乔清秀灌录的唱片不少，包括有《韩湘子渡林英》《因果报》《昭君出塞》《兰桥会》《凤仪亭》《吕蒙正赶斋》《宝钗扑蝶》《王二姐思夫》《关王庙》《三堂会审》《双锁山》等。其中从《宝钗扑蝶》这首曲子，可以看出乔清秀对河南坠子的吐音很重视。她认为河南坠子的吐字和音调河南味太浓，到上海、南京演出时，南方人能听懂咱唱的什么词吗？她就学习普通话，使河南坠子用"中州音、京口调"来唱。她很聪慧，本来《宝钗扑蝶》这首曲调外人不知其详，她从来没有在舞台上演唱过。在从天津去上海灌录唱片时，她在火车上把自己会的词背下来，再把它用"京口调"演唱出来。在上海胜利公司灌录这张《宝钗扑蝶》唱片以后，销售很好，成为热门货。有的经销商说，这张《宝钗扑蝶》比梅兰芳的唱片卖得还好。师经理通过和乔清秀几次灌录唱片的合作，与乔家关系很密切，乔清秀灌录的节目都受到胜利公司的欢迎，给乔清秀的报酬也很高。在商谈《宝钗扑蝶》这张唱片的报酬时，乔清秀向胜利公司提出，不但付给唱片灌录费，还要提成费，即每售出一张，得提一角钱。这在当年胜利公司所灌制的戏曲、歌曲、曲艺等唱片中，另加提成费酬劳条件的很少，乔清秀是为数不多的一位。胜利公司答应了这个条件，并承诺说："只要胜利公司存在一天，就有你这一份钱"，双方在合同上签了字。后来，乔清秀把合同交给了女儿乔月楼，并嘱咐她好好保存。乔月楼一直将此合同保存到现在。

乔清秀虽然在1943年不幸去世，但是中华人民共和国成立后她灌录的唱片销售仍很好。当时中央音乐学院有位丁教授，不但唱得好，坠胡也很好，他是跟乔清秀的琴师康元林学坠胡的。他和乔月楼认识以后，先是让乔月楼唱一段《宝玉探病》，丁教授和康元林、乔月楼一起对其唱段中的"寒韵"（大哭腔）精琢细刻，唱来典雅、悲切，韵音缠绵，并给录了音。至今这段《宝玉探病》之乔派经典唱段之作，为许多坠子演员效法习唱。丁教授对乔月楼说："你应该继承你母亲这个腔调，发扬乔派吧！"丁教授还带着康元林师傅、乔月楼一同到中央文化部门汇报关于发扬乔派的问题，引起了文化部门领导的关注。丁教授还准备搞一场坠胡独奏形式的演出，邀请乔月楼伴唱《宝玉探病》。不幸的是，在筹备之中丁教授突发疾病，英年早逝。

老人还回忆起，丁教授生前还帮助她们家办了一件大事，就是在1953年以后，乔清秀的唱片都已售光，需要重新翻版复录而牵涉到片酬的问题时，他亲自去上海为乔家交涉这个片酬之事。

中华人民共和国成立初期，美国胜利唱片公司撤走，把公司经营权移交给咱们国家。后来上海胜利唱片公司接手这件事，决定凡是上海胜利公司翻版乔利元和乔清秀的唱片，还延续这个合同，予以付酬。不久就给乔月楼汇了几笔钱，根据卖出唱片多少张，然后按片数提成汇来几笔钱。乔月楼儿子乔金明记得第一次汇来七八百元，这在当时是不少的数字了。后来又汇过三百多元、二百多元，直到1958年毛主席的"百花齐放、百家争鸣"方针发表以后，有些政策改变，就不付这个唱片的版酬了。

笔者在采访乔月楼老人时，有幸见到了几份保存完好的珍贵合同。这些有乔清秀和哈尔通先生亲笔签字的防伪签约合同，历尽沧桑。"文革"期间，乔月楼、乔河清夫妇用牛皮蜡纸一层又一层卷裹，藏在床底煤球堆里。当乔月楼老人拿出来给我们一行几人看时，老人眼中含着泪水说："七十多年了，这就是乔（清秀）派坠子的艺术见证，看见这份灌录唱片合同，俺就好像见到母亲乔清秀，但是不难过，好高兴啊！"那次请摄影家刘和先生也前往乔家，把几份珍贵的文物一一拍照了，以备将来送往档案部门珍藏。

惨遭敌伪残害　遗恨终生

1937 年 7 月，日本帝国主义发动了七七事变，侵占我国东北、华北等大片土地，奴役中国人民，市场经济萧条，文化娱乐更是衰败不景气。戏院、茶园的演员们为了生活而演出，可是还要受地主恶霸的欺侮。就说恶霸袁文会，一年光是办"寿日"就办三四次，不仅要去给他唱堂会，还要给他送钱。那时乔清秀从住处北海楼坐洋车到小梨园赶场去，拉洋车的刚走到官银号（地名，位于今天津东北角），警察"啪"的一个嘴巴子就先打拉车的车夫一顿，赶快给警察钱；到了日本兵管的卡子口（进入日租界的界限），日本兵又打车夫嘴巴子，又得赶快塞钱给他们；到百货大楼前面，快到"法国地"（即法租界，当时天津市民口语，哪国的租界就叫"×国地"），又拦住不让走，乔清秀急了，说："你得叫我们过去，你要钱我们给你钱，别把场都误了。"她去小梨园赶场，还要打发人把钱给警察送去，也不知得罪谁了。

1934 年和 1935 年乔清秀收了两个养女，一名乔凤楼，学习唱京韵大鼓，一名乔玺楼，习唱坠子，并有"小清秀"之称。

鉴于生活艰难，乔利元、乔清秀夫妇打算去东北闯荡一番。那时候乔清秀由于常年演出的劳累，身体每况愈下，更由于她从小受苦，体质衰弱，患有肝病。抓汤熬药，在王三奶奶庙内磕头烧香，不知多少次，时好时坏，也没治好。1937 年以后，一年也唱不了两三个月。又听说东北沈阳有位姓安叫安善人的神医，专治百病。正巧沈阳有人来津约角儿演出，乔利元一想，这不是一举两得吗？于是 1939 年临冬，带着乔月楼、乔玺楼、乔凤楼三个女儿及演员十余人，一同到了沈阳。那时，日本占领了东北，成立伪满洲国，把沈阳称为奉天。当时还有著名梅花大鼓演员花五宝、老艺人潘师爷等，一同前往。花五宝和乔家人一同住在沈阳县沈阳胡同的天园旅馆。经过安医生的治疗、服药，病情有所好转。

到了沈阳，当地的汉奸、特务、翻译、狗腿子们也常到园子里捣乱，敲诈艺人钱财，专占女艺人便宜，无恶不作。乔清秀当时因仍在恢复期，不能演出，在客栈治病休养，全指三个女儿演唱维持生计。先是乔月楼和乔玺楼两姐妹在公益茶社唱对口坠子。那时候乔凤楼已改唱刘（宝全）派京韵大鼓，拜师王文川。乔月楼回忆说："我们刚回到后台休息，这些狗特务就上后台去说要请我们姐俩吃饭。我们说：'我们光知道唱，不陪吃饭。'日本宪兵队一个叫金四的人说：'那你不陪大爷？'我们说：'我们做不了主，我们得回家，跟我父亲商量去，不能跟你走。'回家和父亲一说，父亲说：'明天这两个王八蛋不是请你俩吗？我请他，咱一块去。'"

乔清秀、乔利元夫妇认真钻研艺术，善待朋友，热心帮助有困难的同行，他们坚持"认认真真卖艺、清清白白做人"和"卖艺不卖身"的准则，他们对鄙视艺人的人深恶痛绝，并以此教育儿女。第二天，乔利元就对金四说："你不是请这两个孩子吃饭吗？我跟着你们去，我请客！金四爷，你单独请这两孩子不能去。要在这儿陪客吃饭，我们不用来到奉天，在天津就陪客吃饭了。"乔利元说我们要爱护名誉，在天津这么多年，不是靠闺女来挣钱。这个金四看中了乔玺楼长得漂亮，想弄走，乔利元夫妇不干。这一下就得罪他们了。

有一次姐妹俩在一个园子演唱，待姐妹俩演唱完毕要用一个小笸箩敛钱，那时都是给钢镚子，和他们同场演出相声的郭荣启、张庆森（音）都帮她们敛钱，可是汉奸们不让观众给，谁给就打谁。她们演唱没人给钱，不是白唱了吗？那金四和宪兵队的狗腿子穿着大皮靴，跷着腿，姐妹俩想要迈过去，他不让过，把腿一跷就把她们绊倒了。乔月楼回家告诉母亲，乔清秀说不上大园子唱，就上小园子唱，或者"撂地摊"吧！眼看不能去园子唱，她们只好在郊区找个小园子唱。有时姐几个也往奉天（沈阳）电台唱，有乔利元和潘师爷跟着护着，事态好像安静了些日子，小姐妹一天下来钱也不少挣，比上园子还挣得多。每天临出门时，母亲就叮嘱说："乔月楼，是大的，机灵点，多长个心眼！要是再碰见金四这帮兔崽子，啥也不要，赶紧往家跑！惹不起，俺们还躲不起吗？"

然而厄运还是躲不过去。乔清秀在一次演唱结束刚回到旅馆，还没来得及换衣服，宪兵队的日本小队长平井带着一大卡车的日本兵，个个穿着大皮鞋，背着枪，汽车上还拴着条比小孩还高的大狼狗汪汪乱叫来到旅馆。他还带着一个叫李广陵的汉奸，以"私通八路、探听满洲国消息"的罪名，将乔利元、乔清秀夫妇带到了宪兵队，把乔利元关在楼上，把乔清秀关在楼下。当天日军就把乔利元残忍地活活打死了。第二天，他们放乔清秀出来，可乔清秀请求跟丈夫一块儿出来，说："我们一块进来的，当然一块走。"宪兵队的人骗她说："你先走，明天再放他！"

第二天，宪兵队里一位做饭的大师傅，是乔利元的河南老乡，偷偷地跑到旅馆给乔家人送信儿来了，说："乔利元叫日本宪兵给打死了，尸体给拉到乱葬岗子啦。你们赶快跑，不跑也把你们整死。"家里人听后吓得也不敢告诉乔清秀，说了她也活不了啦。到第三天，宪兵队又派人问乔清秀："乔利元从宪兵队里跑了，跑到哪里去了？限你三天之内找到人给宪兵队送去，如果找不到人，就把你再抓到宪兵队去。"乔清秀说："乔利元能跑去哪儿？你们不是说过几天就放出来吗？我出来时他还没有出来呢！你们要是把乔利元弄死了，金四、李广陵我跟你们没个完！"

乔清秀见人就打听，花钱求人把乔利元办出来。晚上在旅馆里睡觉也不安稳，日本宪兵队来查了几回店，汉奸李广陵带人来到旅馆，甚至还掀乔清秀的被窝说："乔清秀你还不嫁人，乔利元已经死了，你还等着他干吗？"乔清秀不信，说："我不嫁，我谁也不嫁！"李广陵气急把手枪顶着乔清秀的胸膛，威逼她嫁人。乔清秀一身正气，铮铮硬骨，以凌厉的严词将李广陵骂得狼狈而逃。乔清秀为了打听乔利元的消息，到处托人找丈夫。后来找到奉天利生汽车行的一个熟人贾某，此人向宪兵队的中队长武田反映（因武田常来这个汽车行修车），说宪兵队小队长平井把乔利元抓走了，叫他想想办法。武田说他不知道这件事。可是他到宪兵队一问，乔利元早已死了，就没给贾某回信。这时，乔清秀又听说宪兵队还要抓她的儿子去当兵，以便斩草除根，然后处死。乔清秀赶快把儿子乔河清（16岁）藏到汽车行里当假学徒，改名叫王秀河，这才躲过生死关。

乔清秀一直认为乔利元还活着。苦等了两年，可是东北也不好混了，弦师康元林和潘师爷也说："咱们只在这儿待着也不是个事，赶紧回天津吧！"这个劝那个劝的，乔清秀点了头。大家相劝，她和家里人于1942年底某日，都化装成逃难要饭的，没敢在奉天站上火车，找了个小站上的车，全都返回天津了。

回到天津以后，全家就先住在天晴茶楼安身，天津的报纸也登了乔清秀没死，还活着的消息。广大曲艺观众都喜出望外，盼望乔清秀能早点儿再登台演出。乔清秀由于家中遭此横祸，郁闷成疾，身体、精神都遭到极大损伤。她和乔利元当初演出挣点儿钱也没积存下来，凡是亲友有困难的，吃不上饭的，他们都给人家钱帮助解决困难。到现在要生活、要治病已经没有什么钱了。因此，她带病还要演出。截至1943年初，她在小梨园共演出10场。因去奉天之前，借用该园的包银500元现大洋，为偿还旧债只好演出。另外，北京也派人来相约，居然有专演京剧的吉祥大戏院、三庆大戏院破格特意请她演出河南坠子数场。天津曲艺界的名角不少，可还未听说过有谁敢到北京吉祥、三庆这么大戏院去演出的，况且唱压轴戏"攒底"，乔清秀就有这么大的胆量。这些演出场场客满，盛况空前。难怪北京唱京剧花脸的名角金少山先生在宴请乔清秀时说："你乔清秀的坠子'盖河南'名不虚传。要我说，你把唱京戏的吉祥大戏院的观众都灌满了堂（指她唱的声调最后一排观众都能听清），你还应该叫'盖北京'！"可见乔清秀的才艺和声誉是很高的，在北京观众心目中也是很有影响力的。

乔清秀无时不在思念丈夫，为了使乔家后继有人，从东北回到天津，她做主给乔河清、乔月楼二人办了婚事。从此，乔月楼正式成为乔清秀的儿媳。

乔清秀回到天津以后，胜利公司的师子光经理知道了，马上找到乔清秀谈灌录唱片之事。早先乔清秀和师经理曾经计划过，要将她的重点剧目《红楼梦》中的十二钗，共 12 段整个全部灌录下来，还不包括已有的《宝玉探病》和《黛玉悲秋》，另外还有整段的《小拜年》《孙夫人怨兄》共 14 集。其中《小拜年》是连说带唱，表演幽默风趣，耐人寻味，回味无穷，也是正宗乔派唱段亮底牌的拿手唱段之一，平时很少唱，因为很吃功夫。一次，军阀曹锟家中办喜寿出堂会，点的就是这段《小拜年》，听潘师爷说，曹给的赏钱，足能够买上百袋的洋白面。乔月楼可惜可叹地说："这《小拜年》我只学会了半段，母亲就去世了，要想整理得像模像样，是那么回事，恐怕就难上加难了！"这《小拜年》特别经典，充分代表乔清秀的独特河南坠子风格，别的演员还不会唱。本来唱片一面是 3 分钟，正反两面 6 分钟，《小拜年》唱起来要半个小时，需要录 5 张唱片之多，就是"四大名旦"也没有把哪部戏录全段的。经过师经理和上海胜利公司研究后，破格同意录制。

在灌录费方面，师经理答应给予最优惠的片酬，基本上按乔清秀所提的数目，要多少给多少。除了片酬以外，师经理看乔清秀和家人住的房屋太简陋（当时住在鸟市侯家后四和轩 6 号院，是贫困人家住的地方），破格答应她，除全部片酬外，可以由公司出资给她在北京买一套四合院的住宅。这个优惠条件是胜利公司从来没有的先例，也可见胜利公司及师经理对乔清秀演唱艺术已达到高峰的评价和肯定。当然，该公司也是看好这 14 集唱片，认为灌录成功以后，在全国定会畅销无疑。然而不幸的是，此时乔清秀已经病入膏肓，靠打止痛针将息维持生命，无法医治了。当时天津没有灌录设备，需要到上海去灌录（以往几次都是师经理带领他们全家去上海灌录的）。上海去不成了，再商量去北京，乔清秀也说不行，不能动身了，师经理就和上海方面谈妥，把上海灌录的整个机器设备运往天津。没等运到，乔清秀就含恨病逝了。最终未能将乔派最精彩的节目之一录成，未能留下她那甜美清脆的声音，实为近代乔派河南坠子史上莫大的损失和遗憾。

乔清秀从奉天回天津以后，仍始终在打听丈夫的消息，盼望能救得回来。她心情压抑，几乎精神失常，更患上了积久不治的痼疾——癌症。她的肚子涨得很大，是"气臌"，家中没有多余的钱，全家生活陷入困境。她再也不能登台演出了，她儿子乔河清想让她吸点儿鸦片烟顶顶看也不行，她已经卧床不起，奄奄一息了。只有月楼和玺楼两个女儿在外面"撂地摊"演出，家里能卖的东西都卖光了，也没钱送她去医院，只能请中、西医到家来看看，吃药、打针都不管用了。她只觉得胸内像火烧一样，正是隆冬腊月给她吃什么呢？一天吃三块西瓜，吃完了还能维持一会儿。在她临病危时，还在问儿女们："你爸爸怎么还没出来？"家里人只好告诉她实话："爸爸几年前就死了，你别惦记他了。"乔清秀再也没说话。

1943年农历正月十三日，乔清秀在家中躺在床上斜卧着，身子靠在被格子（放被褥的木柜）旁边，似睡非睡的样子，桌上的留声机还在旋转播放她和乔利元共同录制的唱片。下午四时许，乔派河南坠子的一代名伶乔清秀，仅仅活了33岁年华，就这样含恨去世了。

乔清秀去世时，身边只有儿子乔河清守着。家人帮着穿好寿衣，两个女儿刚从外面演出回来，未能最后见到母亲的活面，伤心恸哭不已。乔月楼和丈夫商量，母亲生前有这么大的名声，死后就是借钱也要给她出个大殡呀！于是凑钱给她婆婆买了一具一千多元的楠木棺材，雇了乐队和车子，吹吹打打较隆重地出了殡。得知乔清秀的死讯，天津、北京曲艺界不少同行、友人前来吊唁。乔清秀死后的坟埋在西头的黄河道。1969年国家用地，将那片坟地迁到了程林庄公墓。等到家属听到消息赶到那里，才知道她的尸骨已被火化了。

那么一小把骨灰也不知道是不是乔清秀的，至于棺材中陪葬的那套茶具也就更不知下落了。她是含冤饮恨去世的，六十多年了，每到清明节，乔月楼、乔河清都会给父母烧点儿纸钱，慰藉他们的亡灵，尽表孝心！

乔清秀去世以后，家境非常困难。家中只有乔月楼、乔河清夫妇和妹妹乔凤楼三人。1944年，乔月楼生了一个男孩叫乔金明。乔月楼照顾小孩，不能外出，只有乔凤楼一人去演出。后来乔凤楼结婚了，乔月楼只好抱着才8个月的儿子去外面演出。每天挣8角钱，就吃8角的饭，挣5角钱就吃5角的饭，生活其为艰难。丈夫乔河清在官银号地区（旧城繁华区）卖过香烟，又在东货场仓库给日本洋行干搬运工，经常挨日本兵的打，受尽了脚行恶霸的欺负，挣微薄的工资养家。全家在苦日子中煎熬，一直盼到了解放。

经过几次访问、攀谈，听乔月楼痛说家史以后，我们更想知道她作为乔派河南坠子第二代传人，这些年又怎样过来的，又遇到哪些坎坷，使艺术传承中断了几十年呢？

传承正宗　矢志不渝

乔月楼9岁到乔家时，乔清秀正在天津北马路北海楼的玉茗春演唱，她们就住在后台。受母亲天长日久的熏陶，齐月楼哼哼悠悠地也开始学唱，她母亲就慢慢地、一点点地教她。在旧社会，乔月楼和同龄的老艺人一样，没有机会上学，是不认识字的文盲。完全凭借自己头脑清楚、记忆力强，经过乔清秀的口传心授，乔月楼居然能把每个唱段的唱词和曲谱全部背诵下来。乔月楼从母亲那里共学会四十多段曲目，至今不忘。她都八十多岁的年纪了，乔派坠子许多失传的唱段和词句张嘴就唱倒背如流，也不打"嗑儿"。听说2004年天津广播电台《曲艺大观》梁文逸、童强二位编导到乔月楼家采访做节目，老人兴致勃勃地又唱京戏，又唱梨花、西河大鼓和本功的坠子，唱罢一段又一段。为了验证老艺术家的功底和记忆力，一段上百句的《韩湘子渡林英》唱词，乔月楼手持简板唱得跟炒豆子一样，不气喘，字字清楚，铿锵有力，整段一气呵成，令二位编导赞叹不已。为抢救乔派坠子唱段，电台邀请乔月楼和她徒弟文爱云，弦师曹宜训，录制了老人二十多个唱段，以留作艺术资料。乔月楼在录音室，一上午一口气能唱五六段，精神那样好，气力又那样足，可见乔派功底扎实深厚。大家一致称赞说：这乔老太太，真棒！

此外，这几十年来的经历，大小事故，结交的人物、地点等，依然能清晰地说出来，也实在是个奇迹。

天津刚一解放，乔月楼就把给她母亲伴奏的琴师康元林从河南濮阳接到天津来了。乔清秀病重时康元林就说过："乔清秀如果死了，我谁也不给拉（弦）了，我就回老家了。"乔月楼平时管康元林称"康师叔"。由于乔月楼参加了天津市和平区曲艺杂技团，因此，她赶快给康师叔写信，接他回天津，也进了这个曲艺杂技团给她伴奏。1958年，康元林患了半身不遂的病，不能伴奏了。正好那年文艺界演员、干部开始大批下放，几年的时间，天津市级、区级的各曲艺团体都相继解散了，像著名演员马三立、花五宝、苏文茂、张伯扬、周文茹、侯月秋、严秋霞、乔凤楼……都下放了。

乔派坠子的传人乔月楼被转业到生产飞鸽牌自行车厂的车铃厂当工人。她被分配干研磨铁铃铛。铁末子粉尘很大，脸上、身上都是粉尘，就像个黑人似的，是最脏、最苦、最累的活。机器轮子一转那铃铛冒火星子，她很害怕，吓得直冒汗。虽是冬天，在车床前一坐，她的汗珠子就往下掉，心里很紧张。有的工人就向领导汇报，说："乔月楼干这个活不行，太危险，上不好这个轮儿，打到脸上就开了花。"于是就调工作，把她调到电镀车间。这个厂是专门给自行车镀镍，用的是有毒性的药水，五冬六夏都要穿高腰雨靴，整天踩在凉水中。干了好几年以后，浑身坐了病。那时她已经是五个孩子的母亲，白天累完了，晚上回家还要做饭照顾孩子吃饭、喂奶，孩子们吃不饱就哭哭啼啼。可是不干这个工作，全家人更没饭吃。从

1958年转业到工厂当工人，直至1974年退休的16年工作中，乔月楼干起活来任劳任怨、吃苦耐劳，和工人打成一片，领导和工人都非常愿意和她接近，多次被厂里评为先进生产工作者，戴上光荣花。

乔月楼和梅花大鼓演员花五宝犹如姐妹，性格也是一样的。过去一直是凭自己所学的技艺演唱，唱完就回家做家务，从来不会对上级逢迎拍马。所以，自1958年下放以后，本来有几次机会可以选调回曲艺团，可是不明不白地就没有实现。比如：1960年，天津文化局就派人把乔月楼、林红玉、张伯扬、严秋霞等请到一个大饭店里，商量让这些老艺人如何传授鼓曲各大流派艺术，传承、培养青年一代。乔月楼也是其中选好的一位，等待回到天津市曲艺团里传授乔派坠子。当时文化局一位干部还对乔月楼说："你回到天津市曲艺团以后，可以焕发青春，对曲艺事业做出应有的贡献啦！"可是开完会等了很久，还是石沉大海了，不知什么原因没有实现。

乔月楼虽然下放到工厂，可是回家后没有停止乔派坠子的练唱。有时候工厂里开大会，工会干部就给乔月楼写些新词，她就背，然后上台演出。1958年至1959年间，山东省曲艺团内著名的河南坠子演员郭文秋和王小花，拿着文化局的介绍信，到天津专门找到乔月楼来学习乔派坠子。乔月楼就利用下班时间传授了《王二姐思夫》等段子。郭文秋这人心地诚实，嗓子甜润，坠子的功底也较深，学完这个段子之后，走到哪里唱到哪里，也红到哪里。还有一位弦师叫曹永才的，是乔利元、乔清秀从老家大名县接到天津的。也是为了让他混口饭吃。他管乔利元夫妇称叔叔、婶子。"文革"期间，他也被下放了。为了使下一代继承河南坠子，他先后把两个儿子送到乔月楼家中学习。乔月楼知道他们想考入曲艺团，就毫无保留地给他们"上活"，教他们唱段、练拉弦。1978年以后，曹永才的小儿子曹洪凯考上了天津市曲艺团的少年队。

老艺术家焕发青春

改革开放后，河南省文化局戏曲研究所的张凌怡几次来天津查找，了解乔利元、乔清秀还有没有后代？开始找到唱河南坠子的同行，得到的回答是："乔月楼早已不在人世了！"那时乔月楼还在工厂干活，人家可不是找不到她。河南来人费了很大的周折，最后又找到一位同行，他终于说了实话，领着河南来的人找到了乔月楼。后来河南省戏曲工作室又来访了几次，在天津又找到了部分老唱片，回到河南以后编辑了一本《乔清秀坠子唱腔集》，于 1982 年 8 月出版。这本书出版以后，影响很大。1983 年，河南省文化局在郑州举办河南坠子进修班，专程派人来天津请乔月楼去讲学。乔月楼讲乔利元、乔清秀如何创出乔派坠子的历史，很多人都说：这才是乔派的正根，还有后代呢？大家也明白是有人"欺世盗名"，甚至有人知恩不报，包括某些人，总想把乔派打下去，立自己为正宗。

自从 1983 年乔月楼被约请前往河南的坠子进修班讲学以后，影响很大。河南省曲协就向中国曲协主席陶钝汇报，说乔派的后代乔月楼还在，还给学生讲课。陶钝提出由天津、山东、河南三省市联合举办乔派坠子欣赏会，必须把乔月楼请出来演出，不然就没有什么意义了。当时天津曲协秘书长李宝华就来到乔月楼家，约乔月楼出来演出。乔月楼说："我已转业了，也没有弦师。"李宝华说："你不出去，演出办不成。"最后请来了曹宜训弦师。因为中

《乔清秀坠子唱腔集》书影

国曲协主席陶钝听过乔月楼唱的《凤仪亭》《孟姜女哭长城》，就排了这两段。排练以后，就在天津原天祥市场附近的新中央剧场演出了。后来又相继去山东、河南两省演出。演出回来后，文化部门曾向陶钝主席汇报过，陶钝主席对乔月楼说："你在家等着吧！等天津的北方曲艺学校成立以后你到那里当教师去，传授乔派坠子。"但是左等右等，却一直没有聘请她去曲校的消息。后来乔月楼明白了，是因为个别人没把发展河南坠子当作事业放在眼里，对安排乔月楼的工作不负责任。有时乔月楼很气愤，因为她没有机会去教学，没法归队发挥她的才艺，致使曲校没能培养出一位正宗的乔派坠子演员，真是曲艺界中令人惋惜的事。直到梅花大鼓表演艺术家花五宝老师也退休了，由她倡议成立天津市老曲艺家艺术团并约请乔月楼参加以后，乔月楼才开始正式收徒弟，到各地演出，发挥余热。

随着国家在经济、文化各方面的巨大发展，乔派坠子逐渐焕发青春，乔月楼的表演、教学等活动也逐渐恢复起来。从 1982 年至 1984 年，除了在天津、济南、郑州参加三省市乔派坠子欣赏会，还在河南省南乐县举办的坠子进修班传授了四名学生，他们现在仍在城乡演出。1984 年以后，乔月楼分别参加过中央广播电台的《505 空中大舞台》（就是文艺舞台）、天津广播电台的《曲艺大观》《曲艺星空》、天津电视台的《艺文评话》《七彩文斓》等节目的演出。

乔金明还给我们提供一件实例，很令人感动。

1988 年，河南省计划在 8 月间举办第一届艺术节，各市县都在积极准备。濮阳市以南乐县为代表，报名参加河南坠子的演出。为了早做准备，濮阳市文化局赶紧派两名干部开着一辆旧吉普车到天津接乔月楼去该县办培训班。乔月楼欣然答应了，仍坐着旧吉普车颠簸了一天才到南乐县。县里赶快给乔老师安排较好的旅馆（每日房费 15 元）、伙食标准也是由每天 5 元提到 6 元（在那年代不富裕的县城，算是较高的待遇了）。可是乔月楼看到这是个贫困县，不愿意给这个县增加开支，就和学生们住一样简陋的平房，吃和学生一样的低价伙食，使干部、学生感动不已。她一心想赶快教学生掌握和提高乔派坠子的艺术水平，根本不考虑待遇问题。

三个月以后，乔月楼带着学生参加河南省第一届艺术节的演出。学生曲翠云、王雪玲演出了乔派坠子《英台拜墓》以后，引起强烈反响，评委们给予高度评价，学生获得优秀表演奖，乔月楼获得优秀辅导员老师奖，并且都颁发了奖状。

培训班结束以后，濮阳市文化局给乔月楼300元的辅导费，可是乔月楼一分钱报酬也不要。最后只提出："你们给我2斤香油，煮10个鸡蛋吧！"乔月楼只提着香油和鸡蛋回到天津。培训、演出的成功，使乔月楼非常欣慰，比收那个培训费高兴得多。这就是老艺术家高贵的品德，为人正直纯朴、不图名利，一心只想恢复乔派坠子的诚意。

另外，乔月楼还参加由河南省拍摄的七集电视连续剧《坠子皇后乔清秀》，乔月楼担任资料顾问和唱腔艺术指导。这是我国第一次为曲艺界著名演员拍摄的电视剧。

2002年，在李瑞环亲自指示下，由天津市民族文化促进会出版了《乔清秀、乔月楼河南坠子》光盘。

2005年，李瑞环主持召开中国京剧、曲艺音配像工程庆功大会，天津选派了乔月楼、花五宝等艺术家代表曲艺界出席了这个庆祝大会。会后，李瑞环还向有关部门提出"必须整理乔派坠子"的意见。

唯一心愿愿后继有人

人总是要老的，新陈代谢是不可逾越的自然规律，纯粹的艺术成果，也必然需要代代相传、发扬光大。乔利元早期开创乔派坠子时，曾收过一位男徒，名叫王清顺。唯一的女徒就是乔清秀，再也没有收过徒弟。乔清秀收养了三个养女作为自己的门内传人，而乔月楼是唯一乔派正宗的第二代传人。然而，乔月楼如今已是耄耋老人了。当代喜爱听老曲艺节目的观众逐渐减少，能唱河南坠子的演员少了，听的也不算很多。她最大的心愿是责无旁贷地担起传承乔

319

派坠子的重任，让这门艺术后继有人。她立志不能让乔派坠子失传，所以，前些年就开始物色人选，经过三省市乔派坠子展演和天津老艺术家艺术团的推荐，乔月楼与青年坠子演员文爱云相识。文爱云从1975年开始学习河南坠子，考入了天津市曲艺团以后，演唱的河南坠子颇有几分乔派的韵味。1995年，文爱云得到乔月楼老师的指导和传授并曾合作演出，获得好评，又曾为乔清秀的优秀节目录制了音配像，她非常敬佩乔清秀、乔月楼两代的艺术成果。2003年11月29日，文爱云在天津举行拜师典礼，正式成为乔派创始人乔利元、乔清秀的再传弟子。文爱云拜师乔月楼以后，以高度热情潜心苦学，很快掌握了乔派坠子的基本神韵，并加以融化创新，进步很快。

2006年11月29日，北京市曲艺家协会、北京曲艺团、北京文艺广播娱乐频道和中国曲艺网等单位，专为庆贺乔月楼85岁寿辰在北京广德楼联合举办了一次专场演出，乔老师和爱徒文爱云演唱对口坠子《蓝桥会》。老人精力充沛，爱徒歌喉甜美清脆，弦师曹宜训的烘托也锦上添花，声情并茂，其精彩表演令老年观众听得如醉如痴，恍如当年乔清秀再现，尤其对乔月楼老人表演艺术不减当年甚是钦佩，予以热烈欢迎和喝彩。

如今，已经走过八十多年漫长的人生之路，历经坎坷和磨难的乔月楼老师，虽已是白发苍苍的老人，但身体仍很健壮硬朗，歌喉不减当年。她为人谦和善良，心胸坦荡，除了一门心思再多培养些接班人，争取为观众多塑造一些角色，自认到晚年还能有着健康的身体，儿女孝顺，家庭和睦，无忧无虑，也很满足。她和老伴儿及子女们过着安定而简朴的日子。

对我们几次的访问，她们全家总是热情接待，凡是我们想知道的史实，乔月楼总是倾其所知，不厌其烦地娓娓道来。当她痛说家史和怀念父母英年早逝时，当然难以掩饰内心的哀伤与对旧社会的仇恨，但是我们也能感到她骨子里有一种坚强的毅力，能勇于克服任何困难和曲折。这种可贵的品质，来自她养父母对她的教诲和培

参加"关爱老人·关注老龄"征文获奖后，在一次庆祝宴会中，
乔月楼老人手持奖状及奖章与作者合影（2009年）

养。听完她讲述传奇般的家史，震撼着每个人的心灵，我们都感到
深受教育和启发，由衷地钦佩这位老艺术家。她在我们心目中的形
象越来越高大，犹如一棵坚毅挺拔的不老松！此外，乔月楼能给我
提供有关我的老父亲当年与乔家合作灌录唱片的种种经过，没有她
这位当事人的往事追溯，我父亲这段工作业绩和历史，就永远被埋
没而无人知晓了。因而，我自己对乔月楼有更多更多的感激之情。

访问快结束之际，又听到好消息：今年9月11日（农历八月初
一）是乔月楼86岁寿辰，同时还将举行第二位徒弟的拜师典礼，有
关单位和同行友好正在分头准备，将为老人举办一次隆重的双喜临
门的盛会。

从乔月楼子女提供的补充情况来看，目前她这座年久失修的住
房也有拆迁的消息，她所属的单位仍在给她发放低工资的退休金，

甚至医药费仍无法报销等，这些生活上的困难，正在逐步得到解决。

我们与乔月楼告别时，衷心祝愿她早日改善居住条件，能住到宽敞舒适的住房，提高养老金的待遇，解决医药费报销问题。当然，更祝愿乔老师身体健康长寿，在有生之年为传承正宗乔派坠子多培养艺徒，多发挥余热，多做贡献。

乔派几代人为繁荣曲艺界十大曲种之一——正宗乔派河南坠子所做出的种种努力，观众是不会忘记的！

附记：乔月楼、乔金明母子和我们痛述家史时，谈到乔利元被日伪鬼子、汉奸杀害后，始终不知其埋葬的地方，"活不见人，死不见尸"，伤痛不已。母子二人每逢老人去世纪念日，都要烧些纸钱祭奠在天之灵，敬表孝心，而追寻史迹多年仍无法获得确实信息，是他们母子多年来的一桩心事。

我根据他们所提的关于汉奸李广陵的只言片语，费了些周折，从几方面资料查找出以下简况作为参考。

1940年，乔利元和乔清秀在沈阳演出时，受到日本宪兵的迫害，其中有汉奸李广陵也威逼乔清秀，说他们夫妇"私通八路"，要送到宪兵队。乔利元被日本宪兵残害致死以后，李广陵还限期叫乔清秀把乔利元找回到宪兵队。后来又用手枪逼乔清秀说："你丈夫已经死了"，叫她嫁人。

根据一些知情人士谈及汉奸李广陵的有关材料，简述如下：

李广陵是辽宁省本溪市人，其父亲在伪满时期任过伪村长，也是地方上的一个霸主。李广陵曾在东北大学（当时张学良任校长）读书，但他不务正业。日军占领东北以后，他就卖身投靠日本宪兵队瞎混，和日本军官都有来往。

抗战胜利以后，李广陵为了甩掉自己与日伪的关系，平安地存活下来，赶紧参加了国民党军队，并且在沈阳花钱买了个少将的军衔。解放战争期间，国民党军队节节败退。不久沈阳解放，解放军军管会公布命令：凡是国民党将军以上的、执行委员以上的、三青团区队以上的，限三天以内，自行前来登记报到的，就不逮捕；如不登记者就要进行逮捕。不久，李广陵到军管会报到。经查证，他在伪满时不是一般特务，是情报人员；国民党执政后，他又摇身一变成为少将，是双料货的犯罪分子，还是被逮捕了，被送到北大荒的兴凯湖进行劳动改造，后来在该地劳改中病死。

（《本文获《中华老年文学》举办的"天下老人——首届海内外'关爱老人·关注老龄'大型征文"纪实文学类一等奖，《天津文史资料选辑》第 113 辑以"曲坛不老松——乔派坠子传人乔月楼"为题刊载，2009 年 12 月，内容有删节）

回忆与激励

　　2008年6月，天津文史研究馆将迎来五十五周年馆庆。时光荏苒，似水流年。自从我被聘为馆员之后已经整整十五年了，值此馆庆之际，现将自己的点滴回忆和零星感受略述一二。

　　我出生于天津市的老城厢，是土生土长的"老天津卫"，最关心的当然是天津的地方史料和社会的发展。1989年，我超龄退休之后，被天津市政协文史资料委员会（以下简称"政协文史委"）返聘，开始进入文史研究领域。1993年，我被聘为天津文史研究馆馆员。入馆前，对文史馆的性质及任务所知甚少，通过各类形式的学习，明确了文史研究馆是根据中央领导决定，建起以敬老崇文为宗旨，具有统战性、荣誉性的从事文史研究的机构。我也逐渐了解到本馆拥有多位天津文史界的耆宿名流，可谓专家荟萃。我能有幸跻身于如此高深的学术行列中做一名小卒，能为天津地方史研究做出自己的贡献，备感兴奋和欣慰。

　　入馆以后，通过和老馆员们的接近、交流，才知道老馆员中，如：刘续亨、刘炎臣、李世瑜、王千、翟乾祥、马道允、葛乃昌、张仲……有的是我中学、大学同学，有的是我父辈的亲友、同事等。比如：我与音乐家马道允初次见面是在馆庆会上，当他知道我的姓名以后，第一句话就说："我和你叔叔师绣璋（原天津传染病医院院长）是南开中学同学。"葛乃昌馆员和我刚相识时就说："我是西南联大的，你是南开大学的，咱们是校友呢！"大家对我是那么亲切、友善、和谐，使我感到犹如乘船驶入一个温馨的港湾，很快消除了我的陌生感。

十多年来，馆员老前辈们对我的指导和帮助是很大的。仅举两位刘老为例：一位是刘绪亨老先生。他是天津资深的老金融学者，业务熟练，有超常的记忆力，大家尊称他为"活字典"。他退休后先是被市政协文史委返聘，曾经撰写了不少有关天津各时期金融及工商业发展的史料。他交游颇广，还掌握一些现代史中某些重要事件和重要人物之间鲜为人知的"秘闻"。他和我家父辈也相识，故我初到政协文史委时，刘老像带徒弟一样教我如何收集和编写史料，有时还亲自带领我走访著名专家、学者、知情人。诸如天津工商联原副主委乔维熊、市委原文教部部长王金鼎，以及医学界一些知名专家等，使我能通过他们提供的真实情况顺利地汇集不少有价值的第一手资料。另一位是刘炎臣老先生。他大半生从事报业记者生涯，对天津中下阶层老百姓生活习俗、民间艺术、名人轶事所知甚丰，积累了大量天津文艺界文史资料。我和他在政协文史委就已相识，他也常授我以编写文史资料的心得和方法。我入馆以后，他年迈多病，曾表示希望我有机会能与他合作整理积压多年的初稿。

当时二位刘老均已是耄耋老人了，生活条件很简陋，但仍笔耕不辍，分别撰写了四五百万字的史料笔记。我对他们，也包括有成就的老馆员们甚为钦佩和景仰，他们那种"不用扬鞭自奋蹄"的精神和忠于文史事业的风范，永远是我的学习榜样并激励我努力工作。

再值得一提的是，我入馆后，深感本馆从历届馆长到各处室主任、干部们坚持党的各项政策、规定，在工作作风上严肃、朴实、肯干，真诚关心和爱护馆员，尽量为馆员们全心全意服务，无论是政治学习、开展各种门类会议、举办多种书画艺术展览，甚至组织馆员到各地参观采风，都是服务周到而热情，使馆员们有宾至如归的感觉。值此我也衷心道一声你们辛苦了，并表示衷心感谢。

十多年来，我在文史资料研究工作方面取得了一些成绩，简言之：我初入馆时，参加过本馆和日本友好人士合作编辑"历史不能忘记"丛书的工作。1997年和2007年，为纪念抗日战争胜利60周年、70周年，10年间我被约两次参加《七七事变前后》（中国档案出版社出版）初版和再版的编写工作，均为编委之一。此书请在美国定居并于患病中的爱国将领张学良将军为之题写了书名，意义重大，颇有影响。

近七八年间，我又从事有关老唱片的文史资料研究工作。由于我父亲师子光生前供职于美国RCA胜利唱机唱片公司，任华北总经理，受家庭影响，加之与天津收藏老唱片的专家们相识，通过调查了解，我对他们收藏老唱片那种专注和孜孜不倦的精神钦佩不已，使我决心花费一定的时间和精力协助他们进行老唱片的文字记载和图书（包括DVD光盘）出版工作。此外，我还就有关资料和老唱片收藏家们合作，编写过传记文章《他将美音留人间》等数篇稿件，发表于天津报刊，目前仍在继续与收藏家们合作，编辑《老唱片——流行歌曲》（暂名），以及我国早期经典流行歌曲，著名老影星、老歌星的作品及简史资料（尚未出版）。

2007年，我完成了两篇史料的编写，一为《原天津中苏友好协会简史》（约15000字），一为记录天津曲艺界一位著名表演艺术家乔月楼的苦难史，题为"曲坛中的不老松"（约12000字）。后者在《中华老年文学》举办的海内外征文评比中，获纪实文学类一等奖，并被汇编入获奖文集中。

自2007年本馆喜迁新址之后，馆址面积增大，环境更为宽敞和优雅，还配备不少现代化的设施，为开展各式文史研究活动创造了有利条件，令人振奋。我今年虽已是83岁的耄耋老人，仍愿学习馆员前辈的勤奋精神，尽自己所能，为文史研究工作献计献策，多做贡献！

（《天津文史》2008年第1期，总第39期）

馆员刘续亨与《卞白眉日记》

2013 年 6 月是天津文史研究馆成立 60 周年，我是于 1993 年被聘为馆员的。光阴荏苒，转瞬间已整整二十年了。

作为新馆员，我通过参加各项学术研究活动和老馆员们逐渐相识，使我了解到文史馆拥有诸多的耆宿名流，他们在学术研究、艺术创作、文化交流和海外联谊等方面为弘扬中华文化取得了巨大成绩，具有很高的声誉。我决心作为一名小学生跻身于这座文化殿堂，要崇敬诸多德高望重、造诣高深的文史老学者，并奉为师长，虚心学习。

本文谨将一位对我教诲颇多、印象较深的老馆员刘续亨先生有关业绩略述一二。

我和刘老相识已是二十多年前的事了，1988 年，我在原工作单位刚退休即被天津市政协文史委返聘做文史资料征集、采编工作。征集组约有七八位退休的老先生，其中就有年近八十岁的刘续亨先生。他是工商组，我是科技文教卫生组。得知刘老曾和我家长辈相识，我就以"老前辈"尊称他并虚心向他学习。刘老对我这个小辈也倍加关怀，经常向我介绍征集工作方法和经验。有时还带我拜访社会名流及知情人士，使我增加许多文史知识，开阔了眼界。

327

和刘老相识以后，逐渐了解到刘老是在天津金融界中创业、立业数十年的老专家。他为天津的银行工作做出许多卓越的贡献（参阅《天津文史》第 35 期"刘续亨研究专辑")。"文革"中，就因为他出身没落地主，又曾担任过金城银行的资方代理人而被批斗，下放劳动，受尽磨难。1978 年落实政策后，才得以平反。1979 年，天津市政协文史工作恢复，1980 年，刘老即被邀请到市政协文史委帮助整理、征集有关金融史料。经历一场噩梦之后，开始第二个春天。刘老以古稀之年，抓紧有限时间，在政协文史委和被聘为文史馆馆员以后，先后撰写金融史料五十多篇，通过金融史研究会会员征集、撰写了工商经济、金融类史料百余篇。

刘老征集工作最为突出的收获是征集到一部非常珍贵的资料：《卞白眉日记》。卞白眉是天津一位有威望、精通银行业务的银行家，曾在天津中国银行工作了二十年。时值内忧外患，他周旋于政客军阀、洋人豪强、敌特伪奸之间，殚精竭虑，对天津金融事业和民族工商业的发展做出很大的贡献。他留下一套珍贵的日记，起于 1914 年，止于 1968 年，跨度长达 55 年，每年一本。在日寇侵华期间，他由于心情不好等原因，没有写日记，故中间有 7 年日记缺失。现存日记为 48 年间所记，共 40 本，220 万字。这些日记史料价值极高。

刘续亨在政协文史委期间，从旧同事卞乔年处了解到其伯父卞白眉于 1968 年在美国逝世前曾长期记有日记、并看得比任何财产都重要。他逝世后，他的家属仍将他的日记妥善珍藏。刘续亨通过卞乔年与在北京的卞白眉长子卞彭年取得联系，希望得到卞白眉的日记，作为我国重要金融史资料收藏。经多次奔波，卞彭年、卞万年多次与兄弟们联系，取得了一致意见，终于将卞白眉的日记从美国寄回，无偿贡献给国家。约在 1984 年，卞白眉的日记交由天津市政协文史委保存，并由市政协副秘书长乔维熊代表市政协赠送卞家一对景泰蓝瓶表示感谢。

刘续亨花了两年时间认真阅读卞白眉全部日记，一是对需要注释的四千余处予以注释（只占 70% 左右，另有 30% 尚待进一步研究）；二是根据日记内容，参阅有关资料，撰写《著名银行家卞白眉在天津的二十年》一文，介绍卞白眉生平及其业绩，刊于《天津文史资料选辑（第36辑）》。

由于这部日记是手写，又无标点，在整理工作中首先要做断句标点。我初到政协文史委时，已有若干位同事参与，刘老问我是否愿意参与此项工作，我因对金融太陌生，没有介入，只能做些辅助工作。比如，曾经有电视台记者数次来采访录像，我们大家把这批日记从书柜中一本本取出摆好，摄像后再把日记放回原处。此时，刘老总是嘱咐我们轻拿轻放，不要损坏原件。

1986年，《天津文史资料选辑》（第36辑）摘录了1930年至1938年部分卞白眉日记，刊出后引起很大反响。2005年，应卞白眉在美国的后代之恳请，市政协决定编辑出版《卞白眉日记》。

1989年，刘续亨被聘为天津文史馆馆员以后，积极组织创办金融史研究会并任会长，他发展从事旧银行、钱庄、证券、保险各行业有经验的老年人士为会员，撰写个人经历，会员最多时达七十余人。天津社会科学院聘刘续亨为特约研究员。

1995年，86岁高龄的刘续亨从政协文史委工作岗位退下来；1997年，他又从金融史研究会会长岗位上退下来。这之后，他集中精力撰写《耄年忆往话沧桑》，约四万字，谈他在金城银行工作的几点体会，并以亲身经历总结了商业银行在市场经济中经营管理的基本准则。1999年，他入住鹤童老人院直到2006年1月20日去世。

今年年初，我去市政协文史书刊服务部购书，蓦然见到书架上整齐地摆放了几套《卞白眉日记》（一套共四卷）。想到刘老生前为之呕心沥血的一部珍贵史料终于出版了，欣喜之余，也体会到从事文史资料编辑工作的辛劳。该书编后记写道："已故天津金融界前辈刘续亨先生生前为日记中涉及主要人物做了注释，为阅读提供了方便。"我想，刘续亨先生应是征集这套史料的功臣之一吧！遗憾的是老人生前未能看到这部巨著的出版。我立即购买了一套，一是作为馆庆活动中的贺礼，也是作为对刘续亨老人的怀念和追思吧！

参考资料：

1. 刘续亨：《著名银行家卞白眉在天津的二十年》，《天津文史资料选辑》第 36 辑。

2. 宣益：《一位正直、执着、敬业、爱岗的金融耆宿》，《天津文史》第 35 期。

（《天津文史》2013 年第 2 期，总第 50 辑）

第五章　域外采风

难忘的尼亚加拉大瀑布之旅

21世纪以来，随着生活形势好转，出国旅游之风日益兴起。我和老伴康君，已年近八旬的老人，曾经两次前往定居在加拿大的儿子家，共历时约一年半。儿子家起初住在人口最多、最富的安大略省多伦多市，我们第二次去时，他们又迁到安静的密西沙加市。

初次走出国门，来到这个陌生的国家，感到很新鲜。我们以好奇的眼光和心态逐步了解这个北美的大国。当我向儿子表示：二位老人年事已高，从万里以外远游这个国家很不容易的。儿子说："你们不算老，我们密西沙加的市长还是一位82岁（和我同岁）的老太太呢！她把这个城市治理得很好，市民都很拥护她，现在已连任第三届了。"于是，我们老两口也鼓起精神，希望在有限的时间内，多游览些当地的风景名胜，多了解这个国家的人民和生活。

每逢假日，儿子、儿媳和孙子就带我们游历各地名胜，包括"加东三日游"（首都渥太华、魁北克省和蒙特利尔市），乘船在佐治湾三万岛周游，秋天去阿冈昆欣赏色彩缤纷的枫叶等。其中最使我们震撼和赞赏不已的是世界闻名的自然景观——尼亚加拉大瀑布（Niagara Falls）。

位于美国和加拿大两国边境上的尼亚加拉河，全长仅有56千米，它是源于伊利湖而向北流入安大略湖。两湖中间横亘一条陡峭的断崖，使两者的湖面相差达一百多米。浩浩荡荡的河水经过宽大壁立的断崖时，便形成了气势磅礴的瀑布。据美、加两国学者考察后估计，尼亚加拉大瀑布可能有一万年的历史。若干年以前，当地的印第安人就称之为"尼亚加拉"，意思是"雷神之水"。

宽阔的尼亚加拉大瀑布被河心的山羊岛截为两半：岛的东侧为美利坚瀑布，高51米、宽约330米，属于美国；岛的西侧为马蹄形瀑布，高48米，宽750多米，属于加拿大。在大瀑布下游两边各有一个小城镇，两城隔河相望，由一座名为彩虹桥相连接，两国各占地二分之一。桥中央飘着美国、加拿大和英联邦的旗帜，游人们可以自由往来。

首次游览大瀑布是春末夏初气候宜人的季节。我们乘坐的汽车尚未驶入游览区，就已听到阵阵轰隆之声，天空不时飘着一团团白色云雾。进入游览区，首先面对的是马蹄形瀑布。瀑布区内有4座瞭望塔（3座在加拿大、1座在美国境内），游客登上瞭望塔可看到水势汹涌的马蹄形瀑布好像一幅巨大的弧形银幕，滔滔河水自蓝天奔腾而下，激起浪花，腾起雾团，再罩在瀑布之上，蔚为壮观。如果乘电梯下到瀑布下方，穿过岩石从瀑布后面观赏，只见那千万吨如白银碎玉般的清澈流水倾泻而下，激流溅到石滩再奔腾而起，卷起巨大漩涡呼啸而去，实为难得一见的奇景。

游览区中还备有以"雾中少女"为名的游艇，美方的游客着蓝色雨衣，加方的游客着黄色雨衣（都是免费提供），以免上岸时混淆。游艇溯急流上驶，靠近瀑布时，大家抬头向上看，只见巨大水幕势如排山倒海，从上狂奔而泻，河水湍急而颠簸，水花飞溅，每个旅客全身都被打湿，但这也是一种难得的享乐。当时船票每位4元，由于排队旅客太多，儿子也怕老人不适宜乘坐，所以只做旁观者而已。

游览区内绿草如茵，奇花繁盛，到处是郁郁苍苍的绿树绵延无尽。这里游人如织，每年有上千万名世界各地的游客前来观赏瀑布，有人说，这是世界各民族的大展览。

到了秋天，我们回国前又去观赏一次大瀑布，已是秋意浓浓。

游览尼亚加拉大瀑布（2000 年 6 月）

每当靠近瀑布区时，弥漫的水汽喷到脸上形成的水珠有些冰凉凉的。以色彩缤纷闻名的枫叶飘落在激流之中，随着清澈的河水顺流而下。游览区内游人略稀，也少些喧闹，让人们更潜心欣赏大自然之奇观。

2004 年，我和老伴第二次去加拿大探亲，居住约一年。使我们印象较深的是在大瀑布地区过新年。除夕那天，儿子约了他的朋友一家也是老少三代人，加上我们一家共 10 口人。黄昏时，开着两辆汽车奔向大瀑布地区。一路上随着暮色渐暗，只见沿途闪烁着五彩缤纷的彩灯，还有以白雪公主等童话为主题的霓虹灯群，像神话一样，美妙无比。平时，我们在市内散步，总感觉这个国家人烟稀少，可是到了除夕之夜，不知从哪里冒出这么多人！在拥挤的餐馆里好不容易找到座位，大家吃完年夜饭就前往集中的广场，有几座临时搭盖的舞台，分别表演着各种形式的音乐、舞蹈节目。孩子们手持各种闪光的小玩具在熙熙攘攘的人群中钻来钻去，大人们忘记了一年的辛劳而纵情地消遣着。

大瀑布的夜景更是迷人。美加两岸用各色彩灯从不同的角度照射瀑布喷出的水花，景色也随之变化，有艳红色、嫩黄色、姹紫色……五颜六色，迷离神奇，如入仙境，叹为观止。人们守候到夜里 12 点的钟声敲响，数万群众欢声歌唱，兴奋地迎接 2005 年的新年到来。有人放焰火或抛掷纸花，加上不断变幻颜色的瀑布之水流，把大瀑布衬托出瑰丽风采，极为珍奇的美景！我们也以兴奋之心情与加拿大友人共度新年佳节，回到市内家中已是清晨两点了。

这是我和老伴在加拿大第 4 次游历大瀑布。唯一遗憾的是由于我们没有办赴美签证（那时中美旅游业还没有大规模开放），始终未能跨过彩虹桥赴美一游。

2009 年，中美两国正式开放民间旅游。我和老伴得知这次游程中还包括去加拿大 2 日游，考虑到有机会顺便再去看看儿子一家，9 月，就报名参加由旅行社组织的中美之游。

旅途中也有参观大瀑布的行程，先是在美国边境小城市布法罗小住一夜，次日上午我们从美国这面观赏了大瀑布，只见大瀑布犹如一幅大白布幔倒挂在蓝天白云之下，飞腾的波涛仍是壮阔地倾注河底，动人心弦。参观以后，乘旅游汽车从美国边境通过彩虹桥直接进入加拿大国境（桥中央有海关检查证件后再放行）。我和老伴终于有这个难得的机会经过彩虹桥又到了加拿大，实现了几年的夙愿，甚为兴奋。到达加拿大那天正好是中秋节。我们全家进行了一次短暂的节日聚会。次日，行程安排旅客们参观加拿大的马蹄形瀑布。由于我和老伴已去过 4 次了。我们没有忙着去拍照，只是面对大瀑布再远观一阵，买了些小纪念品，向儿子一家和大瀑布告别。儿子说，爸妈以八十多岁高龄几年来能 6 次参观大瀑布，实在难得。而我和老伴在这次旅途中终于踏上向往已久的彩虹桥，跨越两国国境，了却心愿，再没有遗憾了。

在我们老年旅游生活中，给我们印象最深、最难忘的就是经历 6 次的尼亚加拉大瀑布之旅。

附：摘录几则与尼亚加拉大瀑布有关的小资料，谨作参考。

1. 1896 年，清朝北洋大臣李鸿章奉命出使俄国参加沙皇尼古拉二世的加冕典礼以后（当年他已 73 岁），决定顺访欧美列国，看看外面的世界。于是与随行人员乘"圣·路易斯号"邮轮在当地时间 8

月 28 日抵达美国纽约。10 天后，9 月 6 日，李鸿章一行离开华盛顿，乘美国政府特备之专列赴加拿大（李鸿章在归程中故意绕开了美国加州和西部，以示对美国歧视和虐待华工的抗议）。在美加两国共享的彩虹桥上，加拿大方以"盛饰公车，迎于桥左"。

因此，李鸿章可称为中国有史以来，第一位访问美国并且途经彩虹桥到达加拿大的高级官员。

（《羊城晚报》，2013 年 12 月 18 日）

2. 2012 年，美国著名杂技表演世家"飞人瓦伦达"家族第七代传人尼克·瓦伦达从位于美加两国之间的尼亚加拉大瀑布上的高空钢丝上成功跨越，成为自 1896 年以来跨越尼亚加拉大瀑布的第一人。瓦伦达所走的钢丝长约 550 米，高出瀑布顶端约 20 米，过程持续 40 多分钟。

（《今晚报》，2012 年 6 月 17 日）

3. 据英美媒体 2012 年 8 月 26 日综合报道，加拿大魁北克省蒙特利尔市一名新娘于 24 日在大瀑布附近拍摄婚纱照，不料意外落水，结果竟因为浸水的婚纱太重无法被救起，最终溺水而亡。事后，两个中年男性警察竟然也没能把她的尸体拖上岸。

（《中老年时报》，2012 年 8 月 30 日）

4. 2015 年 1 月 27 日，由于气温骤降，横跨加拿大和美国的世界第一大跨国瀑布尼亚加拉变成"冰瀑"。一位攀爬者（不知姓名）成功爬上了"冰瀑"，成为完成这一壮举的第一人。

（《中老年时报》，2015 年 2 月 3 日）

历史不会忘记他们

——华工修筑加拿大太平洋铁路散记

加拿大位于北美洲的北半部，东临大西洋，西濒太平洋，东西宽 5100 千米，北面为北冰洋，面积 998 多万平方千米，是世界第二大国。南面唯一相连的国家是美国，国界线长达 5500 千米，是世界上最长的不设防边界线。两国公民不需签证即可跨越国界。据说，有一位叫塞西尔·比奇德的加拿大老太太，她的住房恰巧建在边界线上，她的厨房在加拿大这边，而浴室却在美国那一边。每天来往于两国之间。在美国的"水域"洗澡，在加拿大国土上用餐。

加拿大原为印第安人和因纽特人居住地。17 世纪起，法、英两国竞相建立殖民地。1763 年，加拿大被英国强占，1867 年成为英国自治领地。1926 年英国承认加拿大的"平等地位"，始获外交独立权，1931 年，加拿大议会获得同英国议会平等的立法权，二者不再是互相隶属的关系，加拿大为英联邦成员国。英王是名义上的国家元首，由英王任命总督作为代表，实际上是由总理为首的政府行使权力。

修建太平洋铁路的由来

加拿大是个地广人稀的国家。在北美大陆的北半部除了阿拉斯加（属于美国）以外，拥有广袤而辽阔的土地。19 世纪上半叶，英国向加拿大的移民激增，经过发展资本主义商业，开发运河，修筑铁路等，使东部地区的经济连成一体，然后陆续向中西部和太平洋沿岸移民和开发。

最西部濒临太平洋的是不列颠哥伦比亚省（亦名卑斯省，简称BC省，下同）土地广阔，资源丰富，山上有一望无际的森林，地下藏有挖不竭的煤矿、黄金、玉石，河流内有千万条品种不同的鱼类，土地适合各类农作物种植。如有适当的劳力去开发，潜力无限。

1870年，加拿大自治领以30万英镑和部分土地为代价，从英国手中取得西北部BC省土地的所有权。但是，由于从南到北穿越整个美洲的落基山脉，阻隔了BC省与加拿大东部地区的联系，那里人口稀少，全省只有35000人，交通不便，难于发展。

在加拿大参观华工修铁路纪念碑

（碑前的巨石为华工修铁路时所开凿下来的）

　　1859 年，美国建成横贯东西的太平洋铁路以后，促进全国经济发展迅速。BC 省南部土地与美国毗邻，他们看到美国日益繁荣富强，在利益与感情上倾向美国。于是，BC 省和加拿大政府进行了谈判：如果加拿大不修建一条同样的横贯东西的铁路，BC 省将脱离加拿大，联盟美国。

　　当时，加拿大首任总理、被称为"联邦之父"的约翰·麦克唐纳（John Mac Donald）是一位极具远见又敢作敢为的政治家。他在制定发展规划时立下宏伟目标，即不仅在政治上而且在经济上要建立一个独立的民族国家。他决定仿效美国修建一条连接东西的太平洋铁路。鉴于 BC 省有意脱离加拿大而要加盟美国，迫于这种政治压力，联邦政府与 BC 省签了协议，答应在 10 年内兴建一条铁路横越落基山脉，通过 BC 省地区直达太平洋。有了这个保证，BC 省的居民消除了多年顾虑，终于在 1871 年宣布加入了联邦。当时麦克唐纳主张兴建太平洋铁路也受到一些人的抨击，但是麦克唐纳不为所动，主意既定，不达目的誓不罢休。他始终忠于利用铁路去征服大陆的理想。

惊天动地的大事

　　当 19 世纪中叶加拿大还是英属自治领时期，人口仅有 400 万，年收入不过 2 亿元，竟毅然要进行耗资巨大的、横贯东西数千里的铁路工程，真是一件惊天动地的大事。

　　1880 年，加拿大政府与太平洋铁路公司签订协议之后，就开始招商。由承建商、美国的工程师安德车克投得全部（四段）建路工程。先是由勘察人员沿着河谷走着，只见四周全是悬崖绝壁，举目四望，大山阴沉沉地挡在眼前，脚下是湍急的河流，要在这样的地方修铁路，谈何容易！安德车克和勘探人员实地观察之后，觉得他们的标价错了，过低了。因为 BC 省内大多是高山，海拔几千英尺，乌烟瘴气，冰天雪地，人烟稀少，与外面隔绝。他们试着从美国三藩市招聘来一些白人劳工，但他们既懒散又不负责任，有的连铁铲都没拿过。就是给白人提高工资他们也不愿意去那里工作。但3年过去了，勘探工作已花费五十多万元。计划修筑这条铁路需要1万名劳工，如果按雇佣白人的工资计算，预算经费尚缺二百多万元。

安德车克有过参加建筑美国境内太平洋铁路的经验，对当时筑路华工的勤劳刻苦留下深刻的印象，更因华工的工资低廉，可减轻建路财政负担。他向政府提出引进刻苦耐劳、工资又微薄的华工修铁路的建议，受到白人的阻挠，排华情绪高涨。当时BC省的省长也向麦克唐纳总理提出禁用华人兴建铁路的要求。麦克唐纳总理说："BC省缺乏劳工，如果你们希望铁路能早日建成，就不能有抵制华工的举动，要铁路就得接纳华工。不然，休想得到铁路！"

安德车克坚持要招聘刻苦耐劳、工资又低廉的华工来完成这项任务的想法终于实现了。他满怀信心地说："中国人能建造长城，一定能建成这条铁路！"

从此，大批的中国劳工漂洋过海涌向了加拿大，参加太平洋铁路的建设。

招募廉价劳力　华工备受歧视

19世纪下半叶，由于清朝统治阶级腐败无能，国难重重，天灾人祸不断，民生凋敝不堪。东南沿海各省又因人口稠密、耕地不足，农业技术落后，无法养活庞大人口，为了摆脱苦难，壮丁只好流移海外。近海诸省，海运方便，尤以广东、福建为甚，历代以来，纷纷出洋者甚多。

美国及加拿大西部发现金矿以后，消息传到万里以外的中国，华南各地人民互相传说，称那里有"金山"，而挖金又是致富快捷之路，美洲遂成为广东农民向往之地。当人们听到太平洋建铁路要招华工的消息，就找到安德车克委托友人负责招募、运载的联昌公司报名。公司承诺可以预先垫付旅费、安家费等，一旦铁路急需劳力，即刻启程。在 1880 年至 1882 年间，前来报名的华工约有八千名。

数月间，太平洋铁路招聘的华工二千余人，分乘 6 艘船只从香港或广州出发。所乘的船只是欧洲人经营的，为了营利，总是超载，劳工多被困于底舱之中。开船后，劳工形同囚犯，船行至加拿大需要四五个月。舱内拥挤不堪，空气污浊，粮食、水常缺乏。劳工饱受肉体及精神折磨，更有患病而死亡的，欧美人称这种运载船为"浮动地狱"。到 1882 年底，约有六千五百名华工陆续抵达维多利亚市，途中死亡率竟达十分之一。这是大清国民第一次涌进加拿大的中国潮。华工抵达维多利亚市以后，随即坐船横过海峡，直驶傅里沙河上游，在铁路施工处附近下船，再坐平底车前往劳工营地。

从中国广东省招募来的几千名华工，经过几个月的海上漂流来到了 BC 省。迎接他们的是一生中从未经历过的严寒。这里雪峰密布，重峦叠嶂。11 月底的中午气温只有零下十几摄氏度。不仅是恶劣的天气，当时的工作和生活条件也始终处于最底层，他们受到的待遇是不人道的。

当时 BC 省还是个尚未真正开发的地方，只有印第安人和为数不多的欧洲移民（白人）。修筑铁路当中，公司也曾雇佣少数白人劳工，不仅为他们供给一些帐篷居住，还专门雇佣厨师和佣仆，解决日常衣食供应。而华工在高山之上，气温零下三四十摄氏度，只能在旷野随处扎营，住在简易的帐篷、货车里。他们没有保暖鞋，只有中国草鞋，有人就用装土豆的麻袋去包住脚。吃的东西也很简单，在露天里烧饭，由于工资低，他们不吃蔬菜水果，许多人得了败血病。

当时修铁路的华工每 30 人一组，一组配一个翻译。这个翻译权力非常大，他与白人工头联络，掌握计工时、发工资的权力。华工的工资比白人低得多。筑路工人一天按 12 小时计算，普通白人日薪 1.50 元至 1.75 元，木工 2.50 元；而华工日薪则为 0.75 元至 1.25 元，普通是 1 元。

华工工资低，但是做的是最累、最危险的工作，比如清扫路基，用火药开山等，常遇到山体崩塌等意外事故。伤亡时常发生，伤病得不到治疗，许多人只能靠草药治病。

华工所用的建筑工具如锄、铲等也要折算所值，在第一次发工资时扣回。华工每月所得工资，扣除衣、食、住等杂类，估计全年血汗所得工资只有40余元，许多华工在此待遇之下，连回乡的船费也付不起了。

开山筑路　流血流汗

按规划设计，加拿大太平洋铁路总长为3800千米，在众多的铁路中，它的总长虽然不及国家其他铁路，但在政治上和经济上，它的兴建是一项伟大的事业，是加拿大历史上最庞大的工程。根据地理环境和安排建造时间，共分为四个阶段：

1. 由位于立比升湖以东的哥兰德向西经阿瑟港直趋温尼伯。这一带是由花岗石组成的劳伦顺安高原，在其范围内皆是岩石山脊、泥炭沼泽、河流湖泊，给筑路平添不少困难。

2. 由温尼伯到落基山的踢马关。此区属大草原地带，千里浩瀚，建路不难，只苦路线过长，物资器材供应不便，时有断绝的可能。

3. 通过落基山脉，由踢马关到甘洛斯，此地区为山区，绵延六七百里，荒原遍野，山石嶙峋。

4. 从甘洛斯到温哥华，其中傅里沙河峡谷险窄，几无立足之地，建路工程在靠近纳顿（Lytton）处展开，筑路8千米，须凿开坚硬无比的岩石和巨大漂砾，滑走松散石块进行粗重土木工程，单在此项工程中，工人须移走约60万立方米的石块与泥土，等于1米路轨要移走约80立方米的泥石，还未包括许多凿通的隧道，工程费每一千米约需185000元。

中国劳工承担着最艰巨的西段铁路建筑，包括著名的法瑞瑟河谷从耶鲁镇到里屯的近100千米的路段，山体全是坚硬无比的花岗岩，直上直下。幽深的河谷激流飞溅、险象环生，让人看了晕厥。他们要在悬崖峭壁上开凿出15条主要隧道，最长的一条有500米长，工人们在几乎没有立足之地的绝壁上凿洞，搭上栈道以便点炮崩山。

又如：从雷夫斯托克至温哥华的400千米路段，全都是悬崖峭壁。从1882年到1883年，中国劳工在这个地区凿石爆破，修筑涵洞一百多个，总长有几十千米，修建桥梁10座，不少华工死于爆破、塌方、暴风雪、疫病，甚至被出没在荒山野岭中的黑熊吞噬。

华工就是在这段最艰苦的铁路工程上尽心尽力、流血流汗，为加拿大举国的理想，为贯通东西铁路，做出无比的贡献。

为筑路而死

华工每天干着艰苦的劳动，还受白人的歧视和欺侮，更因天气寒冷及伤病影响，缺食米菜，营养不良，疾病丛生，特别是患病以后缺乏医药治疗，因而死亡甚多。还有因不满工头的虐待，稍微讲几句话或反抗一下，被打死的都有。尽管许多华人遭到辱骂和袭击，受虐待致死，该地却规定华人尸体不能埋葬在外国人公共公墓中。

除了生活条件恶劣，受尽苦楚，甚至染病身亡，意外工伤也常常致人丧生。那时没有挖掘机之类的设备，修铁路全靠人工。工人在几乎没有立足之地的绝壁上凿洞，搭上栈道以便点炮崩山，一个个华人劳工因飞石、滚木、哑炮又炸、失身落崖而丧命。华工用汗水和生命打通了崇山峻岭，贯通了横跨加拿大的铁路。

从1881年至1884年，约有17000名华工为修铁路来到BC省。由于政府和建路当局从不公布华工出境或死亡数字，无法统计这四五年中不幸遇难及因病死亡的确切人数。《殖民报》指出："安得车克在建路最高峰时曾雇佣华工8000名，建路5年中，约有1500名华工死亡。"这个数字无从考察，有一位BC省华人传道士，他在某次沿铁路旅行后归来称："由卡加利到温哥华这一条路上，沿线到处都葬有筑路华工尸骨。"《殖民报》估计死亡人数约1500名，按建路

5 年中所发生的事实，就是再加一倍也不为过。加上在运载途中丧生的 1500 名，包括 1885 年以后遭意外不幸或期中病逝的华工大约 250 名，可以粗略估计，华工因建路而丧生不少于 4000 名，他们多数被就地草草掩埋。因此，有人说，加拿大太平洋铁路每一千米铁路下，就埋葬着一个中国人的尸骨。

旅居加拿大二十多年的女作家张翎曾在描述清末华工远赴加拿大修铁路的长篇小说《金山》一书中，述说写此小说的初衷是由于她在 1986 年与同学去卡尔加里城外旅游时，发现在野草中埋着一些被鸟粪和青苔裹着的墓碑，碑上有残破的照片，一张张被太阳磨砺得黢黑粗糙的脸，高颧骨，深眼窝，看不出悲喜和年龄。掩埋的时间约在 19 世纪的后半叶和 20 世纪初，他们是近代史教科书中称为"先侨华工"或"苦力"的那群人。

1885 年，第一批华工回国，这些华工在海外的全部汗水和辛劳仅够维持了生存和还清债务，而那些身无分文滞留在北美的华工，孤苦无助地沿街乞讨，有的在异国土地永远闭上了眼睛。还有一批华工死在筑路工地上。1891 年，维多利亚中华会馆就从法瑞瑟河谷收集到约 300 具中国劳工的尸骨，运回中国安葬。

1985 年，加拿大政府在鹰峡道修建了一个纪念碑，纪念 100 年前这条铁路连接了太平洋和大西洋，使得加拿大的 10 个省份和 2 个地区成为一个完整的联邦国家，但是碑文上没有提及中国人。太平洋铁路沿线的很多城镇、山峰、河谷都以当时修铁路的功臣命名，其中也没有任何与中国人有关的名字。

唯一留存的是沿线的中国人墓地和 1892 年一位无名诗人的诗句：

漂泊者终于被他的同伴放在此安息

没刻下一行字也未见洒一滴泪

在十字架上只简单地记着：

"为筑路而死"

没有华工就没有太平洋铁路

1885 年 11 月 7 日，加拿大太平洋铁路终于竣工了。在群山壁立的鹰峡道铺轨时，由太平洋铁路公司的史蒂夫先生打下最后一根道钉的地方，正是这条铁路东西对向建设的交驳点。

上午 9 时半，在太平洋西岸老鹰山附近的克莱拉奇地区聚集了一群兴高采烈的人们。一名绅士模样的负责人宣布太平洋铁路建成通车，它将给加拿大带来发展和繁荣。可是为修筑这条铁路贡献良多的华人劳工，却没有一人被邀请出席，这些筑路英雄"没有资格"参加通车仪式。

在原来筑路经费预算中，按雇佣白人的工资计算，总金额要亏损两百多万元。而安得车克坚持雇佣华工，因为他深知华工能胜任大量的体力劳动，长时间干艰苦工作，虽然工资低，却毫无怨言。有了华工的长期支持，不但按期筑成铁路，而且替安得车克节省了 300 万元到 500 万元的经费。

加拿大铁路从兴建直到完成，都在 19 世纪中叶以后的短短 50 年内，加拿大政府多建铁路的用意，就是用这"铁马"来征服广袤的领土，越过地盾（Canadian Shield）和落基山脉（Rocky Mountain）的天然障碍，成功地建设一个从东海岸到西海岸的自治领联邦。

铁路完工以后，麦克唐纳总理就公开对下议院说："没有华工助建的话，太平洋铁路不知何时能建成，西部的矿藏也不能开采了。现在太平洋铁路是破纪录在 5 年内建成。"满意之情，溢于言表。

他可知道，这是一万多华工的非凡成就。他们在 5 年之内，任劳任怨、流血流汗，接受低廉报酬，付出生命代价，终于建成了最艰难的 BC 省内太平洋铁路，实现了加拿大举国的理想。

1886 年 10 月，太平洋支线的铁路又完竣，在慕尼港（Port Moody）举行通车仪式。麦克唐纳总理带着无比的自信和骄傲，率领一群政要，乘着"铁马"，昂然从东方越过落基山向西进发，参加仪式。他的欢悦心情是不言而喻的，他终于看到这条横贯加拿大东西的铁路全部完成。

1891年，麦克唐纳以76岁高龄病逝。死后被誉为"加拿大自治领之父"和"加拿大铁路之父"。

一百年以后的纪念

一百多年以后，对于华工在修建加拿大太平洋铁路中所建立的功勋，终于在历史上得到肯定。

1989年，加拿大政府为纪念华工在修建太平洋铁路做出的卓越贡献，在多伦多市士巴丹拿道的公园入口处设立了纪念碑。碑文镌刻：

> 1880年至1885年，1.7万名中国广东省的男工，来到加拿大西部，参加穿越落基山危险地段的修建……筑路过程中四千多人丧失了生命，另有数千人在完工后漂泊异乡无法回国。他们在加拿大历史上籍籍无名，特立此碑以志纪念。

2000年夏季，我和老伴前往居住在加拿大多伦多市的儿子家探亲时，为了了解华侨们在此创业的情况，儿子带我们去参观华工修铁路的纪念碑。

在多伦多市偏南的士巴丹拿（spadina）道和福让特（Front）街交口处，靠近圆顶运动场，远远就能看见直线公园附近矗立着一座十几米高的钢铁雕塑像。儿子介绍说，这是为纪念中国华工参加加拿大太平洋铁路修建而立的。钢架有十几米高，抬头向上看，可以看到一个华工正在修铁路的模型，手中握着钢绳，正拉着一条钢轨，很吃力的样子。

那位华工的模型虽不太大，但他们修路的艰辛、劳苦的状态，使人看后留下深刻的印象。筑路的塑像下面，还立有一块中文的说明牌，上面写着：

"本塑像为纪念华工协助建筑加拿大太平洋铁路，使其横贯亚伯达及哥伦比亚西部的落基山脉，完成加拿大地理上及政治上的统一而建立的。

1880年—1885年间，来自中国广东省，参加建筑穿越加拿大落基山险恶地区西段铁路的劳工达17000名，他们离乡背井，甘冒恶劣环境，超时辛勤工作，使这铁路在当时人力及财力困难情况下，得以建成。因工丧生者逾4000名。铁路竣工后，他们再无需要劳工，数以千计贫困无依且无力返回中国故土的华工，沿着新建成的铁路流落在加拿大历史中，全部埋没无闻。

对这些为加拿大开发有功的铁路华工，谨建此像，永志纪念。

1989年9月

附：本纪念雕像由加拿大太平洋铁路华工基金会及多伦多市政府主建，是艺术家艾尔登·伽莱（Eldon Garnet）赢得公开比赛的精心创作，佛兰西斯·李波赛尼尔塑造华工人像。

纪念碑下面摆有一块巨石，是来自落基山的，旁边还有两只纸制的花圈，听说在此曾数次举行过华工建筑太平洋铁路的周年纪念活动，碑文署名有华工基金会主席盘占元，委员陈会亮等16人。

2005年是加拿大太平洋铁路建成120年。为铭记华工对该条横跨加国铁路付出之贡献，加拿大皇家铸币厂于11月27日推出一套"2005铁路华工纪念币"。该套纪念币一共两枚，分别以阜斯省傅里沙河（Fraser River）铁路桥上一辆空载卡车，及多伦多铁路华工纪念碑作为设计图案。它们均以99.99％纯银铸造，中央部分为镀金。每枚重 31.39 克，面值 8 加元，每套售价是 120 加元。

铸币厂销售资料中，亦简述了这段加国早期历史，肯定了华工在承担筑路最艰巨工程路段做出的牺牲，为加拿大全国连接付出了不可磨灭的贡献。

参考资料：

1.《加拿大太平洋铁路华工建设史实》

2.《殖民报》加拿大多伦多市的华文报纸

3."2005 铁路华工纪念币"首次公开发售，(《加中时报》，2005 年 11 月)

4. 百年孤魂：加拿大华工墓碑后面的故事（《文摘报》，2010 年 1 月 19 日转载自《南方周末》1 月 14 日夏榆等文）

5. 加拿大华工修建太平洋铁路史实（《文摘报》，2010 年 1 月 19 日）

6. 华人的丰碑（《天津日报》，1991 年 11 月 1 日第 9 版）

歧视华人的人头税

加拿大太平洋铁路如期或提早地一段段建成了，而筑路的华工则陆续受到解雇，随着每段铁轨加长，华工人数就相应减少。失业的华工，成群结队沿着铁路漫无目地徜徉，他们不知如何谋生。《哨兵报》报道："一群华工在本市华人区的旧屋出没，处境极为可怜。饥饿的失业老华工在街上捡烂土豆吃，也有的在河中捡死鱼，甚至进行偷窃。"而当地富有的白人对赤贫工人的悲惨处境却视若无睹，失业华工只能在挨饿、求乞和偷抢之中任择一道。一些有善心的白人也呼吁政府设法救济他们，如设立免费施粥所，或遣送回原籍，但是遭到政府反对。

华工应募来加拿大，是抱着辛苦赚钱后可以回家享福的希望。可在加拿大备受白人歧视，所以不少人在约期已满之后，选择付清欠债而回故乡。有的虽有路费，但看到国内政治腐败、地方不靖，加之中法战争后散兵游勇遍布两广，失业情况仍极为严重，认为不如留在这里等候机会。有的在BC省不能立足的，都越过落基山向东移居，或去更东的大草原各省，以及加拿大东部的城市。逐渐地，沿太平洋铁路新兴的大小城镇都有华工定居的痕迹。他们经营小本生意，开餐馆、洗衣店、杂货店，还有的给富有的白人做花匠、厨师、佣人等。总之，华工就靠自己勤劳俭朴的双手，以不屈不挠、忍辱负重的精神在异乡歧视与迫害的恶劣环境中奋斗，为自己和后代开创新天地。

华人的吃苦耐劳和勤奋肯干被当地市民视为威胁，错误地认为他们侵占了自己的就业机会。于是，加拿大政府将国门越关越紧。1885年，一个明显带有歧视性质的、只针对华人移民的《华人入境条例》的新税法出台了。按照规定：每个移民华人要额外缴纳50加元的人头税。1891年，税额增至100元，两年后猛增至500加元，相当于当时一个工人两年的工资总和。

据统计，1885年至1923年的近四十年间，加拿大政府共向八万一千多名中国移民征收了总计二千三百多万加元的人头税。直到1967年，人头税才被废除。

另外，从1923年至1947年，加拿大政府又通过"华人移民法案"，除了极少数特例外，禁止华人入境，使几千名华工无法和妻子儿女团聚。

人头税终于获得"平反"

到20世纪中后期，由于在加拿大的华人后代不断增加，受教育水平较高，专业人才、政治人才越来越多，社会地位和经济实力增强，逐步成为一支加拿大社会前进的强大生力军。进入1980年以后，华人维权的组织社团增多，成为反映华人呼声、争取华人权益的重要渠道。正是这些社团的不懈抗争、奔走呼吁，人头税的"平反"才逐渐被政府提到日程上来。

几代华人经过近半个世纪的抗争，使加拿大政府对"平反"人头税的态度经历了从不理睬，到虚与委蛇，再到积极处理的转变，最后人头税终于获得了"平反"。

2006年3月，保守党通过祖裔部部长小田宣布：联邦政府将正式为人头税道歉，并将斥资250万加元用于提高社会对人头税及排华法案的认知度。

2006年6月22日，道歉仪式在加拿大议会举行。当承载一百多位人头税苦主及后人代表的"平反列车"抵达首都渥太华火车站时，现已 106 岁的当年铁路华工李龙基坐在轮椅上，双手紧紧抱着一面嵌有一颗锈迹斑斑道钉的镜框。正是这颗钉子，承载着一百多年来加拿大华人所经历的沉重辛酸历史。

"最后一颗道钉"记录了华人被羞辱的过去，如今又成为华人洗刷百年耻辱的见证。而时至今日，8 万多人头税受害者中，在世的已不到 20 人。李龙基从 17 岁时来到加拿大做铁路劳工，是仍健在的最高龄的人头税受害者。

下午 3 时，先由民主党领袖林顿宣布开会，并用广东话开头，向应邀参会的华人说："对不起!"然后由加拿大总理斯蒂芬·哈珀宣布：就政府当年严重歧视华人的人头税政策向全加华人道歉，并公布赔偿方案。同时，对当年发生的排华行为，表达最深切的歉意。他说："没有 19 世纪抵达加拿大的华工的工作，我们今天生活的加拿大不会是现在这个样子。我们完全接受公开这些过去可耻政策的道义责任。"他还宣布，政府将向那些人头税政策受害者及其配偶，每人支付 2 万加元（1.8 万美元）的赔偿金，并向受人头税政策影响的人提供其他资金援助。他还说明：这 2 万元的赔偿，并不足以弥补他们当初所受的痛苦。当年交人头税者，不但必须拼命工作来还清借来的人头税金，加拿大政府随后推出的"排华法案"，又使得这些人无法接家人前来加拿大团聚……当时虽属合法，却不可接受。今天的政府完全愿意承担对过去政府执行这种令人羞耻政策的道德责任。据估计，这项向华人支付的赔偿和供其他社区教育发展计划的总开支约为三千万加元。在发表声明之后，哈珀总理还向参加道歉议事的华人递交政府正式道歉文书。"平反"仪式在加拿大各电视台直播，三百多名人头税受害者及其家属、华人社区代表应邀见证了这一历史性时刻。

参加"平反"仪式除了年龄最大的李龙基先生，最小的马林笑容女士也已 85 岁，她是最后一个交人头税的华人。她接受新华社记者采访时说："从 3 岁开始，人头税这个耻辱的阴影就一直伴随着我，我没想到能够活着看到平反的一天。"李龙基老人已不能讲话，他让女儿李慧玲对外表示："补偿与否，补偿多少都不重要，重要的是要纠正历史错误，还华人尊严。"他还将镶在镜框中象征当年华工修筑太平洋铁路的最后一颗道钉移交给加拿大政府，作为纪念。

88 岁的人头税受害者盘占元（加拿大铁路华工基金会主席）对加拿大政府的道歉及赔偿感到满意。他说："华人为人头税及'排华法案平反'奋斗了几十年，我能活着听到政府道歉并获得赔偿，实在很幸运。"

在"平反"会上，加拿大总理一声迟来的道歉，具有极大的象征意义。旅居加拿大华人的历史，因之而翻开了新的一页。

100 年前，中国劳工为修筑加拿大太平洋铁路所付出的血汗甚至生命，是一部血泪史，历史不会忘记他们，中加两国人民也永远不会忘记他们！

参考资料：

《加拿大总理向华人道歉》（《今晚报》，2006 年 6 月 23 日）